Un mariage sans contrat

Mystère à Eagle Mountain

JENNIFER D. BOKAL

Un mariage sans contrat

Traduction française de
FABRICE CANEPA

BLACK ROSE

HARLEQUIN

Collection : BLACK ROSE

Titre original :
AGENT'S MOUNTAIN RESCUE

HARPERCOLLINS FRANCE
83-85, boulevard Vincent-Auriol, 75646 PARIS CEDEX 13
Service Lectrices — Tél. : 01 45 82 47 47 - www.harlequin.fr
ISBN 978-2-2804-7858-8 — ISSN 1950-2753

Composé et édité par HarperCollins France.
Imprimé en septembre 2022 par CPI Black Print (Barcelone)
en utilisant 100% d'électricité renouvelable.
Dépôt légal : octobre 2022.

FSC
www.fsc.org
MIXTE
Papier issu de sources responsables
FSC® C159065

Pour limiter l'empreinte environnementale de ses livres, HarperCollins France s'engage à n'utiliser que du papier fabriqué à partir de bois provenant de forêts gérées durablement et de manière responsable.

Prologue

2 avril, 23 h 20, Pleasant Pines, Wyoming

Darcy Owens était assise sur le sol du bunker, le dos appuyé contre le mur de béton. Malgré le poêle qui brûlait de façon continue, l'air ambiant était saturé d'humidité. Elle s'insinuait en elle, la faisant frissonner. Du bout de sa chaussure, elle ouvrit la porte en fonte du poêle et une vague de chaleur se répandit dans la pièce.

Levant les yeux, Darcy considéra pensivement la pendule aux aiguilles de cuivre et au cadran émaillé qui était posée sur l'étagère, juste en face d'elle. Elle se demanda d'où provenait cet objet précieux et raffiné et comment il avait bien pu se retrouver là.

Il tranchait avec les meubles frustes et le matériel de survie entreposé dans le bunker. Deux lits de camp, une table en bois bancale, un poêle en fonte qui devait dater des années 1950, un baril qui recueillait l'eau de pluie servant à boire et à se laver, quelques outils accrochés au mur et un coffre qui contenait la maigre garde-robe de Billy.

Darcy se redressa légèrement, ce qui la fit grimacer de douleur. Son épaule la faisait toujours affreusement souffrir. Billy avait réussi à extraire la balle qu'elle avait reçue mais elle se demandait avec une pointe d'inquiétude si la blessure n'était pas en train de s'infecter.

Le temps s'écoulait bizarrement sous terre, et elle ignorait combien de jours étaient passés depuis qu'elle était parvenue à échapper aux mercenaires de Rocky Mountain Justice. Deux semaines ? Trois, peut-être. Pas plus d'un mois, en tout cas.

Elle se demanda avec curiosité si les médias parlaient toujours d'elle. S'étonnaient-ils qu'une femme isolée ait pu causer autant de dégâts ? Se demandaient-ils comment elle avait bien pu disparaître ? À moins bien sûr qu'ils ne la croient morte…

Si tel était le cas, cela signifiait que les recherches avaient dû cesser et qu'elle allait enfin pouvoir quitter ce bunker.

— Tu es réveillée ? fit la voix bourrue de Billy.

Darcy jeta un coup d'œil en direction du lit de camp sur lequel sa grande carcasse était allongée. C'était Billy qui l'avait découverte au beau milieu des bois. Elle était complètement perdue et se vidait de son sang. Il l'avait conduite jusqu'à son bunker et l'avait soignée du mieux qu'il le pouvait.

Billy lui avait probablement sauvé la vie. Et il ne l'avait pas livrée à la police. Apparemment, lui-même avait de bonnes raisons de se méfier des autorités. Depuis des années, il vivait hors du système, limitant au maximum ses interactions avec le monde extérieur.

Sur le moment, Darcy avait béni le ciel pour cette aide inespérée. Mais, au fil des jours, son enthousiasme initial avait cédé place à une défiance croissante. Elle avait bien remarqué les regards libidineux que lui lançait Billy et savait qu'il ne résisterait pas indéfiniment à la tentation qu'elle représentait pour lui qui vivait seul depuis si longtemps.

Chaque fois qu'il posait les yeux sur elle, elle sentait un frisson glacé courir sur sa peau.

— Apporte-moi à boire, lui ordonna Billy.

Elle ignora cette instruction, gardant son regard résolument fixé sur les flammes qui dansaient dans le poêle.

— Je t'ai dit de m'apporter de l'eau ! s'exclama-t-il d'une voix nettement plus menaçante.

Darcy se redressa en grimaçant de douleur. Traversant la pièce, elle alla remplir l'un des quarts métalliques qui étaient accrochés près du baril d'eau de pluie. Elle l'apporta ensuite à Billy qui s'en saisit et le vida d'un trait sans la quitter des yeux.

— Tu ferais bien de m'écouter, lorsque je te demande quelque chose, lui dit-il avant de s'essuyer les lèvres du revers de la main. Tu n'as nulle part où aller et personne pour t'aider à part moi.

Il posa une main possessive sur sa cuisse et Darcy sentit son estomac se soulever.

— Et puisque j'ai été aussi gentil avec toi, je pense que tu pourrais me rendre la pareille, ajouta Billy d'un ton suggestif.

Fais-le.

Darcy frissonna de nouveau. Cela faisait longtemps qu'elle n'avait pas entendu cette voix.

— Que je fasse quoi ? murmura-t-elle.

Billy la considéra avec étonnement.

— Tu te sens mieux, n'est-ce pas ? lui demanda-t-il au bout de quelques instants. Et c'est grâce à moi. Sans mon aide, tu serais probablement morte, à l'heure qu'il est…

Fais-le, insista la voix.

Les Ténèbres étaient de retour, comprit Darcy en

esquissant un pas de recul. Elle avait pourtant cru leur échapper, cette fois-ci.

Billy se pencha en avant pour l'agripper par le bras et l'attirer vers lui. Déséquilibrée, elle bascula en avant et tomba de tout son long sur son corps. Un sourire carnassier se dessina sur les lèvres de Billy et elle sentit son haleine fétide lui caresser la joue.

Maintenant ! Fais-le maintenant !

Cette fois, elle ne chercha pas à résister à la voix. Avisant le rouleau de corde qui était accroché au-dessus du lit, elle s'en saisit. Billy ne comprit pas immédiatement ce qu'elle avait l'intention d'en faire. Croyant peut-être qu'il s'agissait d'un jeu coquin, il la regarda enrouler la corde autour de ses poings pour assurer sa prise.

Ce ne fut que lorsqu'elle la passa à son cou que la convoitise laissa place à l'inquiétude. Elle serra alors de toutes ses forces et il commença à se débattre. Darcy tint bon et, lorsque Billy se redressa, elle raffermit sa prise en plantant résolument ses talons dans le sol.

Le hurlement de rage de son adversaire se mua en un gargouillement étranglé. Il décocha alors à Darcy un violent coup de poing qui percuta sa tempe, la faisant vaciller. Billy en profita pour lui arracher la corde des mains et la repousser violemment. Elle tomba en arrière et se retrouva allongée sur le sol.

— Tu n'aurais pas dû faire ça, gronda-t-il. Surtout après tout ce que j'ai fait pour toi…

Darcy recula précipitamment jusqu'au poêle mais Billy la rejoignit en quelques pas. Il se jeta alors sur elle, l'écrasant de tout son poids. Son visage s'approcha du sien et elle crut qu'il allait l'embrasser mais, au lieu de cela, il lui mordit le cou. Elle sentit ses dents s'enfoncer dans sa chair, lui arrachant un gémissement de douleur.

Fais-le maintenant ou il sera trop tard...

Darcy passa instantanément à l'action. Plongeant la main dans le foyer du poêle, elle s'empara d'une poignée de braises. Avant même que son esprit n'ait pu enregistrer la douleur, elle les écrasa contre le visage de Billy qui laissa échapper un hurlement de souffrance.

Une odeur écœurante de chair et de cheveux brûlés emplit la pièce tandis que Darcy s'écartait de nouveau de son agresseur, cherchant des yeux quelque chose qui aurait pu lui servir d'arme.

Elle aperçut la cognée qui était accrochée au mur, en face d'elle. S'efforçant d'ignorer la douleur qui rayonnait depuis sa paume tout le long de son bras, elle se força à se redresser et se rua vers la hache qu'elle décrocha avant de se tourner vers Billy. Il se tenait le visage en gémissant piteusement et elle comprit qu'elle l'avait aveuglé.

Maintenant !

Darcy abattit son arme sur le crâne de Billy qui bascula en avant et s'affaissa brutalement sur le sol. Levant de nouveau sa cognée, Darcy frappa de toutes ses forces, s'abandonnant aux Ténèbres qui la possédaient désormais corps et âme.

1

3 avril, 7 h 20 du matin

Liam Alexander appuya sur la pédale de l'accélérateur, faisant vrombir le moteur de la voiture qui prit encore de la vitesse. Jetant un coup d'œil à la pendule du tableau de bord, il réprima à grand-peine un juron.

Il ne lui restait plus que dix minutes avant son rendez-vous avec son nouveau patron. Autant dire qu'il n'avait à présent plus la moindre chance d'arriver à l'heure pour son premier jour de travail.

Cela lui rappela à quel point il détestait les horaires de bureau. Jusqu'à présent, il était parvenu à éviter ce genre de contraintes. En tant que pisteur et guide indépendant, il avait toujours été son propre maître, libre d'accepter ou de refuser les contrats qui lui étaient proposés, libre aussi d'organiser son temps comme il l'entendait.

Mais cette période de sa vie était révolue – momentanément, du moins. Désormais, il devait faire passer le bien-être de sa fille avant toute autre considération. Il devait aussi lui garantir un environnement stable dans lequel elle pourrait s'épanouir. Levant les yeux, il croisa le regard de Sophie dans le rétroviseur.

— Comment ça va, ma puce ? lui demanda-t-il.

Est-ce que tu te sens prête pour cette première journée d'école ?

Sophie reposa la tasse à bec à laquelle elle était en train de boire et lui décocha un sourire qui le fit fondre. Il ne parvenait pas encore à appréhender pleinement le fait que sa fille allait désormais résider chez lui à plein temps. Jusque-là, c'était Erin qui avait eu la garde de Sophie. Liam ne l'accueillait qu'un week-end sur deux et pendant la moitié des vacances – du moins lorsque son travail le lui permettait.

Mais les rôles s'étaient brusquement trouvés inversés lorsque l'unité à laquelle appartenait son ex avait été envoyée dans le golfe Persique pour une mission d'un an. Liam s'était soudain retrouvé père à plein temps. Et il avait vite compris qu'il allait devoir trouver un poste plus sédentaire et aux horaires plus réguliers.

Il tenait dans la mesure du possible à être auprès de sa fille chaque soir et à la conduire à l'école tous les matins. Sophie devrait faire face à de nombreux bouleversements : changer de maison, de ville, de camarades d'école…

Jusqu'à présent, elle avait plutôt bien réagi, semblant considérer tous ces changements comme une grande aventure. Mais Liam ne se faisait aucune illusion : tôt ou tard, l'excitation de la nouveauté commencerait à se dissiper et les regrets s'insinueraient en elle.

Lui-même n'était pas très sûr de savoir quoi penser de cette nouvelle vie. Jamais il n'aurait pu imaginer que les hasards de l'existence le conduiraient un jour à revenir à Pleasant Pines, la petite ville du Wyoming près de laquelle il était né et avait grandi.

— Comment elle s'appelle, ma nouvelle école ? lui demanda soudain Sophie.

— Les Jeunes Pousses.

— Les pouces des mains ? s'étonna-t-elle.

— Non, répondit-il en riant. Les pousses, c'est un mot pour parler des jeunes arbres. La ville s'appelle Pleasant Pines. Si les habitants sont comme des arbres, leurs enfants…

— … sont des jeunes pousses ! s'exclama Sophie.

— Et des jeunes pousses particulièrement malignes, on dirait.

Liam jeta un coup d'œil à l'écran de son GPS et constata qu'ils approchaient de l'école. Il ralentit légèrement et s'engagea dans une rue perpendiculaire à l'avenue qu'ils étaient en train de suivre.

— Je n'ai pas envie d'une nouvelle école, remarqua alors Sophie. J'aimais bien mon école. Et l'appartement. Et maman…

Liam ne put réprimer une grimace douloureuse. Les enfants ne s'encombraient pas de précautions oratoires. Mais il ne pouvait en vouloir à Sophie dont l'existence tout entière venait de se trouver bouleversée.

— Je suis sûr que tu t'amuseras bien, lui dit-il. Et que tu te feras des tas de nouveaux amis.

— Promis ? demanda Sophie d'une petite voix.

— Promis, acquiesça-t-il en avisant l'école qui se dressait sur leur gauche.

Les bâtiments aux couleurs vives offraient aux enfants un environnement accueillant et rassurant.

— Nous y sommes, annonça-t-il.

Liam se gara sur le parking et coupa le moteur. Il récupéra le sac à dos de Sophie qui était posé sur le siège passager et s'assura une fois de plus qu'il contenait tout ce dont elle pourrait avoir besoin ce jour-là : sa gourde, un goûter, des vêtements de rechange et les quatre doudous qu'ils avaient sélectionnés ensemble, la veille au soir.

Descendant de voiture, il alla détacher sa fille et la souleva dans ses bras. Machinalement, elle commença à jouer avec la plaque d'identification qu'il portait toujours, accrochée à son cou.

Elle avait appartenu à son cousin et, pour Liam, elle faisait figure de talisman, lui rappelant que, comme le lui avait souvent répété ce dernier, il ne devait jamais baisser les bras, jamais se décourager. C'était cette conviction qui avait fait de lui un excellent pisteur : il avait la réputation de ne jamais renoncer.

Après avoir claqué la portière derrière lui, Liam gravit les marches qui menaient à la double porte d'entrée de l'école. Parvenu sur le perron, il s'arrêta un instant et regarda gravement sa fille.

— Est-ce que tu te sens prête ? lui demanda-t-il.

— Je ne sais pas, avoua-t-elle d'une petite voix.

— Je sais que découvrir une nouvelle école, une nouvelle maîtresse et de nouveaux camarades, ça peut faire un peu peur, lui dit-il. Mais tu es la fille la plus courageuse que je connaisse.

Un large sourire se dessina sur les lèvres de Sophie.

— Je t'aime, papa, lui dit-elle.

À ces mots, il sentit son cœur se serrer dans sa poitrine.

— Moi aussi je t'aime, ma chérie. Préviens-moi dès que tu seras prête, d'accord ?

— Je suis prête, décréta-t-elle bravement.

Il déposa un petit baiser sur le bout de son nez et poussa la porte sur laquelle était accrochée une affiche souhaitant la bienvenue à toutes les jeunes pousses. En pénétrant dans le hall du bâtiment, Liam fut accueilli par un bouquet d'odeurs agréables : jus de pomme, cannelle et désinfectant parfumé au citron.

Il hésita quelques instants avant de se diriger vers le

bureau qui s'ouvrait sur la droite. Là, il tomba sur une jeune femme aux longs cheveux noirs tressés qui portait un polo couleur bleu ciel sur lequel figurait le logo de l'école. Une étiquette y était accrochée, indiquant qu'elle se prénommait Tonya.

— Bonjour, lui dit-elle avec un large sourire. Puis-je vous aider ?

— J'ai inscrit ma fille par Internet, expliqua-t-il. Elle s'appelle Sophie Alexander.

— Bonjour, Sophie, la salua Tonya avant de tapoter sur son ordinateur en hochant la tête.

— Elle est bien inscrite, dit-elle. Tout me paraît être en ordre. Si vous voulez bien vous asseoir, je vais appeler Holly, la directrice.

— Holly Jacobs, acquiesça Liam. J'ai entendu parler d'elle grâce au livre qu'elle a écrit.

Tonya le regarda en souriant.

— Ce livre a eu un grand retentissement, déclara-t-elle fièrement. Vous ne pouvez pas imaginer combien de parents ont décidé d'inscrire leurs enfants ici parce qu'ils avaient lu l'un des articles que le journal local lui a consacrés. Elle est devenue une véritable célébrité du jour au lendemain. Est-ce que vous avez eu l'occasion de le lire ?

— Malheureusement, non, reconnut Liam. Mais je compte bien le faire dès que j'aurai un peu de temps devant moi. Hélas, avec le déménagement, je n'en ai pas eu beaucoup.

— Je comprends, lui dit Tonya. Asseyez-vous, je vous en prie.

Liam déposa Sophie sur le sol et tous deux prirent place sur les fauteuils qui étaient alignés le long du mur. Il jeta un coup d'œil à sa montre. Cette fois, c'était certain : il n'avait strictement aucune chance d'arriver à l'heure à son rendez-vous.

Tirant son portable de la poche intérieure du blouson de cuir qu'il portait, il rédigea un message à destination de Marcus Jones.

Désolé, j'ai été retardé à l'école de ma fille et je risque d'être en retard. Je fais au plus vite.

Il ne lui restait plus qu'à espérer que son nouveau patron n'était pas trop à cheval sur la ponctualité et qu'il ne se ferait pas renvoyer avant même d'avoir pu entamer sa première journée de travail.

Quoi qu'il arrive, il était bien décidé à demeurer auprès de Sophie tant qu'elle n'aurait pas rejoint sa classe. À ses yeux, le bien-être de sa fille était aujourd'hui une priorité absolue. Et il comptait bien rattraper le temps perdu en devenant pour elle le meilleur père possible.

Il avait sans doute encore beaucoup de chemin à parcourir. Mais qui sait ? La nouvelle directrice de l'école des Jeunes Pousses qui était spécialisée en pédopsychologie pourrait peut-être l'aider à atteindre cet objectif.

— Bonjour à tous ! s'exclama Holly Jacobs à l'intention des enfants qui venaient de prendre place dans sa classe.

Comme l'ensemble du personnel, qu'il s'agisse des enseignants, des administratifs ou des agents chargés de la cantine ou de l'entretien, elle portait l'uniforme de l'école : un pantalon de toile kaki et un polo dont la couleur changeait en fonction du jour de la semaine.

Le port d'une telle tenue offrait aux enfants un cadre familier et rassurant et renforçait la cohésion au sein de l'équipe.

En plus de son rôle de directrice, Holly avait la charge d'une classe d'enfants de quatre ans. Évidemment, cette responsabilité supplémentaire lui prenait énormément de temps mais elle ne s'en plaignait pas. Enseigner et passer du temps avec ses élèves était probablement ce qu'elle préférait.

C'était la raison pour laquelle elle avait fondé l'école des Jeunes Pousses. Elle y avait consacré la totalité de l'argent que lui avait rapporté la publication de son livre. Malheureusement, elle allait rapidement devoir trouver de nouveaux fonds pour couvrir les dépenses de fonctionnement de l'établissement.

— Allez tous vous chercher un coussin et venez me rejoindre près du tableau du jour, demanda-t-elle à ses élèves.

Ils s'exécutèrent dans un joyeux charivari et vinrent prendre place à ses pieds. Comme elle s'apprêtait à leur indiquer la date et à discuter de la météo du jour, quelqu'un frappa à la porte de la classe.

— Entrez, répondit-elle.

La porte s'ouvrit, laissant apparaître Tonya, l'assistante de Holly. La mine qu'elle arborait ne lui dit rien de bon et elle sentit une boule d'angoisse se former au creux de sa gorge. De quoi s'agissait-il, cette fois-ci ? D'une nouvelle fuite dans la toiture ? D'un radiateur à remplacer ? D'un enfant malade ?

— Attendez-moi une minute, les enfants, dit-elle à ses élèves avant de rejoindre Tonya. Que se passe-t-il ? souffla-t-elle à celle-ci.

— Une nouvelle famille vient tout juste d'arriver, expliqua la jeune femme. Un père avec sa fille âgée de quatre ans. Elle doit intégrer ta classe.

— Est-ce que tu peux les installer dans mon bureau

et leur dire que je les rejoindrai d'ici quelques minutes, le temps que les enfants commencent leur première activité ?

— Je ne sais pas si ce monsieur acceptera de patienter, répondit Tonya. Il n'arrête pas de regarder sa montre et j'ai eu l'impression qu'il était très pressé.

Holly hésita un instant. Elle ne pouvait courir le risque de perdre une élève et les frais d'inscription correspondants alors que les factures en souffrance s'accumulaient chaque jour un peu plus.

— Est-ce que tu peux surveiller les enfants pendant quelques minutes, le temps que j'aille m'entretenir avec eux ? demanda-t-elle à son assistante.

— Je m'en occupe, acquiesça Tonya. Ils sont à l'accueil. Tu ne risques pas de les rater, ajouta-t-elle avec un sourire entendu.

— Que veux-tu dire ?

— Tu comprendras quand tu verras le père, répondit évasivement Tonya.

Se demandant ce qu'elle pouvait bien vouloir dire par-là, Holly prit la fiche que Tonya lui tendait et sortit de sa classe pour se diriger vers le hall. En chemin, elle parcourut les informations dont ils disposaient. La nouvelle élève s'appelait Sophie, et son père Liam Alexander.

Le numéro de téléphone qui figurait dans le dossier correspondait à un portable. Il n'était pas fait mention d'une autre personne à contacter en cas d'urgence, ce qui signifiait probablement que Liam Alexander était veuf ou séparé.

Il avait indiqué travailler comme agent de sécurité. L'adresse correspondait à l'un des meilleurs quartiers de la ville et il était précisé que la famille venait tout juste de s'installer à Pleasant Pines.

Holly traversa le hall et pénétra dans le bureau de

Tonya. En découvrant celui qui l'y attendait, elle comprit aussitôt ce que Tonya avait voulu dire. Liam Alexander était indiscutablement l'un des hommes les plus séduisants qu'il lui ait été donné de croiser.

Ses cheveux bruns coupés court encadraient un visage aux traits parfaitement dessinés. Leur finesse contrastait avec l'impression de puissance et de pure virilité qui émanait de lui. Le T-shirt qu'il portait mettait en valeur une carrure athlétique, de larges épaules et des bras très musclés.

La petite fille aux cheveux bruns et aux grands yeux noirs qui était assise à ses côtés était adorable.

— Vous devez être Liam et Sophie Alexander. Je suis Holly Jacobs, la directrice de l'école des Jeunes Pousses.

— Ravi de faire votre connaissance, répondit Liam.

Le sourire qu'il lui décocha fit apparaître une légère fossette au coin de sa joue et, malgré elle, elle sentit les battements de son cœur s'accélérer dans sa poitrine. Cela faisait très longtemps qu'un homme ne lui avait pas fait un tel effet.

Elle le vit alors jeter un rapide coup d'œil à la dérobée au cadran de sa montre et comprit que Tonya ne s'était pas trompée. De toute évidence, Liam était en retard.

— C'est moi qui serai ta nouvelle maîtresse, ajouta Holly à l'intention de la petite fille. Tu t'appelles bien Sophie, n'est-ce pas ?

La fillette hocha solennellement la tête. Elle paraissait timide et réservée, au premier abord.

— En général, je prends le temps de faire visiter l'école aux nouveaux arrivants et d'expliquer en détail notre fonctionnement et la façon dont se déroule une journée. Mais j'ai l'impression que vous êtes pressé et je vais vous conduire directement à la classe de Sophie.

C'est Tonya qui s'occupe de la garderie du soir. Elle peut également vous aider à trouver une nounou ou une baby-sitter en cas de besoin. Il va également me falloir un numéro de personne à contacter, en cas d'urgence.

— Je crois avoir mis mon numéro de téléphone portable, remarqua Liam.

— Effectivement. Mais nous préférons avoir un autre numéro, si jamais vous n'étiez pas disponible. Quelqu'un de votre famille, peut-être ? Ou un ami de confiance ?

— C'est que je viens tout juste d'emménager à Pleasant Pines. J'habitais à San Diego jusque très récemment. Je ne connais encore personne ici et ma famille habite trop loin pour pouvoir intervenir rapidement.

— Je vois, acquiesça Holly.

Sans savoir pourquoi, elle était convaincue que Liam ne lui disait pas tout. Elle les guida donc, sa fille et lui, jusqu'à sa classe.

— Alors ? demanda-t-elle à Sophie lorsqu'ils pénétrèrent à l'intérieur. Qu'est-ce que tu en penses ?

La fillette contempla la grande fresque qui s'étalait sur le mur du fond. Elle représentait une forêt d'arbres qui arboraient chacun un visage souriant. Dans un coin était installée une petite bibliothèque remplie de livres aux couvertures colorées.

Au fond se dressait une longue table basse sur laquelle les enfants pouvaient réaliser de grands puzzles. Pour le moment, ils étaient assis en rond devant Tonya et considéraient avec curiosité les nouveaux arrivants. L'une des élèves finit par se lever et s'avança vers Sophie.

— Bonjour, lui dit-elle. Comment tu t'appelles ?

— Sophie. Et toi ?

— Ava. Est-ce que tu veux bien être mon amie ?

Sophie jeta un coup d'œil interrogateur en direction

de son père qui hocha la tête et lui décocha un tendre sourire.

— D'accord, dit-elle en se tournant de nouveau vers Ava.

Holly ne put s'empêcher de sourire. Elle regrettait souvent que les relations entre adultes ne soient pas aussi simples.

— Je pense que vous avez dû lire sur notre site que les parents devaient venir récupérer leurs enfants avant 6 heures. Nous leur demandons d'être très ponctuels.

Liam hocha la tête.

— Je comprends, déclara-t-il avant de s'agenouiller pour serrer sa fille dans ses bras. On se retrouve en fin de journée, ma chérie, lui dit-il. Je t'aime. Sois bien sage avec Mme Jacobs, d'accord ?

— Holly, la reprit-elle machinalement.

— Je serai sage, promit Sophie. Bonne journée, papa.

Il hocha la tête et se redressa. Avant de quitter la pièce, il engloba la pièce d'un dernier regard et elle crut discerner dans ses yeux une pointe d'incertitude, comme s'il n'était pas complètement sûr de savoir ce qu'il faisait là.

Sur la route qui conduisait aux locaux de Rocky Mountain Justice, Liam enfreignit de nouveau les limitations de vitesse. Ce trajet lui donna cependant le temps de se défaire de la nervosité qu'il avait éprouvée en conduisant sa fille à l'école.

L'endroit lui avait fait une très bonne impression et Sophie avait semblé s'y sentir à l'aise. Elle n'avait pas pleuré lorsqu'il l'avait laissée et elle s'était même rapidement fait une amie.

Holly Jacobs, sa nouvelle maîtresse, lui avait également beaucoup plu. Pour être parfaitement honnête, à vrai dire, il était même tombé sous le charme de la jeune femme aux longs cheveux blond-roux et aux yeux couleur océan.

Évidemment, l'attirance qu'elle lui inspirait demeurerait lettre morte. Pour être le père modèle qu'il ambitionnait de devenir, il ne pouvait se permettre de trahir la moindre ambiguïté à l'égard de l'institutrice de Sophie.

Comme il se faisait cette réflexion, son GPS lui indiqua qu'il était parvenu à destination. L'adresse qu'on lui avait donnée correspondait à une grande maison de style victorien située dans l'un des quartiers les plus aisés de la ville.

Cela ne correspondait pas à l'idée qu'il s'était faite d'un quartier général de mercenaires. Car au fond c'était ce qu'était Rocky Mountain Justice. Le groupe louait ses services au gouvernement comme aux particuliers, assurant des missions aussi variées que la sécurité, la poursuite de fugitifs ou les investigations privées.

Rocky Mountain Justice se distinguait par la qualité de son recrutement : la plupart de ses membres étaient d'anciens militaires et policiers d'élite, souvent des membres des forces spéciales. À ce titre, Liam était flatté que Marcus Jones ait pensé à lui.

Il se gara devant la maison et s'en approcha. Au-dessus de la porte était accrochée une caméra de sécurité et, avant même qu'il ait eu le temps de presser le bouton de l'Interphone, une voix se fit entendre.

— C'est ouvert.

De fait, un cliquetis métallique lui indiqua que l'on venait de déverrouiller la porte. Il l'ouvrit et pénétra dans un vestibule qui avait été transformé en véritable bunker.

Au fond se dressait une porte métallique qui coulissa pour révéler un homme de haute taille au crâne rasé.

Liam reconnut Marcus Jones avec lequel il s'était entretenu à plusieurs reprises en visioconférence.

— Soyez le bienvenu, lui dit-il en jetant un coup d'œil à sa montre.

Sans doute voulait-il marquer ainsi sa désapprobation pour cette arrivée tardive.

— Je suis désolé d'être en retard, s'excusa Liam, mal à l'aise. Ma matinée a été bien remplie.

— À vrai dire, j'aurais préféré que vous puissiez vous joindre à nous, il y a deux semaines de cela, déclara Marcus en haussant ses larges épaules. J'imagine que nous n'en sommes pas à une heure près.

Liam préféra s'abstenir de répondre. Il suivit Marcus à l'intérieur de la maison qui, contrairement à ce que laissait supposer son aspect extérieur, était aménagée comme une véritable forteresse. Visiblement, Rocky Mountain Justice ne plaisantait pas avec la sécurité.

Ils gagnèrent une salle de conférences au centre de laquelle se dressait une longue table. Sur le mur du fond étaient accrochées de grandes cartes d'état-major de la région sur lesquelles étaient délimitées des zones tracées au feutre rouge.

Il y avait aussi des images aériennes correspondant à ces différentes zones, ainsi que plusieurs clichés représentant une femme. Sur la plupart d'entre eux, elle arborait de longs cheveux blonds mais, sur quelques autres, elle était rousse. Il y avait également plusieurs photos d'hommes, blonds aux yeux bleus pour la plupart, et Liam songea qu'il devait s'agir de ses victimes.

— Est-ce que c'est elle que vous voulez que je piste ? s'enquit Liam. Darcy Owens ?

— Oui, répondit sobrement Marcus Jones. Que savez-vous au juste à son sujet ?

— J'ai lu son dossier, répondit Liam. Je sais qu'elle a commencé à tuer à Las Vegas. On a fait le lien entre ses différentes victimes parce qu'elle signait ses crimes d'un billet déchiré de deux dollars. Apparemment, elle a momentanément cessé de tuer avant de resurgir à Pleasant Pines où elle a recommencé. Lorsqu'on a enfin réussi à l'identifier, elle s'est enfuie à travers bois et a été blessée à l'épaule. Depuis lors, elle semble avoir disparu.

— Je vois que vous êtes bien renseigné, remarqua Marcus d'un ton approbateur.

— J'ai servi durant quatre ans au sein des marines, répondit Liam. Si cela m'a enseigné une chose, c'est que la préparation fait souvent toute la différence entre la réussite et l'échec d'une mission.

Avant que Marcus n'ait eu le temps de lui répondre, la porte s'ouvrit, laissant apparaître un homme vêtu d'un pantalon kaki et d'une chemise bleu ciel méticuleusement repassée.

— Liam, je vous présente Wyatt Thornton, déclara Marcus. Il a rejoint les rangs de Rocky Mountain Justice voici peu.

— Je travaillais comme profileur au sein du FBI, précisa Wyatt.

— Enchanté de faire votre connaissance, déclara Liam. Je suis Liam Alexander.

— Liam est un pisteur professionnel, précisa Marcus. Si quelqu'un a une chance de localiser Darcy, c'est bien lui.

— C'est ce que j'ai cru comprendre, acquiesça Wyatt d'un ton mesuré.

Il émanait de Wyatt comme de Marcus une impression d'assurance et Liam se demanda si elle reflétait leurs compétences professionnelles ou s'il fallait y voir de l'arrogance.

Il savait combien ce trait de caractère pouvait s'avérer délétère et se méfiait des ego surdimensionnés. C'était d'ailleurs la raison principale pour laquelle il préférait généralement travailler seul.

Mais, étant donné ses nouvelles obligations en tant que père, il ne pouvait se permettre de décliner le poste que lui avait offert Marcus. Et il allait devoir apprendre à collaborer activement avec ces hommes, en espérant que la confiance en soi dont ils faisaient preuve était justifiée.

— Darcy Owens sévit depuis plus de cinq ans, déclara alors Wyatt. Plus d'une dizaine de victimes lui ont déjà été attribuées, mais il se pourrait qu'il y en ait beaucoup d'autres. Nous n'avons que peu d'exemples de tueurs en série de sexe féminin. Nous manquons donc cruellement de points de comparaison. Mais, d'après ce que nous avons pu constater jusqu'à présent, Darcy est certainement l'une des personnes les plus dangereuses auxquelles Rocky Mountain Justice ait eu affaire. Elle est intelligente, opportuniste et manipulatrice – suffisamment pour être parvenue à convaincre un homme de se suicider.

Liam écouta attentivement Wyatt leur brosser le portrait de Darcy et dresser le macabre tableau de chasse de la tueuse. En tant que pisteur, il savait que le moindre détail concernant sa cible pourrait s'avérer déterminant par la suite. Et, en dépit des réserves que lui inspirait son nouvel emploi, il avait hâte de pouvoir se mettre en chasse…

2

Lorsque Wyatt eut terminé sa présentation, Marcus Jones se tourna vers Liam.

— Puisque vous avez un regard neuf sur ce dossier, j'aimerais savoir ce que vous en pensez, lui dit-il.

— Eh bien, à mes yeux, il s'agit surtout d'un problème mathématique, déclara Liam.

— Que voulez-vous dire ?

— En terrain montagneux, une personne en pleine forme et bien équipée peut couvrir entre dix et treize kilomètres par jour, en fonction du terrain rencontré. Mais nous savons que Darcy est blessée et qu'elle n'a aucune connaissance en matière d'alpinisme.

Liam se leva et s'approcha de la carte qui était accrochée au mur. Il considéra pensivement le point qui indiquait la dernière position connue de la tueuse.

— Il y a une question que je me pose, remarqua-t-il alors. Pourquoi Rocky Mountain Justice a-t-il été chargé de ces recherches ?

— Nous avons été engagés par le bureau du procureur, indiqua Marcus.

— Comment se fait-il qu'ils n'aient pas plutôt fait appel au FBI ou à la police d'État ? Étant donné le tableau de chasse de Darcy, la retrouver devrait être une priorité absolue pour les forces de l'ordre.

— Le FBI et la police ont déjà quadrillé le secteur, expliqua Marcus. Mais ils n'ont rien trouvé. Ils en ont conclu que Darcy était parvenue à leur échapper et qu'elle finirait probablement par refaire surface ailleurs – probablement à l'autre bout du pays.

— Qu'est-ce qui vous fait penser le contraire ? s'enquit Liam.

— Nous ne sommes sûrs de rien. Mais le bureau du procureur ne veut courir aucun risque et c'est la raison pour laquelle nous avons été engagés. Nous n'avons pas les mêmes contraintes que le FBI ou la police locale qui ont malheureusement bien d'autres chats à fouetter.

— Une chose est sûre, déclara Liam. Si Darcy est toujours vivante et qu'elle se cache dans ces montagnes, c'est qu'elle a reçu de l'aide.

— Darcy n'a aucun complice connu, objecta Wyatt. Et elle n'est pas le genre de personne à se faire facilement des amis…

— Sans aide extérieure, je ne vois pas comment elle aurait pu survivre, déclara Liam sans la moindre hésitation. Blessée, sans eau et sans nourriture, sur un terrain difficile et inconnu, elle n'aurait eu strictement aucune chance de s'en sortir seule.

— Si elle a vraiment trouvé de l'aide, alors le FBI a raison : elle peut être n'importe où, à l'heure actuelle.

— Pas forcément, répondit Liam pensivement. Vu la configuration des lieux, la personne qui l'a aidée devait se déplacer à pied, elle aussi.

Il prit un porte-mine qui était posé sur la table de conférence et entreprit de délimiter une zone en tenant compte des contraintes du terrain.

— Si Darcy a reçu de l'aide, son sauveteur et elle n'ont pas pu aller plus loin que cela – a fortiori s'il a été forcé de la porter sur son dos. Ce qui signifie qu'ils n'ont encore croisé aucune route sur laquelle le sauveteur en question aurait pu garer son véhicule.

— Mais cette zone a déjà été fouillée en profondeur, argua Marcus. Et l'on n'a rien trouvé du tout.

— Savez-vous si le FBI et la police ont utilisé des capteurs infrarouges ? s'enquit Liam.

— À plusieurs reprises, répondit Marcus en faisant glisser vers lui un épais dossier. Et ça n'a rien donné, apparemment.

Liam ouvrit le dossier et parcourut les rapports de recherche qu'il contenait. Il y avait effectivement des photos infrarouges prises depuis un avion qui permettaient de distinguer les êtres vivants qui se trouvaient dans les bois. Il y avait des oiseaux, des loups, un ours et de nombreux petits mammifères – mais aucun être humain.

— Bizarre, murmura-t-il en se tournant de nouveau vers la carte.

Il recalcula la distance que Darcy avait pu parcourir, en comptant au plus large, et modifia légèrement son tracé.

— Je persiste et signe, déclara-t-il. Si Darcy Owens est toujours vivante, elle se trouve forcément dans cette zone. Et le fait qu'elle n'apparaisse pas sur les images infrarouges ne peut signifier que deux choses : soit elle a fini par succomber à sa blessure, soit elle a trouvé une cachette.

— Pensez-vous pouvoir la localiser en vous rendant sur place ?

— C'est pour cela que vous m'avez engagé, n'est-ce pas ? répondit Liam. Si les équipes de recherche n'ont pas trop massacré les indices sur le terrain, je devrais pouvoir la retrouver, qu'elle soit morte ou vive.

— Très bien, conclut Marcus. Dans ce cas, le mieux est de ne pas perdre de temps et de vous rendre sur place dès aujourd'hui. Je vais vous adjoindre deux de nos agents pour vous accompagner. Avec un peu de chance, cette affaire sera bouclée dans les prochaines heures…

La porte de la classe de Holly s'ouvrit, laissant apparaître Thomas Irwin, le directeur de la principale succursale bancaire de Pleasant Pines. Ses enfants étaient scolarisés aux Jeunes Pousses mais il ne venait que très rarement les chercher. Étonnée, elle le rejoignit sur le seuil.

— Que puis-je faire pour vous, Thomas ? lui demanda-t-elle.

— J'aimerais vous parler, répondit-il. Cela ne prendra pas longtemps mais c'est très important.

Holly jeta un coup d'œil aux enfants. Ils avaient quartier libre et étaient tous en train de jouer sans prêter attention aux deux adultes qui s'entretenaient à mi-voix. L'auxiliaire de vie scolaire aidait l'un des plus jeunes élèves à réaliser une imposante pyramide de cubes.

— D'accord, répondit-elle. Tant que cela ne vous ennuie pas d'en discuter dans le couloir.

— Aucun problème, lui assura-t-il.

Ils sortirent et elle referma la porte derrière elle.

— De quoi s'agit-il ?

Thomas passa la main dans ses cheveux poivre et sel qui commençaient à se dégarnir sur le devant.

— Je suis vraiment désolé de venir vous ennuyer pendant votre journée de travail, Holly, lui dit-il. Mais il y a un problème avec votre prêt.

— Vous voulez parler de l'hypothèque sur ma maison ou de l'emprunt de l'école ?

— Les deux, à vrai dire, répondit Thomas d'un ton embarrassé. En réalité, il s'agit de l'ensemble de vos finances…

— Je sais que j'ai eu quelques retards de paiement, et je vous suis très reconnaissante de la compréhension dont vous avez fait preuve jusqu'à présent.

— Justement, soupira le banquier, je ne peux plus me permettre de me montrer aussi arrangeant, Holly. Ce serait déraisonnable de ma part et trompeur à votre égard.

Holly sentit une boule d'angoisse se former au creux de sa gorge et son cœur se mit à battre la chamade.

— La situation est-elle donc si grave ? demanda-t-elle.

— Oui, répondit Thomas d'un ton sans appel. Vous avez accumulé tellement de retard que si vous ne trouvez pas une solution d'ici la fin de la semaine la banque n'aura d'autre choix que de saisir l'école.

Holly le considéra avec effroi.

— La fin de la semaine ? répéta-t-elle d'une voix tremblante. Mais c'est impossible !

— Croyez-moi, j'ai tout fait pour plaider votre cause auprès du directeur régional. Mais il estime que vous êtes surendettée et je ne peux pas vraiment lui donner tort. D'après les estimations que vous m'aviez présentées, l'école devrait générer aujourd'hui un solide bénéfice. Or elle fonctionne à perte et c'est vous qui la subventionnez sur vos fonds personnels. Cela ne peut plus durer, Holly.

— Ce n'est que momentané, objecta-t-elle. Nous avons dû faire face à des réparations imprévues…

Thomas hocha la tête.

— Je le sais bien, concéda-t-il. Mais cela ne change

rien au fond du problème : cet établissement n'est pas assez rentable. C'est une question d'échelle.

— Vous ne pouvez pas fermer cette école, protesta vivement Holly. Des tas de parents comptent sur nous.

— Il ne s'agirait pas de la fermer, répondit Thomas. Un groupe de Dallas serait prêt à reprendre l'établissement. Il possède déjà un grand nombre d'écoles privées à travers le pays.

Holly fronça les sourcils. Une telle offre n'était pas tombée du ciel et, de toute évidence, la banque avait soigneusement étudié le dossier avant de la mettre ainsi au pied du mur.

— Ce compromis me semble assez satisfaisant, reprit Thomas qui n'osait croiser son regard. Non seulement l'école continuera d'exister mais, de plus, le montant de la reprise couvrira l'ensemble de vos emprunts.

— Est-ce que ce groupe texan me laisserait diriger l'école, s'il la rachetait ? demanda Holly sans se faire la moindre illusion. Et est-ce qu'elle pourra conserver ses spécificités en matière d'éducation ?

— Non, reconnut Thomas. L'école devra se conformer aux programmes en vigueur dans les autres établissements du groupe. Et ils enverront probablement quelqu'un de chez eux pour la diriger.

— Dans ce cas, je ne peux pas accepter, déclara-t-elle.

— Je crains que vous n'ayez pas vraiment le choix, rétorqua Thomas, gêné. J'ai fait tout ce que je pouvais pour essayer de vous tirer de cette ornière, Holly. Et croyez-moi, s'il y avait la moindre alternative viable, je l'aurais trouvée… Mais, à moins que vous ne trouviez vingt mille dollars d'ici la fin de la semaine, il n'y a vraiment rien que je puisse faire.

— Vingt mille dollars, murmura Holly, la mort dans l'âme.

Elle ne voyait pas comment elle aurait bien pu réunir une telle somme mais n'était pas prête pour autant à s'avouer vaincue.

— Et si je parvenais à les trouver ? demanda-t-elle.

Thomas lui lança un regard ouvertement dubitatif.

— J'ai juste besoin d'un peu de temps, plaida-t-elle.

— Malheureusement, vous n'en avez plus. Comme je vous l'ai dit, la saisie doit avoir lieu en fin de semaine. Si vous voulez conserver la propriété des Jeunes Pousses, il va vous falloir me donner des garanties d'ici là…

Holly jeta un coup d'œil en direction de sa salle de classe. Elle ne pouvait se permettre de laisser indéfiniment l'auxiliaire de vie scolaire seule avec les enfants.

— Serait-il possible de vous voir ce soir pour en discuter ? demanda-t-elle.

— Vous pouvez passer dans l'après-midi.

— C'est impossible, malheureusement, répondit Holly. Vous savez que l'école ne ferme pas avant 18 heures.

Thomas hésita quelques instants avant de hocher la tête.

— Dans ce cas, lui dit-il, retrouvez-moi à 6 heures au restaurant de Sally. Ma femme et moi y emmenons les enfants dîner tous les lundis. Je pourrai prendre une demi-heure pour discuter des possibilités de recapitalisation que vous aurez identifiées d'ici là.

— D'accord, acquiesça-t-elle. Merci beaucoup, Thomas, je vous revaudrai ça.

— À tout à l'heure, Holly. Et ne soyez pas en retard.

— C'est promis.

Thomas la salua d'un signe de la tête et se détourna pour se diriger vers la sortie. Elle le suivit des yeux, luttant contre l'impression de vertige qui s'était emparée d'elle. En l'espace de quelques minutes, tout le travail qu'elle avait accompli au cours de ces dernières années s'était brusquement retrouvé menacé.

En fondant les Jeunes Pousses, elle avait voulu proposer une méthode alternative qui s'efforçait de diversifier les apprentissages et de responsabiliser beaucoup plus les enfants. Malheureusement, le succès qu'avait rencontré cette approche innovante n'avait pas suffi à garantir la rentabilité de l'école.

Holly avait certainement sous-estimé les frais inhérents au démarrage d'un tel établissement. Mais elle était convaincue qu'avec le temps il deviendrait rentable. Hélas, elle ne disposait apparemment pas d'un tel délai.

S'efforçant de ravaler sa frustration, elle regagna sa classe et s'assura que ses élèves étaient toujours occupés. Avisant la fleur en papier mâché bleu que Sophie Alexander était en train de fabriquer, elle s'approcha pour la féliciter.

— Elle est vraiment très jolie, lui dit-elle.

— C'est pour mon papa, déclara Sophie.

— Je suis sûre qu'elle lui plaira beaucoup. Est-ce que tu veux en faire une autre pour ta maman ?

— Elle est partie vivre très loin, répondit tristement Sophie. C'est pour ça que j'habite avec papa, maintenant.

— Très loin ? répéta Holly, curieuse. Tu sais où ?

— Sur un bateau, répondit Sophie. Dans le golfe du Persil.

— Le golfe Persique, la reprit Holly en réprimant un sourire. Ta maman est dans l'armée ?

Sophie hocha la tête.

— Est-ce que ta maman vivait avec ton papa et toi avant de partir pour le golfe Persique ? s'enquit Holly.

Elle savait bien qu'en posant cette question elle cherchait surtout à satisfaire la curiosité dévorante que lui inspirait le séduisant Liam Alexander.

— Je vivais seulement avec maman, répondit la fillette.

— Est-ce que tu l'appelles, de temps en temps ?

— Je lui parle sur l'ordinateur de papa, répondit Sophie. Mais c'est pas pareil. Elle me manque.

— C'est normal, répondit Holly, touchée par la tristesse qui se lisait dans les yeux de la fillette.

— Des fois, ça me donne envie de pleurer, reprit Sophie. Mais papa me dit que même si maman est très loin elle m'aime toujours autant et elle pense souvent à moi.

— J'en suis certaine, moi aussi, déclara Holly. Et je pense que tu devrais fabriquer une fleur pour elle. Même si tu ne peux pas lui envoyer, tu pourras la lui donner lorsqu'elle reviendra.

— D'accord, acquiesça Sophie avec un large sourire.

Sans attendre, elle se remit au travail et Holly l'observa avec un mélange de tendresse et de mélancolie. Les quelques mots qu'elles venaient d'échanger lui rappelaient cruellement le fait qu'elle-même ne pouvait avoir d'enfants depuis le terrible accident de voiture qu'elle avait eu alors qu'elle était en classe de première.

Le garçon qui conduisait roulait beaucoup trop vite, mais aucun des passagers n'avait eu la présence d'esprit de lui demander de s'arrêter. La voiture était sortie de route avant d'aller percuter violemment un tronc d'arbre.

Holly avait été gravement blessée. Plusieurs de ses organes avaient été touchés et elle avait eu le bassin fracturé. L'os avait fini par se ressouder, mais les médecins lui avaient fortement déconseillé de porter un jour un enfant. Ils estimaient que cela représenterait un danger aussi bien pour le bébé que pour elle-même.

Sur le moment, cela ne l'avait pas affectée outre mesure.

Et, par la suite, elle s'était convaincue qu'elle pouvait se concentrer sur sa carrière et sur ses projets. Elle s'était lancée à corps perdu dans ses études puis dans son travail, en tant que psychologue, autrice puis éducatrice.

Et elle avait soigneusement évité toute forme d'engagement sentimental qui aurait pu la conduire à regretter un jour de ne pouvoir devenir mère…

— Je suis heureuse que tu sois dans ma classe, déclara Holly à l'intention de Sophie.

— Moi aussi, opina la fillette avec conviction.

Holly se redressa. Elle s'apprêtait à se diriger vers un autre élève lorsque Sophie la rappela.

— Holly ?

— Oui ?

— Ne vous en faites pas pour mon papa. C'est juste qu'il n'a pas trop l'habitude de s'occuper de moi.

Holly ne put s'empêcher de sourire.

— Je suis sûre qu'il s'y fera très vite, répondit-elle.

De son avant-bras, Darcy essuya son front couvert de sueur. L'équarrissage était une tâche épuisante et ingrate, et sa blessure ne facilitait pas les choses. Mais elle était bien décidée à aller jusqu'au bout. Levant bien haut sa hache, elle l'abattit une fois de plus, sectionnant le bras de Billy au niveau de l'aisselle.

Le sol était couvert de sang et, bien qu'elle ait pris soin d'ouvrir la trappe donnant sur l'extérieur, l'odeur métallique et doucereuse qui flottait dans l'air lui donnait la nausée. Elle se répéta qu'elle n'avait pas le choix : Billy était bien trop massif pour qu'elle puisse espérer hisser seule son corps le long de l'échelle. Et elle ne pouvait pas le laisser se décomposer dans le bunker.

Lorsqu'elle eut enfin terminé ce dépeçage, elle entreprit de transporter chacun des morceaux jusqu'à la surface. Elle avait découvert non loin du bunker une brouette dont Billy devait se servir pour rapporter les provisions qu'il allait acheter en ville.

Elle était suffisamment large pour contenir l'ensemble des membres de Billy. Et, lorsqu'elle eut déposé le dernier fragment en équilibre sur les autres, elle considéra pensivement ce macabre empilement.

Elle ne tirait aucune satisfaction de ce meurtre. Contrairement à la plupart des crimes qu'elle avait commis, celui-ci avait été purement utilitaire : elle avait seulement cherché à se protéger.

Réprimant un soupir, elle souleva la brouette et la poussa pendant quelques minutes, de façon à s'écarter du bunker. Elle finit par trouver un repli de terrain dans lequel elle déversa les membres sanguinolents. La tête roula sur elle-même avant de s'immobiliser, fixant sur elle un regard accusateur.

Lui tournant le dos, Darcy fit demi-tour et regagna le bunker. En chemin, elle se prit à repenser à toutes ses victimes passées. Contrairement à Billy, chacune d'entre elles lui avait insufflé au moment de sa mort un peu d'énergie, de force vitale. C'était une sensation exaltante, la seule qui parvenait réellement à lui faire oublier qu'autrefois elle-même avait été une victime impuissante.

Un frisson glacé la parcourut à ce souvenir. Elle pouvait presque sentir le souffle fétide de son père sur sa joue. Au prix d'un violent effort de volonté, elle parvint à repousser cette image.

Avec une pointe d'angoisse, elle se demanda combien de temps encore elle serait victime de son propre passé, combien de fois encore elle devrait tuer pour le conjurer.

De retour dans le bunker, elle entreprit de fouiller les lieux à la recherche du téléphone portable qu'elle avait vu Billy utiliser une fois ou deux. À son grand soulagement, il était allumé et avait encore de la batterie. Elle hésita pourtant quelques instants avant de composer le numéro de la seule personne qui était susceptible de lui venir en aide.

Elle avait parfaitement conscience du risque qu'elle courait en la contactant. Mais à ce stade elle n'avait plus vraiment le choix.

Trois sonneries retentirent avant qu'il ne décroche.

— Allô ?

— C'est moi, dit-elle. J'ai besoin d'aide.

Un long silence s'ensuivit.

— Qui est à l'appareil ? demanda-t-il d'une voix incertaine.

— Tu sais très bien qui c'est.

— Je croyais que tu étais morte. C'est ce qu'ils ont dit aux infos.

— Comme quoi, il ne faut pas prendre pour argent comptant tout ce que disent les médias, répondit-elle d'un ton légèrement narquois.

— Tu n'aurais pas dû m'appeler…

— Je n'avais pas le choix, répondit-elle. J'ai besoin de ton aide.

Elle perçut son hésitation.

— Tu as une dette envers moi, lui rappela-t-elle.

— D'accord, soupira-t-il. De quoi as-tu besoin ?

— D'une nouvelle identité. Et d'un petit boulot, si possible. Je n'ai plus un sou.

— Je devrais pouvoir te dégoter ça, soupira-t-il. J'ai juste besoin d'un peu de temps. Rappelle-moi d'ici une heure et je pourrai te dire où et quand tu pourras récupérer tes papiers. Mais je te préviens : après ça, je ne pourrai plus rien pour toi. Tu es allée beaucoup trop loin, Darcy. Et j'ai vraiment de la chance que personne n'ait encore fait le rapprochement entre nous.

— Moi aussi, répondit-elle. Et ne t'en fais pas : une fois que tu m'auras sortie du pétrin, je devrais pouvoir me débrouiller seule.

— Tu as intérêt, déclara-t-il. Parce qu'à l'avenir, si tu essaies de me contacter, je raccrocherai directement.

— Inutile de paniquer. Fournis-moi des papiers et un travail, et je te promets que je te laisserai tranquille.

— Je suis heureux que nous nous comprenions.

Il raccrocha et elle considéra pensivement le téléphone qu'elle tenait à la main. Un léger sourire se dessina alors sur ses lèvres. Une fois de plus, Darcy Owens se voyait offrir une chance de s'en sortir saine et sauve. Et elle était bien décidée à la saisir.

3

À la fin de leur réunion avec Wyatt Thornton, Marcus Jones présenta à Liam les deux agents avec lesquels il devait faire équipe ce jour-là. Luis Martinez était un ancien policier de Denver aux cheveux coupés en brosse et au sourire communicatif qui avait rejoint Rocky Mountain Justice un an auparavant. Liam le trouva aussitôt sympathique.

Julia McCloud avait servi dans l'armée comme ranger et se trouvait avoir suivi un stage de survie que Liam avait dispensé à Fort Drum, plusieurs années auparavant. Il ne se souvenait pas d'elle mais cela n'avait rien de très étonnant : au cours de sa carrière, il avait formé et entraîné des centaines de militaires et d'agents de la sécurité civile.

Le bref entretien que Liam eut avec Luis et Julia le rassura quelque peu. Bien qu'il préférât généralement travailler seul, il ne pouvait se plaindre des collaborateurs que Marcus lui avait choisis. Tous deux paraissaient être d'excellents professionnels aux talents très complémentaires.

Dès que Marcus leur eut exposé les paramètres de leur mission de reconnaissance, ils s'installèrent à bord d'un gros 4x4 aux vitres teintées et prirent la direction des montagnes.

— Vous avez fait connaissance avec Wyatt ? lui demanda Luis qui avait pris le volant.

— En effet.

— Qu'avez-vous pensé de lui ?

— Il m'a paru un peu… intense, je dirais.

Luis hocha la tête.

— Il a fait de la traque de Darcy Owens une affaire personnelle. Avant de rejoindre Rocky Mountain Justice, il travaillait déjà sur ce dossier pour le FBI. Mais quelqu'un a commis une erreur et les fédéraux ont arrêté un innocent. Wyatt a payé les pots cassés et sa carrière prometteuse s'est arrêtée net.

— C'est pour pouvoir continuer à la poursuivre qu'il a rejoint RMJ ?

— À vrai dire, c'est le contraire qui s'est produit : Darcy a fait une fixation sur lui et l'a suivi lorsqu'il est venu s'installer dans le Wyoming. Elle a recommencé à tuer et s'est servie de ses meurtres pour le provoquer. Elle a même tenté d'assassiner sa petite amie. Il est parvenu à la sauver, mais Darcy lui a filé entre les doigts.

— Je vois, dit Liam. J'imagine qu'à sa place je l'aurais mauvaise, moi aussi.

— Il n'y a pas que cela, remarqua Julia. Wyatt se sent coupable d'avoir laissé échapper Darcy. Et il espère que nous pourrons la retrouver avant qu'elle ne tue de nouveau.

— Et sa petite amie ? Est-ce qu'elle s'en est sortie, en fin de compte ?

— Oui. Vous la rencontrerez probablement, maintenant qu'elle vit à Pleasant Pines. Avant de s'y installer, Everly travaillait dans les relations publiques, à Chicago. À présent, elle fait la promotion de la ville. La mairie l'a notamment chargée de trouver un nouveau shérif.

— C'est vrai, acquiesça Liam. J'ai entendu dire que le précédent s'était fait tuer par Darcy ?

— Oui. Haak s'est fait tirer dessus alors qu'il participait au sauvetage d'Everly. Elle estime avoir une dette envers lui et est bien décidée à lui trouver un successeur dont il aurait pu être fier.

Liam s'apprêtait à répondre lorsqu'il aperçut au loin une nuée de charognards qui tournoyaient dans le ciel.

— Arrêtez-vous ! ordonna-t-il à Luis.

Ce dernier immobilisa aussitôt leur véhicule sur le bord de la petite route forestière qu'ils étaient en train de suivre.

— Regardez, dit Liam à ses compagnons. Vous voyez ces oiseaux ? Ce sont des vautours. Vu leur nombre, ils ont dû repérer une proie de grande taille. Il pourrait s'agir de Darcy…

— Si c'est le cas, le corps se trouve à plusieurs kilomètres de l'endroit où nous sommes, remarqua Julia. Et il n'y a aucun sentier qui parte dans cette direction.

— Il y en a un dans un kilomètre en avant, indiqua Luis. Il s'agit d'une saignée préventive pratiquée par les pompiers pour prévenir les feux de forêt. Elle devrait nous permettre d'avancer dans la bonne direction pendant quelques kilomètres. Ensuite, il nous faudra tracer notre propre route.

— Cela ne devrait pas être un problème, déclara Liam avec assurance.

Il avait eu maintes occasions de se frayer un chemin à travers une végétation bien plus dense. Cette forêt l'impressionnait d'autant moins qu'il avait grandi à quelques kilomètres de là et qu'à l'époque il passait déjà le plus clair de son temps libre dans les bois.

C'était son grand-père qui l'avait emmené camper,

les premières fois. Il lui avait aussi appris à repérer les traces laissées par les animaux sauvages et à les pister. Rétrospectivement, il s'était dit que c'étaient ces expériences qui lui avaient donné le goût de la nature et l'avaient convaincu de devenir pisteur. Il ne s'était pourtant pas attendu à exercer un jour ce métier si près de l'endroit où il avait passé son enfance.

Quelques minutes plus tard, Luis arrêta leur 4x4 au bord de la route, à proximité d'un large sentier qui s'enfonçait à travers bois. Tous trois descendirent de voiture pour aller récupérer leurs paquetages dans le coffre.

— C'est moi qui ai préparé nos sacs, leur indiqua Julia. Nous avons suffisamment de rations et d'eau pour tenir deux jours. Il y a également des talkies-walkies, des téléphones satellitaires, une trousse de secours, de la corde, un baudrier de rappel et un jeu de clés de voiture chacun.

— Parfait, approuva Liam en réglant les lanières de son sac à dos.

— Ceci est votre arme de service, ajouta Julia en lui tendant un pistolet automatique. C'est un Glock dont le chargeur contient quinze balles. Il y en a aussi une dans le canon.

Liam l'inspecta rapidement avant de hocher la tête.

— Parfait, répéta-t-il sobrement.

Ne disposant pas d'un holster, il glissa le pistolet dans son dos, sous sa ceinture. Puis il sortit de son fourreau la machette dont il avait pris soin de se munir. La lame scintilla au soleil tandis qu'il éprouvait le tranchant et le poids de cet outil.

— Allons-y, dit-il en s'engageant d'un bon pas sur le sentier forestier.

Ils s'enfoncèrent dans les bois qui résonnaient du chant

des oiseaux. Une puissante odeur de pins flottait dans l'air et se mêlait à celle, plus sourde, de la terre encore humide. Ils évoluèrent à belle allure le long de la saignée réalisée par les pompiers.

Puis ils durent se frayer un chemin au milieu d'une végétation de plus en plus dense à mesure qu'ils progressaient. La machette de Liam se révéla rapidement indispensable, et lui-même ne tarda pas à suer à grosses gouttes.

À un moment, ils firent une pause dans une clairière naturelle. Levant les yeux vers le ciel, Liam constata que de nouveaux charognards s'étaient joints à ceux qu'il avait repérés un peu plus tôt.

— Cette fois, cela ne fait plus aucun doute, déclara-t-il. Il y a bien quelque chose de mort par là-bas. Reste à savoir si c'est notre tueuse ou juste un animal.

— Le seul moyen de le savoir est de continuer, déclara Luis en s'épongeant le front.

Ils se remirent donc en marche. Liam commençait à se demander s'ils ne faisaient pas fausse route. Il semblait effectivement peu probable qu'une femme blessée et inexpérimentée se soit aventurée dans un endroit aussi peu praticable.

Qui sait ? Elle était peut-être venue d'une autre direction et s'était retrouvée bloquée par ce mur végétal. Était-ce pour cela qu'elle était morte ? Évidemment, ce genre de spéculations gratuites ne le mèneraient nulle part. Seule comptait à ses yeux la réalité des faits et du terrain.

Liam redoubla donc d'efforts et, après plus d'une heure à travers bois, il parvint enfin en vue d'un repli de terrain au fond duquel les arbres étaient nettement plus clairsemés. Un grand nombre d'oiseaux s'étaient posés là et se disputaient des restes sanguinolents. De l'endroit où ils se trouvaient, il était impossible de dire si c'étaient ceux d'un être humain.

Liam dégaina son arme et tira un coup de feu vers le ciel. Aussitôt, les oiseaux prirent leur envol, abandonnant à regret les reliques de leur macabre repas. Les trois agents de Rocky Mountain Justice se rapprochèrent et Julia laissa échapper une exclamation de stupeur mêlée de dégoût.

Suivant son regard, Liam aperçut une tête tranchée. Les oiseaux avaient causé bien trop de dommages pour qu'on puisse l'identifier, mais les restes de barbe ne laissaient aucune place au doute : il ne pouvait s'agir du corps de Darcy Owen.

— Bizarre, murmura Liam en observant les restes humains qui jonchaient le sol. Le cadavre est totalement démembré.

— Est-ce que cela pourrait être l'œuvre d'un animal ? s'enquit Luis.

Liam secoua la tête.

— C'est peu probable. Cela ne ressemble pas aux blessures que causeraient un ours ou un puma. Les membres semblent avoir été tranchés plus qu'arrachés.

Ses deux compagnons s'entre-regardèrent.

— Je serais prêt à parier que ceci est l'œuvre de Darcy Owens, conclut Liam d'un air sombre. Toute la question est de savoir où elle a bien pu aller ensuite…

Bien décidée à faire tout ce qui était en son pouvoir pour réunir la somme mentionnée par Thomas Irwin, Holly chargea Tonya de veiller sur ses élèves. Regagnant son bureau, elle composa sans attendre le numéro de Franklin Nelson, son agent littéraire.

Ce dernier répondit à la troisième sonnerie.

— Holly ? s'exclama-t-il. Cela faisait longtemps…

— Six ans, rétorqua-t-elle.

— Comment vas-tu depuis tout ce temps ?

— Bien, répondit-elle.

— J'ai entendu dire que tu étais retournée dans le Wyoming ?

— C'est exact. J'ai investi l'argent que m'avait fait gagner mon livre dans une école que j'ai fondée. Comme je te l'avais expliqué à l'époque, je voulais aider les gens au quotidien.

— Ton livre a aidé des millions de gens, remarqua Franklin.

Ce n'était pas la première fois qu'ils avaient cette discussion.

— Je voulais accomplir quelque chose de concret, quelque chose de plus personnel, expliqua-t-elle de nouveau.

— J'espère que le jeu en valait la chandelle, répondit Franklin d'un ton ouvertement dubitatif. Mais, dis-moi, que me vaut le plaisir de cet appel ?

Holly hésita quelques instants avant de lui répondre. Le livre qu'elle avait écrit huit ans auparavant était rapidement devenu un best-seller. Mais c'était arrivé un peu par hasard et jamais cela n'avait été un objectif conscient de sa part. Elle s'était contentée de remettre en forme son mémoire de thèse sur les traumatismes de la petite enfance pour le rendre un peu plus accessible au grand public.

Elle avait été la première surprise par l'engouement que l'ouvrage avait suscité. Et plus encore par la tempête médiatique qui s'était déchaînée ensuite. Du jour au lendemain, elle avait accédé à la notoriété, s'était vue invitée à des émissions de radio ou de télévision, à des sessions de dédicace, à des conférences, à des fêtes chez des éditeurs ou des auteurs qu'elle ne connaissait même pas.

Puis le livre avait fini par quitter la liste des best-sellers et, du jour au lendemain, on l'avait presque totalement oubliée. Elle avait été aussi surprise par ce brusque revirement que par les honneurs qui l'avaient précédé. Elle s'était sentie trahie et n'était pas sûre de vouloir revivre une telle expérience. Malheureusement, elle n'avait pas vraiment le choix.

— Je me demandais si ton offre tenait toujours ?

— Quelle offre ? lui demanda Franklin, surpris.

— Celle d'écrire un nouveau livre.

— Ça alors ! s'exclama son agent. Jamais je n'aurais cru entendre un jour une chose pareille. Je serais curieux de savoir ce qui a bien pu te faire changer d'avis.

— J'ai besoin d'argent, reconnut Holly, optant pour la franchise. Il me faut au plus vite vingt mille dollars.

Franklin laissa échapper un petit sifflement.

— Je ne peux pas t'accorder une telle avance, répondit-il. Pas alors que tu n'as rien écrit depuis des années et que je ne connais même pas le sujet de l'ouvrage en question.

— Que te faudrait-il ? lui demanda-t-elle.

Il hésita.

— Eh bien, si tu pouvais me fournir un synopsis, plus quelques pages, histoire que je puisse me rendre compte de ce que tu as en tête, je pourrais peut-être commencer à démarcher quelques personnes. Si un éditeur est intéressé, je pourrai t'accorder cette avance.

La demande de Franklin semblait parfaitement justifiée. Malheureusement, elle ne correspondait pas du tout aux impératifs que lui avait fixés Thomas.

— Je n'ai pas encore commencé à écrire, avoua-t-elle.

— Est-ce qu'au moins tu peux me parler du sujet ?

— Je n'ai pas encore décidé.

Franklin laissa échapper un petit toussotement réprobateur.

— Tu es sûre que tu veux vraiment écrire ? lui demanda-t-il d'un ton dubitatif. Pourquoi as-tu besoin de cet argent ?

— Pour éviter que la banque ne saisisse mon école, répondit Holly. Si je ne réunis pas très vite cette somme, je vais me retrouver très vite sans emploi.

— Je vois, lui dit Franklin. Écoute, Holly, voilà ce que je te propose : envoie-moi au plus vite un résumé et un plan de l'ouvrage, plus le premier chapitre. Si cela me paraît prometteur, je t'avancerai la somme dont tu as besoin. Est-ce que ça te conviendrait ?

La proposition était plus que généreuse mais, même si elle acceptait, ce paiement interviendrait bien trop tard pour pouvoir sauver son école.

— Je vais y réfléchir, répondit-elle.

Elle savait déjà qu'elle n'en ferait rien et Franklin le savait probablement aussi. Après avoir échangé encore quelques banalités avec lui, Holly raccrocha. Elle demeura ensuite longuement immobile, le regard dans le vague, réfléchissant à la façon dont elle pourrait réunir ces vingt mille dollars.

Sans surprise, aucune idée ne lui vint à l'esprit.

4

— Il n'y a aucun moyen d'identifier la victime, déclara Liam en observant le crâne qui gisait sur le sol. Que faisait ce type ici, au beau milieu de nulle part ?

— Bonne question, répondit Julia. Il n'y a aucune habitation à des lieues à la ronde. C'était peut-être un randonneur que Darcy a attaqué.

— Possible, concéda Liam. Si tel est le cas, elle a dû récupérer son sac à dos. Mais cela n'explique pas pourquoi ni elle ni ce type ne sont apparus sur les clichés infrarouges.

— Je vais signaler ce que nous avons trouvé à la police, déclara Julia en fouillant son sac pour récupérer le téléphone par satellite dont chacun d'eux était équipé. Ils enverront une équipe de la police scientifique, ce qui nous permettra peut-être de comprendre quand cet homme s'est fait tuer et de quelle façon.

— Je peux déjà vous dire que le meurtre a eu lieu très récemment, remarqua Luis. La chair ne présente aucun signe de décomposition.

— Ce qui signifie que Darcy est peut-être toujours dans les parages, murmura Liam. Elle pourrait être en train de nous espionner en ce moment même, ajouta-t-il en observant attentivement les alentours.

L'idée de se trouver à découvert alors que cette tueuse était en liberté le rendait nerveux. Il jeta un coup d'œil à sa montre.

— La police ne devrait pas arriver avant une bonne demi-heure au minimum, dit-il. Cela nous laisse le temps de retrouver la piste de notre tueuse et de savoir d'où elle venait et peut-être où elle se trouve actuellement.

Julia passa l'appel et leur confirma le délai que Liam venait d'estimer.

— C'est bizarre, murmura alors Luis qui s'était agenouillé auprès de la tête de la victime.

Liam l'interrogea du regard.

— Vous voyez cette marque, au niveau de la gorge ? leur dit-il en désignant une strie violacée. Cela indique que la victime a été étranglée avant d'être découpée en morceaux. Cela ne correspond pas vraiment au mode opératoire de Darcy. La plupart de ses victimes ont été empoisonnées.

— Mais cette fois Darcy ne cherchait pas à satisfaire une pulsion homicide, observa Liam. C'était probablement juste une question de survie. À moins que vous ne pensiez qu'un autre criminel se promène par hasard dans la région…

— Espérons que non, répondit Julia. Mais il y a autre chose qui est étrange. Si quelqu'un avait découpé la victime ici récemment, l'herbe serait imbibée de sang. Or je n'en vois que peu de traces.

— Exact, approuva Liam. Ce qui signifie que ce type a été tué et dépecé ailleurs et qu'on a apporté sa dépouille jusqu'ici pour s'en débarrasser.

— Pourquoi aurait-on déplacé un corps au beau milieu de nulle part ?

— Quelque chose me dit qu'en répondant à cette

question nous découvrirons où Darcy s'est cachée au cours de ces derniers jours, déclara Liam.

Il observa de nouveau les alentours et aperçut ce qu'il cherchait : une trouée au cœur de la végétation qui indiquait que quelqu'un était passé par là. S'en approchant, il inspecta le sol à la recherche de traces de pas et fut surpris de découvrir une rainure dans le sol meuble du sous-bois.

— Une bicyclette ? s'étonna Julia. C'est un drôle de moyen de transport dans un tel environnement. Même avec un VTT, il ne doit pas être facile de progresser dans les bois.

— Et encore moins de transporter un corps, renchérit Liam. Mais je ne crois pas qu'il s'agisse d'un vélo. La piste n'est pas assez rectiligne. Et vous voyez ces marques, de chaque côté ? Je pense qu'elles correspondent aux pieds d'une bouette.

— Une brouette ? s'exclama Luis, sidéré. Mais qui se promène avec une brouette au beau milieu des bois ?

— Quelqu'un qui a régulièrement besoin de transporter de lourdes charges.

— Vous pensez vraiment que quelqu'un habite dans les parages ?

— Pourquoi pas ? L'endroit ne doit pas manquer de grottes où quelqu'un pourrait s'installer. Et cela expliquerait pourquoi ni Darcy ni la victime n'ont été repérées par les caméras infrarouges du FBI…

Luis haussa les épaules.

— Remontons cette piste et nous verrons bien où elle nous conduit, suggéra Luis.

Liam hocha la tête et se remit en marche en suivant l'empreinte laissée par la brouette. Elle était assez profonde, probablement du fait du poids du corps qu'elle avait contenu. Une seconde trace plus légère se superposait à la première, indiquant qu'on l'avait ramenée par le même chemin.

Ils progressèrent ainsi durant quelques minutes jusqu'à tomber sur la brouette en question que l'on avait abandonnée à l'orée d'une clairière. Les traces de sang qui se trouvaient à l'intérieur confirmaient s'il en était besoin l'usage qu'on en avait fait.

Prudemment, les trois agents se rapprochèrent de la clairière en prenant soin de rester à couvert.

— Il y a une trappe métallique, constata Julia, sidérée.

— Incroyable, murmura Luis. Quelqu'un s'est construit un abri souterrain au beau milieu de la forêt.

— Le FBI ne risquait pas de le détecter, acquiesça Liam.

— Darcy se trouve peut-être toujours à l'intérieur, suggéra Luis. Est-ce qu'on attend la police ou est-ce qu'on essaie de la débusquer ?

— Le problème, c'est que nous ne savons pas si c'est la seule issue, remarqua Julia. Nous ne savons pas non plus ce que nous trouverons là-dedans – ni même combien de gens peuvent bien s'y trouver, à vrai dire.

Liam hocha la tête. Marcus lui avait clairement laissé entendre qu'une fois sur le terrain ce serait lui qui commanderait la petite équipe. Cela signifiait aussi qu'il était responsable de la sécurité de ses collègues. Il ne pouvait donc se permettre de prendre la mauvaise décision.

Il observa attentivement la trappe métallique qui était grande ouverte. On distinguait des barreaux métalliques qui permettaient de descendre sous terre. Derrière lui, Luis avait sorti une paire de jumelles pour observer cette entrée. Avant que Liam ait pu le mettre en garde, les lentilles reflétèrent la lumière du soleil en direction de la trappe.

Liam étouffa un juron. Ils venaient probablement de perdre l'avantage de la surprise.

Darcy venait de rincer ses mains et ses avant-bras. Elle avait également ôté son T-shirt maculé de taches de sang pour en enfiler un qu'elle avait trouvé dans la malle de Billy. Elle était sur le point de fouiller le bunker à la recherche de l'argent liquide que Billy avait dû y cacher lorsque son attention fut attirée par une petite flaque de lumière qui apparut soudain sur le mur en béton.

Elle disparut presque aussitôt, mais sa présence ne pouvait signifier qu'une seule chose : quelqu'un se trouvait à l'extérieur du bunker. L'espace de quelques instants, Darcy fut presque tentée de se rendre. Elle était lasse de devoir passer son temps à fuir.

Elle écarta pourtant rapidement cette éventualité, sachant que si elle venait à être capturée elle passerait probablement le reste de ses jours en prison. Or la vie venait tout juste de lui offrir une seconde chance, une possibilité de se reconstruire sous une nouvelle identité. Et elle était bien décidée à s'en saisir.

Sans attendre, elle gravit l'échelle métallique qui menait à la surface et risqua un bref coup d'œil à l'extérieur avant de replonger à l'abri. Elle avait eu le temps d'apercevoir trois personnes qui se trouvaient dans les bois, juste à la lisière des arbres. Elle avait remarqué aussi qu'ils étaient armés.

Si elle voulait avoir une chance de leur fausser compagnie, elle allait devoir agir très vite. Se laissant glisser au bas de l'échelle, elle courut récupérer la hache qu'elle avait utilisée pour dépecer Billy et remonta aussi rapidement que possible.

Elle pouvait entendre des bruits de pas qui faisaient crisser des feuilles mortes. Ils se rapprochaient lentement du bunker et elle comprit que, si elle voulait avoir une chance de s'échapper, elle allait devoir passer à l'action sans tarder. Elle compta jusqu'à trois avant de se précipiter à l'extérieur, fonçant droit vers les hommes qui approchaient.

Avant qu'ils n'aient eu le temps de réagir, elle assena un coup de hache à celui qui était le plus proche d'elle. Il eut tout juste le temps de se jeter en arrière. Sans le laisser recouvrer son équilibre, Darcy lui décocha un violent coup de pied au genou, lui arrachant un grognement de souffrance.

Il tituba en arrière, heurtant son camarade et laissant la voie libre à Darcy. Sans hésiter, elle se mit à courir, sprintant de toutes ses forces en direction de la forêt.

Sans se retourner, elle fonça parmi les arbres. Derrière elle, elle pouvait entendre un bruit de course et, soudain, un coup de feu retentit. La balle toucha un arbre sur sa gauche, faisant voler des échardes de bois dont l'une lui entailla la joue.

Darcy contourna un tronc épais et projeta sa hache de toutes ses forces vers la droite avant d'obliquer sur la gauche pour se jeter dans un épais hallier. Là, elle demeura tapie, le souffle court et le cœur battant à tout rompre.

Ainsi qu'elle l'avait espéré, l'homme qui la poursuivait se dirigea vers la droite et s'immobilisa près de la hache qui gisait sur le sol.

— Où est-elle passée ? demanda une femme qui l'avait suivi de près.

— Je ne sais pas, répondit-il. Elle a lâché sa hache et elle a disparu…

De là où elle se trouvait, Darcy ne pouvait voir ses poursuivants. Et elle n'osait pas se redresser pour tenter de distinguer leurs visages.

— Pourquoi a-t-elle abandonné sa seule arme ? s'étonna la femme.

— Elle devait l'encombrer, rétorqua un autre homme qui venait d'arriver à son tour.

— Comment va ton genou ? s'enquit la femme.

— Elle ne m'a pas raté, répondit le nouveau venu. Je ne savais pas qu'elle savait se battre.

— De toute évidence, nous avons sous-estimé ses aptitudes en matière de survie, observa l'autre homme. Elle est parvenue à nous filer entre les doigts alors même que nous l'avions acculée.

— Elle ne peut pas être allée bien loin, remarqua la femme. Je n'entends plus aucun bruit.

— C'est vrai. Séparons-nous de façon à couvrir un maximum de terrain et mettons-nous à sa recherche. Utilisons nos talkies-walkies pour rester en contact. Le premier qui trouve quelque chose appelle les autres.

Les deux autres donnèrent leur accord et Darcy les entendit s'enfoncer dans la forêt. Elle prit alors conscience que l'un d'eux venait dans sa direction. L'espace d'un instant, elle fut tentée de fuir. Mais, ce faisant, elle avait de fortes chances de se retrouver de nouveau avec trois poursuivants.

Elle demeura donc parfaitement immobile, tous les sens aux aguets. Les bruits de pas se rapprochèrent encore, mettant ses nerfs à rude épreuve. La personne passa sur sa droite, à quelques mètres seulement de l'endroit où elle était tapie.

La végétation était bien trop dense pour qu'elle puisse l'apercevoir. Mais elle l'entendit marcher puis s'arrêter brusquement. Elle se demanda s'il ne l'avait pas repérée. Le cœur battant, elle s'attendait à tout moment à entendre retentir une sommation ou même un coup de feu. Mais rien ne vint.

Il avança de nouveau, se rapprochant encore. À présent, elle pouvait le voir, de dos, à quelques mètres d'elle. Instantanément, elle sentit monter en elle une pulsion presque irrépressible. Il aurait été si facile de se jeter sur lui et de l'étrangler, ou bien encore de frapper l'arrière de son crâne à l'aide de la branche morte qui se trouvait à ses pieds.

Un frémissement voluptueux la parcourut tandis qu'elle s'imaginait abattre sur lui le morceau de bois, frapper et frapper encore jusqu'à ce que son crâne éclate comme un fruit trop mûr.

Sans même qu'elle s'en aperçoive, elle s'était déjà penchée pour ramasser la branche qu'elle serrait convulsivement entre ses doigts.

Fais-le, murmurèrent en elle les Ténèbres.

— Non, murmura-t-elle en se forçant à lâcher la branche.

Crois-tu qu'il hésiterait, à ta place ? susurrèrent les Ténèbres. *Ils viennent de te tirer dessus.*

— Non, souffla-t-elle de nouveau, luttant de toute la force de sa volonté contre ce pouvoir de suggestion presque incoercible.

Il le mérite, tu sais…

— Non, répéta-t-elle une troisième fois.

Son entêtement parut avoir momentanément raison de la voix et, quelques instants plus tard, l'homme se remit en marche, s'éloignant du hallier dans lequel elle était tapie. Darcy sentit un profond soulagement l'envahir. Pour la première fois depuis des années, elle était parvenue à faire taire les Ténèbres.

Pour la première fois, elle avait une véritable chance d'être libre. Elle allait pouvoir recommencer à zéro, sous un nouveau nom, une nouvelle identité. Et elle serait une nouvelle femme.

Un frisson glacé dévala alors le long de son échine. Car elle venait de prendre conscience du fait que, pour accomplir ce rêve, elle allait devoir rappeler son contact. Et pour cela il allait lui falloir récupérer le téléphone portable de Billy qui se trouvait toujours dans le bunker…

5

Julia McCloud ajusta l'oreillette du talkie-walkie qui était accroché à sa ceinture et pressa le bouton qui permettait de l'activer.

— Luis ? souffla-t-elle. Tu es là ?

— Oui, répondit la voix de son collègue entrecoupée de grésillements. Est-ce que tu as trouvé quelque chose ?

— Je me disais qu'il serait peut-être utile d'aller jeter un coup d'œil au bunker, indiqua-t-elle. Nous pourrions y trouver des indices intéressants avant que la police ne mette la main dessus.

— Je suis d'accord, répondit Luis. Est-ce que tu veux que j'y aille ?

— Je m'en charge, répondit-elle.

— Fais attention à toi.

— Ne t'en fais pas pour moi, c'est peut-être le seul endroit où nous soyons sûrs de ne pas trouver Darcy. Je te tiens au courant au cas où je découvrirais quelque chose d'intéressant. Terminé.

Julia se détourna et fit marche arrière, regagnant la clairière qu'ils avaient quittée quelques minutes auparavant. Elle tenait toujours son arme à la main, bien décidée à ne pas se laisser surprendre par Darcy. Le souvenir du cadavre démembré qu'ils avaient retrouvé lui avait rappelé à quel point cette femme pouvait être dangereuse.

Parvenue en vue de la trappe menant au bunker, elle rajusta les lanières de son sac qui était alourdi par la hache qu'elle y avait attachée pour pouvoir la remettre à la police. Glissant son arme à sa ceinture, elle posa le pied sur le premier barreau de l'échelle métallique et commença à descendre.

La température était nettement plus fraîche, à l'intérieur du bunker, et il flottait dans l'air une odeur âcre et métallique qu'elle mit quelques instants à reconnaître comme étant celle du sang. Elle avait la désagréable impression de pénétrer dans un abattoir.

Lorsqu'elle arriva en bas, elle constata que le bunker était constitué de deux pièces disposées en enfilade. La plus grande servait à la fois de chambre et de salle de séjour, la plus petite de réserve. Au milieu de la première, sur le sol, on distinguait une grande tache de couleur brun-rouge qui expliquait l'odeur ambiante.

Julia s'approcha d'une étagère sur laquelle étaient posés des objets hétéroclites : une rame de papier, des outils divers, des boîtes de conserve, des couverts et, curieusement, une belle pendule ancienne que quelqu'un avait visiblement pris la peine de mettre à l'heure et de remonter.

Dans un coin se trouvait un gros poêle à bois. À l'opposé, il y avait un bidon rempli d'eau près duquel étaient accrochés divers récipients. Il y avait aussi une table, deux chaises, un grand coffre métallique rempli de vêtements soigneusement pliés – des vêtements d'homme, ce qui paraissait confirmer que le bunker avait dû appartenir à la victime de Darcy.

Un objet attira alors l'attention de Julia : il s'agissait

d'un téléphone portable à clapet qui était posé sur l'un des lits. Elle enleva son sac à dos sur le sol et mit son arme dessus avant de sortir une paire de gants en latex ainsi que son propre téléphone.

Après avoir enfilé les gants, elle ouvrit le capot du téléphone et fit apparaître le journal d'appels qu'elle photographia. Le dernier numéro avait été composé ce matin même. Elle hésita à renouveler l'appel mais y renonça, estimant qu'il valait d'abord mieux savoir à qui il appartenait.

Elle glissa son propre téléphone dans sa poche et s'apprêtait à reposer celui qu'elle avait pris sur le lit lorsqu'elle crut percevoir un bruit derrière elle. Le cœur battant à tout rompre, elle se retourna et se retrouva face à Darcy Owens qui venait de descendre le long de l'échelle métallique.

Il ne s'était écoulé que deux semaines depuis que Julia l'avait vue pour la dernière fois, mais elle paraissait avoir pris dix ans d'un coup. Ses cheveux blonds avaient perdu tout leur lustre et son teint était cireux. Ses yeux étaient cernés de noir et elle devait peser dix kilos de moins.

— Vous ne devriez pas être ici, lui dit-elle d'une voix étrangement rauque.

Julia ne la quittait pas des yeux. Darcy n'était pas armée mais cela ne suffisait pas à la rassurer complètement. Elle avait parfaitement conscience du danger que représentait cette femme.

Julia jeta un coup d'œil nerveux en direction de son pistolet qui était posé sur son sac à dos, regrettant amèrement l'erreur qu'elle avait commise en s'en séparant.

— Vous n'avez pas l'air d'être dans votre assiette, dit-elle à Darcy pour gagner du temps et détourner son attention de l'arme. Vous avez besoin de soins.

— Qui êtes-vous ? lui demanda Darcy. Vous n'êtes pas de la police, n'est-ce pas ?

— Non, en effet.

— Pourtant, je vous connais. Je vous ai déjà vue quelque part… Vous êtes venue à l'auberge de Pleasant Pines, n'est-ce pas ?

— Oui.

Julia avait enquêté sur le suicide du cuisinier que l'on avait initialement soupçonné d'avoir commis les meurtres. En fin de compte, le suicide en question s'était révélé être un autre assassinat perpétré par Darcy.

— Vous devriez venir avec nous, suggéra-t-elle.

— Il n'est pas question que je me rende, déclara Darcy.

Julia fit un pas en direction de son sac à dos.

— Parlez-moi de l'homme que nous avons retrouvé près d'ici.

— Billy ? s'enquit Darcy. C'est lui qui m'a trouvée lorsque j'ai réussi à échapper à Wyatt.

Darcy porta machinalement la main à l'épaule où elle avait été blessée.

— Il m'a ramenée ici, ajouta-t-elle. Et il m'a soignée.

— Vous ne semblez pas être complètement guérie, remarqua Julia.

Darcy ne répondit pas.

— Pourquoi l'avez-vous tué, si c'est lui qui vous a sauvé la vie ?

— Parce que c'était un salopard, répondit Darcy d'une voix tremblante de rage à peine contenue. Il méritait de mourir. Et ne me demandez pas de faire semblant d'être désolée pour lui.

— Tout ce que je vous demande, c'est de revenir à Pleasant Pines avec nous. Là-bas, vous pourrez manger et recevoir des soins adaptés…

Avant que Darcy n'ait eu le temps de lui répondre, Julia se rua vers son sac et se pencha pour ramasser son pistolet. Mais dans le même temps Darcy s'était jetée sur la hache qui était accrochée au sac à dos. Et avant que Julia n'ait eu le temps de braquer son arme vers elle la cognée s'abattit.

Le pistolet lui échappa et Julia constata avec horreur que le coup que Darcy venait de lui porter avait sectionné trois doigts de sa main droite. Et déjà la hache revenait vers elle en sifflant. Elle entailla profondément son ventre, lui arrachant un hurlement de douleur.

Julia tomba à genoux, les paumes pressées sur la blessure qui commençait à saigner abondamment. Darcy Owens fit alors un pas vers elle et la considéra d'un air presque navré.

— J'aurais préféré que vous ne touchiez pas à votre arme, lui dit-elle en secouant tristement la tête.

— Je…, articula Julia. Je…

Mais les mots lui manquèrent – elle n'avait pas la moindre idée de ce qu'elle aurait bien pu dire. Elle vacilla un instant sur elle-même avant de s'effondrer brusquement, happée par les ténèbres.

Adossé au mur de la salle d'attente de l'hôpital de Cheyenne, Liam considérait d'un œil morne la rangée de chaises en plastique thermoformées et le sol recouvert de linoléum que les rangées de néons nimbaient d'une lueur trop blanche.

Ce décor lugubre était parfaitement au diapason de sa propre humeur. Il se sentait en colère, frustré et terriblement coupable. Il avait douloureusement conscience du fait que, sans l'arrivée rapide de l'hélicoptère de secours, Julia serait probablement morte là-haut, dans les montagnes.

Darcy Owens s'était jouée d'eux, allant jusqu'à voler leur SUV qu'elle avait abandonné à une cinquantaine de kilomètres de là dans une station-service. Depuis lors, elle avait disparu sans laisser de trace.

La police n'avait pas apprécié la chose, laissant plus ou moins entendre que les agents de RMJ avaient agi à la légère et qu'ils avaient compromis le travail des forces de l'ordre. Liam avait dû faire preuve de self-control pour résister à l'envie qu'il avait de rappeler à ses interlocuteurs que, sans Rocky Mountain Justice, Darcy serait toujours présumée morte et libre d'aller et venir à sa guise.

Il jeta un coup d'œil en direction de Luis Martinez qui était assis sur l'une des chaises de la salle d'attente, prostré. Il avait été profondément choqué en découvrant son amie dans le bunker. Sans doute se reprochait-il de l'avoir laissée y aller seule. Mais Liam savait que la véritable responsabilité lui incombait : jamais il n'aurait dû les laisser se séparer.

Il avait gravement sous-estimé le danger que représentait Darcy. Et l'une de ses collègues avait payé le prix fort pour cela. Il était désormais plus décidé que jamais à poursuivre la tueuse en série, jusqu'en enfer s'il le fallait. À condition, bien sûr, que cette première journée au sein de Rocky Mountain Justice ne soit pas aussi la dernière…

Comme en réponse à cette interrogation, la porte de la salle d'attente s'ouvrit alors, laissant passer Marcus Jones. Il était accompagné d'une femme d'une cinquantaine d'années dont les cheveux noirs laissaient apparaître quelques mèches grises.

— Je vous présente Katarina, notre experte en technologies de l'information.

Liam serra la main que celle-ci lui tendait.

— Avez-vous des nouvelles de Julia ? demanda alors Marcus.

— Elle est toujours au bloc, répondit Liam.

— Que s'est-il passé, là-haut ?

Luis qui s'était levé pour se joindre à la conversation entreprit de faire un récit détaillé de leur expédition.

— Lorsque nous avons essayé de joindre Julia, elle n'a pas répondu, conclut-il. Nous sommes donc revenus vers le bunker. C'est Liam qui l'a trouvée le premier. Elle avait déjà perdu beaucoup de sang…

Sa voix se brisa et Liam s'étonna une fois de plus de son implication émotionnelle. Lui-même n'avait jamais travaillé avec quelqu'un dont il fût si proche. Il n'était pas sûr d'en avoir envie, d'ailleurs.

— Que s'est-il passé ensuite ? leur demanda Marcus.

— Nous avons contacté la police pour les informer de la situation, expliqua Liam. Et nous avons constaté que le sac à dos et l'arme de Julia avaient disparu.

— De même que votre véhicule, si j'ai bien compris.

Liam hocha sobrement la tête. Il sortit de sa poche un téléphone portable qu'il tendit à Marcus.

— En revanche, reprit-il, j'ai retrouvé ça dans le bunker. C'est celui de Julia. Il avait glissé sous l'un des lits et Darcy n'a pas dû le voir. Est-ce que vous pensez que je devrais le remettre aux fédéraux ?

— Pas avant que nous ayons vérifié ce qu'il contient, répondit Marcus sans hésiter. Katarina, est-ce que tu pourrais accéder à ces informations sans le mot de passe ?

— C'est un jeu d'enfant, répondit celle-ci.

Elle tendit la main et Marcus lui remit l'appareil. Les

trois hommes la regardèrent pirater le téléphone, ce qui ne lui prit que quelques minutes.

— Je vais consulter les dernières entrées, déclara-t-elle. Il y a une série de SMS échangés avec Luis qui remontent à hier soir…

— Nous regardions tous deux le match de base-ball, expliqua Luis. Nous nous envoyions des commentaires au fur et à mesure.

— Ensuite, elle a appelé ses parents pendant une heure.

— Elle les appelle toujours le dimanche soir, acquiesça Luis.

Liam l'observa avec curiosité. Il commençait à se demander s'il n'y avait pas beaucoup plus entre ces deux-là qu'une simple camaraderie professionnelle.

— Je ne vois rien d'autre.

— Elle devait pourtant avoir une raison de le sortir, remarqua Marcus. Est-ce qu'elle aurait pris des photos du bunker ?

Katarina consulta la bibliothèque d'images et hocha la tête.

— Exact, répondit-elle. Mais ce ne sont pas des photos de la pièce…

Elle fronça les sourcils et ouvrit l'un des clichés.

— Je crois qu'il s'agit de l'écran d'un téléphone, précisa-t-elle. L'image n'est pas très bonne à cause du manque de luminosité, mais on distingue un numéro de téléphone. Apparemment, quelqu'un a passé ce matin un appel d'une durée de trois minutes et cinquante-deux secondes depuis cet appareil.

— Darcy aurait-elle contacté quelqu'un avant ou après avoir tué ce type ? s'interrogea Marcus à haute voix.

— Il n'y a qu'une façon de s'en assurer, déclara Liam en sortant son propre téléphone.

Il composa le numéro et passa l'appel.

— Hôtel et spa White Wind, fit une voix après une unique sonnerie. Nathan à l'appareil. Que puis-je faire pour vous ?

— Je suis désolé, s'excusa Liam. Je pense que je me suis trompé de numéro.

Il raccrocha aussitôt.

— Curieux, observa Marcus en fronçant les sourcils. Le White Wind est l'un des hôtels les plus luxueux de la région. Pas du tout le genre d'établissement où je me serais imaginé voir descendre Darcy Owens.

— Effectivement, acquiesça Liam. Une nuit là-bas coûte une véritable fortune.

Luis lui lança un regard étonné.

— Je croyais que vous étiez nouveau dans la région ?

— J'ai grandi dans le coin, expliqua-t-il. Mes grands-parents vivaient non loin de cet hôtel. Je me souviens avoir assisté à sa construction, lorsque j'étais enfant.

Il s'abstint de préciser que plusieurs familles qui comptaient parmi les amis de ses grands-parents avaient été plus ou moins forcées de vendre leurs terres à la société qui avait fondé l'hôtel. Cela n'avait pas été sans quelques grincements de dents…

— Que faisons-nous, à présent ? demanda-t-il à Marcus.

— Je vais remettre le téléphone de Darcy au FBI et leur transmettre toutes les informations que vous avez pu glaner. Puis j'irai faire mon rapport à la procureure de district. C'est elle qui décidera de la conduite à tenir en fonction des décisions que prendront les fédéraux.

— Est-ce que vous aurez besoin de moi ? s'enquit Liam. Je suis censé aller chercher ma fille à l'école.

— Je ne savais pas que vous aviez un enfant, remarqua Marcus, surpris.

— Vous ne m'avez pas posé la question, répondit Liam sur la défensive.

Son nouveau patron haussa les épaules.

— À vrai dire, l'idée ne m'avait même pas effleuré, vu votre parcours professionnel.

— C'est justement parce que ma situation personnelle a changé que j'ai décidé de me sédentariser pendant un moment. La mère de Sophie a été mutée dans le golfe Persique.

— Je vois, lui dit Marcus. À quelle heure devez-vous aller chercher votre fille ?

— À 6 heures, théoriquement.

— Je suis désolée de vous dire ça, intervint Katarina, mais même si vous partez dès maintenant, vous aurez au moins vingt minutes de retard.

Liam ne put réprimer un juron. En dépit de ses bonnes résolutions, il était sur le point de rater l'heure de sortie de sa fille lors de son tout premier jour d'école.

— Et je dois encore repasser par RMJ pour récupérer ma voiture, murmura-t-il.

— Prenez la mienne, suggéra Katarina en sortant de son sac à main des clés de voiture qu'elle lui tendit. C'est le SUV bleu clair qui est garé juste devant. Cela vous évitera de perdre plus de temps que nécessaire.

— C'est très gentil, répondit Liam. Mais je ne veux pas vous priver de votre véhicule…

— Ne vous en faites pas, Marcus me déposera chez moi, lui assura-t-elle.

— Merci beaucoup, s'exclama-t-il avec reconnaissance. Je vous laisse. Surtout, n'hésitez pas à m'appeler si vous avez la moindre question.

6

Holly Jacob jeta un nouveau coup d'œil en direction de l'horloge murale qui se trouvait dans la classe. Il était 6 h 25 et le père de Sophie n'avait toujours pas donné signe de vie. Elle avait pourtant été très claire, ce matin-là, lorsqu'il avait déposé sa fille.

Holly regretta de ne pas avoir demandé à Tonya de rester. Cela lui aurait permis d'arriver à l'heure Chez Sally où elle avait rendez-vous avec Thomas Irwin.

Il était hélas trop tard pour rappeler son assistante. Tonya était déjà rentrée chez elle et habitait à plus de vingt minutes en voiture. Le temps qu'elle revienne, Liam Alexander serait déjà là. Du moins fallait-il l'espérer…

— Est-ce que mon papa va bientôt arriver ? lui demanda Sophie en levant les yeux du coloriage qu'elle était en train de réaliser. Ma maman était toujours à l'heure quand elle venait me chercher…

— Je suis sûre qu'il est en chemin, lui dit Holly en se forçant à sourire.

En réalité, rien ne lui permettait de l'affirmer : Liam n'avait même pas eu la courtoisie de l'appeler pour l'informer de son retard et s'en excuser. Holly avait essayé de le joindre à deux reprises mais était tombée sur son répondeur.

Elle regarda de nouveau la pendule, ce qui n'échappa pas à sa jeune élève.

— Est-ce que vous devez rentrer chez vous ? lui demanda-t-elle.

— Non, non, lui assura Holly. J'ai tout mon temps.

Sophie fronça légèrement les sourcils.

— Maman m'a toujours dit que ce n'était pas bien de mentir.

Holly ne put s'empêcher de rire.

— Ta maman a tout à fait raison, lui dit-elle. Et c'est vrai, j'avais un rendez-vous, ce soir. Mais ne t'en fais pas pour ça : je me débrouillerai. En attendant, ça te dirait de faire un petit jeu ? Candy Land, par exemple ?

— C'est mon jeu préféré ! s'exclama Sophie avec enthousiasme.

Avant que Holly n'ait eu le temps d'aller chercher la boîte sur l'étagère, la sonnerie de la porte d'entrée retentit.

— Ce doit être ton papa, dit-elle en se dirigeant vers l'Interphone. Qui est-ce ? demanda-t-elle en décrochant.

— Liam Alexander. Je viens chercher ma fille Sophie.

La main de Holly se crispa sur le combiné. Cela faisait près d'une demi-heure qu'il aurait dû arriver et il n'avait même pas la décence de s'excuser.

— Je vous l'amène tout de suite, répondit-elle en se forçant à ravaler la colère qui bouillonnait en elle.

Sur ce, elle raccrocha et se tourna vers Sophie.

— C'est bien lui, déclara-t-elle. Allons le retrouver.

— Il faut que je prenne mon bouquet, remarqua Sophie en désignant les fleurs en papier mâché qui étaient posées sur le bureau de Holly.

— Bien sûr ! s'exclama celle-ci.

Elle alla les récupérer et les tendit à la fillette qui venait d'enfiler les bretelles de son cartable.

— Tu es prête ?

— Prête, acquiesça gravement Sophie.

Holly récupéra son propre sac à main ainsi que la sacoche de son ordinateur portable. Elle prit alors la main de Sophie et la conduisit jusqu'au grand hall. En chemin, elle se répéta qu'elle ne pouvait se permettre de céder à la colère – du moins, pas en présence de Sophie. Mais elle entendait bien faire comprendre à Liam Alexander ce qu'elle pensait de son attitude.

Ce dernier se tenait sur le perron de l'école et, en l'apercevant, elle fut de nouveau frappée par le charme qui émanait de lui. Mais ce soir son effet dévastateur était très largement tempéré par l'exaspération qu'elle éprouvait. Elle déverrouilla la porte d'entrée et l'ouvrit. Aussitôt, Sophie se précipita dans les bras de son père.

— J'ai fait ça pour toi ! lui dit-elle en lui tendant ses fleurs en papier.

— Elles sont magnifiques ! s'exclama Liam avec un large sourire. Merci beaucoup, ma chérie.

Le ressentiment de Holly reflua légèrement lorsqu'elle avisa la tendresse qui se lisait dans le regard de Liam. Au moins, son regard ne trahissait pas de l'indifférence à l'égard de sa fille.

— Comment s'est passée ta journée, ma puce ? lui demanda-t-il tandis que Holly enclenchait l'alarme.

Elle sortit à son tour et referma la porte à clé derrière elle. Sophie avait entrepris de raconter sa journée à son père avec un enthousiasme qui lui fit chaud au cœur.

— Je suis ravi que tu te sois bien amusée, déclara Liam.

— Monsieur Alexander, il me semblait vous avoir indiqué que les enfants terminaient à 6 heures, remarqua Holy, voyant qu'il ne faisait toujours pas mine de s'excuser.

— C'est vrai, reconnut-il avec un pâle sourire. Mais j'ai eu une rude journée…

Holly fronça les sourcils.

— Cela peut arriver à tout le monde, répondit-elle froidement. Mais cela n'explique pas votre silence radio. Votre fille commençait à s'inquiéter.

— Il y a eu un problème grave à mon travail, leur expliqua-t-il. J'ai dû accompagner une collègue blessée en hélicoptère jusqu'à l'hôpital de Cheyenne.

Holly le considéra avec stupeur. Elle ne s'était certainement pas attendue à une telle justification. En l'observant plus attentivement, elle remarqua alors que ses vêtements étaient maculés de taches brunes en plusieurs endroits. Il était très pâle et paraissait effectivement assez secoué.

— Mais je suis là, à présent, reprit-il en se forçant à sourire. Et je n'ai que vingt minutes de retard. Je suis sûr que je ne suis pas le seul parent à qui c'est arrivé.

Visiblement, Liam n'était pas du genre à s'excuser.

— Écoutez, je suis pressée et je n'ai pas le temps d'en discuter, déclara-t-elle en songeant à son propre rendez-vous. Tâchez simplement d'être plus ponctuel, à l'avenir.

Sur ce, elle lui adressa un salut de la tête un peu sec, sourit à Sophie et dévala les marches de l'école pour se diriger vers sa voiture.

Elle prit immédiatement la direction de Chez Sally, maîtrisant à grand-peine l'envie qu'elle avait d'enfoncer la pédale de l'accélérateur. Lorsqu'elle atteignit enfin sa destination, il était 6 h 35, ce qui lui laissait peut-être toujours une chance de croiser Thomas Irwin.

À grands pas, elle se dirigea vers la porte d'entrée et s'engouffra dans la salle principale du restaurant.

— Mais c'est ma patiente préférée ! s'exclama le

Dr Lambert qui était assis au bar. Comment allez-vous, Holly ?

— Très bien, doc, répondit-elle. Et vous-même ?

— On fait aller. Comment se portent vos parents ?

— Très bien, lui assura-t-elle. Vous devriez appeler papa, ça lui ferait sans doute bien plaisir de vous parler.

— Je le ferai, lui assura le médecin qui suivait sa famille depuis des années.

Holly aperçut alors Thomas Irwin qui était installé à une table et la fixait avec une impatience évidente.

— Je suis désolée, doc, s'excusa-t-elle. Mais j'ai rendez-vous et je suis déjà très en retard.

— Filez, alors, répondit-il en souriant. À la prochaine.

Elle hocha la tête et rejoignit Thomas.

— Je suis vraiment désolée d'être en retard, s'excusa-t-elle. Mais j'ai dû attendre un papa qui est venu chercher sa fille avec vingt minutes de retard.

Elle observa les alentours, cherchant du regard l'épouse et les enfants de Thomas avec lesquels il était censé dîner, ce soir-là.

— Ma fille avait un match de base-ball, en fin de compte, lui dit-il. Je devrais être dans les tribunes, en ce moment.

Son ton glacial n'augurait rien de bon.

— Est-ce que vous avez réfléchi à ce que je vous ai dit ce matin ? lui demanda Thomas.

— Oui, répondit-elle. Et je devrais pouvoir vous verser deux mille dollars d'ici la fin de la semaine…

— Malheureusement, comme je vous l'ai dit, ce n'est pas deux mais vingt mille dollars qu'il faudrait, lui rappela-t-il.

— Je pourrai les verser de façon échelonnée au cours

des prochains mois, plaida-t-elle, se sentant gagnée par le désespoir.

— Ce n'est pas suffisant, Holly, soupira-t-il. Cela reviendrait à vous accorder un nouveau prêt. Et, à ce stade, c'est parfaitement impossible. D'ailleurs, même si j'acceptais, ce ne serait pas dans votre intérêt. Vous êtes déjà à la limite du surendettement.

— Mais il doit bien y avoir une solution, protesta-t-elle. Je pourrais demander de l'aide à mes parents…

— Écoutez, Holly, je sais à quel point cette école est importante pour vous. Mais il faut que vous soyez réaliste : vous n'avez pas les moyens de la faire fonctionner dans les conditions actuelles. Et si vous vous entêtez, vous courez droit à la faillite. Ce ne sera dans l'intérêt ni des enfants, ni de vos employés…

Cette remarque fit mourir les protestations qui lui montaient aux lèvres. Thomas avait su trouver l'argument le plus convaincant : sa responsabilité vis-à-vis des enfants et de son personnel passait effectivement avant tout.

— Franchement, reprit Thomas en la regardant droit dans les yeux, vous pensez vraiment que quelques jours de plus vous suffiraient à réunir cette somme ?

Holly se fendit d'un profond soupir.

— Je suppose que non, reconnut-elle. Est-ce que vous êtes vraiment certain que tous les employés pourront continuer à travailler pour le nouveau propriétaire ?

— On me l'a assuré, acquiesça-t-il gravement.

— Et si ce groupe changeait brusquement d'avis ?

— Ce ne serait pas dans leur intérêt. En conservant le personnel actuel, non seulement ils assurent une certaine continuité qui rassurera les parents d'élèves mais, de plus, ils s'évitent de coûteuses primes de licenciement…

— D'accord, murmura Holly, sentant la résignation l'emporter. Vous avez gagné.

— Je sais que vous n'en avez probablement pas l'impression pour le moment mais je vous assure que c'est mieux ainsi. En cédant l'école, vous allez vous remettre à flot et vous serez libre de faire ce dont vous avez envie.

Holly ne put réprimer un nouveau soupir : ce dont elle avait envie, c'était justement de continuer à enseigner et de développer cette école. Mais elle avait bien conscience du fait qu'elle se trouvait aujourd'hui dans une impasse.

Thomas se leva alors.

— Je vais devoir vous laisser, lui dit-il. Ma famille m'attend. Si jamais la situation venait à changer d'ici ce week-end, appelez-moi. Dans le cas contraire, je passerai vous voir en début de semaine prochaine pour officialiser le transfert de propriété et le remboursement de vos emprunts.

Holly hocha la tête et le suivit des yeux tandis qu'il se dirigeait vers la sortie. Elle se laissa alors tomber sur la banquette qu'il venait de quitter, s'efforçant de prendre la mesure de ce qui venait de se passer.

Elle avait du mal à croire que, d'ici à quelques jours, elle n'aurait plus aucun contact avec l'école ou avec ses élèves. Elle n'avait strictement aucune idée de ce qu'elle pourrait bien faire alors.

— Bonsoir, lui dit une serveuse qui s'était approchée pour lui tendre un menu.

— Je suis désolée, murmura Holly en se levant. Je n'ai pas faim…

Ce bref échange avec Thomas lui avait coupé l'appétit. Elle se dirigea à son tour vers la sortie. De retour sur le parking, elle décida d'appeler Tonya pour l'informer de la situation.

— Il faut qu'on parle, déclara-t-elle lorsque son assistante décrocha.

— Ça a l'air grave, remarqua Tonya, inquiète.

— Ça l'est, confirma-t-elle. L'école des Jeunes Pousses est sur le point de changer de propriétaire.

— C'est une blague ? s'exclama son assistante.

— Malheureusement, non, répondit Holly d'une voix légèrement tremblante. Je n'ai plus de quoi rembourser l'emprunt que j'ai contracté, et la banque va saisir l'école et la revendre à un opérateur basé à Dallas. Mais tu n'as pas à t'en faire pour ton emploi : ils garderont presque tout le monde…

— *Presque* tout le monde ? répéta Tonya.

— Tout le monde à part moi, précisa Holly.

— Mais c'est ton école, protesta vivement Tonya. C'est toi qui l'as fondée !

— Je sais, soupira-t-elle.

Un long silence s'ensuivit.

— Je suis vraiment désolée, Holly, lui dit Tonya. Y a-t-il quoi que ce soit que je puisse faire ?

— Rien, à moins que tu n'aies vingt mille dollars qui traînent dans le fond d'un de tes tiroirs, bien sûr. C'est ce que je dois à la banque.

— Et ils ne veulent pas renégocier le prêt ?

— Thomas Irwin m'a clairement fait comprendre que ce n'était pas une option. Évidemment, le fait que je sois arrivée à notre rendez-vous avec une demi-heure de retard n'a rien dû arranger…

— Tu n'es jamais en retard, objecta Tonya. Que s'est-il passé ?

— J'ai dû rester avec l'une de nos élèves, Sophie Alexander, la petite nouvelle. Figure-toi que son père n'a rien trouvé de mieux que de venir la chercher avec une demi-heure de retard pour son tout premier jour d'école. Et le pire, c'est qu'il ne s'est même pas excusé. Ce type est un vrai mufle !

Alors même qu'elle venait de prononcer ces mots, elle prit conscience du fait que le mufle en question se trouvait à quelques mètres de là, sur le parking du restaurant, assez près pour avoir entendu tout ce qu'elle venait de dire…

Liam ne s'était jamais senti aussi embarrassé de toute sa vie.

Pour se faire pardonner son retard à l'école, il avait décidé d'emmener Sophie au restaurant et de lui offrir l'un de ses plats préférés, des nuggets de poulet. Mais en descendant de voiture il avait eu la surprise de voir Holly Jacobs sortir de Chez Sally. Et, bien malgré lui, il avait surpris la conversation qu'elle venait d'avoir au téléphone.

Elle venait apparemment de rater un rendez-vous important avec son banquier pour renégocier un emprunt de vingt mille dollars. Et elle était sur le point de perdre son école et son emploi.

Tout cela à cause de lui.

Et, il ne pouvait nier le fait que, préoccupé par la fuite de Darcy et par l'état de santé de Julia, il n'avait effectivement même pas pensé à s'excuser pour son retard…

— Il faut que je te laisse, dit Holly à son correspondant.

Visiblement embarrassée, elle se força à adresser un sourire gêné à Liam et à sa fille.

— Bonsoir, maîtresse ! s'exclama joyeusement Sophie qui n'avait pas conscience du malaise des deux adultes.

— Tu peux m'appeler Holly, lui rappela celle-ci.

— Nous avons décidé de manger au restaurant, déclara Liam comme pour justifier sa présence sur ce parking.

— Est-ce que vous êtes déjà venus chez Sally ? lui demanda Holly avec une bonne humeur un peu forcée.

— Il y a des années, répondit-il.

— Vous ne serez pas déçus, lui assura-t-elle. Il faut absolument que vous goûtiez une de leurs tartes…

Elle se tourna vers Sophie et lui adressa un petit signe de la main.

— On se voit bientôt, lui dit-elle.

Alors même qu'elle prononçait ces mots, son sourire se figea sur ses lèvres. Elle venait probablement de prendre conscience du fait que Sophie ne serait bientôt plus son élève, s'il fallait en croire son échange avec Tonya.

— Je suis vraiment désolé, lui dit-il.

Elle l'observa avec étonnement.

— Désolé pour mon retard, précisa-t-il.

Les épaules de Holly s'affaissèrent légèrement.

— Ce sont des choses qui arrivent, répondit-elle. Ne vous en faites pas pour ça…

Liam s'était excusé et Holly avait accepté ses excuses. Il aurait pu en rester là. Mais la détresse qu'il lisait en cet instant dans le regard de la jeune femme éveilla en lui un brusque accès de sympathie.

Depuis qu'il avait rompu avec Erin, Liam avait perdu l'habitude de se soucier de qui que ce soit en dehors de sa fille. C'était nettement plus confortable, plus rassurant aussi. Mais quelque chose chez Holly le touchait peut-être plus qu'il ne l'aurait voulu.

— Je ne voulais pas vous espionner, lui dit-il, mais j'ai entendu ce que vous avez dit au téléphone…

Elle rougit légèrement et détourna les yeux.

— Je suis vraiment désolé que vous ayez raté ce rendez-vous avec votre banquier par ma faute.

— Même si j'étais arrivée à l'heure, cela n'aurait probablement pas changé grand-chose, soupira-t-elle.

— Est-ce que vous risquez vraiment de perdre votre école ?

— Oui. Mais ne vous inquiétez pas, elle sera reprise en main par des gens très compétents. Vous n'avez rien à craindre pour votre fille. La transition devrait se faire sans difficulté.

— À vrai dire, ce n'est pas pour Sophie que je m'inquiétais, même si ce que vous dites est rassurant. Y a-t-il quoi que ce soit que je puisse faire pour vous aider ?

— Rien, hélas, soupira-t-elle. Comme je le disais à Tonya, il me faudrait vingt mille dollars d'ici la fin de la semaine pour pouvoir espérer rembourser ce que je dois à la banque.

Elle lui décocha un pâle sourire.

— En tout cas, reprit-elle, merci de vous être excusé. Quant à moi, je suis désolée de ce que j'ai dit à votre sujet. Vous n'êtes pas un mufle, en fin de compte.

— Ne vous en faites pas, j'ai déjà entendu bien pire, répondit Liam en riant. Et d'ailleurs, vous aviez raison, je me suis mal conduit. Le fait que ma journée ait été difficile ne justifiait en aucun cas le fait que je ne vous passe pas au moins un coup de téléphone pour vous signaler mon retard.

Il hésita quelques instants avant de céder à une brusque impulsion.

— Est-ce que vous avez mangé ? lui demanda-t-il.

— Pas encore, répondit Holly. J'ai juste eu le temps de discuter avec mon banquier…

— Dans ce cas, que diriez-vous de vous joindre à nous ? Je vous dois bien cela.

Holly s'apprêtait à refuser mais il ne lui en laissa pas le temps.

— Quelqu'un m'a dit que les tartes étaient délicieuses, lui dit-il.

Elle ne put réprimer un sourire qui illumina brièvement son visage. Malgré lui, Liam ne put s'empêcher de remarquer à quel point cela la rendait séduisante.

— Je ne sais pas, hésita-t-elle.

— S'il vous plaît, Holly ! intervint Sophie. Papa a promis de commander des nuggets de poulet !

Pour sa fille, il s'agissait là d'un argument parfaitement imparable.

— D'accord, dit Holly avec un nouveau sourire. Comment pourrais-je bien refuser une telle proposition ?

7

Lorsqu'ils rentrèrent dans la salle du restaurant, Sally, la propriétaire des lieux, aperçut Holly et lui adressa un large sourire.

— Contente de te voir ! s'exclama-t-elle en s'approchant du petit groupe. Est-ce que tu veux manger un morceau ou est-ce que tu es venue nous donner un coup de main en souvenir du bon vieux temps ?

Sally se tourna vers Liam.

— Pendant des années, du temps où elle était au lycée et à l'université, Holly a travaillé ici tous les étés. Enfin, presque tous les étés, ajouta-t-elle en adressant à Holly un regard empli de sympathie. C'est l'une des meilleures serveuses que j'aie jamais eue.

— Merci, Sal, lui dit Holly en se demandant avec un pincement au cœur si elle n'allait pas se trouver forcée de revenir travailler ici lorsqu'elle aurait perdu son emploi.

— Il y a une table tranquille, au fond, leur indiqua Sally en la leur désignant. Installez-vous et je vous envoie tout de suite quelqu'un pour prendre vos commandes.

Ils allèrent s'asseoir à la table où se trouvait Thomas, un peu plus tôt. Fort heureusement, la présence à ses côtés de Liam et Sophie atténuait un peu le souvenir cuisant de sa brève réunion avec le banquier. Tous trois s'installèrent et les deux adultes ouvrirent les menus qui étaient posés là.

— Vérifie qu'ils ont bien des nuggets de poulet, demanda Sophie à son père.

— Ils en ont, la rassura-t-il.

— C'est ton plat préféré ? s'enquit Holly.

Sophie opina du chef avec enthousiasme.

— Si je l'écoutais, elle en mangerait matin, midi et soir, renchérit Liam en riant.

— Mais papa n'est pas d'accord, soupira la fillette.

— Il a raison, tu sais. Il faut manger un peu de tout. Ça t'aidera à grandir et à être en bonne santé.

Une serveuse les rejoignit alors et déposa devant Sophie une boîte de crayons de couleur ainsi qu'un petit carnet de coloriage. Elle prit leurs commandes et ne tarda pas à revenir avec leurs boissons.

— Sophie m'a dit que votre épouse avait été mutée à l'étranger, remarqua Holly tandis que la fillette se mettait à colorier.

— Ex-épouse, précisa Liam. Elle est dans l'armée et son unité a été mutée…

— Dans le golfe du Persil, d'après Sophie, lui dit Holly en souriant.

En entendant le rire grave et chaleureux qui lui échappa, elle ne put réprimer un petit frisson.

— Effectivement, confirma-t-il. C'est comme cela que j'ai obtenu la garde de Sophie à temps plein. C'est encore assez nouveau pour moi.

— Je suis sûre que vous vous en tirerez à merveille, déclara-t-elle.

— On ne peut pas dire que ça ait très bien commencé, objecta-t-il avec un pâle sourire.

— Vous avez juste besoin d'un peu de temps pour vous adapter, lui assura-t-elle.

Liam secoua doucement la tête.

— C'est vous qui êtes en train de me réconforter alors que vous venez tout juste de perdre votre poste.

— J'y survivrai, lui dit-elle courageusement.

— Et voici vos plats, déclara la serveuse qui venait d'arriver avec un plateau chargé de victuailles. Des nuggets de poulet pour la princesse, un sandwich au corned-beef pour son papa et un hamburger maison pour maman.

Holly se sentit rougir à l'idée d'être prise pour la petite amie de Liam.

— Merci beaucoup, répondit ce dernier avant que Holly n'ait eu le temps de dissiper ce malentendu. Ça a l'air délicieux.

— N'hésitez surtout pas à me faire signe si vous avez besoin de quoi que ce soit, leur dit la jeune femme.

— Elle va croire que je suis la mère de Sophie, remarqua Holly tandis qu'elle s'éloignait.

— Quelle importance ? répondit Liam en haussant les épaules.

Holly ne trouva rien à répondre à cela. Pourtant, l'idée la mettait vaguement mal à l'aise. En y réfléchissant, elle se prit à songer que c'était peut-être parce qu'une petite partie d'elle-même aurait aimé que ce fût vrai…

Holly n'avait pas exagéré : la cuisine de Sally était délicieuse. Liam venait de s'attaquer avec appétit à son sandwich Reuben lorsque la sonnerie de son téléphone portable se fit entendre. Jetant un coup d'œil à l'écran, il constata qu'il s'agissait de Marcus Jones.

Instantanément, il sentit renaître en lui la tension nerveuse qu'il était parvenu à évacuer depuis qu'ils s'étaient installés dans le restaurant. L'idée que Julia puisse avoir succombé à ses blessures l'emplissait d'une irrépressible angoisse.

— Il faut que je réponde, s'excusa-t-il avant de décrocher. Quelles sont les nouvelles au sujet de Julia ? demanda-t-il à Marcus.

— Elle va beaucoup mieux, le rassura ce dernier. Les médecins disent qu'elle va s'en tirer.

— Dieu soit loué, murmura Liam.

— J'espère que je ne vous importune pas, mais j'ai du nouveau au sujet de l'hôtel White Wind.

Liam fronça légèrement les sourcils. Il avait espéré que son nouveau travail serait moins prenant que celui qu'il exerçait auparavant, mais il commençait à se demander s'il ne s'était pas lourdement trompé à ce sujet.

— Nous pourrons en parler demain matin, suggéra-t-il.

— À vrai dire, j'aurais besoin de vous dès maintenant, Liam…

— Je viens tout juste d'arriver au restaurant avec ma fille, objecta-t-il.

— Je suis désolé d'interrompre votre soirée, mais c'est vraiment très important. Nous ne pouvons pas laisser Darcy disparaître de nouveau dans la nature.

S'il ne s'était pas senti aussi coupable d'avoir laissé filer la tueuse, Liam aurait sans doute envoyé Marcus au diable.

— Écoutez, plaida-t-il, je ne peux pas laisser Sophie toute seule…

Holly posa doucement la main sur son avant-bras.

— Je peux la garder, si vous voulez, lui proposa-t-elle à voix basse.

Il secoua la tête tout en écoutant le compte rendu que Marcus était en train de lui faire : la police et le FBI avaient interrogé tous les employés de l'hôtel, mais aucun d'eux n'avait reconnu avoir reçu le coup de téléphone de Darcy, ce qui n'avait rien de très surprenant.

— Nous ne pouvons pas nous permettre de laisser cette piste refroidir, insista Marcus.

Liam laissa échapper un soupir résigné : son nouveau patron avait raison, bien sûr. Il était bien placé pour savoir que, lors d'une poursuite telle que celle qui s'était engagée, chaque minute comptait. Son nouveau travail au sein de RMJ était peut-être plus sédentaire que celui qu'il exerçait auparavant, mais il ne serait pas pour autant de tout repos.

S'il voulait être à la hauteur de ce que l'on attendait de lui, il allait sans doute devoir trouver très rapidement des nounous et des baby-sitters susceptibles de surveiller Sophie en son absence. Mais, en attendant, il n'avait guère d'autre choix que d'accepter la proposition de Holly.

— Vous êtes certaine que cela ne vous ennuie pas ? lui demanda-t-il en masquant le combiné de son téléphone.

— Pas du tout, lui assura-t-elle.

— Très bien, dit-il à Marcus. J'arrive tout de suite. Je ne devrais pas en avoir pour plus de dix minutes.

— Merci, Liam, répondit son patron.

Il raccrocha et Holly lui tendit une carte de visite sur laquelle elle venait d'inscrire son adresse personnelle.

— Ne vous en faites pas, lui dit-elle. Nous allons finir tranquillement notre repas, puis je ramènerai Sophie chez moi. Passez la chercher quand vous voudrez.

— Est-ce que ça ira, Soph ? demanda Liam à sa fille qui n'avait pas perdu une miette de leurs échanges.

— Est-ce qu'on pourra jouer à Candy Land ? demanda-t-elle à Holly.

— Si tu veux, répondit celle-ci. Mais juste une partie, d'accord ? Il ne faut pas que tu te couches trop tard.

— D'accord, acquiesça Sophie avec un large sourire. C'est bon, papa, tu peux y aller, si tu veux.

Il lui ébouriffa tendrement les cheveux.

— Je file, ma puce.

Il sortit de son portefeuille quelques billets qui couvriraient largement leurs trois repas.

— Je leur demanderai d'emballer votre sandwich, au cas où vous auriez un petit creux en revenant, déclara Holly.

— C'est très gentil à vous, répondit Liam, touché par cette attention.

Il se pencha vers sa fille pour déposer un baiser sur son front.

— Sois bien sage avec Holly, d'accord ?

— Promis, lui dit-elle.

— Merci encore, dit-il à la jeune femme. Vous me sauvez la vie.

— Les amis sont faits pour ça, répondit-elle en souriant.

Tandis qu'il se dirigeait vers la sortie, Liam réfléchit à ce qu'elle venait de lui dire. L'idée de devenir ami avec Holly Jacobs lui plaisait beaucoup – tellement, à vrai dire, qu'il commençait à se demander si, au fond, il n'espérait pas un peu plus qu'une simple amitié…

Lorsque Liam arriva au local de Rocky Mountain Justice, ce fut Wyatt qui vint lui ouvrir la porte.

— Venez, lui dit-il. Marcus nous attend.

— Est-ce que Katarina est là ? lui demanda Liam.

— Oui, elle est dans son labo. Elle est en train de

mettre au point un programme dont nous allons avoir besoin, apparemment.

— Il faudra que je lui rende ses clés de voiture. Je pourrai reprendre la mienne pour rentrer.

— Vous n'avez qu'à déposer les clés sur son bureau, suggéra Wyatt en lui indiquant l'emplacement de celui-ci.

Liam s'exécuta puis le suivit jusqu'à la salle de conférences où se trouvait Marcus.

— Le FBI a pu identifier le corps démembré que vous avez retrouvé dans les montagnes, lui annonça-t-il.

— Comment ont-ils fait ? s'étonna Liam. Le visage était totalement méconnaissable.

— Effectivement. Mais la police scientifique a relevé ses empreintes et il était fiché. William Dawson était recherché pour fraude fiscale dans l'Idaho, le Wyoming et le Montana. Nous pensons que c'est pour cette raison qu'il s'était réfugié dans ce bunker au beau milieu de nulle part.

— Est-ce que vous avez trouvé un lien quelconque entre Darcy et lui ?

— Absolument aucun, répondit Wyatt. Nous pensons que Dawson est tombé sur elle par hasard. Elle était blessée et il l'a ramenée jusqu'à son bunker pour la soigner. Elle l'a remercié de sa bonté en le découpant à la hache…

— On a retrouvé dans le bunker le téléphone que Julia a photographié, ajouta Marcus. C'était très probablement celui de Dawson. Il a été acheté voici cinq ans dans une station-service de Bozeman, non loin de sa dernière résidence connue. Ses empreintes se trouvaient également sur le chargeur.

— Dans ce cas, c'est peut-être lui qui a appelé l'hôtel de White Wind, remarqua Liam.

— Impossible, lui assura Marcus. Le médecin légiste

est formel : Dawson a été tué la nuit dernière. Or l'appel a été passé ce matin même.

— D'accord, acquiesça Liam. C'est donc Darcy qui a téléphoné. Mais à qui a-t-elle parlé ?

— Nous l'ignorons, pour le moment. Comme je vous l'ai dit, la police a interrogé tous les employés – sans résultat. En revanche, plusieurs d'entre eux nous ont dit qu'ils connaissaient Darcy de vue, bien qu'ils ne l'aient pas revue depuis des années. Ce n'est pas étonnant, d'ailleurs. Après tout, elle a grandi dans la région.

— Elle a donc pu faire appel à un ami d'enfance qui travaillerait à l'hôtel, suggéra Liam.

— C'est ce que nous pensons, en effet. Malheureusement, à ce stade, il nous est impossible de déterminer de qui il s'agit. Ni ce que Darcy a bien pu lui dire…

— J'imagine que la police a fouillé l'hôtel, au cas où elle s'y serait cachée ?

— De fond en comble. Mais ils ne l'ont pas trouvée non plus.

Liam réfléchit à ce qu'il venait d'apprendre. D'expérience, il savait que les gens ne disparaissaient jamais sans laisser de trace. Tout le problème était de savoir les repérer et les interpréter…

Il s'interrogea sur les raisons qui avaient pu pousser Darcy Owens à revenir là où elle avait grandi. Espérait-elle juste trouver ici des amis susceptibles de l'aider ? Cherchait-elle à renouer avec ses racines ? Ou bien au contraire à conjurer le souvenir d'une enfance difficile ?

Une chose était certaine : en revenant ici, elle devrait faire face à son passé. Liam était bien placé pour le savoir. Et cette considération lui donna brusquement une idée.

— Est-ce que vous connaissez ce livre ? demanda-t-il en entrant le titre sur le moteur de recherche de son téléphone.

La photo de la couverture apparut à l'écran et il tendit l'appareil à Marcus.

— *Les Traumatismes de la petite enfance*, lut ce dernier. Cela me dit quelque chose, en effet. Le livre a eu un certain retentissement, il y a quelques années. Mais quel rapport cela a-t-il avec Darcy Owens ?

— Je viens tout juste de faire la connaissance de Holly Jacobs, l'autrice de cet ouvrage, expliqua-t-il. Et je me disais qu'elle pourrait peut-être nous donner son avis sur Darcy, maintenant que celle-ci est de retour sur les terres de son enfance…

— Ce pourrait être intéressant, en effet, reconnut Wyatt. Est-ce que Mlle Jacobs vit elle aussi dans la région ?

— Il se trouve que c'est la directrice de l'école de ma fille, répondit Liam. C'est comme cela que je l'ai rencontrée. Bien sûr, elle demandera peut-être un petit dédommagement en échange de ses services…

De cette façon, songea-t-il, il ferait d'une pierre deux coups en obtenant une analyse psychologique poussée de Darcy et en permettant à Holly de réunir une partie de la somme qu'elle devait à sa banque…

Holly était assise sur son canapé, les jambes repliées sous elle. Après avoir couché Sophie, elle avait pris une douche et troqué ses vêtements de travail contre un pantalon de survêtement et un sweat-shirt frappé du logo de son université.

Elle regardait distraitement un vieux film qu'elle connaissait presque par cœur. Mais son esprit vagabondait, revenant sans cesse aux deux brefs entretiens qu'elle avait eus avec Thomas Irwin. Elle avait encore du mal à digérer la brusquerie avec laquelle ils avaient fait basculer son existence tout entière, la propulsant tout droit dans l'inconnu.

Son téléphone retentit alors et elle se pencha pour le récupérer, s'attendant à voir le numéro de Liam Alexander s'afficher. Au lieu de cela, elle eut la surprise de lire celui de son ancien agent.

— Salut, Franklin, lui dit-elle en décrochant. Deux appels en l'espace d'une journée ! On dirait que nous devenons inséparables…

— Effectivement, répondit-il en riant. Mais figure-toi que j'ai une excellente nouvelle : je viens de recevoir une offre d'emploi pour toi.

— C'est une blague ? s'exclama-t-elle, sidérée.

— Pas du tout. L'université de Findlay cherche quelqu'un qui serait susceptible de remplacer l'un de leurs professeurs de psychologie au moins jusqu'à la fin de l'année et plus si affinités. L'un de leurs professeurs vient d'avoir une attaque cardiaque et compte prendre sa retraite. La doyenne est très enthousiaste à l'idée que tu puisses postuler.

À l'époque où Holly avait publié son livre, elle avait reçu plusieurs offres d'emploi de ce genre. Mais cela faisait bien longtemps qu'elles s'étaient taries.

— Tu es en train de me dire qu'une université t'a appelé le jour même où je t'ai annoncé que j'allais me retrouver sans emploi ? demanda-t-elle d'un ton ouvertement dubitatif.

— Disons plutôt que j'ai entendu parler de cette disponibilité et que j'ai pris l'initiative de les appeler pour leur parler de toi, reconnut Franklin avec un sourire dans la voix.

— C'est vraiment très gentil de ta part, s'exclama-t-elle, touchée par ce geste.

— C'est aussi très intéressé, déclara-t-il en riant. Je sais que les professeurs d'université ont suffisamment de temps libre pour écrire des bouquins…

— Où se trouve cette université, exactement ?

— Dans l'Ohio, à une cinquantaine de kilomètres de Toledo, à l'ouest de Cleveland. C'est là que j'ai fait mes études.

— Je vois, dit-elle. Et pour quand leur faudrait-il une réponse ?

— Le plus tôt possible. Tu commencerais dès le mois prochain, si tu es partante. Est-ce que je peux leur dire que tu es intéressée et qu'ils peuvent t'appeler ?

Holly hésita quelques instants.

L'idée de quitter le Wyoming ne lui souriait qu'à moitié. Bien sûr, elle avait vécu à New York pendant un peu plus de deux ans, à l'époque où elle avait passé sa thèse et publié son livre. Mais elle avait toujours su qu'elle reviendrait vivre un jour dans cet État où elle se sentait vraiment chez elle. Et depuis qu'elle était rentrée l'idée de repartir ne l'avait jamais effleurée.

Mais elle se retrouverait bientôt au chômage et ne pouvait se permettre de se montrer trop regardante. Et, de plus, ce nouveau départ lui ferait peut-être le plus grand bien.

— C'est d'accord, répondit-elle.

— Parfait ! Je vais dire à Louise de t'appeler. C'est la doyenne de la fac qui se trouve être la femme de l'un de mes cousins. Elle devrait te contacter demain dans la journée, après-demain au plus tard.

— C'est parfait. Merci, Franklin. Merci beaucoup.

— Si tu veux vraiment me remercier, écris un nouveau livre, rétorqua-t-il malicieusement.

— Je te promets que je vais y réfléchir, lui dit-elle avec nettement plus de conviction qu'elle ne l'avait fait le matin même.

À présent qu'elle commençait à accepter le fait qu'elle allait perdre son école, l'idée de se remettre à écrire lui paraissait nettement moins absurde. Elle continua à discuter un moment avec Franklin avant de raccrocher. Quelques minutes plus tard, elle entendit une voiture se garer devant chez elle et une portière claquer.

Quittant le canapé, elle alla jeter un coup d'œil à la fenêtre et vit Liam qui se dirigeait vers sa porte. Elle ne put s'empêcher d'admirer sa silhouette athlétique et l'assurance naturelle avec laquelle il se déplaçait. Il émanait de lui une impression de force et de virilité qui était loin de la laisser indifférente.

Se détournant, elle alla réveiller doucement Sophie qui s'était endormie sur son lit.

— Ton papa est arrivé, lui dit-elle au moment où la sonnette de la porte d'entrée retentissait.

Cela suffit à tirer la fillette des brumes du sommeil.

— Papa ! s'exclama-t-elle avec un sourire réjoui.

Toutes deux gagnèrent le hall d'entrée et Holly ouvrit la porte. Sophie se jeta dans les bras de son père qui la serra affectueusement contre lui.

— Salut, ma puce, lui dit-il. Est-ce que tu t'es bien amusée avec Holly ?

— On a joué à Candy Land et j'ai gagné ! s'exclama fièrement sa fille. J'ai aussi présenté mon doudou à Holly. Elle m'a lu une histoire et puis j'ai fait dodo.

— On dirait que tu as passé une super soirée, lui dit-il en souriant.

Il la reposa alors par terre.

— Va chercher ton cartable et n'oublie pas ton doudou, lui dit-il. On va rentrer à la maison et laisser Holly se coucher tranquillement, d'accord ?

— D'accord, acquiesça Sophie qui s'élança aussitôt en courant vers le salon.

— Est-ce que tout s'est bien passé ? demanda Liam à Holly.

— Parfaitement, répondit-elle. Sophie est adorable. Est-ce que vous voulez entrer une minute ?

Liam secoua la tête.

— La journée a été longue et je ferais mieux de rentrer coucher Sophie, lui dit-il.

C'était parfaitement compréhensible. Pourtant, Holly ne put réprimer une pointe de déception à l'idée de le voir repartir aussi vite. Après tout, c'était peut-être la dernière fois qu'ils se voyaient…

— J'avais une question à vous poser, reprit alors Liam.

— Je vous écoute…, répondit-elle, sentant naître en elle un espoir encore un peu flou.

Peut-être allait-il lui proposer d'aller boire un verre, un de ces jours, pour la remercier d'avoir joué les baby-sitters.

— Est-ce qu'il vous est déjà arrivé de travailler comme consultante, en tant que psychologue ?

Holly le considéra avec étonnement. Elle ne s'était absolument pas attendue à une telle demande.

— Auprès d'une entreprise ? s'enquit-elle en s'efforçant de ravaler sa déception.

Il secoua la tête.

— Auprès des forces de l'ordre, en l'occurrence. Pour établir le portrait psychologique d'un criminel, par exemple.

Passé l'effet de surprise, la lumière se fit dans l'esprit

de Holly. Voilà au moins qui expliquait pourquoi l'une des collègues de Liam avait été blessée, ce jour-là, pourquoi il l'avait accompagnée à l'hôpital en hélicoptère et pourquoi il avait dû partir travailler au beau milieu de la soirée.

— C'est arrivé une fois, après la publication de mon livre, répondit-elle. Mais c'était il y a plusieurs années. Depuis que j'ai fondé l'école des Jeunes Pousses, je me suis concentrée sur les questions d'éducation.

— Je me suis permis de donner votre numéro à mon patron. Il vous appellera peut-être pour vous parler d'une affaire sur laquelle nous travaillons en ce moment.

— Qu'il n'hésite pas à le faire, lui dit-elle.

— Je suis prête, annonça alors Sophie qui venait de sortir du salon avec ses affaires.

— Dans ce cas, nous ferions bien d'y aller, déclara son père. Dis bonsoir à Holly.

— Bonsoir, Holly, fit la petite fille.

Holly se pencha pour l'embrasser sur les deux joues.

— Bonsoir, Sophie. Et n'hésite pas à revenir quand tu voudras pour que je puisse prendre ma revanche à Candy Land.

Holly se redressa.

— Je vais vous donner votre doggy bag, dit-elle à Liam.

Elle alla le chercher dans le réfrigérateur et le lui tendit. Lorsqu'il le prit, leurs doigts s'effleurèrent et elle ne put réprimer un frisson à ce contact. Croisant le regard de Liam, il lui sembla déceler dans ses yeux un trouble qui reflétait le sien.

8

Les bras croisés sur sa poitrine, Marcus Jones se tenait debout devant le mur de la salle de conférences où étaient accrochées les photos relatives à leur enquête sur Darcy Owens. Il observa attentivement chacune d'entre elles, cherchant le moindre indice qui aurait pu lui échapper jusque-là.

Il n'avait pas fermé l'œil de la nuit et commençait à ressentir les effets de la fatigue. Mais il était bien décidé à rester sur le pont tant que la phase suivante de leur traque ne serait pas initiée. Car il avait douloureusement conscience du fait qu'à deux reprises déjà RMJ avait été sur le point de capturer Darcy et l'avait laissée filer.

— Où te caches-tu ? murmura-t-il en considérant la grande carte de la région sur laquelle l'hôtel White Wind était désormais mis en évidence.

Sans l'intervention de Billy Dawson, Darcy serait sans doute morte, à l'heure actuelle. C'était d'ailleurs toujours une éventualité. Mais Marcus ne se faisait pas beaucoup d'illusions à ce sujet. Son instinct lui soufflait que la tueuse était toujours en liberté et qu'à tout moment elle pouvait frapper de nouveau.

— Marcus ? fit une voix derrière lui.

Il se retourna pour faire face à Wyatt qui venait de

franchir la porte de la salle de conférences. Il tenait une tablette à la main.

— Je pense que Liam a eu une excellente idée, déclara-t-il. J'ai lu le livre dont il nous a parlé, hier soir, et j'ai été impressionné. Les théories de cette fille sont vraiment très intéressantes.

— Intéressantes et utiles ? s'enquit Marcus. Suffisamment pour que nous nous adjoignions ses services ?

— Suffisamment au moins pour que nous allions lui parler, déclara Wyatt. J'ai récupéré l'adresse de l'école où elle travaille.

— Allons-y, dans ce cas. De toute façon, j'ai besoin de me changer les idées.

Les deux hommes quittèrent le siège de RMJ et empruntèrent l'un des véhicules disponibles pour se rendre à l'école des Jeunes Pousses.

— Les spécialistes en matière de psychocriminologie qui travaillent dans une école maternelle, cela ne doit pas courir les rues, remarqua Marcus lorsqu'ils se garèrent devant le bâtiment.

— À vrai dire, le Dr Jacobs est spécialiste en pédopsychologie, objecta Wyatt. Mais elle s'est intéressée de près à l'enfance des criminels et tout particulièrement des tueurs en série.

Les deux hommes descendirent de voiture et se dirigèrent vers l'entrée de l'école.

— Apparemment, poursuivit Wyatt, elle a investi tout l'argent que lui a rapporté son livre dans cet établissement. J'ai lu une interview d'elle dans laquelle elle expliquait que c'était pour elle une façon de rendre à sa ville natale un peu de ce qu'elle lui avait apporté.

— C'est tout à son honneur, déclara Marcus. Espérons

qu'elle pourra nous aider aussi. Parce que pour le moment nous sommes un peu dans l'impasse.

Ils sonnèrent à la porte d'entrée et, quelques minutes plus tard, ils virent arriver une jeune femme d'une vingtaine d'années qui leur ouvrit. Elle les considéra tous deux avec une pointe d'étonnement.

— En quoi puis-je vous aider ? leur demanda-t-elle.

— Nous souhaiterions rencontrer le Pr Jacobs, lui indiqua Marcus.

— Est-ce au sujet du rachat de l'école ? s'enquit la jeune femme.

Les deux hommes échangèrent un regard étonné.

— Non, répondit Marcus. Nous avons besoin de son opinion en tant que psychologue.

Cela ne fit qu'accentuer la curiosité de la jeune femme.

— Entrez, je vous en prie, leur dit-elle.

Ils la suivirent jusqu'aux bureaux administratifs de l'établissement et elle leur demanda de l'attendre. Ils patientèrent tandis qu'elle allait prévenir Holly Jacobs de leur arrivée. Quelques instants plus tard, elle les fit entrer dans le bureau de la jeune femme.

— Bonjour, messieurs, leur dit Holly en leur faisant signe de s'asseoir en face d'elle. Que puis-je pour vous ?

— Merci de prendre le temps de nous recevoir, professeure Jacobs. Nous appartenons à Rocky Mountain Justice, une agence spécialisée dans la sécurité. Et nous travaillons en ce moment à la demande de la procureure de district sur le dossier de Darcy Owens.

— La tueuse en série ? s'étonna Holly.

Marcus acquiesça.

— Elle est actuellement en cavale et nous sommes chargés de la localiser, expliqua Wyatt. Or elle semble actuellement être de retour dans la région dont elle est originaire. Nous savons que sa jeunesse a été marquée par une série de profonds traumatismes personnels, et nous aimerions beaucoup avoir votre opinion à ce sujet. Cela nous aidera peut-être à comprendre pourquoi elle est revenue et à déterminer où elle peut bien se cacher.

— Il me faudrait pour cela avoir accès à son dossier, déclara Holly. Tout ce que je sais à son sujet, je l'ai appris par l'intermédiaire des médias, et ce n'est pas forcément la source d'information la plus fiable dans ce genre de dossiers très sensationnels. Ce que je peux affirmer, en revanche, c'est que, d'après ce que vous venez de me dire, Darcy Owens doit se trouver à un tournant de son existence.

— Qu'est-ce qui vous fait dire cela ? s'enquit Marcus.

— Le fait qu'elle ait décidé de revenir sur les lieux de ses traumatismes passés après avoir frôlé la mort. Cela signifie qu'elle est décidée à s'y confronter.

— Vous pensez qu'elle pourrait retourner là où elle a grandi ?

— C'est possible. Mais je pencherais plutôt pour l'endroit où elle a commis son premier meurtre. En tout cas, ce retour aux origines constituera forcément un moment très important pour elle, le début d'une nouvelle étape.

— Vous croyez qu'elle pourrait s'arrêter de tuer ?

— C'est possible, admit Holly. Mais très franchement j'en doute. Ce pèlerinage pourrait au contraire renforcer ses pulsions et la convaincre qu'elles étaient justifiées, que les meurtres qu'elle a commis lui ont permis de surmonter ses traumatismes et qu'ils la rendent plus forte.

— Voilà qui n'est guère rassurant.

— Ce n'est qu'une hypothèse, leur rappela-t-elle.

— Mais c'est celle qui vous paraît la plus probable ?

— Au vu des informations dont je dispose, oui.

— Seriez-vous prête éventuellement à collaborer avec nous sur cette affaire ? lui demanda Holly.

Elle les observa très attentivement l'un et l'autre avant de répondre.

— Je suppose que c'est Liam Alexander qui vous a parlé de moi ?

— En effet, répondit Marcus.

— Est-ce qu'il travaille pour vous ?

— Nous venons tout juste de l'embaucher.

— Je vois… Eh bien, si vous pensez effectivement avoir besoin de mes services, n'hésitez pas à me faire signe.

Marcus prit la carte de visite que Holly lui tendait. Elle les raccompagna ensuite jusqu'à la porte d'entrée.

— Qu'est-ce que tu en penses ? demanda-t-il à Wyatt tandis que tous deux traversaient le parking pour regagner leur véhicule.

— Elle m'a fait plutôt bonne impression.

— À moi aussi, renchérit Marcus. Et si elle a raison, cela signifie que Darcy est en route pour le Nevada.

— Qu'est-ce qui te fait dire cela ?

— Elle nous a dit que Darcy retournerait probablement là où elle a commis son premier meurtre. D'après son dossier, c'est à Las Vegas qu'elle a commencé à tuer.

— Si elle veut se rendre là-bas, il va lui falloir un véhicule.

— C'est peut-être pour cela qu'elle a appelé quelqu'un au White Wind. Quelqu'un qu'elle a connu autrefois, peut-être. Une amie d'enfance ou un ancien petit ami…

— Ça se tient, concéda Wyatt.

— Je l'espère, lâcha Marcus en démarrant. Nous ne pouvons pas nous permettre de la laisser s'évaporer une fois de plus.

— Tu n'en es pas responsable, tu sais, remarqua

Wyatt, percevant probablement la culpabilité qui perçait dans sa voix. Cela fait des années qu'elle échappe à la police et au FBI.

— Je sais, soupira Marcus. Mais depuis qu'elle a failli tuer l'une des nôtres, j'en ai fait une affaire personnelle. Je finirai par la coincer même si je dois retourner ciel et terre pour cela.

Ce matin-là, en arrivant au siège de RMJ, Liam avait dû se plier à tout un tas de formalités administratives. Après lui avoir fait signer son contrat et la clause de confidentialité qui l'accompagnait, Katarina lui fit visiter le bâtiment qui, selon elle, était l'un des plus sécurisé de l'État.

Elle le conduisit ensuite dans une petite pièce où elle releva ses empreintes digitales et rétiniennes avant de le photographier sous tous les angles.

— Cela vous permettra d'entrer et de sortir à votre guise, lui expliqua-t-elle.

— Très franchement, j'espère que je passerai plus de temps sur le terrain qu'au siège, dit-il en souriant. Et à ce propos, savez-vous ce que je suis censé faire, après cette instructive visite guidée ?

— Aucune idée, répondit-elle.

À cet instant, son téléphone portable se mit à sonner.

— Voilà peut-être la réponse à votre question, déclara-t-elle. C'est Chloé Ryder, la procureure de district.

Elle décrocha et actionna l'amplificateur pour que Liam puisse suivre la conversation.

— Madame la procureure, ravie de vous avoir en ligne. Je suis avec Liam Alexander, la nouvelle recrue dont Marcus vous a parlé. C'est grâce à lui que l'on a retrouvé Darcy Owen.

— Enchantée, monsieur Alexander.

— Moi de même, madame la procureure, répondit-il respectueusement.

— Je viens de recevoir un appel du FBI, déclara Chloé Ryder. L'agent en charge du dossier m'a indiqué que, pour lui, l'enquête concernant le White Wind était close. D'autant qu'apparemment ils viennent de recevoir un signalement venant de Reno qui correspond à celui de Darcy.

— Ils pensent donc qu'elle se dirige vers Las Vegas, supposa Katarina.

— Exact.

— Ils ont donc renoncé à identifier le complice de Darcy ? s'enquit Liam.

— Ils estiment qu'ils ont plus de chances de le faire une fois qu'ils auront arrêté celle-ci. Et de fait, l'appel qu'elle a passé est arrivé à l'accueil et aurait pu être transféré à n'importe qui dans l'hôtel, qu'il s'agisse d'un employé ou d'un client. À vrai dire, il n'est même pas certain qu'elle se soit entretenue avec qui que ce soit…

— L'appel a pourtant duré plus de quatre minutes, objecta Liam.

— Mais s'il n'a pas abouti, le temps d'attente est de trois minutes en moyenne avant que l'appel ne soit rebasculé vers la réception.

— J'imagine que l'affaire est close, alors, remarqua Katarina.

— Reno ne fait pas partie de ma juridiction, répondit la procureure. Et le FBI m'a laissé entendre que j'étais libre de refermer l'enquête si je le voulais…

— Mais ce n'est pas votre intention, n'est-ce pas ?

demanda Katarina qui semblait très bien connaître la magistrate.

— En effet, répondit celle-ci. Connaissant Darcy Owens, je ne l'imagine pas passer plus de trois minutes au téléphone à écouter une jolie musique d'attente. Je suis convaincue qu'elle a parlé à quelqu'un. Et je pense que nous devrions tout faire pour tenter de retrouver cette personne.

Cet après-midi-là, l'équipe de RMJ se retrouva au grand complet dans la salle de conférences pour discuter de la suite des opérations. Seul Luis Martinez manquait à l'appel. Il se trouvait toujours au chevet de Julia McCloud dont l'état de santé semblait désormais très encourageant.

— La procureure a décidé de prolonger son contrat avec nous, annonça Marcus Jones d'un ton solennel. Nous sommes désormais chargés d'identifier le contact de Darcy Owens au White Wind. Katarina a déjà commencé à étudier leur système informatique.

L'informaticienne fit descendre un écran sur lequel elle projeta une photo de l'hôtel. En apercevant les montagnes qui se dessinaient en arrière-plan, Liam sentit une foule de souvenirs remonter à la surface de son esprit.

— Voici le White Wind, commença Katarina avant de leur projeter un plan au sol de l'établissement.

Elle se servit de son pointeur laser pour désigner l'une des pièces.

— C'est là que se trouvent le central informatique ainsi que les écrans de surveillance. L'hôtel possède son propre serveur.

— C'est sans doute parce que la connexion Internet n'est pas très bonne, dans le coin, remarqua Liam.

— Exact. Et c'est une chance pour nous.

Liam fronça les sourcils, se demandant où elle voulait en venir.

— Nous allons pirater les lignes téléphoniques et les caméras de sécurité, expliqua Marcus. Cela nous permettra de surveiller l'hôtel. Si Darcy s'y rend ou si elle appelle, nous le saurons aussitôt. Et même si tel n'est pas le cas, cela nous permettra peut-être de découvrir qui est son contact sur place.

— Est-ce légal ? s'enquit Liam qui en doutait fortement.

Marcus se fendit d'un sourire amusé.

— Pas tout à fait, répondit-il. Mais si cela peut vous rassurer, nous serons en service commandé pour le compte de la procureure de district. Je doute que quelqu'un nous fasse un procès parce que nous avons pris quelques libertés. À vrai dire, c'est même pour cela que l'on nous paie : parce que nous ne sommes pas assujettis à des règles aussi strictes que les forces de l'ordre…

À cet instant, Liam comprit à qui Marcus lui faisait penser depuis qu'il l'avait rencontré. Il ne se l'était pas formulé de manière consciente jusque-là, mais les points communs qui existaient entre son nouveau patron et son défunt cousin Charlie lui paraissaient brusquement évidents.

Marcus avait la même forme d'assurance qui frisait l'arrogance, la même lueur d'humour malicieux dans le regard, le même plaisir à jouer avec les limites et les interdits.

Liam sentit son cœur se serrer au souvenir de tous les tours pendables que Charlie avait joués à sa famille. En dépit des nombreuses années qui s'étaient écoulées depuis lors, la mort de son cousin était toujours aussi douloureuse. La plaie qu'elle avait ouverte en lui ne se refermerait sans doute jamais.

— Quel est notre objectif, exactement, dans cette affaire ? demanda Liam. Nous assurer que justice soit rendue ou faire en sorte que Rocky Mountain Justice marque des points auprès de la procureure ?

— Les deux objectifs ne sont pas incompatibles, répondit Marcus. Mais ce qui compte le plus, à mes yeux, c'est que nous mettions Darcy Owens hors d'état de nuire au plus vite.

— Il ne s'agit donc pas seulement de redorer le blason de RMJ ? insista Liam.

Il avait parfaitement conscience du caractère provocateur de ses questions. Mais il estimait qu'il était de son devoir de les poser, quitte à encourir la colère de son supérieur.

— En partie, sans doute, concéda Marcus. La valeur de nos services est estimée en fonction de l'efficacité dont nous faisons preuve. Je ne vous cache pas que le double revers que nous avons essuyé est mauvais pour notre réputation. Mais ce n'est vraiment pas le plus important à mes yeux. Darcy Owens est dangereuse et je tiens à ce que nous l'arrêtions avant qu'elle ne passe de nouveau à l'action et qu'elle ne fasse de nouvelles victimes. Et pour le moment, nous sommes les mieux placés pour la stopper.

—- Très bien, acquiesça Liam, convaincu de sa sincérité. Mais j'imagine que pour pouvoir placer des mouchards dans la salle de contrôle de l'hôtel il va falloir que quelqu'un s'y introduise.

— C'est exact, lui dit Marcus. Et je pensais justement que vous pourriez vous en charger. Vous venez tout juste de rejoindre RMJ et personne ne vous connaît encore, ce qui vous permettra de séjourner à l'hôtel incognito. Vous en profiterez pour prendre des photos des clients et des employés, pour que nous puissions vérifier leurs antécédents et trouver la personne qui a pu fréquenter Darcy autrefois.

— Je suppose qu'une telle mission sous couverture durera plusieurs jours d'affilée, objecta Liam. Or j'ai une fille dont je dois m'occuper.

— Vous trouverez bien une nounou en attendant, répondit Marcus en haussant les épaules. RMJ prendra la dépense en charge, cela va sans dire.

— Everly, ma petite amie, pourrait peut-être vous dépanner si vous ne trouvez personne, suggéra alors Wyatt. Elle adore les enfants.

Liam se rappela alors ce que Holly lui avait dit, lorsqu'il avait accompagné Sophie à l'école pour la première fois. L'établissement proposait un système de garderie qui pouvait prendre en charge les enfants pour la nuit, en cas de besoin.

— Je devrais pouvoir me débrouiller, répondit-il à Wyatt. Merci beaucoup, en tout cas.

— Il n'y a pas de quoi.

— Il faudra aussi que nous vous trouvions une partenaire, déclara alors Marcus.

— Une partenaire ? répéta Liam en le considérant avec étonnement. Pourquoi cela ?

— Parce que l'arrivée d'un homme seul dans un tel établissement risquerait d'attirer l'attention et peut-être la méfiance des employés – à commencer par le contact de Darcy, expliqua Katarina.

— Est-ce que vous serez ma partenaire ? lui demanda Liam.

— Sûrement pas ! rétorqua-t-elle en riant. Je ne suis pas un agent de terrain, moi.

— Nous trouverons quelqu'un, lui assura Marcus. Nous avons jusqu'à demain matin pour cela.

— À vrai dire, murmura pensivement Liam, j'ai peut-être une idée…

Horrible.

Il n'y avait pas d'autre mot pour décrire la journée que Holly venait de passer. Elle avait tout d'abord dû annoncer aux employés de l'école qu'elle allait bientôt devoir partir et que l'établissement serait repris par un groupe texan. La nouvelle n'avait pas été très bien accueillie, c'était le moins que l'on puisse dire.

Elle avait ensuite passé le plus clair de la journée à régler des questions administratives afin de faciliter autant que possible la transition avec les nouveaux propriétaires. Puis elle avait rassemblé les affaires personnelles qui se trouvaient à l'école.

Il ne lui restait plus que quelques jours avant de devoir quitter définitivement les lieux et cette perspective la désespérait. Vers 5 heures, passablement déprimée, elle chargea Tonya de superviser la fin des cours et décida de rentrer chez elle.

Mais, sur le trajet de retour, elle reçut un coup de téléphone inattendu de la part de Marcus Jones.

— J'espère que je ne vous dérange pas, lui dit-il. Mais j'ai réfléchi à votre proposition de ce matin et je pense que je pourrais effectivement avoir besoin de vos services.

— Je ne suis pas certaine de pouvoir vous être beaucoup plus utile, vous savez. Je vous ai dit tout ce que je pensais de cette affaire.

— Ce n’est pas de cela qu’il s’agit, répondit Marcus.

— Qu’avez-vous en tête ?

— Eh bien, je préférerais vous en parler en personne. Pourriez-vous venir me retrouver Chez Sally, sur Main Street ?

Holly hésita quelques instants avant d’accepter, vaincue par sa propre curiosité.

— Je serai là d’ici cinq à dix minutes, déclara-t-elle en amorçant un demi-tour.

Avec un peu de chance, songea-t-elle, Liam Alexander assisterait lui aussi à cette réunion. Cela ne sauverait peut-être pas complètement la journée misérable qu’elle venait de passer, mais la perspective de le revoir lui mettait tout de même un peu de baume au cœur…

9

Holly se gara sur le parking de Chez Sally. En descendant de sa voiture, elle chercha des yeux la berline argentée que conduisait Liam Alexander et se sentit un peu déçue en ne l'apercevant nulle part. Elle prit alors conscience de l'étrange attachement qu'elle éprouvait déjà à son égard, alors qu'ils ne se connaissaient que depuis deux jours.

En pénétrant dans le restaurant, elle repéra aussitôt Marcus Jones et son collègue, Wyatt Thornton, qui étaient installés tout au fond de la salle, un peu à l'écart des autres clients. En l'apercevant, Marcus lui adressa un petit signe de la main et, lorsqu'elle s'approcha de leur table, il se leva galamment pour l'accueillir.

— Merci d'avoir accepté de nous rencontrer aussi rapidement, lui dit-il.

Elle serra la main qu'il lui tendait puis prit place aux côtés de Wyatt.

— Avant toute chose, lui dit-il gravement, je tiens à vous dire que, quelle que soit votre réponse à la proposition que nous nous apprêtons à vous faire, cette discussion devra demeurer strictement confidentielle.

— Vous pouvez me faire confiance, assura -t-elle.

— Bien, acquiesça-t-il. Comme vous le savez, nous enquêtons sur Darcy Owens pour le compte de la procureure de district. Nous avons aujourd'hui de bonnes raisons de penser qu'elle a un contact qui travaille ou qui séjourne actuellement à l'hôtel White Wind.

— Comment l'avez-vous découvert ? s'enquit Holly, curieuse.

— Après avoir été blessée par l'un de nos agents au cours de sa fuite, Darcy Owens s'est réfugiée dans les montagnes voisines de Pleasant Pines. Nous savons que, juste avant que nous ne la débusquions et qu'elle ne s'échappe de nouveau, elle a passé un coup de téléphone de près de quatre minutes à destination du White Wind. La police et le FBI ont interrogé tous ceux qui se trouvaient sur place au moment où elle a appelé mais personne n'a reconnu lui avoir parlé.

— S'il s'agit d'un complice, cela n'a rien de très étonnant, remarqua Holly.

— Effectivement. C'est la raison pour laquelle nous avons décidé d'envoyer là-bas l'un de nos hommes sous couverture. Il sera notamment chargé d'installer un mouchard qui nous permettra d'accéder aux caméras de sécurité de l'hôtel.

Holly le considéra avec étonnement. Elle avait un peu l'impression de se retrouver projetée dans un film d'espionnage sans trop savoir ce qu'elle venait y faire.

— Je ne vois pas très bien en quoi je pourrais vous aider, remarqua-t-elle. Je ne suis pas vraiment une spécialiste en matière de technologies de surveillance.

— Ne vous en faites pas pour cela. Notre agent se chargera de cette partie de la mission. En ce moment même, il est en train de se former au maniement de ce matériel. En revanche, pour éviter d'éveiller la méfiance du complice de Darcy, nous trouvons préférable que cet agent ne séjourne pas seul à l'hôtel. Et nous cherchons quelqu'un qui pourrait jouer le rôle de son épouse ou de sa petite amie.

Holly considéra les deux hommes avec stupeur, se demandant s'ils n'étaient pas en train de se moquer d'elle. Mais tous deux paraissaient parfaitement sérieux. Elle secoua la tête.

— C'est complètement délirant, leur dit-elle. Comme tout le monde, je serais ravie que Darcy Owens soit arrêtée et traduite en justice. Mais je ne suis absolument pas qualifiée pour tenir un tel rôle. Ce dont vous avez besoin, c'est d'une détective privée ou, à tout le moins, d'une actrice – pas d'une pédopsychologue. Je me demande vraiment ce qui a bien pu vous donner l'idée parfaitement farfelue de faire appel à moi…

— C'est moi, j'en ai peur, fit une voix familière derrière elle.

Surprise, elle se retourna et aperçut Liam qui venait de traverser la salle du restaurant pour les rejoindre.

— Désolé d'être en retard, s'excusa-t-il. Mais Katarina tenait à me donner un cours magistral sur le fonctionnement des serveurs informatiques et ce n'est pas précisément mon rayon…

Il prit place aux côtés de Marcus, face à Holly.

— C'est vous qui avez suggéré que l'on fasse appel à moi ? lui demanda-t-elle.

— En effet, acquiesça-t-il. En tant que psychologue, je pense que vous êtes la personne idéale pour m'aider à identifier la personne qui nous a menti. Je sais aussi que vous allez avoir un peu de temps devant vous, au cours de ces prochains jours. Et puis, ajouta-t-il en lui adressant un regard entendu, ce travail sera rémunéré.

— Vraiment ? fit-elle en se tournant vers Marcus. À quelle hauteur ?

— Pour ce genre de prestation, nous facturons généralement mille dollars par jour. Cette mission devrait durer trois jours, de mercredi à vendredi, ce qui ferait donc un total de trois mille dollars.

Holly hésita. C'était une somme non négligeable, particulièrement pour quelqu'un qui était sur le point de perdre son emploi. Mais elle n'était toujours pas convaincue d'être la plus qualifiée pour ce genre de mission d'infiltration.

— Je ne pense vraiment pas que ce soit une bonne idée, répondit-elle.

— Que diriez-vous de vingt mille dollars ? lui demanda alors Liam.

Marcus ne put réprimer une exclamation de stupeur.

— Il n'en est pas question, protesta-t-il. C'est beaucoup trop.

— Quelle chance avons-nous de trouver quelqu'un d'aussi qualifié qui soit disponible d'ici demain matin ? plaida Liam.

— C'est absurde, s'exclama Wyatt en prenant Marcus à témoin. C'est plus de six fois ce que nous comptions lui verser !

Marcus se mordilla pensivement la lèvre.

— J'imagine que la somme que vient de citer Liam n'est pas sortie du chapeau, remarqua-t-il. Est-ce que par hasard cela aurait un rapport avec la vente de votre école ?

Holly et Liam le dévisagèrent avec étonnement, ce qui le fit sourire.

— Dois-je vous rappeler que Rocky Mountain Justice est spécialisé dans le renseignement ? leur dit-il. Je n'ai pas pour habitude d'embaucher quelqu'un sans m'informer sur son compte.

— Vingt mille dollars est la somme que demande la

banque d'ici la fin de cette semaine pour éviter la vente de mon établissement, confirma Holly.

— Dans ce cas, voilà ce que je vous propose : si vous parvenez à identifier le contact de Darcy Owens au sein de l'hôtel, je vous verserai la somme de vingt mille dollars.

— Et dans le cas contraire ? s'enquit Liam.

— Dans le cas contraire, Mlle Jacobs nous aura rendu service à titre gracieux, répondit Marcus. C'est à quitte ou double, en quelque sorte.

— Quitte ou septuple, plutôt, grommela Wyatt d'un ton réprobateur.

— Je suis d'accord, déclara Holly. Si cela peut me donner une chance de sauver mon école, je ferai tout mon possible pour découvrir ce complice de Darcy. Mais que comptez-vous faire de Sophie, pendant ce temps ? ajouta-t-elle à l'intention de Liam.

— J'en ai déjà parlé à Tonya, répondit-il. Elle a accepté de l'accueillir chez elle les deux soirs.

Holly hocha la tête, rassurée. Avec Tonya, Sophie serait entre de bonnes mains.

— Puisque l'affaire est entendue, nous devrions parler des détails de votre mission. Vous avez une réservation pour demain matin.

— Je passerai vous chercher, précisa Liam.

— Nous devrions peut-être prendre l'habitude de nous tutoyer, si nous voulons nous faire passer pour un couple, suggéra-t-elle.

Liam lui sourit.

— Je passerai te chercher, se reprit-il. Disons vers huit heures et demie, après avoir déposé Sophie à l'école.

— Entendu, répondit-elle en s'efforçant de tempérer le mélange de nervosité et d'excitation que lui inspirait la perspective de passer les trois prochains jours en compagnie de Liam Alexander.

Elle ne pouvait se permettre d'oublier qu'il ne s'agissait pas d'une escapade romantique mais bien d'une chasse à l'homme qui, s'il fallait en croire les journaux, avait déjà coûté la mort à plusieurs personnes.

Cela faisait une quinzaine de minutes qu'ils avaient quitté la ville et qu'ils roulaient en direction du White Wind. Holly demeurait silencieuse, visiblement plongée dans ses pensées. En temps normal, cela aurait parfaitement convenu à Liam qui n'avait rien d'un bavard. Mais la curiosité que lui inspirait sa voisine était bien plus forte que sa réserve naturelle.

Il se posait à son sujet des tas de questions, des plus anodines aux plus intimes. Préférait-elle le thé ou le café ? Les chiens ou les chats ? Pourquoi avait-elle arrêté d'écrire alors que le succès retentissant de son best-seller paraissait lui ouvrir en grand les portes de l'édition ? Et surtout, avait-elle un petit ami ?

— Nous devrions arriver d'ici une demi-heure, remarqua-t-il enfin en jetant un coup d'œil à l'écran de son GPS. Nous devrions peut-être en profiter pour faire un peu mieux connaissance si nous voulons paraître crédibles en tant que couple…

— Bien sûr, répondit-elle, brusquement tirée de ses réflexions. Tu n'as qu'à commencer. Qui est donc le mystérieux Liam Alexander ?

— Je ne suis pas sûr d'être si mystérieux que cela, répondit-il en riant.

— Tu travailles pour une société qui est apparemment

chargée de traquer des tueurs en série, objecta-t-elle. Il y a plus ennuyeux comme vie, je t'assure…

— Vu sous cet angle, j'imagine, concéda-t-il. Mais tout cela est assez nouveau, pour moi. Je viens juste de rejoindre RMJ parce qu'ils cherchaient un pisteur.

— Que faisais-tu, avant ?

— J'étais guide de moyenne et de haute montagne. Ma spécialité, c'était de retrouver et de secourir les gens qui se perdaient en altitude. J'étais plutôt doué pour ça et c'est la raison pour laquelle j'intervenais aux quatre coins du monde, partout où des alpinistes étaient susceptibles d'avoir des problèmes. Mais lorsque la mère de Sophie a appris qu'elle allait être mutée à l'étranger, j'ai compris qu'il était temps pour moi de trouver un travail plus sédentaire – au moins le temps qu'Erin rentre de mission.

— Mais pourquoi avoir choisi Rocky Mountain Justice ? Ce n'est pas un poste de tout repos. Tu aurais pu travailler comme guide ou comme ranger pour un parc naturel, par exemple.

— C'était mon idée initiale, reconnut-il. Mais je suis tombé par hasard sur l'annonce de RMJ et j'ai vu qu'ils étaient installés dans la région où j'ai vécu, étant jeune. Je me suis dit que ce serait un endroit où Sophie pourrait s'épanouir. Pour être parfaitement honnête avec toi, je ne m'attendais pas à ce que ce poste soit si prenant. Ni à ce qu'il implique autant de travail en équipe.

— Tu préfères travailler seul ?

— J'ai toujours aimé me retrouver seul en pleine nature, acquiesça-t-il. J'ai passé la majeure partie de mon enfance à vagabonder dans les bois. Je pouvais passer des heures tout seul, à observer les animaux ou à construire des cabanes. Et ça m'est resté.

— Tu n'as pas l'air si asocial que cela, remarqua-t-elle.

— Il faut croire que je cache bien mon jeu, répliqua-t-il en souriant.

— Tu as vraiment grandi dans la région ?

— Oui. Ma famille maternelle vit ici depuis des générations. Il y a eu des trappeurs, des ranchers, un marshal et même un prêtre défroqué. Mes grands-parents vivaient juste à côté de l'hôtel où nous allons séjourner.

— Et tes parents ?

— Mon père était dans l'armée, répondit Liam. Il était muté à droite et à gauche et nous avons pas mal voyagé, ma sœur et moi. Mais ma mère nous emmenait au Wyoming tous les étés et nous y restions pendant deux mois entiers.

— Est-ce que tu es toujours proche de ta famille ?

— Très, répondit-il en portant machinalement la main à la plaque d'identification de son cousin qu'il portait autour du cou.

Il faillit lui parler de ce qui était arrivé à Charlie. Ce n'était pourtant pas un sujet qu'il avait coutume d'aborder et très peu de gens étaient au courant de ce qui était arrivé à son cousin. Mais il y avait chez Holly quelque chose qui le poussait à se confier.

Il s'abstint cependant de le faire, estimant qu'il ne la connaissait pas assez pour lui imposer une si douloureuse confession.

— Et toi ? lui demanda-t-il pour faire diversion.

— Mon père était professeur de physique-chimie au lycée de Pleasant Pines, répondit-elle. Ma mère possédait une agence immobilière. Ils ont pris leur retraite, il y a quelques années de cela, et sont partis s'installer au soleil, dans l'Arizona.

— Et toi ? Tu as toujours vécu à Pleasant Pines ?

— Presque, répondit-elle. Je suis partie dans l'Est

pour faire mes études et j'ai habité à New York, pendant un moment. Et puis, je suis revenue ici pour fonder l'école des Jeunes Pousses. Et à ce propos, je te dois des remerciements. Grâce à toi, je vais peut-être avoir une chance de la sauver…

— Attendons de voir si nous arrivons à identifier ce complice, objecta prudemment Liam. Et j'espère que cette mission ne va pas te causer de difficultés…

— Quel genre de difficultés ? lui demanda-t-elle, curieuse.

Il haussa les épaules.

— Vis-à-vis de ton petit ami, par exemple, lui dit-il d'un ton faussement détaché.

— Je suis célibataire, répondit-elle à son grand soulagement. Et toi ?

— Eh bien, je l'étais, répondit-il en souriant. Mais apparemment, nous voilà mariés…

Holly éclata de rire et il se prit à espérer que cette étrange mission qui leur avait été confiée leur permettrait de se rapprocher un peu plus.

Tous deux continuèrent à discuter de choses et d'autres et, avant même qu'ils ne s'aperçoivent qu'une demi-heure s'était écoulée, ils arrivèrent en vue du White Wind.

C'était un établissement particulièrement luxueux. Au centre de l'immense propriété boisée se dressait un imposant bâtiment qui abritait les chambres, un restaurant qui avait décroché deux étoiles au guide Michelin, un bar spécialisé dans les cocktails, une discothèque et même une véritable salle de projection.

L'hôtel était également pourvu d'un spa, de plusieurs courts de tennis, d'un golf de dix-huit trous et d'une immense piscine. Dans les montagnes avoisinantes, il était possible de chasser en automne, de skier en hiver et de randonner au printemps et en été.

En dépit de l'antipathie que lui inspirait cet établissement qui avait absorbé toutes les propriétés avoisinantes et fait disparaître le décor bucolique de son enfance, Liam devait bien reconnaître que l'endroit était magnifique.

Lorsqu'ils s'arrêtèrent devant le perron du bâtiment principal, un chasseur en livrée dévala les marches pour venir ouvrir la portière de Holly.

— Soyez les bienvenus au White Wind, leur dit-il. Avez-vous réservé ?

— Oui, pour deux nuits, répondit Liam.

— Dans ce cas, vous pouvez me confier vos clés de voiture et vous rendre directement au bureau de la réception. On vous apportera vos bagages directement dans votre chambre.

Liam lui tendit ses clés, puis Holly et lui se dirigèrent vers l'entrée. En pénétrant dans le hall de l'hôtel, il fut frappé par le raffinement de l'aménagement intérieur. Le plancher de chêne verni, les poutres apparentes, les épais tapis d'Orient, les tableaux bucoliques qui ornaient les murs, tout était conçu pour prodiguer aux clients une sensation de luxe et de confort.

En se dirigeant vers le grand comptoir de bois sombre derrière lequel se tenait une hôtesse en tailleur, ils croisèrent deux hommes qui discutaient à voix basse. L'un d'eux semblait appartenir à la sécurité de l'hôtel tandis que l'autre portait une blouse blanche.

— Et vous êtes sûr que c'est bien dans la nuit que l'armoire a été forcée ? demanda l'agent de surveillance.

— Certain, répondit le médecin. Je l'ai fermée moi-même hier soir et tout était à sa place. Ce matin, non seulement elle était ouverte, mais les médicaments qui se trouvaient à l'intérieur avaient été dérangés.

— Dérangés ? Il ne manquait rien ?

— Rien. Mais, comme vous le savez, les médicaments les plus sensibles se trouvent dans le coffre-fort. Jusqu'à aujourd'hui, je pensais qu'il s'agissait d'une précaution un peu excessive. Mais il est évident que quelqu'un s'est introduit dans l'infirmerie, probablement pour tenter de voler des opiacés ou des analgésiques… Est-ce que vous avez un moyen d'identifier le responsable ?

— Malheureusement, ce couloir n'est pas équipé de caméras, répondit l'agent de sécurité. Cela compromettrait la confidentialité des relations médecin-patient. Mais je peux regarder les autres bandes, au cas où elles montreraient quelqu'un de suspect.

Tandis que les deux hommes disparaissaient dans le couloir qui s'ouvrait au fond de la pièce, Liam se demanda si l'incident dont ils discutaient n'avait pas un rapport avec Darcy Owens. Après tout, elle ne s'était peut-être pas complètement remise de la blessure par balle qu'elle avait reçue lorsqu'elle avait fui Pleasant Pines.

Et si tel était le cas, elle pouvait toujours se trouver dans les parages, ce qui signifiait qu'il leur faudrait désormais redoubler de prudence…

Darcy jeta un coup d'œil dans le couloir qui desservait les chambres de cette aile et s'assura qu'il était bien désert à cette heure de la journée. S'approchant de la première porte, elle utilisa le passe qu'on lui avait remis à son arrivée. Il permettait d'accéder à quasiment toutes les pièces de l'hôtel.

Une lumière verte lui confirma que la porte était bien

déverrouillée. Elle la poussa et se glissa à l'intérieur. Bien qu'elle ne soit plus de service depuis plusieurs heures, Darcy avait conservé son uniforme de femme de chambre. Elle portait aussi un badge indiquant le prénom correspondant à ses nouveaux papiers d'identité : Claire.

C'était la septième chambre qu'elle visitait en l'espace d'une demi-heure à la recherche de médicaments. Mais pour le moment elle n'avait trouvé que quelques tubes d'aspirine et du paracétamol. Et il lui faudrait bien plus que cela pour calmer la douleur lancinante de son épaule.

La chambre était vide, comme prévu. Le client qui y séjournait, un certain Kevin Carpenter, était parti jouer au golf, un peu plus tôt dans la matinée et il en avait encore au moins pour deux ou trois heures. Elle ne perdit cependant pas un instant et gagna la salle de bains.

Lorsqu'elle y pénétra, elle tressaillit en découvrant son reflet dans le miroir. Elle-même avait presque du mal à se reconnaître. Elle avait teint ses cheveux en noir et portait une paire de lunettes à montures d'écaille. Les kilos qu'elle avait perdus durant sa cavale avaient également modifié l'apparence de son visage, faisant ressortir ses pommettes et agrandissant ses yeux qu'elle avait soulignés d'un trait de khôl.

Contournant les serviettes entassées sur le sol que la femme de chambre de service n'avait pas encore récupérées, elle alla ouvrir la trousse de toilette qui était posée près du lavabo. À l'intérieur, elle trouva deux tubes de médicaments. Le premier était un décongestionnant qui ne présentait pour elle aucun intérêt.

Le second, en revanche, était un puissant antibiotique qui lui éviterait peut-être une infection. Sans attendre, elle avala deux comprimés avant de glisser le tube dans sa poche. Elle s'apprêtait à ressortir de la salle de bains lorsqu'elle entendit la porte de la chambre s'ouvrir.

— Steve est malade comme un chien, fit la voix d'un homme qui devait être en train de parler au téléphone. Je crois qu'il a un peu trop forcé sur la bouteille, hier soir. Il a vomi tout son petit déjeuner dans un bunker. C'était assez hilarant…

Darcy pesta intérieurement. Elle jouait de malchance. D'un autre côté, le fait que Kevin soit au téléphone lui permettrait peut-être de s'éclipser discrètement. Elle referma la trousse de toilette et s'assura qu'elle était bien posée là où elle l'avait trouvée. Puis elle ramassa la pile de serviettes sales et sortit de la salle de bains.

— Excusez-moi, dit-elle à Kevin. Je ne voulais pas vous déranger. Je repasserai un peu plus tard pour faire la chambre.

— Attendez, l'interpella Kevin. Je te rappelle, ajouta-t-il à l'intention de son correspondant téléphonique.

Il raccrocha et se tourna vers elle.

— Vous êtes une des femmes de chambre ? lui demanda-t-il.

— Oui, acquiesça-t-elle. Est-ce que je peux faire quelque chose pour vous ?

— Non, répondit-il en l'observant de la tête aux pieds. Je suis juste étonné.

— Étonné ? répéta-t-elle, sentant les battements de son cœur s'emballer dans sa poitrine.

Se doutait-il de quelque chose ? L'avait-il reconnue, en dépit de l'altération de son apparence ?

— Eh bien, répondit Kevin avec un sourire embarrassé, vous êtes vraiment très jolie. Et je trouve qu'ils feraient mieux de vous mettre à la réception…

La façon dont il la regardait éveilla en elle un écho

aussi familier que terrifiant. Elle sentit monter en elle une pulsion qu'elle avait toujours beaucoup de mal à contrôler.

— Je ferais mieux de vous laisser, murmura-t-elle, bien décidée à y résister.

Pressant les serviettes contre sa poitrine comme pour se protéger, elle se dirigea vers la porte de la chambre.

— Je suis désolé, s'excusa aussitôt Kevin. Je ne voulais pas vous mettre mal à l'aise.

— Vous n'avez pas à vous excuser, éluda-t-elle.

Mais Kevin lui bloquait l'accès à la porte et ne faisait pas mine de bouger.

— Laissez-moi une chance de me faire pardonner, lui dit-il.

— Ce n'est vraiment pas la peine…

— Quand finissez-vous votre service, Claire ? lui demanda-t-il.

Le cœur de Darcy battait à toute vitesse, à présent. Et elle sentait les Ténèbres l'envahir peu à peu.

— Je dois y aller, souffla-t-elle.

Accepte, murmurèrent les Ténèbres. *Tu sais bien que tu en as autant envie que lui…*

Un mélange d'exaltation et de terreur la submergea soudain. Jusqu'alors, elle était presque parvenue à se convaincre que son changement d'identité avait suffi à bannir à jamais les Ténèbres. Mais elles l'avaient retrouvée.

— Juste un verre, insista Kevin qui ne se doutait absolument pas du risque qu'il courait.

— Je ne dois pas, chuchota Darcy, plus pour elle-même que pour lui.

— Pourquoi pas ?

— Ce ne serait pas une bonne idée.

— Au contraire, s'exclama-t-il. Je trouve moi que ce serait une excellente idée.

— Je ne vous connais pas, objecta-t-elle en sachant qu'elle aurait mieux fait de sortir au plus vite de la chambre, quitte à l'écarter de force du passage. Et vous ne savez rien de moi.

— Justement, je ne demande pas mieux que de faire connaissance…

Accepte, accepte, accepte, scandaient les Ténèbres dans son esprit.

— Je ne veux plus faire ça, murmura-t-elle.

Bien sûr que tu le veux. C'est dans ta nature, Darcy. Au fond de toi, tu le sais. Pourquoi lutter contre toi-même ?

— Je vois bien que vous êtes tentée, remarqua Kevin, se méprenant sur les raisons de son hésitation. Vous me tiendrez compagnie. L'ami avec lequel je suis venu ici ne se sent pas bien et je ne connais personne d'autre ici…

Il fit un pas vers elle et la regarda droit dans les yeux.

— Je vous promets de me comporter en parfait gentleman, lui dit-il.

Tu vois son regard ? Il ment. Il est comme tous les autres. Il ne s'intéresse pas à toi. Il veut juste t'utiliser. Comme tous ceux qui ont précédé. Comme ton père. Il mérite le même sort qu'eux. C'est ton rôle, Darcy. Tu es venue au monde pour nettoyer toute cette ordure.

Le sourire de Kevin s'était fait plus rusé, presque cruel. C'était celui d'un loup sur le point de fondre sur un agneau sans défense. Mais il se trompait lourdement à son sujet. Darcy n'avait rien d'un agneau sans défense. Elle était une lionne et c'était elle qui ne ferait qu'une bouchée de lui.

Les Ténèbres avaient raison. C'était une simple question de nature. Et ni Kevin ni elle n'y pouvaient rien, au fond.

— Je ne devrais pas, répondit-elle avec un sourire faussement embarrassé. Mais pour une fois, je vais faire une exception. Retrouvez-moi au bar vers 8 heures.

10

La chambre qu'occupaient Holly et Liam était située au deuxième et avant-dernier étage. Ce n'était pas à proprement parler une chambre, d'ailleurs, mais plutôt une suite de luxe constituée de deux chambres séparées et d'un salon qui était presque aussi grand que l'appartement de Holly.

Dans cette pièce, une immense baie vitrée donnait sur les montagnes Rocheuses aux cimes enneigées que surplombait un ciel uniformément bleu.

— Eh bien, s'exclama Holly en déposant son sac à main sur le bar, on dirait que Rocky Mountain Justice ne rechigne pas à la dépense. C'est somptueux.

— Je dois bien reconnaître que l'endroit a un certain cachet, renchérit Liam.

— Et ils ont déjà déposé nos bagages, ajouta-t-elle en désignant leurs deux valises posées au centre de la pièce.

— Tu n'as qu'à t'installer dans la chambre principale, lui proposa Liam en désignant celle qui était équipée d'un lit immense.

L'autre était meublée de deux lits jumeaux.

— D'accord, acquiesça-t-elle.

Elle alla déballer ses affaires et les plaça dans le dressing, qui aurait été nettement surdimensionné même pour un séjour d'un mois. Elle déposa ensuite sa trousse de toilette dans la salle de bains avant de rejoindre Liam au salon. Il se tenait devant la baie vitrée et contemplait pensivement le paysage qui s'offrait à leur vue.

— C'est magnifique, déclara-t-elle.

— C'est vrai, dit-il.

Mais le ton de sa voix paraissait contredire ses paroles. Elle crut même percevoir une pointe de colère qu'elle ne s'expliquait pas vraiment.

Observant plus attentivement le panorama, elle remarqua le terrain de golf qui se trouvait au premier plan. Il y avait également une grande écurie près de laquelle se dressait un corral où des chevaux paissaient tranquillement. C'était une scène paisible, bucolique et elle ne voyait pas ce qui pouvait bien agacer son compagnon.

— J'ai peut-être découvert quelque chose d'intéressant, lui dit-il avant qu'elle ait pu l'interroger à ce sujet. Lorsque nous étions dans le hall, as-tu remarqué les deux hommes qui discutaient ?

— J'ai juste vu que l'un d'eux portait une blouse de médecin et que l'autre semblait appartenir à la sécurité.

— Exact. Eh bien, le médecin était en train d'expliquer que quelqu'un avait forcé la porte d'une armoire à médicaments de l'infirmerie.

— Et tu penses que ce pourrait être le complice de Darcy qui a fait ça ? Pour lui procurer de quoi se soigner ?

— L'idée m'a traversé l'esprit, en effet. Évidemment, il peut tout aussi bien s'agir d'un drogué ou de quelqu'un qui comptait revendre ces médicaments au marché noir.

— Effectivement, répondit-elle. Mais c'est une piste qui mérite d'être creusée. En attendant, j'aimerais que tu m'en dises un peu plus au sujet de Darcy. Marcus et

Wyatt m'ont donné quelques indications mais j'imagine que vous avez un dossier plus détaillé.

— Exact. J'en ai d'ailleurs une copie sur mon disque dur. Je reviens tout de suite.

Liam alla chercher son ordinateur portable dans sa chambre et revint le poser sur la table de la salle à manger. Holly se rapprocha de lui et attendit qu'il accède au dossier où se trouvaient les informations concernant la tueuse en série.

— Que sais-tu d'elle, exactement ?

— Pas grand-chose de plus que ce qu'en ont dit les médias.

— Bien, je vais essayer d'être concis. Tu pourras consulter ensuite le dossier par toi-même si tu veux entrer dans les détails. Cela fait des années que Darcy tue. Ses victimes sont toujours des hommes, le plus souvent blonds aux yeux bleus et séduisants. Elle les retrouve pour boire un verre et empoisonne leur boisson avant de les conduire en pleine nature. Là, elle les regarde mourir puis elle abandonne les corps sur place.

— Sait-on ce qui la motive, exactement ? s'enquit Holly.

— D'après les profileurs du FBI, son père aurait abusé d'elle.

— Est-ce qu'il ressemblait physiquement aux hommes qu'elle choisit comme victimes ?

— Bonne question, répondit Liam en jetant un coup d'œil au profil psychologique qui se trouvait dans le dossier. Ce n'est pas indiqué.

— Dommage. En tout cas, Darcy ne se limite pas à ses meurtres ritualisés. Elle n'a pas hésité à tuer Billy.

— Ou Carl Haak, l'ancien shérif de Pleasant Pines.

Holly hocha la tête : elle avait bien connu Carl qui se trouvait être un vieil ami de ses parents. Elle parcourut le profil psychologique de Darcy et fronça légèrement les sourcils.

— C'est assez vague, remarqua-t-elle.

— C'est vrai, reconnut Liam. Wyatt m'a expliqué que c'était parce qu'il y avait très peu de tueuses en série et que le FBI manquait de données pour établir des profils-type. Je lui demanderai quand même s'il n'a pas réalisé une analyse personnelle.

— Si tel est le cas, je suis preneuse, déclara Holly. Mais comment sommes-nous censés procéder, en attendant ?

— Nous allons devoir photographier autant de personnes que possible. Cela nous permettra peut-être d'identifier quelqu'un qui a eu un lien quelconque avec Darcy Owens, par le passé.

— Dans ce cas, nous devrions nous y mettre sans attendre, dit-elle. Laisse-moi juste le temps d'aller chercher une veste…

Tandis que Holly et lui se promenaient main dans la main, Liam essayait de se convaincre qu'il ne s'agissait que d'un faux-semblant, d'un rôle qu'ils jouaient pour mieux se fondre parmi les autres clients de l'hôtel. Mais, au fond, il savait qu'il y avait plus que cela.

L'attirance que lui inspirait Holly était indubitable. Sa simple présence à ses côtés suffisait à éveiller son trouble. L'odeur délicate de son parfum qui venait lui chatouiller les narines accentuait encore le désir lancinant qu'elle lui inspirait. Et il ne pouvait s'empêcher de remarquer la façon dont le jean qu'elle portait mettait en valeur ses longues jambes ou la courbure de ses reins.

Il était d'ailleurs convaincu que cette attraction était réciproque. À plusieurs reprises, il l'avait devinée dans le regard de Holly. Et la façon dont elle avait alors détourné les yeux en rougissant lui avait confirmé que ce n'était pas un simple fantasme de sa part.

Il se répéta une fois de plus qu'il ne pouvait se permettre de céder à l'envie qu'il avait d'elle. Liam devait demeurer sur ses gardes. S'il existait la moindre chance pour que Darcy se trouve dans les parages, cela signifiait que tous deux étaient en danger. Or, s'il devait arriver quelque chose à Holly, il ne se le pardonnerait jamais. D'autant que c'était lui qui l'avait entraînée dans cette mission…

— Je vais me placer à proximité de ce groupe, lui souffla-t-elle alors, le ramenant brusquement au moment présent. Tu n'auras qu'à faire semblant de me photographier et tu tireras le portrait de tous ceux qui se trouveront derrière moi.

— Excellente idée.

Il la regarda s'éloigner en direction du groupe et sortit son téléphone portable. Il s'en servit pour prendre des photos de tous ceux qui se trouvaient là. Holly continuait à prendre la pose pour donner le change et elle était si charmante qu'il ne put s'empêcher de la photographier, elle aussi.

— Je vais me servir de l'application que Katarina a installée sur mon portable pour scanner ces gens, indiqua-t-il à la jeune femme lorsqu'elle revint à ses côtés.

— D'accord. Je vais en profiter pour aller repérer un peu les lieux.

Liam alla s'installer à l'une des tables en bois qui étaient disposées sur la pelouse. Holly, quant à elle, se dirigea vers la porte qui donnait sur le bar de l'hôtel. Il la suivit des yeux jusqu'à ce qu'elle disparaisse, fasciné par la grâce naturelle qui se dégageait d'elle.

Il activa alors l'application de Katarina et entreprit de

traiter les photographies qu'il venait de prendre. Le procédé était très rapide et un voyant lui indiquait à chaque fois si la personne était susceptible d'avoir le moindre lien avec Darcy Owens. Mais ce n'était le cas d'aucun des clients ou des membres du personnel qui étaient passés dans le champ de l'appareil-photo.

Il envoya cependant les photos au quartier général de RMJ où elles seraient traitées de nouveau avec des logiciels plus puissants que le sien. Cela permettrait notamment de récupérer les identités de chacune de ces personnes.

Il tomba enfin sur la photo de Holly qu'il avait prise et l'observa attentivement, charmé par le sourire contagieux qu'elle arborait sur ce cliché.

— Alors ? Bonne pêche ?

Liam sursauta légèrement et se tourna vers Holly qui venait de le rejoindre. Elle le considérait avec un sourire malicieux et il fit disparaître son téléphone portable avec la désagréable impression de s'être fait prendre en flagrant délit.

— Aucun résultat positif pour le moment, lui dit-il. Mais ça aurait été un coup de chance assez improbable de tomber du premier coup sur le complice de Darcy.

Il se leva du banc sur lequel il était assis.

— Viens, dit-il à Holly, j'ai quelque chose à te montrer.

Elle hocha la tête et le suivit. Tous deux s'engagèrent sur un sentier dallé qui s'éloignait du bâtiment principal. Ils gravirent une petite colline qui offrait une vue à trois cent soixante degrés sur les montagnes environnantes.

— Je t'ai dit que ma famille était originaire du coin, lui dit-il.

Elle hocha la tête.

— La maison de mes grands-parents se trouvait juste ici, lui dit-il en désignant la zone arasée sur laquelle ils se tenaient. Il y avait d'autres maisons, ici, ici et là, ajouta-t-il en lui désignant plusieurs endroits aux alentours. Toutes appartenaient à des membres de ma famille. Mes cousins, ma sœur et moi jouions très souvent sur ces rochers qui se trouvent sur notre droite. Je me rappelle que nous nous attachions des serviettes autour du cou et nous prenions pour des superhéros…

Liam perçut la nostalgie qui perçait dans sa propre voix. C'étaient des souvenirs qu'il n'avait pas évoqués depuis très longtemps. Et jamais il ne l'avait fait en présence d'une étrangère telle que Holly. Mais l'idée de les partager avec elle lui semblait étrangement naturelle, presque évidente.

— Où se trouve ta famille, aujourd'hui ? lui demanda-t-elle, curieuse.

— Ils ont tous vendu leurs propriétés à l'hôtel et ils ont déménagé, le plus souvent pour aller s'installer en ville.

— Ça doit te sembler étrange de revenir ici, remarqua-t-elle.

— Tu n'as pas idée à quel point. J'ai l'impression d'avoir perdu quelque chose d'important, une part de moi-même en quelque sorte.

— Je suis désolée, lui dit-elle en fixant sur lui d'immenses yeux bleus emplis de sympathie.

Liam haussa les épaules.

— C'est du passé, déclara-t-il, refusant de s'apitoyer sur lui-même.

Elle hocha la tête et tous deux demeurèrent quelques instants silencieux, fixant le paysage sublime qui les entourait de toutes parts.

— Nous ferions bien de rentrer, déclara enfin Liam. Nous avons une tueuse et son complice à retrouver.

— Est-ce que tu sais jusqu'où va ce chemin ? lui

demanda Holly en désignant le sentier qu'ils avaient emprunté pour venir et qui serpentait en direction de la montagne.

— Vers la forêt, répondit-il. Autrefois, il n'était pas dallé et il était très souvent couvert de boue. Mais il permettait d'accéder à une grande clairière dans laquelle se trouvaient plusieurs rochers que nous aimions escalader. Je suppose qu'ils sont toujours là…

— Il n'y a qu'une façon de le savoir, répondit Holly en s'engageant sur le chemin.

Liam hésita un instant avant de lui emboîter le pas. Et à mesure qu'ils se rapprochaient de la forêt, il se sentit de plus en plus mal à l'aise. Il n'avait jamais cru aux esprits et aux fantômes. Mais il savait d'expérience que certains lieux étaient hantés par les souvenirs. Et ce bois en faisait indubitablement partie…

— Est-ce que ça va ? lui demanda soudain Holly. Tu es tout pâle.

— Ce n'est rien, répondit-il en se forçant à lâcher la plaque d'identité qu'il serrait convulsivement au creux de son poing.

Il ne s'était même pas rendu compte qu'il s'en était saisi. Mais en ces lieux la présence de Charlie devenait presque palpable. Il lui semblait presque entendre leurs éclats de rire tandis que tous deux s'élançaient en courant à travers bois.

Et, tandis que Holly et lui s'enfonçaient dans la forêt, il chercha des yeux les signes de piste que son cousin et lui avaient tracés autrefois dans l'écorce des arbres. La vue de l'un d'eux, en partie effacé par le temps, fit naître en lui une sensation de vertige.

Ils débouchèrent enfin dans la clairière dont il avait parlé. Elle n'avait pas changé et Liam eut de nouveau la sensation troublante que le passé et le présent se mêlaient, qu'il lui aurait suffi de contourner l'un de ses gros rochers pour se retrouver nez à nez avec son cousin, comme si la mort de ce dernier n'avait été qu'une mauvaise blague.

Il frissonna.

— Tu as froid ? lui demanda Holly.

— Un peu…

— Nous ferions mieux de rentrer, déclara-t-elle.

Elle fit demi-tour et se remit en route en direction de l'hôtel. Liam demeura quelques instants immobile, tous les sens aux aguets. Mais le seul son qui lui parvenait était le bruissement du vent dans les branches d'arbres.

Presque à contrecœur, il se détourna et quitta la clairière pour emboîter le pas à la jeune femme. Ils redescendirent la colline et ne tardèrent pas à arriver en vue de l'un des greens de golf que le sentier longeait. Là, deux hommes étaient en train de jouer en discutant.

— Je te dois des remerciements, tu sais, Steve, déclara l'un d'eux.

Il devait avoir entre quarante et cinquante ans, était grand et bien bâti, avec des cheveux blond cendré et des yeux très bleus. Petit et râblé, son compagnon était nettement moins avenant.

— Pourquoi cela ? demanda-t-il, curieux.

— Si tu n'avais pas été malade, ce matin, je ne serais pas revenu à ma chambre et je n'aurais pas rencontré cette fille.

— Quelle fille ?

— Une des femmes de chambre. Une brunette vraiment très sexy.

— Ne me dis pas que pendant que je rendais tripes et boyaux tu étais en train de t'envoyer en l'air !

— Non, répondit le grand blond en riant. Il ne s'est rien passé. Pas encore, en tout cas…

Liam et Holly échangèrent un regard et elle leva les yeux au ciel.

— J'ai rendez-vous ce soir avec elle, pour boire un verre.

— Sacré Kevin ! Je ne sais pas comment tu fais…

— C'est un don, répondit son ami. Un peu comme le golf, ajouta-t-il en envoyant sa balle rouler en direction du trou.

Elle le manqua de cinquante bons centimètres et les deux hommes éclatèrent de rire.

— Je suppose qu'on ne peut pas être doué pour tout, déclara le petit brun en propulsant sa propre balle directement dans le trou.

Tandis que Holly et lui s'éloignaient en direction de l'hôtel, Liam se prit à songer que, depuis la mort de Charlie, il n'avait jamais été suffisamment proche de quelqu'un pour développer ce genre de connivence.

Il n'avait jamais eu de meilleur ami et, à vrai dire, il n'y avait que peu de gens qu'il considérait comme de véritables amis. Et depuis sa séparation avec Erin il n'avait jamais connu de véritable histoire d'amour.

Jusqu'à présent, tout cela ne lui avait pas manqué. Mais la discussion qu'il venait de surprendre et, plus encore, la présence de Holly à ses côtés le faisaient soudain s'interroger sur les raisons de l'autarcie émotionnelle à laquelle il s'était condamné sans même en avoir conscience.

Était-ce une façon de se protéger ? Et si tel était le cas, n'était-il pas grand temps pour lui de recommencer à prendre des risques ?

11

Alors qu'ils étaient sur le point d'entrer dans l'hôtel, la sonnerie du portable de Liam retentit, lui signalant l'arrivée d'un SMS. Tirant l'appareil de sa poche, il ouvrit sa messagerie et constata que le message émanait de Marcus Jones.

Rendez-vous sur le parking des employés de l'hôtel. Sommes dans un van de fleuriste blanc.

Liam répondit aussitôt :

J'arrive tout de suite.

— Il faut que j'aille retrouver Marcus, indiqua-t-il à Holly. Je te rejoins à la chambre. Cela ne devrait prendre que quelques minutes.

— Ça marche, répondit-elle. À tout à l'heure.

Tandis qu'elle pénétrait dans le bâtiment, Liam le contourna pour se rendre sur le parking réservé aux employés qui se trouvait de l'autre côté. Il repéra aussitôt la camionnette que Marcus lui avait indiquée. Comme il se dirigeait vers elle, la porte arrière s'entrouvrit.

Liam s'assura que personne ne l'observait avant de s'en approcher.

— Montez, lui dit Marcus.

Il s'exécuta et eut soudain l'impression de se retrouver

plongé dans un film d'espionnage. L'intérieur du van avait complètement été aménagé pour accueillir un poste de surveillance.

D'un côté se trouvait une rangée de moniteurs qui permettaient de surveiller l'extérieur et de hacker d'éventuels systèmes de protection. De l'autre était accroché un râtelier sur lequel étaient disposées toutes sortes d'armes, du couteau de commando au pistolet-mitrailleur.

Marcus s'installa sur l'un des quatre fauteuils pivotants qui étaient vissés au sol, disposés en quinconce. Liam et Wyatt prirent place à ses côtés.

— Est-ce que vous avez découvert quelque chose ? s'enquit Marcus sans autre forme de procès.

— Que quelqu'un s'est introduit dans l'infirmerie et a forcé une armoire contenant des médicaments.

— Est-ce qu'on a volé quelque chose ?

— Non, répondit Liam. Mais apparemment les médicaments les plus sensibles sont conservés dans un coffre-fort.

— Sage précaution, opina Marcus.

— Malheureusement, reprit Liam, il n'y a pas de caméras dans cette partie du bâtiment. Impossible de savoir qui a fait le coup, donc…

— Nous avons apporté quelque chose qui pourrait s'avérer très utile dans ce genre de situation, déclara Wyatt en lui tendant un sac en tissu frappé du logo de l'hôtel White Wind. Ce sont des microcaméras dont le flux sera envoyé directement jusqu'au van.

Elles avaient à peu près le format d'un taille-crayon et étaient équipées d'une ventouse et d'un aimant qui permettaient de les fixer sur n'importe quelle surface.

— Il y en a une dizaine, précisa Wyatt qui lui remit alors une chemise cartonnée. Et voici un plan précis de l'hôtel. J'ai indiqué les endroits où vous devrez les installer. La plupart sont destinées au bâtiment principal, mais il faudra aussi en placer quelques-unes dans le bâtiment où se trouvent les quartiers des employés.

— Tenez, ajouta Marcus en lui tendant une carte en plastique blanche. Ce passe devrait vous permettre d'accéder à toutes les pièces de l'hôtel.

— Votre cible prioritaire demeure bien sûr la salle de contrôle, reprit Wyatt. Nous avons déterminé une fenêtre journalière de quinze minutes lors de laquelle elle n'est pas occupée : entre 2 h 30 et 2 h 45 du matin, lorsque les deux agents de sécurité qui assurent la permanence de nuit sortent pour faire leur ronde.

— Est-ce que le passe me permettra d'entrer dans cette pièce aussi ? s'enquit Liam.

— D'après Katarina, ça devrait être le cas. Si vous parvenez à placer les caméras dans la journée et le mouchard dans la nuit, votre mission pourrait s'achever dès demain matin.

Liam observa attentivement le plan que lui avait fourni Wyatt. Il comprit rapidement que le placement de certaines des caméras pourrait s'avérer très délicat. Le plus sage serait sans doute de demander à Holly de l'accompagner et de faire le guet tandis qu'il les installerait.

— J'ai montré à Holly le profil psychologique de Darcy Owens dont nous disposons, indiqua-t-il à Wyatt. Il lui a semblé un peu léger et je me suis dit que vous auriez sans doute des informations complémentaires à ce sujet.

— En effet, répondit Wyatt en jetant un coup d'œil interrogatif en direction de Marcus.

Ce dernier hocha presque imperceptiblement la tête.

— Dites-lui que je vais lui envoyer ça.

— Bien, conclut Marcus. À vous de jouer. Et n'hésitez

pas à photographier au passage autant de gens que possible. Nous devons impérativement retrouver le complice de Darcy. Dieu sait combien de temps il s'écoulera avant qu'elle ne se remette à tuer…

Lorsque Liam eut informé Holly de ses échanges avec Marcus et Wyatt, tous deux décidèrent de commencer par installer les caméras qui devaient être placées dans les locaux réservés aux employés de l'hôtel. Ils profiteraient ainsi du fait que la plupart d'entre eux étaient de service, à cette heure de la journée.

Quittant le bâtiment principal, ils traversèrent le parc pour se diriger vers celui qu'ils avaient repéré sur le plan fourni par Marcus. C'était une grande bâtisse rectangulaire haute de deux étages et dont les murs extérieurs étaient peints en vert sapin, probablement pour mieux se fondre dans la forêt environnante.

— Nous y voilà, murmura Liam en considérant attentivement la configuration des lieux. Nous avons trois caméras à placer : une à chaque niveau.

Holly sentit les battements de son cœur s'accélérer dans sa poitrine. C'était la première fois de sa vie qu'elle allait enfreindre la loi. Car elle ne se faisait aucune illusion à ce sujet : ce qu'ils s'apprêtaient à faire était parfaitement illégal. Elle se demanda si la procureure qui employait RMJ se doutait des méthodes illicites auxquelles l'agence avait recours.

Le portable de Holly se mit alors à sonner et elle s'aperçut avec étonnement que c'était la doyenne de l'université de Findlay qui cherchait à la joindre. Les événements parfaitement inattendus des dernières vingt-quatre heures lui avaient presque fait oublier la proposition que lui avait transmise son agent.

— Je suis désolée, mais il faut vraiment que je réponde, dit-elle à Liam.

— Aucun problème, lui assura-t-il. Cela te donnera même une excuse pour faire le pied de grue. Tu n'auras qu'à m'envoyer un texto pour me prévenir si tu vois quelqu'un entrer, d'accord ?

Elle hocha la tête et décrocha tandis que Liam se dirigeait vers la porte du bâtiment.

— Holly Jacobs ? Je suis Louise Nelson. Franklin a dû vous parler de moi. Je suis vraiment ravie que vous envisagiez de rejoindre notre équipe !

— Effectivement, Franklin m'a prévenue que vous appelleriez. Pourriez-vous m'en dire un peu plus, sur le poste qui s'est libéré ?

— Bien sûr. Il s'agit initialement d'un remplacement jusqu'à la fin de l'année scolaire. Mais si cela se passe bien et si vous vous plaisez chez nous, le poste sera à vous. Il s'agit d'une chaire de professeur en psychologie. Vous serez chargée des cours généraux sur le sujet et vous serez libre de développer des cours plus spécialisés en fonction de vos qualifications et de vos centres d'intérêt personnels. Il y a également un laboratoire de recherche qui vous permettra de développer des projets en y associant des étudiants doctorants. Vous toucherez évidemment un plein salaire – notre université se targue d'appliquer une parfaite parité en matière de rémunération. Nous possédons aussi un programme de retraite très performant et une couverture maladie complète qui comprend l'ensemble des frais médicaux, ophtalmiques et dentaires. Comme Franklin a dû vous le dire, il nous faudrait idéalement quelqu'un qui puisse commencer dès la fin du mois prochain. Cela limitera le nombre d'heures de cours perdues par les élèves.

Holly demeura quelques instants silencieuse. Jusqu'à présent, elle n'avait envisagé ce poste que comme une solution de repli, une parenthèse qui lui permettrait de voir venir. Elle n'avait pas imaginé qu'il pouvait s'agir d'une telle opportunité de carrière.

— Holly, vous êtes toujours là ? lui demanda Louise.

— Oui, répondit-elle. C'est une offre vraiment très alléchante, Louise. Et je vous confirme que je suis effectivement très intéressée. En revanche, je vais avoir besoin d'un tout petit peu de temps pour y réfléchir. Puis-je vous rappeler d'ici quelques jours ?

— Bien sûr, lui assura Louise. Mais n'attendez pas trop longtemps. J'ai vraiment très envie que vous rejoigniez l'équipe mais, si vous ne pouvez pas vous engager, il va falloir que je trouve rapidement quelqu'un d'autre.

— Je comprends parfaitement, dit Holly. Et vous pouvez compter sur moi : je vous recontacterai d'ici deux ou trois jours, le temps de prendre une décision ferme et définitive.

— C'est d'accord, répondit Louise. J'attends votre appel.

Elles raccrochèrent et Holly demeura quelques instants pensive. En acceptant cette offre, elle opterait pour une vie totalement différente de celle qui était la sienne aujourd'hui. Et cette perspective avait quelque chose d'exaltant et de terrifiant à la fois.

Mais, avant de prendre une telle décision, il lui restait encore une dernière chance de sauver son école. Et elle était bien décidée à faire tout ce qui était en son pouvoir pour y parvenir.

Darcy partageait une chambre avec deux de ses collègues. Le logement était modeste mais relativement confortable – bien plus que le bunker de Billy, en tout cas. Darcy avait cependant beaucoup de mal à supporter les bavardages incessants de ses camarades de chambrée.

Elle était donc ravie que celles-ci soient actuellement de service. De cette façon, elle disposait de la pièce pour elle seule.

Depuis qu'elle avait avalé les antibiotiques qu'elle avait dérobés dans la salle de bains de Kevin, sa fièvre était tombée. Allongée sur son lit, elle dérivait quelque part entre le sommeil et l'éveil. C'était dans ces moments-là que les Ténèbres étaient les plus proches d'elle. Elle pouvait les sentir distinctement en elle.

N'oublie pas que tu as rendez-vous avec cet homme…

— Je n'ai pas oublié, murmura-t-elle. Mais je ne veux pas y aller. Je sais ce qui se passera si j'y vais et je ne veux pas que ça recommence. Laissez-moi tranquille.

Elle était bien décidée à résister à la tentation. Si elle prenait la vie de Kevin, si elle se nourrissait de son énergie, la disparition de ce dernier attirerait l'attention de la police et elle se retrouverait forcée de fuir, une fois de plus.

Mais il le mérite. Il est comme tous les autres. Et tu as une mission. Tu es la Purificatrice. Tu es née pour venger les femmes des humiliations qu'elles subissent depuis toujours.

Darcy ne put réprimer un soupir. Les Ténèbres avaient raison. Elle avait été choisie et elle ne pouvait se soustraire à sa responsabilité. Et elle savait déjà au fond d'elle-même que, d'une façon ou d'une autre, elle finirait par tuer Kevin – elle l'avait su dès l'instant où il avait posé les yeux sur elle. Le mieux était sans doute de l'accepter, de se soumettre à son destin.

Des bruits de pas dans le couloir la tirèrent brusquement de ses réflexions. Elle les entendit se rapprocher de la porte et crut un instant que l'une de ses camarades de chambrée était rentrée en avance. Mais la porte demeura close.

La personne qui se trouvait dans le couloir se déplaça de quelques pas avant de s'arrêter de nouveau. Curieuse, Darcy se leva de son lit et elle s'approcha de la porte aussi silencieusement que possible pour jeter un coup d'œil à travers la serrure.

Il y avait bien un homme dans le couloir. Lui aussi paraissait être aux aguets. Il observait attentivement les alentours comme s'il voulait s'assurer qu'il se trouvait bien seul. Puis il sortit de sa poche un objet de petite taille.

Darcy reconnut aussitôt ce dont il s'agissait. Elle en avait déjà vu un dans un magasin de Las Vegas spécialisé dans la surveillance et la sécurité. Elle était entrée pour acheter une bombe lacrymogène et le vendeur lui avait montré les caméras qu'il venait tout juste de recevoir.

L'homme se hissa sur la pointe des pieds pour placer la sienne dans une légère anfractuosité à la jonction du mur et du plafond. De là, elle couvrait probablement l'ensemble du couloir.

Un frisson glacé dévala le long de la colonne vertébrale de Darcy.

Pas de panique. S'ils en avaient après toi, ce type ne se contenterait pas de placer une caméra. Il serait venu avec un fusil. Et des renforts.

Darcy se détendit légèrement. Il ne s'agissait probablement que d'une mesure de sécurité mise en place par les gérants de l'hôtel et destinée à surveiller leurs employés.

L'homme se recula pour vérifier que la caméra n'était pas visible et, apparemment satisfait, il se détourna et se dirigea vers les escaliers.

Darcy se redressa et réfléchit à ce qui venait de se passer. Au moins, songea-t-elle, maintenant qu'elle savait où se trouvait la caméra, il ne lui serait donc pas difficile de se positionner de façon que celle-ci ne puisse pas filmer son visage.

Jetant un coup d'œil à sa montre, elle constata que l'heure de son rendez avec Kevin approchait. Or elle ne pouvait se permettre de s'y rendre vêtue de son uniforme de femme de chambre.

Se dirigeant vers son armoire, elle sortit le peu de vêtements qu'elle contenait. Elle enfila le jean, le T-shirt et le pull-over noir qu'elle avait achetés avant de venir retrouver son contact à l'hôtel. Jetant un coup d'œil critique au miroir en pied, elle estima que cette tenue ferait l'affaire.

Elle n'était sans doute pas assez chic pour un rendez-vous mais elle était plutôt sexy. Et Darcy ne se faisait aucune illusion : ce n'était pas pour la voir *habillée* que Kevin l'avait invitée à venir boire un verre avec lui.

Elle emprunta la trousse de maquillage de l'une de ses camarades de chambrée et appliqua un peu de fond de teint, d'eye-liner et de rouge à lèvres. Le résultat lui parut plutôt satisfaisant. Elle commençait à s'habituer à sa nouvelle apparence.

En sortant de la chambre, elle prit soin de tourner la tête de façon à ne présenter à la caméra que son profil dissimulé par ses longs cheveux noirs. Elle quitta le bâtiment réservé au personnel et coupa à travers bois pour rejoindre l'hôtel. Lorsqu'elle pénétra dans le bar, elle aperçut aussitôt Kevin Carpenter qui était installé au bar.

Dès qu'il la vit, un large sourire illumina son visage. Et, dans ses yeux, elle perçut une lueur de désir qui conforta la décision qu'elle avait prise.

— J'ai eu peur que vous ne veniez pas, lui dit-il. Qu'est-ce que vous voulez boire ?

— J'ai un faible pour la vodka, lui dit-elle en prenant place à ses côtés.

— Ce que femme veut, Dieu le veut, répondit-il en faisant signe au barman.

Il commanda deux verres de vodka.

— À notre rencontre ! s'exclama Darcy en trinquant avec lui.

Elle but cul sec et Kevin l'imita. Elle fit aussitôt signe au barman de remplir de nouveau leurs verres. Ils burent de nouveau. Au fil du temps, Darcy avait développé une résistance à l'alcool qui s'était plus d'une fois révélée très utile pour subjuguer ses victimes.

— Est-ce que par hasard vous essaieriez de me soûler ? lui demanda Kevin d'un ton malicieux.

— Peut-être, répondit-elle avec un sourire aguicheur.

Il éclata d'un rire un peu gras et recommanda deux autres verres. Cette fois, cependant, Darcy prit soin de renverser discrètement le contenu du sien dans le pot de la plante verte qui se trouvait juste derrière elle.

Durant la demi-heure qui suivit, elle continua à faire boire Kevin tout en faisant assaut de séduction. Lorsqu'elle jugea que sa proie était mûre, elle posa sa main sur sa cuisse de façon suggestive.

— Dis-moi, souffla-t-elle d'une voix légèrement rauque. Que dirais-tu d'aller finir cette bouteille de vodka dans un endroit plus intime ?

— Excellente idée, répondit Kevin d'une voix

légèrement pâteuse. Et dire que tu ne voulais même pas venir à ce rendez-vous…

— Tu sais ce que je me suis dit ? répliqua Darcy avec un sourire malicieux. On n'a qu'une vie.

Kevin opina de la tête sans se douter un seul instant que la sienne était sur le point de s'achever.

12

Liam était étendu sur le canapé du salon de leur suite et contemplait pensivement les poutres apparentes du plafond. En arrivant au White Wind, il avait été frappé par les transformations apparemment drastiques que l'implantation de l'hôtel avait causées.

Mais, au fil des heures, il s'était rendu compte qu'en dépit de ses différences l'endroit avait conservé l'aura qui lui était propre. Et le fait de se retrouver en ces lieux avait fait graduellement remonter en lui une foule de souvenirs.

La plupart avaient trait à Charlie. Jamais il n'avait autant pensé à lui qu'au cours de ces derniers jours. Il se demandait notamment ce que son cousin aurait bien pu penser de Holly Jacobs.

Une série de bips insistants interrompirent sa rêverie éveillée. Se saisissant de son téléphone, il constata que Marcus Jones venait de lui adresser un message.

> Darcy Owens pourrait avoir été repérée à Reno, au Nevada, vers 1 h 57 du matin. Jetez un coup d'œil au film en pièce jointe.

Liam fit apparaître la vidéo en question. Elle avait apparemment été prise depuis une caméra de surveillance et montrait une femme qui se trouvait dans le fauteuil passager d'un SUV noir. Elle était blonde et la forme du visage correspondait effectivement à celui de Darcy. Mais la résolution était trop mauvaise pour pouvoir affirmer avec certitude qu'il s'agissait bien d'elle.

Un nouveau SMS de Marcus lui parvint alors.

Qu'est-ce que vous en pensez ?

Liam regarda de nouveau la vidéo, de l'entrée dans le champ du véhicule jusqu'à son départ. Il revint ensuite en arrière et mit l'image en pause avant de répondre à son employeur.

C'est possible. Difficile d'en être sûr.

Le logiciel donne une correspondance de 85 %. J'ai contacté la police de Reno pour qu'ils tentent d'intercepter le SUV.

Nous serons vite fixés, alors.

Il ajouta un émoji représentant deux doigts croisés. La sonnerie qu'il avait programmée se déclencha alors. Il rédigea un nouveau message à l'intention de Marcus.

Mission maintenue pour ce soir ?

La réponse lui parvint presque aussitôt.

Oui. Ne lâchons pas la proie pour l'ombre.

Il se redressa et constata que la porte de la chambre de Holly venait de s'ouvrir. La jeune femme se tenait dans l'entrebâillement en se frottant les yeux.

— Tu es prêt ? lui demanda-t-elle d'une voix encore ensommeillée.

— Pas vraiment, répondit-il en souriant. Je ne suis toujours pas sûr qu'ils aient choisi la personne la plus qualifiée pour accomplir une telle mission. Après tout, je suis pisteur, pas agent secret.

— Je suis sûre que tu t'en sortiras à merveille. Et si tu

te fais surprendre, tu n'auras qu'à faire semblant d'avoir un peu trop bu et de ne pas te sentir très bien. Les vigiles te dirigeront rapidement vers les toilettes les plus proches.

Liam éclata de rire.

— Ça pourrait marcher, concéda-t-il. Espérons cependant que ce ne sera pas nécessaire, car cela compliquerait d'autant plus toute nouvelle tentative. Quoi qu'il en soit, tu n'es peut-être pas obligée de venir avec moi, cette fois.

— Bien sûr que si, répondit-elle sans hésiter. Je suis ici pour t'aider. Et je pourrai distraire les gardes en cas de besoin.

— D'accord, acquiesça-t-il, impressionné par le courage dont elle faisait preuve.

Contrairement à lui, elle aurait peut-être pu envisager de faire carrière dans les services secrets.

— Allons-y, dit-il.

Il alla récupérer la clé USB que lui avait confiée Katarina et qui contenait le cheval de Troie dont elle comptait se servir pour accéder au serveur et le pirater. Puis ils quittèrent leur chambre et se dirigèrent vers l'ascenseur. Liam pressa la touche correspondant au sous-sol où se trouvait la salle de contrôle.

— Darcy Owens aurait peut-être été aperçue à Reno, indiqua-t-il à Holly tandis que la cabine amorçait sa descente.

— Reno ? répéta-t-elle, étonnée. Qu'est-ce qu'elle serait allée faire là-bas ?

— Bonne question.

— Est-ce qu'elle est déjà allée là-bas ?

— Pas que nous sachions, non. Après avoir quitté le Wyoming, elle a vécu à Las Vegas. Et c'est là qu'elle a commis la plupart de ses crimes. Mais elle s'est peut-être dit que retourner là-bas serait trop risqué.

— Peut-être, concéda Holly du bout des lèvres. Mais ce ne serait pas un comportement très habituel chez un tueur en série. Ils se conduisent généralement comme de grands prédateurs : tant qu'ils ne manquent pas de proies, ils n'ont aucune raison de se déplacer. De plus, ils aiment généralement jouer au chat et à la souris avec la police.

Avant que Liam n'ait pu lui répondre, un tintement se fit entendre et les portes de l'ascenseur s'ouvrirent. Ils pénétrèrent dans un couloir qui était radicalement différent de ceux qui se trouvaient aux étages supérieurs. Entièrement en béton gris, il était dépourvu de toute décoration et éclairé par la lueur froide des néons. Fort heureusement, il était également désert.

Liam avait appris par cœur la carte que lui avait confiée Marcus et il se dirigea sans hésiter vers la salle de contrôle. Là, il frappa à la porte, au cas où les informations qu'on lui avait transmises se seraient révélées erronées. Mais personne ne lui répondit, ce qui semblait indiquer que les gardes étaient effectivement en train de faire leurs rondes.

Liam utilisa le passe qu'avait programmé Katarina et la serrure émit un petit cliquetis avant d'afficher un voyant vert. Il jeta un coup d'œil à sa montre et constata qu'il était 2 h 32 du matin. Il ne lui restait plus que treize minutes pour accomplir sa mission.

— Souhaite-moi bonne chance, souffla-t-il à Holly.

— Bonne chance, lui dit-elle. Je suis sûre que tu y arriveras.

Ils étaient tout proches l'un de l'autre et, lorsqu'il se tourna vers elle, il fut pris d'une irrésistible envie de l'embrasser. Holly dut le lire dans ses yeux et elle sourit. Se hissant sur la pointe des pieds, elle posa ses lèvres sur les siennes.

Ce simple contact fit monter en lui un accès de désir presque irrépressible. Cela faisait très longtemps qu'il n'avait pas éprouvé une telle attirance. Et en cet instant il avait presque envie de renoncer à sa mission pour la ramener dans leur chambre d'hôtel.

Mais c'était impossible, bien sûr. S'il y avait la moindre chance pour que cette opération les conduise jusqu'au contact de Darcy et jusqu'à la tueuse elle-même, il ne pouvait se permettre de la faire échouer.

— J'espère que ça te portera chance, lui dit Holly dont le charmant visage était à présent aussi rouge qu'une pivoine.

— Je l'espère aussi.

Il ne put résister à la tentation de planter un dernier petit baiser sur ses lèvres puis poussa la porte et se glissa dans la salle de contrôle. La pièce était remplie de moniteurs de surveillance. Il y en avait vingt, répartis en quatre rangées de cinq écrans. L'un d'eux montrait le couloir dans lequel se tenait Holly.

Il y avait également un ordinateur qui était allumé. C'était certainement celui dont Katarina lui avait parlé. Il pilotait le serveur de l'hôtel. S'approchant du clavier, il tapa le mot de passe qu'elle lui avait donné. Mais le programme lui opposa un refus immédiat.

Fronçant les sourcils, il sortit le papier sur lequel figuraient toutes les instructions de l'informaticienne et constata avec un certain soulagement qu'il avait interverti deux chiffres. Il composa le code correct et vérifia à deux reprises qu'il ne s'était pas trompé. Il ne tenait pas à bloquer le programme ou, pire encore, à déclencher une alarme.

Cette fois-ci, son mot de passe fut accepté. Soulagé, Liam s'agenouilla sous le bureau pour brancher la clé USB de Katarina à l'arrière de la tour. Il accéda alors à l'interface de programmation et recopia soigneusement les lignes de code que l'informaticienne avait rédigées.

Accès accordé. Durée de téléchargement estimée : 8 minutes.

Jetant un coup d'œil à sa montre, il espéra qu'il lui restait suffisamment de temps. Par acquit de conscience, il alla jeter un coup d'œil aux moniteurs de surveillance et localisa l'un des vigiles qui se trouvait dans le hall de l'hôtel. Il était en train de discuter avec le concierge.

Liam ouvrit la porte de la salle de contrôle et interpella Holly qui faisait le guet au bout du couloir.

— Il y a un garde à la réception, lui indiqua-t-il. Va lui parler et tâche de le distraire. J'ai besoin de quelques minutes.

— Je m'en charge, répondit-elle. Et l'autre garde ? Où est-il ?

Liam parcourut des yeux les rangées de moniteurs sans l'apercevoir nulle part. De plus, la barre de progression du téléchargement paraissait s'être arrêtée. Liam poussa un juron.

— Je ne sais pas où il est, dit-il à Holly. Mais tant pis, occupe-toi de l'autre et j'improviserai si jamais son collègue débarque à l'improviste.

Elle hocha la tête et se dirigea vers l'ascenseur. Il la suivit d'un écran à l'autre jusqu'à ce qu'elle arrive dans le hall de l'hôtel, au moment précis où le vigile s'apprêtait à partir. Elle l'interpella et il s'arrêta pour lui répondre.

Durée de téléchargement : 2 minutes.

Liam jeta un coup d'œil à l'écran de contrôle et vit que Holly continuait à s'entretenir avec l'agent de sécurité. Il ignorait de quoi elle pouvait bien lui parler, mais il était évident qu'elle avait su capter son attention.

— Vas-y, murmura-t-il en se tournant de nouveau vers l'ordinateur. Ne me laisse pas tomber.

Du coin de l'œil, il repéra un mouvement sur l'un des moniteurs. Il s'agissait du second vigile qui remontait un couloir. Et Liam savait exactement où il se trouvait.

D'ici à quelques dizaines de secondes, il parviendrait à un angle et, dès qu'il l'aurait franchi, il aurait vue sur la porte de la salle de contrôle. Liam se retrouverait alors piégé et sa mission se solderait par un échec.

Téléchargement réussi.

Bénissant le ciel, Liam prit tout juste le temps d'appuyer sur le bouton Échap avant de se ruer vers la porte. Le cœur battant à tout rompre, il la franchit, la referma derrière lui et se mit à courir à toute vitesse dans la direction opposée à celle d'où déboucherait le vigile.

Le couloir obliqua sur la droite et il sut qu'il avait réussi. Personne ne l'avait interpellé et il était parvenu à introduire le cheval de Troie sur le serveur…

Un frisson glacé le traversa soudain tandis qu'il prenait conscience de l'erreur qu'il avait commise au passage. Étouffant un juron, il sortit son téléphone portable et activa sa messagerie pour envoyer un message à Marcus.

Mission accomplie mais je n'ai pas eu le temps de récupérer la clé USB.

Au moment où la vie s'était échappée du corps de Kevin Carpenter, Darcy avait senti monter en elle une sensation aussi familière qu'exaltante. Dans ces moments-là, il lui semblait percevoir distinctement l'énergie vitale de ses victimes s'insinuer en elle et la rendre plus forte encore.

C'était une impression grisante qui lui procurait un sentiment de toute-puissance. Et, rétrospectivement, elle avait du mal à comprendre qu'elle ait pu vouloir s'en priver. Les Ténèbres avaient raison : elle était née pour cela.

Mais, comme elle venait de quitter l'hôtel au volant de la voiture de Kevin, elle aperçut deux véhicules de police qui barraient la route, la lueur rouge et bleu de leurs gyrophares déchirant l'obscurité ambiante.

Une terreur glacée s'insinua en elle. Comment la police aurait-elle pu deviner ce qu'elle venait tout juste de faire ? Darcy avait pourtant agi en toute discrétion.

L'espace d'un instant, elle fut tentée de faire demi-tour et de fuir sur les chapeaux de roues. Mais elle comprit qu'en agissant de la sorte elle attirerait forcément les soupçons, même si les policiers n'étaient pas là pour elle. Et c'était un risque qu'elle ne pouvait courir alors que le corps de Kevin se trouvait dans le coffre de la voiture…

Elle s'arrêta donc et, le cœur battant à tout rompre, regarda l'un des policiers s'avancer dans sa direction sous la pluie battante. Il lui fit signe de baisser sa vitre et elle trouva le bon bouton à la deuxième tentative.

— Bonsoir, lui dit-elle.

— Bonsoir, mademoiselle. Vous venez du White Wind ?

— Oui. J'y travaille.

— La rivière a débordé de son lit et le pont n'est plus praticable. Vous allez devoir faire demi-tour, j'en ai peur.

— Vous savez quand la route sera rouverte ? demanda-t-elle.

— Je ne peux pas vous le dire à coup sûr, répondit le policier. Pas avant le milieu de la matinée, je dirais. L'orage devrait s'arrêter d'ici là.

Darcy jeta un coup d'œil à la pendule qui se trouvait sur le tableau de bord. Elle indiquait 3 h 7 du matin.

— Très bien, soupira-t-elle. Merci, monsieur l'agent.

— Il n'y a pas de quoi, mademoiselle.

Le policier s'écarta légèrement du véhicule. Mais, comme Darcy effectuait son demi-tour, la semelle mouillée de sa basket dérapa légèrement sur la pédale de l'accélérateur et la voiture eut un à-coup un peu brusque. Un choc sourd se fit alors entendre dans le coffre.

Le policier lui fit aussitôt signe de s'arrêter.

Écrase-le, lui conseillèrent les Ténèbres.

Elle refusa de céder, sachant qu'il devait y avoir au moins deux autres policiers à l'intérieur des véhicules de patrouille.

Écrase-le ou tu le regretteras. Il est encore temps de prendre la fuite…

L'agent lui fit de nouveau signe d'ouvrir sa fenêtre et elle s'exécuta.

— J'ai entendu un bruit bizarre, lui dit-il. Je vais jeter un coup d'œil au cas où vous auriez une roue crevée.

Refuse.

— Ce n'est pas la peine, lui assura-t-elle. Je ne veux pas que vous soyez trempé à cause de moi.

— Au point où j'en suis, cela ne fera pas une grosse différence, objecta le policier en riant.

Il fit le tour de son véhicule et inspecta chacune de ses roues à l'aide de sa lampe torche.

— Ce ne sont pas vos roues, conclut-il. Je suis pourtant certain d'avoir entendu quelque chose. Est-ce que vous pouvez ouvrir le coffre ?

Darcy sentit les battements de son cœur s'emballer.

— Ce doit être la roue de secours, improvisa-t-elle.

Mon petit ami m'a dit qu'il en avait acheté une et qu'il ne l'avait pas encore fixée.

L'agent la considéra avec une pointe d'étonnement.

— Je croyais que c'était une voiture de location, remarqua-t-il. Il y a un autocollant sur le pare-chocs arrière.

— C'était une voiture de location, répliqua Darcy qui commençait à regretter amèrement de ne pas avoir suivi les conseils des Ténèbres. Mon petit ami vient tout juste de la racheter à une agence.

Le policier hocha la tête.

— À propos de mon petit ami, je ferais mieux de retourner à l'hôtel pour l'appeler et le prévenir que je ne pourrai pas le rejoindre ce soir. Je ne voudrais pas qu'il s'inquiète.

— Bien sûr, acquiesça l'agent. Allez-y.

Éperdue de soulagement, Darcy redémarra et résista à l'envie qu'elle avait d'enfoncer la pédale d'accélérateur. Tout ce qui comptait, se dit-elle, c'était qu'elle venait d'échapper une fois de plus à la police.

Bien sûr, elle ne pourrait se permettre de demeurer indéfiniment à l'hôtel. Tôt ou tard, on s'apercevrait de la disparition de Kevin. La police se mettrait à sa recherche et finirait par découvrir qu'elle se cachait au White Wind.

Dès qu'elle se serait débarrassée du corps, il lui faudrait donc prendre la fuite. Peut-être pourrait-elle retourner à Las Vegas ou, mieux encore, se mettre un temps au vert de l'autre côté de la frontière mexicaine. Mais en attendant elle pensait avoir trouvé l'endroit idéal où installer Kevin.

Après tout, n'était-il pas venu au White Wind pour jouer au golf ?

13

Lorsque Holly ouvrit les yeux, il lui fallut quelques instants pour se rappeler où elle se trouvait et ce qui s'était passé la veille. Après avoir passé la majeure partie de la journée à photographier discrètement les employés et les clients de l'hôtel, ils étaient parvenus à pirater le serveur de l'hôtel.

Et elle avait embrassé Liam…

Ce souvenir éveilla en elle un petit frisson de désir et de désarroi mêlés. Elle n'aurait su dire ce qui lui était passé par la tête. Sur le moment, ce geste lui avait semblé parfaitement naturel. Mais elle avait été totalement prise de court par l'intensité de sa propre réaction.

Elle ne parvenait toujours pas à s'expliquer comment un simple baiser avait bien pu éveiller en elle un élan de désir aussi incontrôlable. Fort heureusement, l'urgence de leur mission les avait tous deux rappelés à la réalité.

Lorsqu'ils étaient revenus dans leur chambre, après coup, elle avait plaidé la fatigue et était allée directement se coucher. Mais son sommeil avait été peuplé de rêves érotiques et, à plusieurs reprises, elle s'était réveillée en sursaut, le corps lourd de désir inassouvi.

La pensée que Liam dormait à quelques mètres d'elle

n'avait guère contribué à atténuer ce véritable supplice de Tantale…

À la lumière du matin, elle s'interrogea sur les raisons de son trouble.

Après tout, qu'est-ce qui l'empêchait de céder à l'envie qu'elle avait de lui ? Tous deux étaient adultes et célibataires. Ils n'avaient de comptes à rendre à personne. Et il existait entre eux une indéniable attirance réciproque.

Holly se mordilla nerveusement la lèvre. Au fond, elle savait pertinemment ce qui l'empêchait d'y céder. Liam n'était pas comme les autres hommes avec lesquels elle était sortie par le passé. Plus elle apprenait à le connaître et plus il lui semblait incarner à ses yeux une forme d'idéal masculin.

Elle savait déjà qu'en se donnant à lui elle lui offrirait bien plus que son corps. Mais elle ne se sentait pas encore prête à accepter les sentiments qu'il lui inspirait. Elle avait bien trop peur de se faire briser le cœur…

Réprimant un soupir, elle se redressa et s'assit au bord de son lit. Elle était sur le point de se diriger vers la salle de bains lorsqu'elle avisa le voyant clignotant du téléphone fixe qui était posé sur sa table de nuit. Il indiquait qu'on lui avait laissé un message.

Elle décrocha et composa l'indicatif de la réception.

— Bonjour, dit-elle. Je suis dans la chambre 207. Je crois que vous avez un message pour moi.

— C'est exact, mademoiselle Jacobs. Quelqu'un a déposé un colis pour vous, ce matin.

— Pour moi ? s'étonna-t-elle. Vous êtes sûr ?

— Il est au nom de Holly Jacobs.

— C'est bien moi.

— Je peux vous le faire porter, si vous voulez.

— D'accord. Merci beaucoup.

Elle s'habilla à la hâte et, alors qu'elle était en train de se préparer un café dans le salon de la suite, l'un des grooms de l'hôtel vint frapper à sa porte et lui remit le paquet. Après l'avoir remercié, elle ôta le papier kraft qui entourait une boîte en carton sur laquelle était collé un post-it.

Comme promis, voici toutes les informations dont je dispose à ce jour au sujet de Darcy Owens. N'hésitez pas à m'appeler si vous avez la moindre question.

Cordialement,

Wyatt

Holly souleva le couvercle de la boîte. À l'intérieur se trouvaient de nombreux documents ayant trait à la vie de Darcy ainsi que des notes prises par Wyatt à son sujet. Il y avait également un livre de grand format qui attira l'attention de Holly.

Il s'agissait d'un trombinoscope datant des années de collège de Darcy. Curieuse, Holly l'ouvrit et constata que celle-ci était allée au collège de Slipper Rock. Le trombinoscope datait de son année de sixième. Feuilletant le volume, elle finit par trouver sa photo.

Darcy paraissait plus jeune que la plupart de ses camarades. Elle avait de longs cheveux blonds nattés et arborait un large sourire. Mais ce qui frappa le plus Holly, ce fut son regard dont la froideur contrastait avec son expression faussement décontractée.

Bien sûr, il était difficile de ne pas se laisser influencer par ce qu'elle savait d'elle. Pourtant, Holly était convaincue que cette enfant cachait déjà un lourd secret. Elle repensa à ce que lui avait dit Liam au sujet de son père et sentit son cœur se serrer dans sa poitrine.

Holly continua à feuilleter le trombinoscope, cherchant des annotations que les amis de Darcy auraient pu laisser. Il n'y en avait aucune. En revanche, elle finit par tomber sur une page cornée. Elle parcourut les visages des élèves de cinquième et crut discerner quelque chose.

Fronçant les sourcils, elle se rapprocha de la fenêtre pour exposer le livre aux rayons du soleil.

— Bingo, murmura-t-elle.

— Bonjour, fit la voix de Liam derrière elle.

Holly sursauta légèrement et se tourna vers lui. Il se tenait dans l'encadrement de la porte de sa chambre, vêtu d'un caleçon et d'un T-shirt relativement moulant qui soulignait sa carrure athlétique. Instantanément, elle sentit resurgir en elle une pointe de désir lancinant.

— Bonjour, répondit-elle d'une voix légèrement étranglée.

Fort heureusement, il ne parut pas s'apercevoir de son trouble.

— Je viens d'appeler Tonya mais elle n'a pas répondu, lui dit-il.

Elle sentit distinctement l'inquiétude qui perçait dans la voix de Liam.

— C'est toujours un peu la course, le matin, répondit-elle d'un ton qui se voulait rassurant. Mais je suis certaine que tout va bien. Dans le cas contraire, Tonya t'aurait certainement contacté.

— Tu as sans doute raison, concéda Liam qui parut se détendre un peu. Qu'est-ce que c'est ? ajouta-t-il en désignant le livre qu'elle tenait à la main.

— Le trombinoscope de Darcy Owens lorsqu'elle était en sixième. C'est Wyatt qui me l'a envoyé avec tout un tas d'autres choses la concernant.

— Et tu as trouvé quelque chose ?

— Peut-être, répondit-elle. Regarde…

Liam la rejoignit et elle lui montra la photo d'un certain Bobby Carpenter.

— Là, lui dit-elle, c'est à peine perceptible, mais quelqu'un a dessiné un cœur autour de sa tête avant de l'effacer.

— C'est vrai, s'exclama Liam. Comment es-tu tombée dessus ?

— La page est marquée, répondit-elle.

— Tu crois que Darcy aurait pu avoir un faible pour ce Bobby ?

— Il y a des chances.

— N'est-ce pas fréquent, chez les filles, à cet âge ?

— Si. Mais Darcy n'était pas une enfant comme les autres. Tu m'as dit que son père abusait d'elle. Or les victimes de ce genre de traitements développent généralement une certaine méfiance envers les représentants du sexe opposé. Les sentiments qu'elle avait pour ce garçon devaient donc être très forts pour lui permettre de surmonter cette aversion. C'est d'ailleurs ce que tendrait à confirmer le fait qu'elle ait conservé ce trombinoscope après toutes ces années…

— Bien vu, Sherlock ! s'exclama Liam d'un ton admiratif. Est-ce que je peux y jeter un coup d'œil ?

Holly lui tendit le livre et il observa longuement la photo avant de hocher la tête d'un air entendu.

— C'est bien lui, déclara-t-il. J'en suis sûr.

Holly lui lança un regard étonné.

— Tu le connais ?

— Pas vraiment, répondit-il. Mais c'est lui qui était à la réception, le jour où nous sommes arrivés.

— Tu es sûr ? lui demanda-t-elle, sidérée.

— Certain. Et il y a un moyen très simple d'en avoir

confirmation. Laisse-moi juste le temps d'enfiler des vêtements.

Il disparut dans sa chambre et en ressortit habillé quelques minutes plus tard. Tous deux descendirent alors dans le hall de l'hôtel et se dirigèrent droit vers le comptoir de la réception derrière lequel se trouvait une jeune femme.

— En quoi puis-je vous être utile ? leur demanda-t-elle.

— Nous cherchons le responsable de l'accueil, lui expliqua Liam. C'est lui qui nous a reçus lorsque nous sommes arrivés, hier matin. Comment s'appelle-t-il, déjà ?

— Vous voulez parler de Robert Carpenter ? Il n'est pas là, pour le moment. Mais je peux peut-être vous aider…

— Est-ce qu'il sera là dans la journée ?

Elle secoua la tête.

— Il a appelé pour signaler qu'il ne pourrait pas venir travailler aujourd'hui. Apparemment, son fils a attrapé une gastro.

— Je vois, acquiesça Liam. Pouvez-vous me dire quels sont ses horaires habituels ?

La jeune femme le considéra avec une évidente curiosité. Elle devait se demander pourquoi ces clients s'intéressaient autant à l'un de ses collègues.

— D'ordinaire, il travaille durant la journée, du mardi au samedi inclus.

— Il n'était donc pas là lundi ?

C'était le jour où Darcy avait appelé l'hôtel pendant près de quatre minutes.

— Si, exceptionnellement, répondit la jeune femme. Je m'en souviens parce que…

Elle s'interrompit, estimant sans doute préférable de ne pas parler à des clients de la visite de la police et des bruits qui avaient couru au sujet de Darcy Owens.

— Est-ce que vous avez une photo de lui, par hasard ? demanda Liam.

Dans le regard de la jeune femme, la curiosité avait désormais laissé place à la méfiance. Elle avait fait le rapprochement avec les incidents qui s'étaient produits lundi et se demandait sans doute quel rôle jouaient Holly et Liam dans cette affaire.

— Je peux lui transmettre un message, si vous voulez, proposa-t-elle.

— Non, ce ne sera pas la peine, lui assura Liam. Merci beaucoup pour votre aide.

Ils s'éloignèrent légèrement du comptoir pour discuter de ce qu'ils venaient de découvrir.

— Je vais aller trouver Marcus et Wyatt, déclara Liam. Il y a de fortes chances pour que ce Robert Carpenter soit celui à qui Darcy a passé ce coup de téléphone.

— Très bien, opina-t-elle. Je t'attends dans la chambre.

— Tu sais que si nous ne nous trompons pas, tu vas pouvoir garder ton école ? remarqua alors Liam.

Elle ouvrit de grands yeux.

— Je n'y avais même pas pensé ! s'exclama-t-elle.

Et, de fait, elle avait été tellement absorbée par leur enquête et par ses sentiments envers Liam qu'elle avait presque perdu de vue la raison originelle de sa présence au White Wind.

— Croisons les doigts, lui dit-il joyeusement.

Cette fois-ci, elle parvint de justesse à résister à l'envie qu'elle avait de l'embrasser. Il se détourna pour se diriger à grands pas vers la porte de l'hôtel tandis qu'elle empruntait les escaliers pour regagner leur chambre. Son téléphone retentit alors.

— Tonya ? s'exclama-elle joyeusement en décrochant.

— J'ai de mauvaises nouvelles, répondit son assistante.

Mon mari a une gastro. Je voulais rentrer pour m'occuper de lui, mais je ne veux pas ramener Sophie de peur qu'elle ne tombe malade aussi. Du coup, je suis en route pour vous l'amener. Je devrais arriver d'ici une heure.

Holly se mordilla la lèvre inférieure, ne sachant que lui répondre. Tonya ignorait la nature exacte de la mission dont Liam et elle étaient chargés. Et Holly ne pouvait lui en parler sans rompre l'accord de confidentialité qu'elle avait signé avec RMJ.

Après réflexion, elle décida que ce n'était peut-être pas si grave. S'ils ne s'étaient pas trompés, ils étaient parvenus à identifier le contact de Darcy et à installer le mouchard sur le serveur de l'hôtel. Ils allaient donc pouvoir rentrer très bientôt à Pleasant Pines.

Au pire, si Liam devait rester une nuit de plus pour récupérer la clé USB qu'il n'avait pas eu le temps de reprendre la veille, elle pourrait partir en avance et ramener sa fille chez elle, le temps qu'il s'acquitte de cette dernière mission.

— C'est d'accord, répondit-elle à son assistante. On se voit dans une heure.

L'orage qui avait duré une bonne partie de la nuit avait fini par se dissiper et le ciel était parfaitement dégagé, ce matin-là. En revanche, la température s'était nettement rafraîchie, tombant bien en dessous de zéro.

Liam releva son col, plongea les mains dans ses poches et se dirigea vers le parking réservé aux employés. La camionnette de fleuriste était toujours garée un peu à l'écart des autres véhicules. Comme il s'en approchait, la porte arrière s'ouvrit, laissant apparaître Wyatt.

Ce dernier fit monter Liam à bord.

— La nuit n'a pas été trop dure ? s'enquit Liam en considérant l'étroite cabine.

Wyatt haussa les épaules.

— Ce n'est ni ma première, ni ma dernière planque. Mais je dois reconnaître que vous avez le beau rôle, sur ce coup-là.

— Je sais, soupira Liam. Et croyez-moi, je suis d'autant plus désolé d'avoir raté mon coup, hier.

— Ce n'est pas un échec complet, objecta Marcus. Vous avez réussi à introduire le cheval de Troie sur le serveur et nous avons la main sur le système. En revanche, il va vraiment falloir récupérer cette clé USB dès ce soir. Nous ne pouvons courir le risque de laisser une preuve matérielle de notre intervention.

— J'irai chercher la clé cette nuit, lui dit Liam. Ce devrait être plus rapide et moins risqué que la première fois. Est-ce que l'analyse des appels téléphoniques a donné quelque chose ?

— Rien pour le moment, répondit Marcus. Mais si Darcy téléphone de nouveau, nous le saurons aussitôt.

— Tant mieux. De mon côté, j'ai une autre nouvelle encourageante.

Il leur fit part de la découverte qu'avait faite Holly, ce matin-là.

— Je vais lancer une recherche sur ce Robert Carpenter, déclara Marcus. C'est effectivement très prometteur.

— Qu'a dit la police, à propos de la femme de Reno ? s'enquit Liam.

— Ils ont retrouvé le propriétaire du SUV qui leur a expliqué qu'il l'avait rencontrée dans un casino. Elle lui a demandé s'ilpouvait la ramener chez elle et il l'a déposée dans le centre-ville sans qu'elle lui donne d'adresse précise.

— Pas moyen de savoir si c'était elle, alors.

— Pas pour le moment. Mais au moins, la police de Reno la recherche activement. Ils ne tiennent pas à se retrouver avec une tueuse en série dans leur ville.

— Espérons que la piste de Carpenter sera plus fructueuse.

— Ce serait dans notre intérêt à tous, dit Marcus. Tout particulièrement celui de votre amie Holly.

— Est-ce que vous allez lui verser les vingt mille dollars que vous lui avez promis ?

— Si nous parvenons à établir que ce Carpenter est bien l'homme que Darcy a appelé, elle les aura. Je lui ai donné ma parole.

Liam hocha la tête.

— En attendant, demanda-t-il aux deux hommes, est-ce que vous avez besoin de quoi que ce soit ? À manger ? Un café ? Du déodorant ?

Marcus laissa échapper un rire chargé d'autodérision.

— Nous avons tout ce qu'il nous faut. Sauf une bonne douche, hélas. Mais cela devra attendre notre retour à Pleasant Pines. À condition qu'ils finissent par rouvrir la route, bien sûr. La police l'a bloquée, cette nuit, à cause des inondations causées par l'orage.

— Alors, nous sommes tous coincés ici ?

— D'après les flics, ça ne devrait pas durer. Mais pour le moment, c'est effectivement le cas…

De retour à l'hôtel au beau milieu de la nuit, Darcy avait décidé de dormir dans la voiture de location de Kevin Carpenter. L'antipathie que lui inspiraient ses colocataires était telle qu'elle craignait de céder à l'envie qu'elle avait de les tuer, elles aussi.

De plus, le fait de dormir aux côtés d'un homme qu'elle avait assassiné lui avait toujours semblé terriblement érotique, et ce n'était pas la première fois qu'elle s'adonnait à ce plaisir coupable.

Lorsqu'elle ouvrit les yeux, ce matin-là, elle s'aperçut qu'il était bien plus tard qu'elle ne l'avait anticipé. Le réveil qu'elle avait programmé sur son téléphone portable n'avait pas dû fonctionner. Ou alors elle ne l'avait pas entendu, trop épuisée par les émotions fortes de cette nuit.

Elle passa ses mains dans ses longs cheveux noirs pour les démêler. Comme elle jetait un coup d'œil dans le rétroviseur pour juger de l'état de son maquillage, elle aperçut un homme qui était en train de sortir d'une camionnette blanche arborant le logo d'un fleuriste.

Darcy se raidit brusquement. L'homme en question n'était autre que celui qui avait placé une caméra dans le bâtiment des employés. Elle avait pensé alors qu'il travaillait pour la sécurité de l'hôtel. Mais, si tel avait été le cas, quelle raison aurait-il eue de se cacher dans une camionnette de fleuriste ?

Un frisson d'angoisse dévala le long de son échine. S'il ne s'agissait pas d'un agent de la sécurité, il y avait de fortes chances pour qu'il appartienne à la police ou au FBI. Et cela signifiait qu'il était plus que temps pour elle de quitter cet endroit.

N'aie pas peur, susurrèrent les Ténèbres au creux de son esprit. *Je ne les laisserai pas te faire du mal. Tu sais que j'ai toujours veillé sur toi. Fais-moi confiance. Tant que tu suivras mes conseils, tu n'auras rien à craindre.*

Darcy se détendit légèrement. Les Ténèbres la terrifiaient parfois, mais elle ne pouvait nier qu'elles l'avaient toujours défendue depuis sa plus tendre enfance. De toute façon, elle ignorait si la route était rouverte.

Le mieux était sans doute de faire profil bas. Elle continuerait à jouer son rôle de femme de chambre en attendant le moment propice pour s'éclipser discrètement. Et elle tiendrait ce type à l'œil.

De retour à la chambre, Liam trouva Holly plongée dans l'étude du dossier de Darcy Owens. Elle ne l'avait pas entendu entrer et il demeura quelques instants sur le seuil de leur suite, admirant le profil de la jeune femme nimbé de soleil.

Une étrange émotion l'étreignit. C'était bien plus que du désir. Il éprouvait à son égard un mélange d'admiration et de tendresse qu'il n'avait pas ressenti depuis les premiers temps de sa relation avec Erin. Et il n'aurait su dire s'il trouvait cela exaltant ou terrifiant.

Il était en effet convaincu que, s'il devait se passer quelque chose entre eux, il ne s'agirait pas d'une simple aventure d'un soir. Toute la question était donc de savoir si l'un et l'autre étaient vraiment prêts à franchir le pas.

— Est-ce que ça va ? lui demanda-t-elle alors.

Liam lui sourit.

— Très bien, lui assura-t-il. Marcus et Wyatt vont faire leur petite enquête sur les liens qui pourraient exister entre Darcy et Robert Carpenter. S'il s'avère qu'ils ont effectivement été en contact, Marcus m'a confirmé que tu toucherais les vingt mille dollars qu'il t'a promis.

— Même si ça n'était pas le cas, je veux que tu saches que je te suis reconnaissante d'avoir négocié cet arrangement pour moi. Et de m'avoir recommandée auprès de Marcus. Et je suis vraiment désolée de t'avoir accusé de m'avoir fait manquer ce rendez-vous avec mon banquier…

— C'est pourtant ce qui s'est passé, objecta Liam.

— Je te l'ai dit : même si j'étais arrivée à l'heure, il n'aurait rien pu faire pour moi. Je n'avais aucun moyen de réunir cette somme en un laps de temps aussi court.

— Dans ce cas, je suis juste heureux de m'être trouvé là au bon moment et au bon endroit.

— Tu sais, c'est étrange, cette façon que la chance a de tourner, parfois… Il y a quelques jours, j'étais endettée et sur le point de perdre mon emploi. Demain, il se pourrait que j'aie les moyens de rembourser mes dettes et que je commence un nouveau travail.

— Un nouveau travail ? répéta Liam en levant un sourcil interrogatif.

— Oui. Figure-toi qu'on m'a proposé un poste de professeure titulaire à l'université de Findlay, dans l'Ohio. Et j'en viens presque à me demander si je ne ferais pas mieux d'accepter…

Liam la considéra avec étonnement.

— Je croyais que tu adorais travailler avec des enfants.

— C'est le cas, dit-elle. Mais soyons honnêtes : je suis meilleure professeure que gestionnaire. Et même si je parviens à payer ce que la banque me demande, je risque fort de me retrouver dans la même situation, d'ici quelques mois…

— Tu pourrais engager quelqu'un pour s'occuper de la gestion financière.

— Cela ferait un salaire de plus à payer, ce qui n'arrangerait pas l'état de nos finances, objecta-t-elle.

— Mais est-ce que ce poste à l'université t'intéresse ?

Elle hésita quelques instants avant de lui répondre.

— Je suis sûre que je trouverai une façon de le rendre intéressant, éluda-t-elle.

— Admettons une minute que tu n'aies aucun problème d'argent. Que ferais-tu, alors ?

— Je crois que j'écrirais un nouveau livre, déclara-t-elle.

Cette réponse parut la surprendre elle-même.

— C'est idiot, ajouta-t-elle. Je n'ai même pas d'idée de sujet. Remarque, je pourrais toujours écrire un guide de l'entrepreneur raté…

— Tu pourrais écrire un ouvrage qui présenterait tes convictions et tes méthodes en matière d'éducation, suggéra Liam. Ce serait une façon de disséminer l'esprit des Jeunes Pousses.

Holly le considéra d'un air songeur.

— Ce serait une excellente idée, reconnut-elle. Mais je t'avoue que ma première expérience en matière d'écriture n'a pas été totalement plaisante.

— Que s'est-il passé ?

— Eh bien, au début tout s'est passé comme dans un rêve : le livre a immédiatement connu le succès. Du jour au lendemain, il est devenu un best-seller, et moi, une célébrité. Mais tout s'est arrêté aussi vite que cela a commencé et, brusquement, c'était comme si je n'existais plus du tout. C'est à ce moment-là que j'ai décidé de tourner la page et de revenir m'installer à Pleasant Pines.

En croisant son regard, il comprit à quel point cet épisode l'avait blessée. Il était évident qu'elle le considérait comme un échec personnel.

— Tu devrais prendre un peu de temps pour réfléchir aux différentes possibilités qui s'offrent à toi, lui conseilla-t-il. Et avant toute chose, attends de voir si tu vas toucher ou non ces vingt mille dollars.

— Tu as sans doute raison, lui dit-elle. Mais je te raconte mes malheurs alors que j'ai quelque chose de plus important à t'annoncer.

Elle lui parla du coup de téléphone de Tonya et de l'arrivée imminente de sa fille.

— Je me suis dit que, si tu préférais, je pourrais repartir directement avec elle et la garder chez moi, le temps que tu en finisses ici.

Liam considéra cette éventualité et finit par secouer la tête.

— Nous n'en avons plus que pour une journée, lui dit-il. Autant rester ici tous les trois. Si tu veux bien veiller sur Sophie, je suis sûre qu'elle sera ravie d'aller piquer une tête dans la piscine ou de faire une promenade en poney. Et de cette façon, vous pourrez faire un peu mieux connaissance, toutes les deux.

— Excellente idée, s'exclama Holly avec un enthousiasme qui lui fit chaud au cœur.

À cet instant, quelqu'un frappa à la porte de la suite.

— Entrez, répondit Liam.

Le battant s'ouvrit, révélant Tonya et Sophie qui se trouvaient dans le couloir. Poussant un hurlement de joie, la fillette se précipita dans les bras de son père et, comme il la soulevait de terre, elle couvrit son visage de baisers.

Se tournant vers Holly, il avisa la tendresse qui se lisait dans son regard tandis qu'elle les regardait tous deux. Et il se demanda soudain si, en fin de compte, il ne lui restait pas une chance de fonder la famille dont il avait toujours rêvé.

14

Liam et Holly avaient décidé de se répartir la journée de façon à maximiser leur efficacité tout en veillant sur Sophie. Le matin, la jeune femme acheta à la boutique de l'hôtel des maillots de bain et des brassards. Puis elle emmena la petite fille à la piscine où elle entreprit de lui apprendre les premiers rudiments de la natation.

Pendant ce temps, Liam continua à photographier les clients de l'hôtel qui avaient jusque-là échappé à son objectif. Puis tous trois se retrouvèrent au restaurant de l'hôtel pour un copieux déjeuner. Sans surprise, Sophie insista pour qu'ils commandent des nuggets de poulet.

Durant l'après-midi, tandis que Holly se replongeait dans le dossier que Wyatt avait constitué au sujet de Darcy Owens, Liam emmena Sophie faire une longue promenade à cheval.

Cette journée au grand air avait épuisé la fillette et ils renoncèrent à se rendre au restaurant pour dîner, préférant commander directement dans leur suite. Sophie dodelinait de la tête et elle eut beaucoup de mal à terminer son plat. Liam promit de lui garder son dessert pour le lendemain et, lorsqu'elle eut embrassé Holly, il alla la border dans l'un des lits jumeaux de sa chambre.

— Bonne nuit, ma chérie, lui dit-il après avoir déposé un petit baiser sur son front.

— Bonne nuit, papa, murmura-t-elle en bâillant à s'en décrocher la mâchoire. Et n'oublie pas de laisser la porte un peu ouverte.

— Promis.

— Est-ce que Holly sera là demain aussi ?

— Bien sûr qu'elle sera là.

— Tant mieux. Je l'aime beaucoup, tu sais.

Liam ne put s'empêcher de sourire.

— Moi aussi, je l'aime beaucoup, lui avoua-t-il.

Il se pencha pour l'embrasser une dernière fois avant de quitter la chambre. De retour dans le salon de la suite, il trouva Holly confortablement installée sur le canapé. Elle avait ôté ses chaussures et replié ses jambes sous elle. Ainsi blottie, elle sirotait la fin de son verre de vin.

— Est-ce qu'elle s'est endormie ? demanda-t-elle.

— Si ce n'est le cas, cela ne devrait pas tarder. Elle tombait de sommeil.

— Nous nous sommes bien amusées, toutes les deux, ce matin. Je l'aime vraiment beaucoup.

— C'est exactement ce qu'elle vient de me dire à ton sujet, remarqua Liam en souriant.

Il récupéra son propre verre de vin et vint prendre place dans le fauteuil qui faisait face au canapé.

— Qu'est-ce que c'est ? demanda-t-il en désignant la feuille qui était posée sur la table basse.

— Un dessin que Darcy Owens a réalisé lorsqu'elle était au lycée, répondit Holly.

Liam s'en saisit et observa la scène qui était représentée. La première chose qui le frappa fut le fait que Darcy avait un très joli coup de crayon. La maison qu'elle avait représentée était parfaitement dessinée, de même que la forêt au cœur de laquelle elle se situait.

Le réalisme du trait rendait d'autant plus énigmatique la forme de couleur sombre qui semblait suspendue au milieu de la clairière. Liam se demanda ce qu'elle était censée représenter. Une tornade ? Un nuage ? Une sorte de fantôme ?

— Je pense qu'il s'agit de sa maison, déclara Holly.

— Et la forme, à côté ?

— On dirait un visage.

Liam l'observa plus attentivement et dut bien reconnaître qu'elle avait raison. Au centre de l'espèce de tornade, on pouvait distinguer deux yeux dont l'expression avait quelque chose de maléfique et une bouche tordue en un rictus cruel.

— Qui est-ce ?

— Je n'en suis pas certaine, reconnut Holly. Mais je pense que cela a un rapport direct avec la maladie mentale dont souffre Darcy. Elle ne serait pas la première à se représenter sa folie comme une présence extérieure à elle-même.

— Tu devrais en parler à Wyatt, lui dit-il.

— Je le ferai, acquiesça-t-elle. À ce propos, est-ce que Marcus et lui t'ont donné des nouvelles de leur enquête ?

— Marcus m'a appelé tout à l'heure, pendant notre promenade à cheval. La police a interrogé Robert Carpenter et il a reconnu avoir fréquenté le même collège que Darcy. Il a expliqué qu'ils étaient alors plus ou moins voisins. Leurs maisons se trouvaient au milieu des bois, séparées par moins d'un kilomètre.

— Est-ce qu'ils étaient amis ?

— Il a dit qu'il la connaissait de vue, à cette époque, mais qu'ils ne se fréquentaient pas.

— Est-ce lui qu'elle a appelé, lundi matin ?

— Il a affirmé que non. Et malheureusement, tant que nous n'aurons pas de preuves plus solides, il est peu probable qu'il change sa version des faits.

— Ce qui signifie que je ne toucherai pas ces vingt mille dollars et que je ne pourrai pas rembourser la banque, observa Holly.

Liam la considéra avec étonnement.

— Cela n'a pas l'air de t'affecter outre mesure, remarqua-t-il.

Elle haussa les épaules.

— Je crois que je commence à me dire que ce revers de fortune n'en est peut-être pas un et que je devrais saisir la chance qui m'est offerte de tout recommencer à zéro…

— Est-ce ce que tu veux ?

— Ce que je voudrais, c'est un bon massage, répondit-elle en riant. Mais dans la vie, on n'a pas toujours ce que l'on veut…

Liam déposa son verre sur la table basse avant de se lever pour venir s'asseoir à ses côtés.

— Qu'est-ce que tu fais ? lui demanda-t-elle, surprise.

— Eh bien, je ne peux pas faire grand-chose pour ton avenir professionnel, répondit-il en soulevant les pieds de la jeune femme pour les poser sur ses genoux. En revanche, pour ce qui est du massage, je peux peut-être me rendre utile.

Avant qu'elle ait pu protester, il commença à lui masser les pieds. Elle se laissa faire et laissa même échapper un petit soupir de contentement. Le simple contact de la peau soyeuse de Holly sous ses doigts suffisait à éveiller son désir, et il se demanda si elle aussi était sensible à l'alchimie qu'il pensait déceler entre eux.

Il ne se rappelait pas avoir jamais éprouvé une attirance

aussi intense, même aux premiers temps de sa relation avec Erin, la mère de Sophie. Il n'aurait su expliquer ce qui chez Holly éveillait en lui un tel écho.

Chaque jour passé à ses côtés apportait son lot de découvertes troublantes – son sourire, l'odeur de ses cheveux, la façon qu'elle avait de se mordiller la lèvre lorsqu'elle réfléchissait, ou bien encore cette adorable petite fossette qui se creusait au coin de sa bouche chaque fois qu'elle lui souriait…

Elle était tout bonnement irrésistible.

— À quoi penses-tu ? lui demanda-t-elle alors.

Liam se demanda quelle aurait été sa réaction s'il lui avait dit la vérité.

— Je pensais à nous, répondit-il. Je trouve que nous faisons une bonne équipe, contre toute attente.

— Pourquoi contre toute attente ? demanda-t-elle, curieuse.

— Eh bien, rien ne nous prédisposait ni toi ni moi à jouer les espions dans un hôtel de luxe. Or je trouve que nous nous en tirons plutôt bien. Je ne suis pourtant pas particulièrement doué pour le travail en équipe, d'ordinaire. Je n'accorde pas facilement ma confiance et je ne suis pas très sociable. Mais avec toi, c'est venu tout naturellement…

Tout en parlant, il continuait à la masser.

— Moi aussi, j'apprécie beaucoup ta compagnie, répondit-elle d'une voix hésitante.

Liam laissa échapper un rire sans joie.

— N'en dis pas plus, lui dit-il avec une grimace douloureuse.

— Non, protesta-t-elle, visiblement embarrassée. Ce n'est pas ce que tu crois ! Au contraire, même. J'apprécie vraiment beaucoup ta compagnie. Un peu trop, peut-être…

Mais je ne suis pas sûre de vouloir compliquer les choses entre nous.

— Je comprends, assura Liam. Pour le moment, tu préfères te concentrer sur ton travail.

— Je suppose. D'autant que si je ne peux pas conserver l'école je n'aurai probablement pas d'autre choix que de partir pour l'Ohio, à l'autre bout du pays.

Liam la regarda droit dans les yeux.

— Il ne s'agit pas d'une demande en mariage, tu sais, lui dit-il avec un sourire très tendre. Juste de deux personnes qui sont attirées l'une par l'autre. Qui sait ce qui se passera ensuite ? Nous n'aurons peut-être qu'une nuit, ou toute une vie… Tout ce dont je suis sûr, c'est que je regretterais amèrement de ne jamais savoir où cette aventure aurait bien pu nous mener.

— Pour quelqu'un qui se prétend asocial et taciturne, je te trouve plutôt éloquent, remarqua Holly avec un sourire malicieux.

— Il faut croire que tu m'inspires, rétorqua Liam sur le même ton.

— Embrasse-moi, lui demanda-t-elle alors.

Liam n'attendait que cela et ne se fit pas prier. S'allongeant à ses côtés sur le canapé, il prit son visage entre ses mains et contempla pendant quelques instants son visage magnifique avant de se pencher vers elle pour l'embrasser. Ce fut un baiser très doux, qui disait mieux que des mots toute la tendresse et l'admiration qu'elle lui inspirait.

Elle le lui rendit avec un enthousiasme qui le prit de court et, très vite, la douceur céda place à une passion grandissante. Liam sentit son corps tout entier s'embraser tandis que les mains de Holly couraient sur son torse, attisant encore son ardeur.

Encouragé par ses caresses, il laissa glisser l'une de ses paumes jusqu'à la poitrine de la jeune femme. Lorsqu'elle se posa sur l'un de ses seins, celle-ci laissa échapper un gémissement rauque qui trahissait l'envie brûlante qu'elle avait de lui. Il sentait la pointe de ses seins se dresser sous sa paume à mesure que le désir enflait en elle.

— Nous devrions aller dans ma chambre, lui souffla-t-elle, haletante.

Liam hocha la tête. Il ne tenait pas non plus à ce que sa fille les surprenne dans une position compromettante. Se relevant, il tendit la main à Holly pour l'aider à se redresser. Main dans la main, ils gagnèrent la chambre à coucher. Là, il l'étendit sur le lit, ensorcelé par sa beauté rendue presque sauvage par le désir qui l'habitait en cet instant.

Ses longs cheveux blonds s'étalaient sur l'oreiller, encadrant un visage d'ange dont le regard s'était fait de braise. S'agenouillant à ses côtés sur le matelas, il entreprit de la déshabiller, commençant par son pull-over.

Alors que Liam s'apprêtait à lui ôter le T-shirt qu'elle portait sous son pull, Holly le repoussa doucement. Il se recula aussitôt, respectant ce besoin qu'elle avait de prendre un peu de distance par rapport à ce qui était en train de se passer.

Elle ne s'était jamais considérée comme quelqu'un d'impulsif. Et elle n'avait pas pour habitude de partager son lit avec quelqu'un qu'elle connaissait depuis si peu de temps. Mais Liam exerçait sur elle une telle fascination que le désir qu'elle avait de lui parvenait à court-circuiter sa raison.

Elle savait qu'elle partirait sans doute bientôt pour l'Ohio, qu'elle ne pouvait espérer entretenir une relation longue distance avec un homme qu'elle ne fréquentait que depuis quelques jours. Mais curieusement tout ceci semblait n'avoir aucune importance, en cet instant.

Tout ce qui comptait, c'était cette envie qui faisait rage en elle, ce besoin irrépressible qu'elle avait de lui et qui semblait rayonner en elle, envahissant chacun de ses membres.

— Fais-moi l'amour, Liam, souffla-t-elle.

Il la reprit dans ses bras et l'embrassa avec passion, ravivant le brasier qui grondait en elle, menaçant de la dévorer tout entière.

Mais lorsqu'il lui ôta enfin son T-shirt elle sentit son corps se figer soudain et son cœur battre la chamade. Les yeux rivés sur le visage de Liam, elle perçut le moment précis où il remarqua sa cicatrice. À son grand soulagement, il ne marqua aucun dégoût, juste de l'étonnement et de la sympathie.

Du bout des doigts, il suivit la ligne qui courait de l'aine et remontait presque jusqu'au nombril.

— Que t'est-il arrivé ? lui demanda-t-il d'une voix très douce.

— Un accident de voiture, lorsque j'étais au lycée, lui dit-elle.

Elle s'abstint d'en dire plus sur cet événement qui l'avait marquée à jamais, physiquement, bien sûr, mais aussi et surtout psychiquement.

— D'habitude, je n'aime pas trop montrer cette cicatrice, lui avoua-t-elle.

— Pourquoi ?

Elle le considéra avec étonnement.

— Elle est affreuse.

Liam secoua la tête.

— Je ne trouve pas, lui dit-il en se penchant pour la couvrir d'une pluie de petits baisers.

Holly sentit son cœur se serrer dans sa poitrine et l'affection qu'elle vouait déjà à Liam redoubla encore.

— Nos cicatrices nous rendent humains, lui dit-il enfin. Elles portent la trace de ce que nous avons été et de ce que nous sommes devenus. Elles font de nous des survivants. Elles nous rendent plus forts.

Holly n'était pas certain de partager la vision résolument optimiste de Liam. À ses yeux, sa propre cicatrice faisait figure de stigmate et de mise en garde. Elle lui rappelait chaque jour l'erreur qu'elle avait commise à l'époque et le fait qu'elle était la seule à y avoir survécu.

Tandis qu'elle se faisait ces sombres réflexions, Liam s'était débarrassé de ses propres vêtements. La vision de son corps dénudé lui fit brusquement oublier le passé. Il était plus magnifique encore qu'elle ne l'avait imaginé, dégageant un mélange enivrant de puissance et de grâce.

Sa vue ne fit que décupler l'envie qu'elle avait de lui. Elle fit mine de l'attirer vers elle, mais il la repoussa doucement de façon qu'elle se retrouve complètement étendue sur le lit, entièrement offerte à ses regards et à ses caresses.

Il se pencha alors vers elle et sa bouche effleura le creux de son cou, éveillant sur sa peau un délicieux frisson. De là, il entreprit de partir à la découverte du corps de Holly, faisant preuve d'un systématisme qui ne tarda pas à la mettre au supplice.

Partout où sa bouche et ses doigts se posaient, il allumait un nouvel incendie. Et elle avait l'impression de se consumer entre ses bras. Lorsque ses lèvres parvinrent enfin au creux de ses cuisses, elle fut parcourue de part en part par un spasme d'une violence incontrôlable.

Liam lui laissa à peine le temps de recouvrer un semblant de self-control avant de reprendre son exploration. Elle n'aurait su dire combien de fois elle se laissa emporter par une nouvelle vague de plaisir. Mais lorsqu'il la libéra enfin son corps lui semblait réduit à l'état de gelée.

Liam se donna le temps d'enfiler un préservatif avant de la reprendre dans ses bras. Ils demeurèrent quelques instants immobiles, nichés l'un contre l'autre, laissant monter en eux l'urgence de leur désir. Puis Liam entra en elle, plongeant doucement au plus profond de sa chair.

Holly perdit rapidement tout contrôle. Plus rien ne semblait exister, ni le temps, ni l'espace. Seules comptaient ces vagues d'extase qui déferlaient en elles, les unes après les autres, l'entraînant toujours plus loin, vers des rivages dont elle ignorait jusqu'ici l'existence.

Jamais elle n'avait connu une communion aussi parfaite. Et tandis qu'ils approchaient inexorablement du point de non-retour, elle s'accrocha à ses épaules, noua ses jambes autour de sa taille pour l'attirer plus loin encore, plaqua sa bouche contre la sienne pour étouffer ses cris. Il lui semblait soudain que Liam et elle ne faisaient plus qu'un seul être.

Puis leur étreinte atteignit son paroxysme et tous deux s'y abandonnèrent au même instant, balayés par une lame de fond qui les emporta bien au-delà d'eux-mêmes.

Lorsque Holly recouvra l'usage de son corps et de son esprit, elle se demanda si elle n'avait pas défailli sous l'effet du plaisir qu'elle sentait toujours fourmiller sur sa peau. Lentement, le rythme de sa respiration et des battements de son cœur reflua, recouvrant un semblant de normalité.

Au prix d'un effort presque surhumain, elle se redressa

sur un coude et contempla Liam qui gisait à ses côtés, haletant lui aussi. Elle admira sans fausse pudeur les courbes sublimes de son corps qui, même au repos, dégageait une impression de force et de puissance.

Elle avisa alors la plaque d'identification qu'il portait autour du cou. Elle l'avait déjà remarquée auparavant et avait supposé qu'il s'agissait d'un souvenir de son passage dans l'armée. Or elle pouvait voir à présent que le nom qui se trouvait inscrit sur la plaque de métal n'était pas le sien.

— Qui est Charlie ? lui demanda-t-elle en effleurant le pendentif du bout des doigts.

À ces mots, elle vit Liam tressaillir. Il demeura si longuement silencieux qu'elle crut qu'il ne lui répondrait pas.

— Charlie était mon cousin, lui dit-il enfin d'une voix sourde. C'était aussi mon meilleur ami. Lorsque nous étions enfants, nous nous retrouvions ici durant toutes nos vacances. En grandissant, c'est une tradition que nous avons fait perdurer… Alors que nous étions tous les deux engagés dans le corps des marines, dans des unités différentes, nous avons pris une semaine de permission pour nous retrouver et aller nous promener en montagne. Lorsque le shérif a su que nous étions dans le coin, il nous a signalé qu'un randonneur s'était perdu et que l'on cherchait des volontaires pour tenter de le retrouver. Nous avons proposé nos services sans hésiter, bien sûr…

Le regard de Liam s'était fait distant, comme s'il était de retour dans cette époque. Holly avait déjà vu bien assez de cas de traumatismes pour comprendre que cette histoire n'avait aucune chance de connaître un dénouement heureux.

— Nous avons fini par retrouver le randonneur, reprit Liam. Il était tombé du haut d'une falaise mais, par miracle, avait atterri sur une petite plate-forme naturelle, du genre de celles où les rapaces viennent construire leurs nids. Nous nous sommes encordés et nous sommes descendus en rappel pour aller le chercher. Je l'ai remonté, mais lorsque nous sommes arrivés au sommet de la falaise je me suis rendu compte que Charlie ne nous avait pas suivis. Je suis redescendu le chercher…

Percevant la détresse qui perçait dans sa voix, Holly sentit son cœur se serrer dans sa poitrine.

— Il faisait vraiment très froid, cette année-là, et l'un des mousquetons de Charlie avait gelé. Il ne parvenait pas à le rouvrir. Alors j'ai utilisé mon piolet pour le briser. Malheureusement, au moment précis où il s'est cassé, un violent coup de vent a balayé la falaise et Charlie a basculé en arrière. J'ai eu tout juste le temps de le rattraper par son harnais. Je le tenais à bout de bras au-dessus du vide et j'ai essayé de le tirer jusqu'à moi, mais je n'ai pas eu la force de le faire. Le pire, c'est que ma propre position était instable et que je commençais lentement à glisser vers le vide. Charlie a compris ce qui se passait et il m'a ordonné de le lâcher…

Holly ne put réprimer un gémissement horrifié.

— Je n'ai pas pu le faire, reprit Liam d'une voix sourde. Alors Charlie a pris les devants et il a détaché son harnais. Sous mes yeux, il a plongé droit vers la mort…

— Je suis vraiment désolée, murmura Holly.

— On n'a jamais retrouvé son corps. C'est sa femme qui m'a donné sa plaque au moment de la cérémonie organisée en son honneur. Elle m'a dit qu'il me considérait comme un frère. Et depuis ce jour je l'ai toujours portée. Elle me rappelle Charlie. Elle me rappelle ce qu'il disait toujours : qu'il ne faut jamais s'avouer vaincu. Mais elle me rappelle aussi qu'il est impossible de sauver tout le monde, même parfois ceux à qui l'on tient le plus…

Comprenant que toute parole consolatrice qu'elle aurait pu prononcer aurait sonné creux, Holly se contenta de prendre Liam dans ses bras et de le serrer très fort contre elle. Ils restèrent ainsi immobiles, puisant l'un en l'autre un peu de réconfort. Puis ils s'endormirent, toujours enlacés.

15

Liam se réveilla en sursaut, le cœur battant à tout rompre et la respiration haletante. Il s'efforça de chasser le souvenir du visage de Charlie au moment où il avait basculé dans le vide. Ce n'était qu'un rêve, un mauvais rêve, se répéta-t-il en s'efforçant de retrouver un semblant de calme.

Un coup d'œil à sa montre lui apprit qu'approchait l'heure à laquelle il devrait retourner dans la salle de contrôle de l'hôtel.

— Est-ce que tu as besoin que je vienne avec toi ? fit la voix de Holly à ses côtés.

Le souvenir de leur étreinte chassa soudain celui de son cauchemar, lui arrachant un frisson d'une tout autre nature.

— Je ne voulais pas te réveiller, souffla-t-il.

Holly roula sur le côté pour allumer la lampe de sa table de chevet. Elle avait remonté le drap sur elle, dissimulant à ses regards les courbes délicieuses de son corps.

Il songea que c'était sans doute préférable : la seule vue de son visage, de ses lèvres tuméfiées par leurs baisers passionnés et de sa chevelure ébouriffée suffisait à éveiller en lui un désir lancinant.

— Je devrais pouvoir me débrouiller seul. Contrairement

à hier, je n'ai qu'à attendre que les vigiles soient partis, entrer, récupérer la clé et ressortir. Et puis, je préfère que tu restes ici, au cas où Sophie se réveillerait.

— C'est d'accord. Bonne chance, Liam.

— Je n'ai pas le droit à un baiser, cette fois-ci ? lui demanda-t-il en souriant.

Holly lui rendit son sourire et se redressa pour passer ses bras autour de son cou. Lorsqu'elle posa ses lèvres sur les siennes, il dut fournir un prodigieux effort de volonté pour résister à la tentation qu'il avait de l'enlacer.

— Je ferais mieux de filer, murmura-t-il lorsqu'ils se séparèrent enfin. Je ne tiens pas à rater ma fenêtre de tir une fois de plus.

— Fais bien attention à toi, lui dit Holly en effleurant sa joue d'une caresse.

Liam quitta son lit à contrecœur et récupéra ses vêtements qu'il enfila à la hâte. Il alla se préparer un café en attendant l'heure où les vigiles feraient leur tournée. Lorsqu'elle arriva enfin, il sortit de la suite et gagna les ascenseurs.

Au sous-sol, il trouva le couloir désert, comme la veille. Le reste de la mission ne présenta pas plus de difficultés. Le passe fonctionna à merveille, il retrouva la clé USB là où il l'avait laissée et il ressortit de la salle de contrôle bien avant le retour des agents de sécurité.

Comme convenu avec Marcus, il se rendit directement sur le parking pour faire son rapport. Et, comme la fois précédente, ce fut Wyatt qui vint lui ouvrir.

— Mission accomplie, lui dit Liam en lui tendant la clé USB.

— Bon boulot, déclara Wyatt en la glissant dans sa poche. Nous allons enfin pouvoir rentrer prendre une douche. Et vous ?

— Nous partirons demain matin, lorsque ma fille se réveillera.

Wyatt le considéra avec étonnement.

— C'est une longue histoire, éluda Liam en souriant. Quoi qu'il en soit, nous serons de retour à Pleasant Pines demain midi a priori.

— Vous avez vraiment fait du bon travail, en tout cas, insista Wyatt. Marcus ne s'est pas trompé en vous recrutant. Je suis heureux que vous soyez des nôtres.

Liam était d'autant plus flatté par ces félicitations qu'il était convaincu que Wyatt ne les prodiguait pas à la légère.

— Moi aussi, à vrai dire, répondit-il en souriant. Cela me permet de développer de nouveaux champs de compétence.

Wyatt éclata de rire. Après avoir salué Liam, il referma la porte de la camionnette. Quelques instants plus tard, le véhicule démarra. Liam le suivit des yeux jusqu'à ce qu'il ait disparu au détour de la route.

L'adrénaline qu'avait libérée en lui sa mission dans la salle de contrôle l'empêcherait certainement de trouver le sommeil. De plus, il avait besoin de rester seul pour réfléchir aux implications de ce qui venait de se passer entre Holly et lui.

Il décida donc d'aller faire un tour dans les bois qui s'étendaient autour de l'hôtel. C'était toujours l'environnement dans lequel il se sentait le plus chez lui.

D'un bon pas, il s'engagea sur l'un des sentiers qui serpentaient sous le couvert des arbres. Instantanément, ses réflexes de pisteur s'éveillèrent. Il percevait les mille petits bruits de la forêt – le souffle du vent dans les arbres, le grattement des animaux fouisseurs, le craquement des branches, le hululement des oiseaux nocturnes…

Ces sons familiers l'apaisaient. Il laissa ses pas le guider, comptant sur son sens de l'orientation pour retrouver le chemin du retour, le moment venu. Ses pensées étaient entièrement tournées vers Holly.

Leur étreinte avait dépassé de loin ce qu'il avait imaginé. Il existait entre eux une rare connivence physique qui ne faisait que renforcer l'étonnante complicité intellectuelle et émotionnelle qui s'était formée entre eux.

Il aurait été vain de continuer à nier ce qu'il éprouvait pour elle. Qu'il le veuille ou non, il était bel et bien en train de tomber amoureux. Et cette idée lui paraissait à la fois exaltante et terriblement angoissante. Car il savait combien ces sentiments pouvaient le rendre vulnérable.

La mort de Charlie et son divorce avec Erin avaient convaincu Liam qu'il était préférable de conserver une certaine distance vis-à-vis de ses congénères. En évitant de s'engager émotionnellement, on se préservait de la déception, de la trahison et de l'abandon.

Mais avec Holly il avait été totalement pris de court. La fascination qu'elle avait exercée sur lui avait été immédiate, irrépressible. Et le temps qu'il s'en aperçoive, il était déjà trop tard pour s'en préserver – il ne le voulait d'ailleurs même plus.

Comme il se faisait ces réflexions, Liam parvint à un endroit de la forêt où les arbres étaient plus écartés les uns des autres, présentant une trouée qui permettait d'apercevoir le terrain de golf que bordait le bois. Là, il tomba en arrêt devant la scène qui s'offrait à ses yeux.

Au beau milieu du green du trou numéro neuf, allongé sur l'herbe rase, gisait le cadavre de l'homme qu'il avait entendu l'avant-veille se vanter de ses pouvoirs de séduction…

Darcy Owens détestait la tenue de femme de chambre qu'elle était forcée de porter lorsqu'elle était de service. Mais elle devait bien reconnaître qu'elle s'était révélée très utile, la rendant virtuellement invisible aux yeux des clients de l'hôtel.

Cela lui permettrait peut-être d'accéder sans se faire remarquer à la chambre de Liam Alexander. Car elle avait découvert non seulement le nom de ce dernier mais aussi le fait qu'il séjournait à l'hôtel en compagnie de sa fille et d'une certaine Holly Jacobs qui devait être sa petite amie.

Pénétrant dans le hall de l'hôtel, elle s'approcha du comptoir.

— Je viens de croiser un certain Liam Alexander, dehors, dit-elle à la réceptionniste. Il m'a dit qu'ils manquaient de serviettes dans sa chambre.

— Liam Alexander ? lui demanda la jeune femme qui semblait épuisée par la nuit de travail qu'elle venait de passer. Il est craquant, n'est-ce pas ?

— Oui, répondit Darcy en se forçant à décocher à son interlocutrice un sourire complice. Mais il est en couple, j'en ai peur. Et il a une petite fille.

— Je me demande bien pourquoi ils ont besoin de serviettes au beau milieu de la nuit.

— Cela fait longtemps que j'ai arrêté de me poser ce genre de questions, répliqua Darcy d'un ton faussement blasé. Les voies des clients sont impénétrables. Est-ce que tu veux que je les leur apporte ?

— Ça me dépannerait beaucoup, répondit la fille. Avec la tempête, plusieurs employés se sont retrouvés bloqués chez eux et nous avons été débordés pendant toute la soirée. Ne bouge pas, je vais te chercher ça. Combien leur en faut-il ?

— M. Alexander ne l'a pas précisé. Disons une par personne.

— Trois serviettes. Je t'apporte ça tout de suite.

Pendant que la fille disparaissait dans la réserve, Darcy se pencha par-dessus le comptoir pour récupérer la paire de ciseaux qui était posée là. Elle la glissa dans la poche de son tablier avant que la réceptionniste ne revienne avec une pile de serviettes propres.

— Et voilà, trois serviettes pour la 207 !

Darcy s'en empara et gagna l'ascenseur. Lorsqu'elle arriva au deuxième étage, elle s'approcha de la porte de la suite qu'occupaient Liam, sa petite amie et sa fille. Elle utilisa alors son passe pour l'ouvrir et se glissa à l'intérieur.

Holly n'était pas parvenue à se rendormir après le départ de Liam. Elle s'était d'abord inquiétée pour lui, jusqu'à ce qu'il lui envoie un SMS pour lui annoncer qu'il avait bien récupéré la clé USB et qu'il l'avait livrée comme prévu à Marcus et Wyatt. Il avait ajouté qu'il partait se promener parce qu'il avait besoin de réfléchir.

Cette précision avait fait naître en elle une tout autre inquiétude. Liam regrettait-il ce qui s'était passé entre eux, cette nuit-là ? Cherchait-il en cet instant même la façon la plus diplomatique de lui dire qu'ils avaient commis une erreur ?

Peut-être était-ce le cas, d'ailleurs. Tout était allé si vite, entre eux. Quelques jours auparavant, ils étaient de parfaits étrangers l'un pour l'autre. Et voilà qu'aujourd'hui elle se demandait si elle n'était pas en train de tomber amoureuse de lui.

C'était d'autant plus inquiétant que sa vie professionnelle et personnelle se trouvait actuellement à la croisée des chemins. Elle ne savait même pas quel métier elle exercerait et où elle vivrait d'ici à quelques semaines. Et tout cela la terrifiait au plus haut point.

Elle avait fini par se lever pour aller se préparer un café, bien décidée à discuter de tout cela avec Liam quand il rentrerait. Lorsqu'elle entendit cliqueter la serrure de la porte de la suite, elle crut naturellement que c'était lui qui revenait de balade. Mais elle eut la surprise de voir apparaître une femme de chambre qui portait un tas de serviettes.

— Je crois qu'il y a erreur, lui dit-elle. Nous n'avons pas demandé de serviettes. Vous avez dû vous tromper de chambre.

— Je ne me suis pas trompée, lui assura l'inconnue en laissant tomber ses serviettes sur le sol.

Il y avait quelque chose d'étrangement menaçant dans le ton de sa voix et Holly la considéra plus attentivement.

— Qui êtes-vous ? lui demanda-t-elle.

Un éclair moqueur passa dans les yeux de son interlocutrice.

— Vous ne devinez pas ? lui demanda-t-elle. J'avoue que je suis un peu déçue. Je pensais être un peu plus célèbre que cela…

Holly prit soudain conscience de la raison pour laquelle le visage de cette femme de chambre lui avait semblé vaguement familier. Un frisson glacé dévala entre ses omoplates.

— Darcy Owens, murmura-t-elle d'une voix blanche.

— En personne.

Holly avait compris qu'elle était en danger. De toute évidence, Darcy savait qui elle était. Elle avait donc probablement conscience de ce que Liam et elle étaient venus faire dans cet hôtel. Si elle voulait avoir une chance d'échapper à la tueuse, elle allait devoir mettre à contribution ses talents de psychologue.

— Il s'est passé quelque chose lorsque vous étiez enfant, lui dit-elle. Cela a un rapport avec la maison où vous habitiez, dans les bois, n'est-ce pas ?

Darcy tressaillit légèrement et la considéra avec suspicion.

— Comment savez-vous ça ? lui demanda-t-elle en fronçant les sourcils.

— J'ai trouvé un dessin que vous aviez fait, il y a des années de cela, lorsque vous étiez au lycée. Il représente votre maison. Et à côté, il y a une forme.

— Les Ténèbres, acquiesça Darcy.

Le ton de sa voix reflétait un mélange d'angoisse et de vénération.

— Est-ce qu'il s'agit d'un endroit ou d'une personne ?

Darcy secoua la tête.

— Vous ne comprenez pas, lui dit-elle. Les Ténèbres font partie de moi. Je leur appartiens.

— Je peux peut-être vous aider, suggéra Holly en se demandant avec angoisse combien de temps durerait encore la promenade de Liam.

— Je n'ai pas besoin de votre aide.

— Que voulez-vous, alors ?

— Je suis venue pour vous tuer, répondit posément Darcy.

Il n'y avait ni haine ni colère dans son ton, juste une forme de froideur détachée, comme si elle venait d'énoncer une évidence. Si Holly avait eu le moindre doute au sujet de sa santé mentale, il se serait instantanément dissipé.

Mais comme elle s'apprêtait à répondre, bien décidée à maintenir le dialogue avec la tueuse en série aussi longtemps que possible, la porte de la chambre de Liam s'ouvrit, laissant apparaître Sophie qui pénétra dans le salon en se frottant les yeux.

— Holly ? Où est mon papa ? demanda-t-elle.

— Sophie, retourne dans ta chambre et ferme la porte à clé ! lui intima Holly.

Avant même qu'elle ait compris ce qui était en train de se passer, Darcy couvrit la distance qui les séparait à une vitesse impressionnante. Holly eut tout juste le temps de la voir tirer un objet métallique de la poche de son tablier. Puis une douleur atroce explosa en elle.

Horrifiée, elle plaqua sa paume contre son ventre et la sentit se couvrir presque instantanément d'un liquide chaud et poisseux. Ses yeux se posèrent alors sur la paire de ciseaux aux lames ensanglantées que Darcy tenait à la main.

Une violente sensation de vertige la fit vaciller sur ses jambes et elle dut lutter pour ne pas sombrer dans l'inconscience. Il aurait été si facile en cet instant de fermer les yeux et de se laisser glisser…

Mais si elle cédait à cette tentation il n'y aurait plus personne pour défendre la fillette horrifiée qui répétait son prénom comme un mantra.

— Holly, Holly, Holly…

— Je suis là, Sophie, murmura-t-elle d'une voix qu'elle eut peine à reconnaître.

Reprenant enfin conscience de son environnement immédiat, Holly s'aperçut que Darcy avait saisi Sophie par le bras et qu'elle était en train de l'entraîner vers la sortie. Elle comprit que, si elle n'agissait pas dès à présent, Darcy emmènerait la fillette. Et Holly ne se le pardonnerait jamais.

Mais qu'était-elle censée faire face à une tueuse

redoutable qui n'hésiterait pas à faire de nouveau usage de son arme ? Holly appuya sur sa blessure qui saignait toujours abondamment. Elle savait que la perte de sang risquait à tout moment de lui faire perdre connaissance.

Elle se concentra donc sur sa douleur, s'efforçant de la transformer en colère.

— Laissez-la tranquille ! gronda-t-elle en avançant de quelques pas en direction de Darcy.

— Pourquoi devrais-je vous obéir ? railla celle-ci. Que comptez-vous faire pour m'arrêter ?

Sachant qu'elle n'avait plus un instant à perdre, Holly se rua sur son agresseuse. Mais celle-ci avait anticipé une telle éventualité. De nouveau, les ciseaux s'abattirent sur elle, ratant son visage de quelques centimètres seulement. Holly s'était jetée de côté au dernier moment.

Elle heurta durement l'un des fauteuils du salon sur lequel était posé le cartable de Sophie. Elle s'en saisit et, de toutes ses forces, en assena un coup à son adversaire. Darcy essaya de le parer de sa main qui tenait les ciseaux. Les lames ripèrent sur la toile plastifiée, ne parvenant pas à la déchirer.

Holly décida donc de s'en servir comme d'un bouclier et passa de nouveau à l'offensive. Elle se rappelait que Darcy avait été gravement blessée lors de sa fuite de Pleasant Pines. Sans en être absolument certaine, elle croyait se souvenir que c'était son épaule droite qui avait été touchée.

De toutes ses forces, Holly décocha donc un coup à l'aide de son arme improvisée. La grimace de souffrance qui se dessina sur le visage de Darcy lui confirma qu'elle ne s'était pas trompée de cible. La tueuse recula précipitamment.

Holly la frappa de nouveau à l'aide du cartable, en

plein visage, cette fois-ci. Darcy perdit l'équilibre et bascula en arrière. Sa tête heurta brutalement la poignée de la porte qui se trouvait derrière elle et elle s'effondra sur elle-même. Ne perdant pas de temps, Holly chercha Sophie des yeux.

Probablement terrifiée par le combat que se livraient les deux femmes, la fillette s'était glissée sous la table de salle à manger. Holly s'avança vers elle et se pencha autant que le lui permettait sa blessure.

— Viens, ma chérie, l'encouragea-t-elle. Tout va bien, à présent. Sors de là et viens avec moi.

Sophie secoua la tête, l'air terrorisée.

La vue de Holly se brouilla soudain. Elle se força à fermer les yeux puis à les rouvrir pour accommoder sa vision. Mais des points noirs flottaient à présent à sa périphérie. Elle se sentait aussi de plus en plus faible et comprit qu'elle ne parviendrait plus très longtemps à demeurer consciente.

— Sophie, dit-elle d'un ton plus autoritaire. Il faut absolument que nous sortions d'ici et que nous allions chercher de l'aide.

— Non, s'exclama la fillette, les yeux agrandis par l'horreur.

— Sophie, je suis très sérieuse. Nous devons partir…

— La méchante dame…, murmura la fillette.

Holly était sur le point de la rassurer, de lui expliquer que Darcy avait perdu connaissance. Mais Sophie tendit alors le doigt, désignant un point quelque part par-dessus son épaule.

— La méchante dame ! répéta-t-elle.

Avec horreur, Holly comprit qu'elle avait surestimé l'intensité du choc subi par Darcy. Mais, avant même qu'elle ait pu se retourner pour faire face à la tueuse, cette dernière abattit un vase sur son crâne.

Il se brisa en mille morceaux et Holly bascula dans les ténèbres.

Agenouillé auprès du corps de Kevin, Liam étudiait attentivement la rigidité des membres, la couleur et la texture de la peau et l'odeur encore subtile de la décomposition qui s'était amorcée.

L'homme était mort depuis plus de vingt-quatre heures. La cause du décès n'était pas apparente mais cela n'avait rien de surprenant. Darcy était depuis bien longtemps passée maîtresse dans l'art de l'empoisonnement. Elle avait très bien pu préparer une substance toxique à partir de médicaments volés à l'infirmerie ou même de simples produits d'entretien.

Une chose était certaine : la cause n'était pas plus naturelle que le fait que le corps se soit retrouvé étendu au beau milieu du green.

Liam sortit son téléphone de sa poche et composa le numéro de Marcus.

— Nous avons un problème, lui dit-il sans préambule.

— De quoi s'agit-il ?

— Je viens de trouver un cadavre sur un parcours de golf.

— Est-ce que vous avez appelé la police ?

— Pas encore mais ils sont les prochains sur ma liste, répondit-il.

— Décrivez-moi le corps.

— C'est un client de l'hôtel que je connais de vue. Il s'appelait Kevin. Entre vingt-cinq et trente-cinq ans, cheveux blonds, yeux bleus…

Liam s'interrompit, repensant à l'échange que Kevin avait eu avec son ami Steve. Apparemment, il avait l'intention de sortir avec une femme de chambre, ce soir-là. C'était probablement la même qui s'était introduite dans l'infirmerie pour tenter de voler des médicaments.

— Elle est ici, murmura-t-il.

— Qui donc ? s'enquit Marcus.

— Darcy Owens.

— Vous en êtes sûr ? La police de Reno vient de trouver une autre photo qui pourrait correspondre à sa description.

— Elle n'est jamais allée à Reno. Elle est ici et elle fait profil bas depuis le début.

Avant même d'avoir terminé sa phrase, il s'était redressé et mis à courir en direction de l'hôtel.

— Appelez la police, Marcus, lui lança-t-il. Dites-leur que le corps se trouve sur le green du trou numéro neuf.

— Pourquoi ne le faites-vous pas ?

— Parce que si Darcy est vraiment dans les parages je ne peux pas laisser Sophie et Holly sans protection.

Holly avait parfaitement conscience du fait qu'elle allait mourir. Debout en équilibre précaire sur une chaise, les mains attachées derrière le dos, elle luttait de toute la force de sa volonté pour demeurer consciente.

Car, si elle perdait connaissance, elle basculerait dans le vide et le nœud coulant qui était passé autour de son cou se resserrerait impitoyablement sur sa gorge. Elle finirait pendue à l'une des solives du plafond de cette chambre d'hôtel.

Déjà son champ de vision semblait s'être rétréci et la pièce paraissait danser devant ses yeux. La perte de sang et le manque d'oxygène l'affaiblissaient un peu plus à chaque instant.

Holly se raccrocha à l'image de Liam qui avait envahi son esprit. Dans cette lutte de chaque instant pour la survie, il était devenu pour elle un talisman et son nom un mantra. Car elle refusait catégoriquement de mourir tant qu'elle ne lui aurait pas dit ce qu'elle éprouvait pour lui.

Alors même que cette résolution se faisait jour en elle, son pied gauche dérapa brusquement sur le bord de la chaise et elle perdit l'équilibre…

16

Liam s'engouffra à toute vitesse dans le hall de l'hôtel, manquant percuter l'un des grooms et le couple qu'il accompagnait. Il ne prit pas le temps de s'excuser, pas plus que de répondre à la réceptionniste qui lui posait une question incongrue concernant des serviettes de toilette.

En quelques secondes, il traversa le hall et, ignorant l'ascenseur, il se rua dans l'escalier dont il gravit les marches quatre à quatre. Son instinct lui soufflait qu'il n'avait pas une minute à perdre, que la vie de sa fille et de la femme qu'il aimait dépendait de sa célérité.

Il accéléra encore, le cœur battant à tout rompre, et déboucha à fond de train dans le couloir du deuxième étage. Fort heureusement, il était entièrement désert et il ne lui fallut que quelques instants pour atteindre la porte de sa suite.

Le souffle court, il sortit son passe de la poche de son jean et le présenta devant le capteur d'une main légèrement tremblante. La serrure cliqueta et il ouvrit la porte en grand, priant pour trouver Holly et Sophie tranquillement endormies à l'intérieur.

Mais la scène de cauchemar qui s'offrit à ses yeux eut raison de cette réconfortante illusion. Au beau milieu du salon, Holly était pendue à l'une des poutres apparentes, une chaise renversée gisant à ses pieds. Elle était pâle comme la mort et ses lèvres avaient déjà pris une teinte violacée.

Le hurlement inarticulé qui lui échappa était celui d'un animal blessé. Sans attendre, il se précipita vers elle et la souleva entre ses bras pour atténuer la pression qui s'exerçait sur sa gorge.

La soutenant à l'aide de ses bras, il plongea la main dans la poche arrière de son jean pour en tirer le couteau qui ne le quittait jamais. Il s'en servit pour couper la corde qui retenait Holly et déposa précautionneusement son corps sur le sol.

Il commença par défaire le nœud coulant et ausculta précautionneusement sa gorge. Il ne put retenir un gémissement de soulagement en sentant son pouls battre très faiblement sous ses doigts. L'idée qu'il avait failli la perdre lui était tout bonnement insupportable.

S'efforçant de faire abstraction de cette idée, il détacha ses mains et s'assura qu'elle respirait toujours. Il s'aperçut alors qu'elle était blessée au côté et il se servit de sa veste pour faire pression et étancher la blessure.

Le bleu qu'elle avait au visage, sa lèvre fendue et les hématomes qui ornaient la jointure de ses doigts indiquaient clairement qu'elle s'était battue.

Liam sortit son téléphone portable. Il appela d'abord les secours puis la réception pour demander qu'on lui envoie au plus vite le médecin de l'hôtel. Comme il venait de raccrocher, Holly laissa échapper un gémissement inarticulé.

— Est-ce que tu m'entends ? lui demanda-t-il d'une voix très douce.

Ses paupières tressaillirent et il en déduisit que tel était bien le cas.

— Holly, qu'est-il arrivé ? Et où est Sophie ?

— Darcy…, dit Holly d'une voix si rauque qu'elle était totalement méconnaissable. Elle se fait appeler Claire… Femme de chambre à l'hôtel… Elle a emmené Sophie.

Holly ouvrit enfin les yeux.

— Je suis désolée, souffla-t-elle.

La détresse absolue qui se lisait dans son regard en cet instant lui transperça le cœur.

— Il faut la retrouver, ajouta-t-elle.

— Mais nous ne savons même pas où elle l'a emmenée, murmura Liam.

— J'ai une idée, lui dit Holly en faisant mine de se redresser.

— Ne bouge pas, protesta-t-il.

Elle secoua la tête. Le désespoir qu'il avait perçu dans ses yeux s'était mué en une résolution implacable.

— Je viens avec toi, déclara-t-elle.

— C'est de la folie, objecta Liam. Tu n'es pas en état. Et je ne peux pas te demander de risquer ta vie une fois de plus.

— Tu ne me demandes rien, répliqua-t-elle en s'asseyant.

Une grimace de souffrance contracta son visage.

— Il va falloir faire quelque chose pour cette blessure, dit-elle d'une voix toujours aussi rauque mais déjà plus assurée.

— Holly…

— Il n'y a pas de Holly qui tienne. Je viens avec toi. C'est ta fille, mais je tiens à elle, moi aussi.

Avant qu'il ait pu protester, le médecin se présenta sur le seuil de leur suite et considéra d'un air sidéré le chaos qui régnait à l'intérieur.

— Ne vous en faites pas, lança Holly trouvant la force de plaisanter. Ce n'est pas une scène de ménage…

Liam sentit son cœur se serrer dans sa poitrine. Le courage dont elle faisait preuve renforçait encore un peu plus l'indéfectible admiration qu'il éprouvait pour elle. Il entreprit d'expliquer ce qui s'était passé au médecin tandis que ce dernier s'agenouillait auprès de Holly pour commencer à traiter ses blessures.

Liam en profita pour appeler Marcus et lui faire un rapport circonstancié sur la situation.

— Et Holly pense savoir où Darcy pourrait avoir conduit votre fille ? demanda enfin le directeur de RMJ.

— Je vais mettre l'ampli, indiqua Liam en se rapprochant un peu de la jeune femme.

À la demande expresse de celle-ci, après s'être assuré qu'aucun organe n'était touché, le médecin avait commencé à recoudre la blessure que Darcy lui avait infligée au niveau de l'aine.

— Liam m'a raconté ce qui vient de se passer, indiqua Marcus. On dirait que vous avez plus que mérité la récompense que je vous avais promise, mademoiselle Jacobs.

— La seule chose qui compte, pour le moment, c'est de retrouver Sophie avant que Darcy ne lui fasse du mal.

— Je doute que ce soit son objectif, objecta Marcus. Si elle avait voulu la tuer, elle l'aurait déjà fait. Je pense qu'elle veut se servir d'elle comme otage.

— Peut-être, concéda Holly sans se laisser distraire par les soins du médecin, en dépit de la douleur qu'ils devaient lui infliger. Mais nous ne devons jamais oublier que Darcy ne se conduit pas comme un être rationnel.

— C'est exact, reconnut Marcus. Mais Liam m'a dit que vous saviez peut-être où elle avait emmené sa fille.

— Je crois qu'elle est retournée chez elle, c'était son intention depuis le début.

— Chez elle à Las Vegas ? s'enquit Marcus. Ou à Pleasant Pines ?

— Ni l'un, ni l'autre, répondit Holly. Je pense que les troubles dont elle souffre sont plus anciens que ne l'ont supposé les profileurs du FBI. J'ai trouvé un dessin qu'elle a réalisé lorsqu'elle était adolescente et qui représente l'entité par laquelle elle se croit possédée. Elle l'a surnommée les Ténèbres. Je pense que Darcy a tué bien avant d'arriver à Las Vegas, à l'époque où elle vivait encore chez son père. Comment sont morts ses parents ?

— Son père a fait un coma éthylique alors qu'il était dehors en plein hiver. Il est mort de froid. Sa mère s'est suicidée peu de temps après.

— De quelle façon ?

— En se pendant, il me semble.

— Darcy vient d'essayer de pendre Holly, remarqua Liam. Et elle a très probablement empoisonné l'un des clients de l'hôtel avec lequel elle avait rendez-vous pour boire un verre, l'autre soir.

— Je crois que les crimes qu'elle commet sont une façon pour elle de revivre le meurtre de ses parents, déclara Holly.

— Rien ne prouve qu'ils aient été assassinés, objecta Marcus.

— C'est parce que Darcy est extrêmement intelligente, répondit Holly. Déséquilibrée, certes, mais brillante. D'après le dossier du FBI, son père abusait d'elle. Je pense qu'elle a fini par se venger. Et elle a exécuté sa mère qui n'avait rien fait pour l'aider, comme cela arrive hélas bien trop souvent dans ces cas-là.

— Ça se tient, acquiesça Marcus. Je vais immédiatement contacter la police et le FBI.

— Nous ne pouvons pas les laisser intervenir, s'exclama Holly.

Liam lui lança un regard interrogateur.

— Si elle se sent acculée, Darcy se battra jusqu'au bout, expliqua-t-elle. Et elle n'hésitera probablement pas à offrir un nouveau sacrifice aux Ténèbres.

— Sophie..., murmura Liam d'une voix blanche.

Holly hocha la tête.

— Que suggérez-vous, alors ? s'enquit Marcus.

— J'irai lui parler, répondit Holly. Pendant que je la distrairai, Liam et des hommes de RMJ pourront s'introduire dans la maison et libérer Sophie. Dès qu'elle sera en sécurité, Darcy n'aura plus de moyen de pression et le FBI pourra donner l'assaut et tenter de la capturer vivante.

— Il n'est pas question que vous alliez là-bas ! protesta Marcus. Non seulement vous êtes blessée mais, de plus, Darcy a déjà essayé de vous tuer.

— Justement, rétorqua Holly. Elle me croit probablement morte, à l'heure actuelle. Se retrouver face à moi devrait la déstabiliser. Je l'amènerai aussi à parler de ses parents, de l'endroit où elle les a tués. Tout cela devrait donner à vos hommes le temps d'exfiltrer Sophie.

— Liam, dites-lui que c'est de la folie ! insista Marcus.

Liam observa longuement Holly et secoua doucement la tête.

— Holly a raison, déclara-t-il. L'exposer une fois encore ne me plaît pas plus qu'à vous. Mais c'est la meilleure solution, celle qui devrait nous permettre d'épargner le plus grand nombre de vies. Et puis, entre nous, Marcus, je pense que Holly a amplement prouvé qu'elle méritait de faire partie du voyage. Sans elle, nous ne saurions ni où aller, ni comment procéder.

Holly lui lança un regard empli de reconnaissance.

— Nous partirons dès que le médecin de l'hôtel aura fini de panser ses blessures, conclut-il. Toute la question est de savoir pour où.

— Cela, au moins, je peux vous le dire, répondit Marcus, apparemment résigné à se conformer à leur plan. J'ai ici l'acte de succession des parents de Darcy. Il indique qu'elle hérite d'une maison située du côté de Fool's Gold Road. Apparemment, la maison est à l'abandon depuis des années. Je vous envoie l'adresse précise. Retrouvons-nous à l'entrée du chemin dans exactement deux heures. Je ferai en sorte que tout le monde arrive en même temps pour éviter d'éveiller la méfiance de Darcy. J'équiperai Holly d'un micro pour que nous puissions suivre leur conversation. Et nous mettrons au point le plan d'exfiltration sur la base des images satellites que je suis en train d'imprimer en ce moment même…

Les Ténèbres ne lui laissaient pas de répit, lui enjoignant avec insistance de tuer Sophie. Mais, pour une fois, Darcy était bien décidée à leur tenir tête. Ce n'était pas uniquement parce que la fillette pourrait s'avérer être un otage précieux, en cas de besoin, mais surtout parce que Darcy ne se souvenait que trop bien de ce que pouvait éprouver une enfant terrifiée.

Le simple fait de se retrouver dans cette maison peuplée de cauchemars le lui rappelait cruellement. Mais, paradoxalement, c'était aussi un endroit où elle se sentait plus forte, peut-être parce qu'il avait vu naître les Ténèbres qui lui conféraient leur puissance.

Il lui semblait qu'ici rien ni personne ne pouvait l'atteindre. Aussi fut-elle très surprise en entendant se rapprocher un bruit de moteur qu'accompagna bientôt le crissement de pneus sur les gravillons du chemin forestier conduisant à la maison.

Darcy alla jeter un coup d'œil par la fenêtre et avisa une berline argentée qui approchait lentement. Elle pouvait distinguer la silhouette du conducteur qui paraissait être le seul occupant du véhicule. Celui-ci s'immobilisa face à la maison.

— Est-ce que c'est mon papa ? demanda Sophie d'une toute petite voix.

C'était précisément la question que Darcy était en train de se poser.

— Je ne sais pas, reconnut-elle.

C'était un aveu de faiblesse et elle en avait parfaitement conscience.

La portière s'ouvrit et une femme descendit de la voiture avant de s'avancer lentement vers la maison. Darcy sentit les battements de son cœur s'accélérer dans sa poitrine tandis qu'un frisson glacé dévalait entre ses omoplates. Ce n'était pas possible…

Et pourtant Holly se trouvait bien là, sous ses yeux, comme revenue d'entre les morts. Darcy avala difficilement sa salive, s'efforçant de combattre l'angoisse irrationnelle qui montait en elle.

Les fantômes n'existaient pas. D'ailleurs, Holly affichait les stigmates de la véritable raclée que Darcy lui avait infligée. Elle était d'une pâleur de marbre, avec un hématome sur la joue et la marque de la corde qu'elle lui avait passée autour du cou. Et si elle marchait si lentement, c'était probablement pour ne pas rouvrir sa blessure au côté.

— C'est Holly ! s'exclama joyeusement Sophie qui

s'était rapprochée de la fenêtre pour tenter elle aussi d'apercevoir la nouvelle venue.

— Il ne faut pas qu'elle te voie, s'exclama Darcy.

Mais il était déjà trop tard. Holly les regardait à présent et ses yeux étaient emplis d'une rage dont l'intensité étonna beaucoup Darcy. En espionnant la jeune femme, elle s'était convaincue que celle-ci était parfaitement inoffensive. Or leur confrontation paraissait avoir mué la gentille maîtresse d'école en combattante acharnée.

— Ne fais pas un bruit, intima Darcy à Sophie. Rappelle-toi ce que je t'ai dit au sujet de Holly. Elle veut prendre la place de ta maman.

Les yeux de la fillette s'emplirent de larmes.

— Si elle te voit, elle essaiera de t'emmener loin de ton papa.

Darcy ouvrit le placard secret où elle-même trouvait refuge autrefois, lorsque son père avait trop bu.

— Cache-toi là-dedans, ordonna-t-elle à Sophie. Ne fais pas un bruit et ne te montre pas. Tu as bien compris ?

— Oui, balbutia Sophie, visiblement désorientée.

Au moins, songea Darcy, elle serait bien trop terrifiée pour oser sortir de sa cachette. Satisfaite sur ce point, elle gagna la porte d'entrée et sortit sur la terrasse de la maison. Le soleil ne s'était levé que depuis peu de temps et l'air était encore frais.

Holly gravit les marches et la rejoignit près de la vieille balancelle. Les deux femmes se mesurèrent du regard.

— Tu devrais être morte, dit enfin Darcy.

— Il faut croire que je suis plus difficile à tuer que je n'en ai l'air, répondit Holly d'un ton assuré.

— Ne te fais pas trop d'illusions, rétorqua Darcy avec un sourire cruel. J'apprends toujours de mes erreurs et, la prochaine fois, je ne te laisserai pas t'en tirer à si bon compte.

— Alors c'est ici que tout a commencé, déclara Holly en observant attentivement la maison. C'est ici que tu as rencontré les Ténèbres et que tu as appris à tuer.

— Tu te crois maligne ? lui demanda Darcy, troublée malgré elle.

Cette femme paraissait la connaître parfaitement. Or Darcy n'avait pas l'habitude de se sentir aussi transparente. Et cette impression ne lui plaisait pas du tout.

— Que me veux-tu, exactement ?

— Rends-moi Sophie, lui intima Holly. Si tu le fais, je te promets que je m'en irai et que je ne reviendrai plus jamais t'ennuyer.

Darcy partit d'un rire sans joie.

— Ne me dis pas que tu as cru que ce serait si facile.

— Ça pourrait l'être, si tu me remets la fille.

— Et pourquoi est-ce que je ferais une chose pareille ? répliqua Darcy. Soit tu mens et je ne peux pas te faire confiance, soit tu dis la vérité et tu as été assez stupide pour venir toute seule ici. Dans un cas comme dans l'autre, qu'est-ce qui m'empêche de te tuer une seconde fois ?

Arme au poing, Liam progressait à travers bois en direction de l'arrière de la maison de Darcy. L'oreillette qu'il portait lui permettait de suivre la conversation entre Holly et elle. Derrière lui venaient Wyatt et Marcus qui étaient armés, eux aussi.

Il avait fallu tout l'entregent du directeur de RMJ pour convaincre les agents du FBI de se tenir à l'écart, le temps qu'ils puissent faire sortir Sophie de la maison.

Ils parvinrent enfin en vue de la maison dont les

photos satellites leur avaient donné une idée très précise. Ils avaient notamment repéré une trappe extérieure qui permettait d'accéder à la cave et, de là, de pénétrer dans la maison proprement dite en toute discrétion.

Liam atteignit la lisière de la forêt et s'assura que l'on ne pouvait les apercevoir depuis le porche qui donnait de l'autre côté du bâtiment.

— Surtout pas de bêtise, souffla alors Marcus à ses deux compagnons. Je sais que la tentation de vous venger sera grande, mais souvenez-vous l'un et l'autre que, si nous ne retrouvons pas Sophie, Darcy sera la seule à savoir où elle est cachée.

— C'est bien compris, acquiesça Liam. En attendant, il ne nous reste plus qu'à espérer que les portes de la cave ne nous offriront aucune résistance.

Ils coururent jusqu'à la trappe qui était constituée de deux battants dont la peinture noire s'écaillait, révélant le métal corrodé dont elles étaient constituées. Ce qu'ils n'avaient pu distinguer sur l'image satellite, c'était la lourde chaîne qui maintenait les poignées. Elle était fermée par un cadenas dont la serrure était rongée par la rouille, elle aussi.

Parfaitement conscient du danger que courait Holly, Liam savait qu'il lui fallait agir très rapidement. Même s'il avait disposé du matériel nécessaire, il n'aurait pu se permettre de scier la chaîne ou de crocheter le cadenas.

— Changement de plan, murmura-t-il à ses compagnons. On passe par une des fenêtres à guillotine.

Sans attendre leur réponse, il s'avança vers celle qui était la plus proche de lui et testa les huisseries. Malheureusement, le manque d'entretien les avait fait gonfler et elles étaient à présent complètement bloquées.

Étouffant un juron, Liam passa à la suivante qui

présentait le même problème. La troisième fut la bonne et il se servit de la lame de son couteau pour faire levier et forcer la fenêtre. Il la releva lentement en s'efforçant de faire le moins de bruit possible.

Les trois hommes s'engouffrèrent alors à l'intérieur et se retrouvèrent dans une salle à manger poussiéreuse au papier peint défraîchi. Tout semblait être demeuré en l'état depuis la mort des parents de Darcy, ce qui semblait indiquer qu'elle n'avait jamais vécu seule ici.

— On se sépare, souffla Marcus. Je m'occupe de l'étage, Liam du rez-de-chaussée et Wyatt du sous-sol.

Ils s'exécutèrent aussitôt, se fondant sur le plan que Marcus avait découvert parmi les papiers ayant trait à la succession. Liam demeura seul dans la salle à manger dont il inspecta chaque placard, avant de passer à la pièce attenante qui se trouvait être la cuisine.

Dans son oreillette, la discussion entre les deux femmes qui se trouvaient sur la terrasse suivait son cours.

— Ne me dis pas que tu as cru que ce serait si facile, railla Darcy.

— Ça pourrait l'être, si tu me remets la fille, répliqua Holly sans se laisser impressionner.

— Et pourquoi est-ce que je ferais une chose pareille ? Soit tu mens et je ne peux pas te faire confiance, soit tu dis la vérité et tu as été assez stupide pour venir toute seule ici. Dans un cas comme dans l'autre, qu'est-ce qui m'empêche de te tuer une seconde fois ?

Un frisson glacé le parcourut et il comprit que, s'il n'intervenait pas très rapidement, la situation risquait de tourner au drame. Quittant la cuisine, il traversa le couloir central qui conduisait à l'entrée. À pas de loup, il se glissa jusqu'à Darcy qui lui tournait le dos. Et il plaqua le canon de son arme sur sa nuque.

17

— Le jeu a assez duré, gronda Liam à l'intention de Darcy. Où est Sophie ?

— Elle n'est pas ici, répondit la tueuse en série avec un sourire moqueur. Et ne comptez surtout pas sur moi pour vous dire où elle se trouve.

— Vous mentez, rétorqua Liam d'un ton plus assuré qu'il ne l'était réellement. Vous n'avez pas eu assez de temps pour la conduire ailleurs avant de venir ici.

— En êtes-vous certain ?

Agrippant l'épaule de Darcy, il la fit pivoter sur elle-même et braqua son arme sur son front.

— Où est ma fille ? demanda-t-il encore.

— Je suis sûre que vous brûlez de le savoir.

— Dites-le-moi ou je redécore le mur avec votre cervelle de tarée, déclara-t-il d'une voix vibrante de haine à peine contenue.

— Allez-y, tuez-moi et vous ne saurez jamais ce qui est arrivé à votre petite chérie…

Dans le silence pesant qui s'ensuivit, un bruit sourd se fit entendre. Puis un autre. Et un autre encore. On aurait dit un battement de cœur.

— C'est Sophie ! s'exclama Holly. Surveille Darcy, je vais la chercher.

Elle s'élança dans la maison en appelant la fillette. De nouveaux coups lui répondirent. Suivant le son, Holly se dirigea vers ce qui semblait être une simple boiserie qui couvrait une partie du mur. Elle laissa courir ses doigts le long de la plinthe et sentit une aspérité.

— C'est un placard ! s'exclama-t-elle.

Un cliquetis se fit entendre et la boiserie pivota, révélant le placard qui se trouvait de l'autre côté et dans lequel était tapie Sophie.

— Papa ? appela-t-elle. Tu es là ?

— Je suis ici, ma chérie, répondit-il d'une voix forte. Tu peux sortir, maintenant. Holly va s'occuper de toi.

En sentant les bras de Sophie se refermer autour de son cou et la petite fille se serrer contre elle, Holly éprouva un soulagement si immense qu'elle ne put retenir les larmes de joie et d'angoisse mêlées qui lui montaient aux yeux.

Toutes deux demeurèrent ainsi enlacées, pleurant dans les bras l'une de l'autre.

— Elle m'a dit que tu étais méchante et que tu voulais m'enlever à ma maman, bredouilla Sophie en sanglotant convulsivement.

— Jamais je ne ferais une chose pareille, ma chérie, lui assura Holly, la gorge nouée par l'émotion. Tout ce qui compte pour moi, c'est que tu sois heureuse.

En dépit de sa blessure qui la faisait toujours souffrir, elle souleva Sophie et se tourna vers Liam qui n'avait pas bougé, tenant toujours Darcy en joue à bout portant. Celle-ci ne paraissait pas particulièrement inquiète, comme si tout ceci n'était qu'un jeu.

Peut-être était-ce le cas pour elle, d'ailleurs. Son apparence parfaitement normale, séduisante, même, pouvait aisément faire oublier à ses interlocuteurs que l'esprit de Darcy était malade.

— Emmène Sophie jusqu'à la voiture, demanda Liam à Holly.

Elle hésita un instant, percevant la rage froide qui l'habitait en cet instant et craignant qu'il ne commette l'irréparable. Mais elle vit alors Marcus et Wyatt déboucher simultanément dans le couloir central de la maison. Ils avaient dû suivre le déroulement de la scène par l'entremise de leurs oreillettes.

Rassurée qu'ils soient là pour prendre les choses en main, elle s'élança en direction de la voiture de Liam.

— Tout va bien se passer, assura-t-elle à Sophie en l'installant dans son siège-auto. C'est fini, maintenant. Nous allons tous pouvoir rentrer chez nous.

Elle vit alors quatre SUV noirs déboucher à vive allure sur le chemin. Dans un nuage de poussière, ils se garèrent et les agents du FBI en sortirent, armes au poing.

Ce n'est que lorsqu'ils eurent allongé Darcy au sol, qu'ils l'eurent menottée et qu'ils commencèrent à lui lire ses droits que Holly sentit enfin refluer la tension nerveuse presque insoutenable qui l'habitait.

L'espace de quelques minutes, elle avait vraiment cru que Liam allait abattre Darcy de sang-froid. Celle-ci semblait d'ailleurs partager cette impression.

— Vous auriez dû le laisser faire, s'exclama-t-elle rageusement à l'intention des fédéraux. Vous auriez dû le laisser me tuer !

Liam, quant à lui, avait remis son arme à Marcus, comme s'il craignait de changer d'avis. Les trois hommes de RMJ la rejoignirent alors et Holly perçut l'immense soulagement qui se lisait dans leurs regards.

— Ça y est, soupira Wyatt qui paraissait être plus

ébranlé encore que ses compagnons par ce qui venait de se produire. Nous l'avons enfin capturée…

Holly se rappela ce que lui avait confié Liam au sujet de Wyatt. À cause de Darcy, il avait perdu son travail et avait bien failli perdre aussi la femme qu'il aimait.

— Au risque de me répéter, vous avez encore fait du bon boulot, Liam, déclara l'ancien profileur du FBI.

— Si nous avons réussi, c'est surtout grâce à Holly, répondit Liam qui avait rejoint sa fille pour la couvrir de baisers.

— Pour quelqu'un qui prétend être un irréductible solitaire, je trouve que vous avez plutôt l'esprit d'équipe, commenta Marcus en riant. Mais vous avez raison : nous vous devons énormément, Holly. Sans vos découvertes, nous ne serions jamais parvenus à coincer Darcy. Et sans votre courage, la situation aurait pu très mal tourner, aujourd'hui.

— Je suis heureuse d'avoir pu me rendre utile, répondit-elle modestement.

— En tout cas, vous avez bien mérité la récompense que je vous avais promise. J'ai cru comprendre que vous aviez besoin de cet argent très rapidement, et je vais procéder à un transfert de fonds accéléré de façon qu'il arrive instantanément sur votre compte.

— Merci beaucoup, Marcus.

— C'est moi qui vous suis reconnaissant, répliqua-t-il. Grâce à vous, la réputation de Rocky Mountain Justice est restaurée. Et puis, je vous avoue que je ne suis pas mécontent de financer l'école des Jeunes Pousses au passage. Cet établissement est une véritable bénédiction pour notre ville.

— À ce sujet, que dirais-tu de rentrer à Pleasant Pines ? proposa Liam à Holly. Une fois là-bas, nous pourrions commencer par faire un crochet par ta banque pour régler la situation de l'école.

— Le FBI ne voudra-t-il pas nous interroger d'abord ? demanda-t-elle, surprise.

— Rien ne presse, lui assura Marcus. Ils vous appelleront pour venir prendre vos dépositions dans l'après-midi ou demain matin.

— Alors, allons-y, suggéra Liam.

— Oui, allons-y ! s'exclama Sophie avec une pointe d'impatience. Sinon, on va rater l'heure du déjeuner.

Holly ne put s'empêcher de rire, ravie que la fillette ait aussi vite retrouvé le moral. Il ne lui restait plus qu'à espérer que la capacité de résilience de Liam et la sienne seraient aussi solides.

— Je n'arrive pas à croire qu'elle se soit endormie aussi vite, remarqua Holly en se tournant à demi sur son siège.

— Elle a toujours été une bonne dormeuse, répondit Liam. Même quand elle était toute petite.

Il hésita quelques instants avant de lui poser la question qui lui brûlait les lèvres.

— Est-ce que tu crois que ce qui s'est passé aujourd'hui laissera des séquelles ? lui demanda-t-il enfin. Est-ce que tu crois qu'elle restera traumatisée ?

— J'espère que non, soupira-t-elle. Mais la vérité, c'est qu'il n'y a aucun moyen de le savoir. Seul le temps permettra de le dire. Il se peut qu'elle ait des cauchemars pendant quelque temps, peut-être même qu'elle développe certaines angoisses. De la claustrophobie, par exemple, à cause du placard dans lequel Darcy l'a cachée. Mais si tu l'entoures de ton affection, si tu prêtes attention à ses angoisses, si tu es là pour elle quoi qu'il arrive, elle trouvera la force de s'en remettre.

— Je l'espère de tout mon cœur. Je crois que moi, je ne me suis jamais remis de la mort de Charlie.

— Ni moi de l'accident de voiture que j'ai eu lorsque j'étais en première.

— Celui qui t'a laissé cette cicatrice ?

— Oui. Ce n'est pas la plus grave de mes séquelles, loin de là…

— Que s'est-il passé, exactement ?

Elle hésita quelques instants avant de lui répondre.

— Tu n'es pas obligée d'en parler, si tu ne veux pas.

— C'est une histoire bête, dit-elle d'une voix tendue. Nous étions dans la voiture de Jeffery, mon premier véritable petit ami. Son père venait de la lui offrir pour ses dix-huit ans et nous avions décidé d'aller l'essayer. Jeffery était au volant et moi sur le siège passager. À l'arrière, il y avait Sandra, ma meilleure amie, avec Frank, son petit copain du moment…

Liam jeta un coup d'œil dans sa direction et remarqua qu'elle regardait la route sans la voir, replongée dans ses souvenirs comme chaque fois que lui-même revivait l'accident de cordée.

— Jeffery était surexcité, reprit-elle. Nous l'étions tous, à vrai dire. C'était les vacances de printemps. Nous étions jeunes, nous étions libres, le monde nous tendait les bras…

Un douloureux sourire se dessina sur ses lèvres.

— Jeffery allait beaucoup trop vite. Il voulait voir jusqu'où il pouvait pousser son nouveau bolide. Et au lieu de lui demander de ralentir, de faire attention, nous ne cessions de l'encourager. C'est alors que ce chien a surgi sur la route. Jeffery a pilé pour tenter de l'éviter et il a perdu le contrôle de son véhicule qui s'est mis à faire des tonneaux avant d'aller s'encastrer dans un arbre…

La voix de Holly tremblait à présent.

— J'étais la seule à porter ma ceinture, conclut-elle.

— Est-ce que tes amis sont… ?

— Morts, lâcha-t-elle. Tous les trois.

— Je suis vraiment désolé, Holly.

— Nous avons tous nos blessures, lui dit-elle en se tournant enfin vers lui.

Ses yeux étaient embués de larmes.

— Comme tu l'as dit au sujet de ma cicatrice : c'est ce qui fait de nous qui nous sommes. Tu es bien placé pour le savoir, ajouta-t-elle en désignant la plaque de Charlie.

— C'est pour cela que tu t'es intéressée aux traumatismes psychologiques pour ta thèse, n'est-ce pas ?

Holly hocha la tête.

— Je crois que c'était une façon pour moi d'essayer de comprendre ce qui s'était passé, de mettre les choses à distance…

— Je suis certain que c'est ce qui a fait de ton livre un best-seller. Les gens devaient sentir que tu savais de quoi tu parlais.

— Peut-être, concéda-t-elle.

— Tu devrais en écrire un autre, déclara Liam. En te basant sur l'histoire de Darcy Owens, peut-être. Après tout, tu étais aux premières loges.

— C'est une idée tentante, répondit-elle, songeuse. Mais je n'aurai jamais le temps de le faire, maintenant que je vais récupérer l'école.

— À ce propos, nous ne devrions plus tarder à arriver, remarqua Liam en désignant l'écran du GPS.

De fait, il leur fallut moins d'un quart d'heure pour

atteindre le centre de Pleasant Pines où se trouvait l'établissement bancaire de Holly. Lorsque Liam se gara sur le parking, elle se tourna vers lui, le cœur battant à tout rompre.

— C'est grâce à toi que je vais pouvoir rembourser ce prêt, lui dit-elle. Si tu n'avais pas convaincu Marcus de me verser cette somme totalement disproportionnée, je ne serais pas ici aujourd'hui.

— Ainsi qu'il l'a dit lui-même, tu l'as amplement méritée, lui assura-t-il.

Le sourire qu'il arborait en cet instant la fit fondre. Elle se prit à espérer que, si tout se passait comme prévu, Liam et elle pourraient continuer à se voir et reprendre là où ils en étaient restés cette nuit-là.

— Vas-y, l'encouragea-t-il. C'est ton moment de triomphe : tu vas pouvoir rabattre son caquet à ce banquier.

— Souhaite-moi bonne chance.

Il se pencha pour effleurer ses lèvres d'un baiser.

— Ouh, les amoureux ! s'écria alors Sophie à tue-tête.

Les deux adultes se séparèrent précipitamment et se tournèrent vers la fillette qui avait à présent les yeux grands ouverts.

— On dirait que nous venons de nous faire prendre en flagrant délit, commenta Liam en souriant.

Le fait qu'il ne tienne pas particulièrement à cacher leur relation à sa fille emplit Holly d'un mélange de fierté et d'espoir.

— Et si vous veniez avec moi ? leur proposa-t-elle.

— Où ça ? demanda Sophie, curieuse.

— À la banque.

— C'est nul, déclara posément la fillette.

— Ce n'est pas nul du tout, objecta Liam en riant de plus belle. Holly va racheter son école.

— Mais elle est pas déjà à toi ? demanda la fillette.

— Il fallait que je donne de l'argent à la banque pour ça, expliqua Holly. Et grâce à ton papa, j'en ai assez, maintenant.

— Bien joué, papa, approuva Sophie en détachant la ceinture de son siège-auto. On y va ?

— On y va, acquiesça Liam avec entrain.

Tous trois descendirent de voiture. Les deux adultes prirent Sophie par la main et se dirigèrent vers la banque. L'établissement était de taille modeste et, s'il possédait plusieurs guichets, il ne disposait que d'un véritable bureau, celui de Thomas Irwin.

Holly les entraîna directement vers sa porte et frappa.

— Entrez, fit la voix du banquier.

— Bonne nouvelle, Thomas ! s'exclama la jeune femme en pénétrant dans le bureau. J'ai trouvé l'argent…

Ce qu'elle s'apprêtait à lui dire ensuite mourut sur ses lèvres lorsqu'elle avisa le regard terriblement embarrassé qu'il lui lança. Il décocha alors un sourire nerveux à l'intention des deux hommes en costume sombre qui étaient assis face à lui.

— Holly, s'exclama enfin le banquier revenu de sa surprise. Qu'est-ce que vous faites ici ? Lorsque nous en avons discuté, lundi, vous m'avez dit que vous étiez prête à vendre.

— Mais vous m'aviez donné jusqu'à la fin de la semaine, lui rappela-t-elle.

— C'était avant que vous ne m'affirmiez que vous n'aviez aucune chance de trouver cet argent, rétorqua-t-il. Vous m'avez alors dit que, tant que les membres du personnel étaient assurés de conserver leurs postes, vous étiez d'accord pour vendre. Alors j'ai accéléré la procédure, dans votre intérêt comme dans celui des acheteurs.

— Vous ne pouvez pas faire ça, protesta faiblement Holly.

— C'est malheureusement déjà fait, répondit-il. Nous venons de signer à l'instant. À moins bien sûr que ces messieurs soient prêts à renoncer à ce contrat.

— Nous ne sommes pas mandatés pour cela, répondit sobrement l'un des deux hommes en noir. Quelqu'un prendra contact avec vous au cas où vous souhaiteriez récupérer certains objets personnels se trouvant dans l'enceinte de l'établissement.

Sur ce, les deux hommes se levèrent et se dirigèrent résolument vers la sortie. Holly s'appuya contre le meuble le plus proche. Elle avait l'impression que tout son monde venait de s'effondrer en l'espace de quelques instants.

Et il ne s'agissait pas uniquement de son avenir professionnel : ce qui lui faisait le plus mal, en réalité, c'était le fait qu'elle allait désormais devoir quitter Pleasant Pines et renoncer à ce qui était indubitablement la plus belle histoire d'amour qu'elle ait jamais vécue.

Elle entendit à peine les paroles embarrassées de Thomas Irwin qui leur proposait des cafés et lui assurait avec emphase qu'elle était désormais libre de refaire sa vie comme elle l'entendait. Incapable de supporter ce bavardage, elle tourna brusquement les talons et quitta le bureau, suivie de près par Liam et sa fille.

Elle traversa la rue qui les séparait du square municipal et alla s'asseoir sur un banc situé à proximité de la fontaine.

— Je suis désolé, lui dit Liam en prenant place à ses côtés.

Elle ne répondit pas, se contentant de fixer sans le voir l'ange aux ailes déployées qui surmontait la fontaine.

— Tout n'est peut-être pas perdu, suggéra son compagnon. Si la banque a avancé ce rendez-vous sans te prévenir, c'est peut-être elle qui est en faute… Tu devrais consulter un avocat pour lui demander son avis sur la question.

— Non, répondit Holly d'un air morne. De toute façon, ce n'était qu'un faux espoir. Même si j'étais parvenue à rembourser cette traite, rien ne dit que j'aurais pu faire face à la prochaine ou à celle d'encore après.

Elle secoua doucement la tête.

— Je vais accepter le poste à l'université de Findlay, déclara-t-elle. C'est la meilleure solution.

— C'est quoi, Findlay ? s'enquit Sophie, curieuse.

— Une école qui se trouve dans l'Ohio.

— C'est loin, l'Ohio ?

— Assez loin, oui, répondit son père.

Holly s'efforça de deviner ce que lui inspirait sa décision. Mais son visage demeurait parfaitement impassible. Qui sait ? La nuit qu'ils avaient passée ensemble n'avait peut-être pas été aussi magique pour lui qu'elle ne l'avait été pour elle.

L'idée de mettre un terme à leur histoire lui fendait le cœur. Mais elle ne pouvait se permettre de rester dans une ville où elle n'avait aucun avenir en souvenir d'une simple nuit, si magique ait-elle été.

— Vous pourrez venir me voir, suggéra Holly en avisant le regard désolé de Sophie.

Elle paraissait beaucoup plus affectée que son père par la perspective de cette séparation.

— Pourquoi pas ? répondit Liam d'un ton qui ne lui

laissait guère d'illusions sur les chances qu'elle avait de les voir venir lui rendre visite.

Cela, elle ne pouvait le lui reprocher, au demeurant : quitte à rompre, mieux valait le faire vite et bien, et limiter ainsi les souffrances inutiles.

— Je ne veux pas que tu partes, déclara alors Sophie.

— Je n'ai pas le choix, répondit-elle en luttant contre les larmes qui lui montaient aux yeux. Je n'ai plus de travail à Pleasant Pines.

Sophie fondit en sanglots et se détourna brusquement pour s'enfuir en courant. Elle alla se réfugier sous un arbre du square où elle continua à pleurer.

— Je suis désolée, bredouilla Holly, la mort dans l'âme.

Elle aurait voulu aller serrer la fillette dans ses bras mais savait que cela n'aurait fait que rendre cette séparation encore un peu plus douloureuse.

— Elle est encore petite, répondit Liam d'une voix étrangement creuse et distante. Un jour, elle comprendra que dans la vie on ne fait pas toujours ce que l'on veut…

— Je ferais sans doute mieux d'y aller.

— Est-ce que tu veux qu'on te raccompagne ?

Elle secoua la tête.

— Ce n'est pas la peine, lui assura-t-elle avec un pâle sourire. Merci encore pour tout ce que tu as fait pour moi, Liam.

— Il n'y a pas de quoi.

Elle se demanda s'ils étaient censés s'embrasser une dernière fois, se faire la bise ou même se serrer la main. En définitive, elle opta pour un petit salut de la tête.

— Au revoir, Liam, murmura-t-elle.

— Attends, lança-t-il comme elle faisait mine de partir.

Elle se tourna vers lui le cœur battant, sans trop savoir ce qu'elle espérait au juste. Certainement pas à ce qu'il retire le cordon auquel était attachée la plaque d'identification de son cousin pour la lui passer autour du cou.

— C'est pour toi, lui dit-il gravement. J'espère qu'elle te protégera comme elle m'a protégé pendant toutes ces années.

— Je ne peux pas accepter, protesta-t-elle d'une voix tremblante.

— Je suis sûr que Charlie aurait voulu que je te la donne, répondit-il gravement. J'espère qu'elle te fera penser à moi, de temps en temps.

Il lui adressa un sourire qui lui transperça le cœur de part en part.

— Adieu, Holly, lui dit-il. Je te souhaite une belle vie.

Sur ce, sans lui laisser le temps de lui répondre, il se détourna pour aller rejoindre sa fille à l'ombre des arbres.

Au prix d'un prodigieux effort de volonté, Liam parvint à contenir les larmes qui lui picotaient les yeux. Il se devait de faire bonne figure, ne fût-ce que pour sa fille. Sophie était toujours assise par terre, les jambes repliées entre ses bras et le front appuyé contre ses genoux.

Il s'agenouilla à côté d'elle et posa doucement une main sur son épaule.

— Est-ce que ça va ? lui demanda-t-il.

— Non, répondit-elle.

— Tu es triste ?

— Non. Je suis en colère. Je veux que Holly reste avec nous.

— On ne fait pas toujours ce que l'on veut dans la vie, malheureusement.

— Alors ça sert à quoi d'être adulte si on ne peut même pas faire ce qu'on veut ? répliqua vertement Sophie.

La question ne manquait pas de pertinence.

— Je ne veux pas qu'elle parte, s'entêta sa fille.

— Moi non plus, ma chérie…

Sophie releva les yeux et lui lança un regard qui reflétait autant d'étonnement que de reproches.

— Bah, pourquoi tu ne lui as pas dit, alors ? lui demanda-t-elle.

Liam fronça les sourcils, réfléchissant à ce qui venait de se passer. Et il dut bien reconnaître que sa fille avait raison : cela lui avait semblé si évident, sur le coup, qu'il n'avait pas pris la peine de préciser qu'effectivement cette décision lui brisait le cœur et qu'il aurait préféré la voir rester.

Il avait seulement voulu respecter son choix, éviter toute forme de chantage affectif. Mais, ce faisant, il lui avait peut-être laissé penser que son départ l'indifférait totalement.

— Si tu lui dis, elle changera peut-être d'avis, insista Sophie.

Ce n'était pas la première fois que sa fille lui parlait comme si c'était lui l'enfant. Mais, cette fois-ci, il se demanda s'il n'y avait pas là-dedans un fond de vérité.

— D'accord, lui dit-il. Je vais le lui dire. Mais si elle décide de partir quand même, on la laissera faire, d'accord ?

Sophie hésita quelques instants avant de hocher solennellement la tête.

— D'accord, répondit-elle.

Il la prit par la main et l'aida à se redresser. Puis tous deux se mirent à courir dans la direction dans laquelle Holly avait disparu.

Dès l'instant où elle avait tourné le dos à Liam et à sa fille, Holly avait renoncé à contrôler le flot de larmes qu'elle était jusqu'alors parvenue à contenir.

Bien sûr, elle était convaincue d'avoir agi de façon raisonnable et d'avoir pris la décision qui s'imposait au vu des circonstances. Mais, pour une fois dans sa vie, elle aurait aimé pouvoir envoyer au diable la raison et suivre ce que lui soufflait son cœur.

Jamais elle n'avait rencontré quelqu'un comme Liam. Il possédait toutes les qualités qu'elle rêvait de trouver chez un homme. Il était brillant, séduisant, sûr de lui, doté d'un certain sens de l'humour et de l'autodérision. Mais surtout il la comprenait vraiment, peut-être parce que, comme elle, il avait subi un traumatisme qu'il était parvenu à surmonter mais avec lequel il continuait de vivre au quotidien.

Quelle chance avait-elle de retrouver quelqu'un comme lui ?

Holly s'immobilisa brusquement.

Pensait-elle réellement qu'il lui serait plus difficile de trouver un autre travail qu'un homme avec lequel elle aurait été prête à partager sa vie ?

Bien sûr, objecta sa raison, rien ne lui permettait d'affirmer que la réciproque était vraie, que Liam cherchait plus qu'une liaison passagère.

Le doux tintement de la plaque d'identité qui pendait à son cou lui opposa un démenti incontestable. Liam venait de lui faire cadeau de l'objet auquel il tenait probablement le plus, d'un symbole qu'il avait gardé autour du cou pendant des années.

Sans même s'en rendre compte, Holly tourna les talons et se mit à marcher dans l'autre sens, accélérant progressivement l'allure jusqu'à commencer à courir.

Mais, au bout de quelques foulées, elle manqua percuter Liam et Sophie qui sprintaient en sens inverse.

Tous trois s'immobilisèrent les uns en face des autres, stupéfiés par cette rencontre inattendue. Le silence menaçait de s'éterniser lorsque Sophie prit les devants.

— Papa, tu as quelque chose à dire à Holly, lui rappela-t-elle.

— Oui, opina-t-il, simultanément amusé et ému par la situation.

Il prit une profonde inspiration et la regarda droit dans les yeux.

— Holly, lui dit-il, je préférerais que tu restes… Sophie m'a fait remarquer que je ne te l'avais pas vraiment dit… pas dit du tout, en fait… Mais je préférerais vraiment que tu restes…

— Pourquoi ? lui demanda-t-elle d'une voix tellement saturée par l'émotion qu'elle en devenait méconnaissable.

La question parut prendre Liam de court.

— Eh bien…, hésita-t-il. Parce que…

Il haussa les épaules et écarta les bras en signe d'impuissance.

— Parce que je t'aime, lui dit-il.

— Ah ! s'exclama Sophie d'un air entendu.

Elle se tourna vers Holly, la mettant au défi de répondre à cela.

— Moi aussi, parvint-elle à murmurer.

Son cœur battait si fort en cet instant qu'elle craignait qu'il ne finisse par exploser au creux de sa poitrine.

— Alors ne pars pas, reste ici avec moi, avec nous… Laissons-nous une chance de voir où cette histoire pourra nous mener. Après tout, tu as un peu d'argent de côté, maintenant, et tu n'as plus rien à rembourser auprès de la banque si j'ai bien compris ce que disait Thomas Irwin. Laisse-nous une chance…

— Il y a des choses que tu ne sais pas sur moi, objecta Holly.

— Ce que je ne sais pas, je le découvrirai le moment venu. Mais très franchement, je ne vois pas ce que je pourrais apprendre qui pourrait me faire t'aimer moins…

— Je ne peux pas avoir d'enfants, lui avoua-t-elle. À cause de l'accident de voiture…

— Aucune importance, lui assura-t-il. J'ai déjà une fille et il se trouve que c'est la plus géniale du monde.

— C'est vrai, approuva fièrement Sophie.

— Même si elle me coûte cher en nuggets de poulet, ajouta malicieusement Liam.

Holly ne put s'empêcher d'éclater de rire au milieu de ses larmes. Liam s'avança alors vers elle et posa doucement ses mains sur ses épaules.

— Pour la première fois depuis très longtemps, j'ai trouvé quelqu'un avec qui j'ai envie de construire quelque chose. Mais je ne veux pas te forcer la main, Holly. C'est à toi de décider.

— Mais que ferai-je si je reste à Pleasant Pines ?

— Lorsque je t'ai posé la question, tu m'as répondu que ce que tu voudrais faire, si tu avais du temps et de l'argent, c'était écrire un livre. Le moment est peut-être venu de le faire…

Holly se sentit prise d'un brusque vertige. Il lui semblait que, durant des années, elle s'était échinée à assembler un puzzle. Et pour la première fois elle entrevoyait la façon dont les pièces pouvaient s'arranger de façon harmonieuse.

— Dis oui, s'il te plaît, plaida Sophie en lui lançant un regard suppliant.

Holly avait toujours cru que les décisions les plus importantes d'une vie faisaient nécessairement l'objet de douloureuses tergiversations. Mais celle-ci lui parut d'une simplicité presque déconcertante.

— Oui, répondit-elle avec une inébranlable conviction. Mille fois oui.

Et s'il lui était resté l'ombre d'un doute, le baiser passionné qui salua sa réponse aurait suffi à la dissiper...

Épilogue

Centre pénitentiaire du Nord Wyoming
Deux semaines plus tard

Darcy Owens était assise derrière une table métallique à laquelle ses poignets étaient enchaînés. Les murs de la salle d'interrogatoire étaient badigeonnés de peinture jaune qui avait dû être lumineuse, à l'origine, mais avait pris une teinte pisseuse au fil des années.

Mais Darcy se souciait peu de ce décor déprimant. Elle ne se souciait pas de la combinaison orange trop rêche qui était devenue son unique tenue. Ni de l'exiguïté de la cellule dans laquelle elle se trouvait confinée près de vingt heures sur vingt-quatre.

Elle ne se souciait pas non plus du bloc-notes aux feuilles lignées sur lequel la procureure de district lui avait demandé de dresser la liste de ses victimes.

— Je ne peux pas vous aider si vous refusez de coopérer, insista Chloé Ryder qui était assise en face d'elle. Or je vous rappelle que le Wyoming a recours à la peine capitale. Et d'après ce que j'ai pu comprendre, vous n'avez strictement aucune chance d'être graciée par le gouverneur de l'État.

Darcy considéra avec attention la femme aux cheveux de jais qui lui faisait face.

— Je suis prête à vous aider, déclara-t-elle. Et j'ai compris que vous vouliez une confession complète pour m'éviter la peine de mort. Le problème, c'est que mes souvenirs ne sont plus très clairs…

— Commençons par ce dont vous vous souvenez, suggéra Chloé.

— À quel sujet ? s'enquit Darcy.

— Connaissez-vous une femme appelée Everly Baker ?

— Bien sûr, acquiesça Darcy. C'était une cliente à l'auberge de Pleasant Pines. Je travaillais à la réception et j'ai eu affaire à elle à plusieurs reprises.

— Vous rappelez-vous ce qui s'est passé après que vous avez tenté de la pendre dans l'ancienne école ?

— Je ne me rappelle plus grand-chose de ma fuite, avoua Darcy. Cela devient plus clair à partir du moment où j'ai repris connaissance dans le bunker de Billy.

— Ce Billy, est-ce William Dawson ?

— Si vous voulez que j'avoue le meurtre de Billy, je le ferai sans hésiter. Il m'a retenue prisonnière dans son affreux bunker et il a voulu abuser de moi. Alors je me suis défendue.

— Comment vous êtes-vous retrouvée au White Wind ?

Darcy observa attentivement la procureure.

— Vous savez, je me souviens de vous, lui dit-elle soudain. Lorsque j'étais au lycée, vous travailliez comme stagiaire pour les services sociaux. Vous n'arrêtiez pas de me poser des questions sur ce qui se passait chez moi…

Darcy s'était emparée du stylo et avait commencé à

dessiner sur le bloc-notes. Cela ressemblait à une sorte de spirale qui gagna progressivement en épaisseur et densité.

— Vous saviez ce qui se passait à la maison, reprit-elle. Vous saviez ce que me faisait mon père. Et même si c'était votre travail, vous ne faisiez rien pour m'aider.

La spirale sombre arborait à présent un masque grimaçant qui mit Chloé mal à l'aise.

— J'ai discuté avec vous, rappela-t-elle à Darcy. J'ai écouté ce que vous aviez à dire.

— Mais est-ce que vous avez appelé la police ? Est-ce que vous en avez parlé au proviseur ?

— J'ai parlé à certains de vos professeurs et à des employés de l'administration. Or quand ils vous ont interrogée à leur tour, vous avez tout démenti en bloc. Mais ce n'est pas de moi que nous sommes en train de parler, ni même de ce qui s'est passé à cette époque. Ce qui m'intéresse, c'est de savoir qui vous avez tué au cours de ces derniers mois.

— La seule personne que je me rappelle avoir tuée, c'est Billy, répondit Darcy. Et si un juge m'interroge à ce sujet, je lui expliquerai pourquoi je l'ai fait.

— J'aimerais que vous discutiez avec l'un de nos psychologues. Il vous aidera à recouvrer les souvenirs que vous avez refoulés.

— Appelez qui vous voudrez. Mais pour le moment, je suis fatiguée et je n'ai envie de discuter avec personne – et surtout pas avec vous.

— Très bien, soupira Chloé.

Elle se leva et quitta la pièce. Darcy écouta les cliquetis de ses chaussures à talon s'éloigner progressivement dans le couloir. Elle ne put alors s'empêcher de sourire.

Elle doutait que Chloé comprenne quoi que ce soit à ce qui était en train de se produire juste sous son nez.

Il y avait tant de gens qui étaient prêts à lui venir en aide. Et très bientôt Chloé Ryder comprendrait que Darcy était bien plus dangereuse encore en prison que du temps où elle était libre. Les Ténèbres le lui avait assuré.

CINDI MYERS

Mystère à Eagle Mountain

Traduction française de
CATHERINE VALLEROY

BLACK ROSE

HARLEQUIN

Titre original :
CONSPIRACY IN THE ROCKIES

1

L'homme gisait sur le ventre, ses cheveux gris flottant dans l'eau verte du fossé. Son chapeau, un stetson en feutre marron, pendait d'un buisson de framboisiers, le bord taché de jus écarlate.

— J'ai voulu le sortir de là, mais j'ai vu qu'il respirait plus, alors je me suis dit que je ferais mieux de vous appeler.

Perry webber, le responsable des canaux dans cette partie du comté de Rayford, essuya son nez imposant avec un bandana jaune.

— J'ai été choqué de voir Sam comme ça. Ça fait plus de quinze ans que je le connais. Un type bien, solide comme un roc.

Le shérif adjoint Chris Delray n'écoutait que d'une oreille. Il observait le corps, l'herbe écrasée et la rive boueuse.

— À quelle heure l'avez-vous trouvé ? demanda-t-il.

Perry sortit son téléphone.

— Il s'est passé vingt, vingt-cinq minutes avant que je vous appelle, alors environ 7 h 10 ? J'ai dû reprendre la voiture et rouler jusqu'à ce que j'aie un signal.

Chris regarda autour de lui les parcs à bestiaux et les abris en vieux cèdre. Une brise tiède fit danser un tourbillon de poussière et inclina les longues herbes le long du canal.

— Que faisiez-vous ici ? questionna-t-il encore.

— Il fallait que j'ouvre la vanne numéro sept pour que Russell irrigue son pré de fauche, dit Perry. Il m'a appelé hier soir pour me dire qu'il voulait le faire de bonne heure.

Chris considéra l'étroit fossé d'irrigation, parallèle au chemin gravillonné où Perry et lui s'étaient garés.

— Où se trouve la vanne numéro sept ?

— À environ deux cent cinquante mètres dans cette direction.

Perry pointait le doigt vers l'aval.

— J'ai ouvert vers 6 h 15, mais l'eau ne coulait pas comme il fallait. Alors j'ai pris ma pelle et j'ai commencé à marcher vers l'amont pour voir ce qui la bloquait.

Il fixa le corps d'un air abattu.

— J'imagine que j'ai trouvé… Vous croyez que son cœur a lâché et qu'il est tombé là-dedans ?

— Il faudra attendre le légiste, dit Chris.

Prenant le bras de Perry, il le détourna du fossé.

— Vous avez vu quelqu'un sur le chemin ? Un véhicule ?

Perry secoua la tête.

— Non. Je ne vois pas non plus le pick-up de Sam, et on est loin de chez lui. Alors comment est-il venu ?

Aucune trace de cheval ou de 4x4. Chris n'avait jamais vu un rancher marcher quand il pouvait monter ou rouler. Il ignorait comment Sam Russell était mort, mais il fallait qu'il sécurise la scène pour préserver les indices.

— Vous pouvez aller appeler le bureau du shérif ? demanda-t-il. Dites-leur ce qui s'est passé. Je vais rester ici avec M. Russell.

— D'accord.

Perry fourra le bandana dans sa poche.

— Mais qui va le dire à Willow ?

— Qui est Willow ?

— La fille de Sam. Elle est revenue il y a quelques semaines. Elle vivait quelque part dans l'Est, je crois.

— Quelqu'un la contactera, ne vous inquiétez pas. Contentez-vous d'appeler le shérif pour moi.

Perry hocha la tête et se dirigea vers le vieux pick-up rouge avec les mots Rayford Irrigation District peints en blanc sur la portière.

Lorsqu'il fut parti, Chris prit quelques photos en regardant attentivement où il mettait les pieds. Ses cours de droit criminel, à la faculté de droit et à l'académie de police, lui avaient inculqué qu'une mort inattendue devait être traitée comme une scène de crime jusqu'à ce qu'on en écarte l'hypothèse. Bien qu'il ait fini par se spécialiser en droit de l'eau dans le Colorado, cette information lui était restée.

Le droit lui-même l'intéressait, mais après une année passée à faire des recherches pour les associés d'un cabinet juridique il en avait eu assez. Il avait rencontré un shérif adjoint dont c'était le travail de faire appliquer ces lois et avait décidé que c'était ce qu'il voulait faire. Il avait donc quitté le cabinet, s'était inscrit à l'académie de police et était devenu par la suite le plus jeune shérif adjoint du comté de Rayford. En quatre mois, il avait appris à connaître les agents administratifs, les fermiers et les ranchers de la région, de même que les cinq employés chargés de la maintenance et du fonctionnement des canaux d'irrigation. Son travail était de faire office de médiateur en cas de conflit et d'établir des contraventions en cas d'abus. Jusque-là, il avait séparé deux usagers qui en étaient venus aux mains et avait dû essuyer la colère d'un rancher, mais il n'aurait jamais pensé devoir s'occuper d'un cadavre.

Une heure plus tard, un panache de poussière annonça l'arrivée d'une voiture. Chris s'avança à sa rencontre, espérant qu'il s'agissait d'un collègue. Mais le véhicule n'appartenait pas aux services du shérif. C'était un pick-up Ford marron tout neuf. Il s'arrêta derrière son SUV, la portière s'ouvrit et une femme descendit. Elle avait une natte noire qui lui descendait jusqu'au milieu du dos, des formes voluptueuses et une taille de guêpe. Il était conscient de la fixer, mais il avait du mal à détacher ses yeux d'elle.

— Que se passe-t-il ? cria-t-elle en se dirigeant vers lui. Il y a un problème ?

Chris avança pour l'intercepter. La dernière chose qu'il voulait, c'était qu'elle voie le corps dans le fossé.

— Je suis le shérif adjoint Chris Delray, dit-il. Et vous ?

— Willow Russell. Mon père est le propriétaire de ce ranch. Vous l'avez vu ?

Elle remonta ses lunettes de soleil et lui décocha un regard direct. Elle avait les yeux verts, la peau mate et des cils épais : une très belle femme – et très inquiète.

— Pourquoi ne pas nous asseoir pour en parler ?

Il voulut l'escorter vers son SUV, mais elle se dégagea.

— Je n'irai nulle part tant que vous ne m'aurez pas dit ce qu'il se passe.

Il ne s'en sortirait pas en tergiversant. Il se sentit honteux d'y avoir même pensé. Elle méritait la vérité, aussi désagréable soit-elle.

— L'employé des canaux a trouvé votre père tôt ce matin, dit-il. Je suis désolé de vous annoncer qu'il est mort.

Elle écarquilla les yeux et eut une sorte de hoquet, puis plaqua une main sur sa bouche comme pour étouffer un cri. Il se rapprocha, prêt à la soutenir si elle défaillait, mais elle semblait tenir sur ses jambes.

— Que s'est-il passé ?

— Nous ne le savons pas encore. J'attends que le médecin légiste et mes collègues arrivent.

— Je veux le voir. Où est-il ?

Elle essayait de regarder derrière lui.

— Je ne pense pas que ce soit une bonne idée, dit-il.

De nouveau ce regard direct.

— Si c'était votre père, croiriez-vous à sa mort sans l'avoir vu ? Et qui mieux que moi peut identifier son corps ?

Elle dut lire une hésitation sur son visage, car elle insista.

— Je ne vais pas hurler ou m'évanouir, dit-elle. Ce n'est pas mon genre.

Il hocha la tête.

— D'accord. Mais ne touchez à rien.

Elle le suivit jusqu'au canal et se tint à côté de lui, épaule contre épaule, contemplant le corps dans l'eau. Il avait déjà l'apparence rigide d'un mannequin, plus tout à fait humain. Elle retint son souffle et posa à nouveau une main sur sa bouche.

— C'est lui, murmura-t-elle d'une voix étouffée.

Il lui fit faire doucement volte-face.

— Attendons là-bas que les autres arrivent.

Il la conduisit à son véhicule, prit une bouteille d'eau dans la glacière et la lui tendit. Elle ne l'ouvrit pas et se contenta de la tenir entre ses mains, le regard fixé sur le fossé, bien qu'ils ne puissent pas voir le corps de là où ils étaient.

— Que s'est-il passé selon vous ? demanda-t-elle.

Il a eu une crise cardiaque ou un AVC ? Il n'est jamais malade, mais je suppose qu'à son âge ça peut arriver.

— Je l'ignore, répondit Chris. J'attends l'aide des services du shérif. Mieux vaut ne toucher à rien jusqu'à leur arrivée. Savez-vous ce que faisait votre père ici ce matin ?

Elle secoua la tête.

— Non. Il était déjà parti quand je me suis levée.

Un sourire à peine esquissé flotta sur ses lèvres puis s'évanouit.

— Il ne peut plus dormir après 6 heures, et il est debout à 5 heures en général. Mais il revient toujours prendre le petit déjeuner à 8 heures. En ne le voyant pas venir, je suis allée le chercher. Il me dit que je m'inquiète trop, mais cette fois…

Elle serra les lèvres et détourna le regard, mais pas avant qu'il voie l'éclat des larmes dans ses yeux.

Un crissement de pneus sur le gravier les fit se retourner. Deux SUV du commissariat se garèrent de l'autre côté du chemin. Un 4x4 Toyota noir s'arrêta derrière eux. Le shérif émergea du premier SUV, les adjoints Jamie Douglas et Wes Landry du second. Un homme un peu enveloppé portant une sacoche de médecin descendit de la Toyota.

— Voici Willow Russell, dit Chris. Elle a identifié l'homme dans le fossé comme étant son père, Samuel Russell.

— Mes condoléances, mademoiselle Russell.

Le shérif Travis Walker possédait une maturité qui le faisait paraître plus âgé que ses vingt-neuf ans. Et il avait la réputation d'un policier consciencieux et intelligent.

— Il vaudrait mieux que vous rentriez chez vous

pendant que nous traitons la scène. Je vais demander à l'adjoint Douglas de vous raccompagner.

— J'attendrai ici, dit Willow. Je ne me mettrai pas dans vos jambes, mais je ne partirai pas non plus.

Travis fit une pause, puis hocha la tête.

— D'accord.

Il attendit qu'elle reprenne sa place au volant de la Ford, puis revint à Chris.

— Qu'est-ce qu'on a ?

— Perry webber m'a appelé vers 7 heures et demie pour me dire qu'il avait trouvé le corps de Sam Russell dans le canal d'irrigation, près des parcs à bestiaux.

Le médecin les rejoignit.

— Butch Collins, dit-il à Chris. Je suis le légiste du comté.

Chris hocha la tête.

— Shérif adjoint Chris Delray.

— Un lien avec Ted Delray ?

— C'est mon père.

La plupart des gens connaissaient son père, l'un des rares avocats de la région.

— Wes et Jamie, attendez ici, ordonna Travis. Gardez un œil sur Mlle Russell.

Collins et lui suivirent Chris jusqu'au fossé, prenant garde à rester à distance du corps.

— Depuis combien de temps est-il là ? demanda Collins.

— Sa fille dit qu'il est généralement debout entre 5 et 6 heures du matin, et qu'il n'était pas à la maison quand elle s'est réveillée à 7 heures, dit Chris. Perry l'a trouvé dix minutes après 7 heures.

Butch hocha la tête et regarda autour de lui.

— Il me faudrait une planche pour pouvoir l'examiner.

Travis avisa un morceau de clôture dans l'un des parcs à bestiaux, alla le chercher et le jeta en travers du fossé pour former une passerelle. Le médecin s'accroupit maladroitement et se mit à examiner le corps. Chris regarda en direction de la Ford. Le soleil se reflétait sur le pare-brise. Il était impossible de voir le visage de Willow, mais Jamie était debout près de la vitre du conducteur, parlant avec elle.

— Aidez-moi à le retourner, demanda Butch. Doucement.

Chris et Travis s'agenouillèrent sur la rive boueuse et allongèrent le mort sur le dos. Chris tressaillit en apercevant la blessure sur la poitrine. Un instant plus tard, il vit le fusil de chasse sous le corps.

— Suicide ? questionna Travis.

— Je dirais que la décharge de fusil l'a tué, répondit Butch. Mais qu'elle ait été auto-infligée ou non, je ne le saurai pas avant de l'avoir mieux examiné.

Il se releva.

— Prenez des photos et faites ce que vous avez à faire. Je vais appeler l'ambulance.

— Votre estimation de l'heure de la mort ? demanda Travis.

Butch fit la grimace.

— Vous le savez aussi bien que moi. Il était là depuis deux ou trois heures, ce qui correspond à ce qu'a dit sa fille.

Il s'éloigna. Travis fit signe à Wes et Jamie de le rejoindre, et ils se mirent en devoir de photographier et mesurer la scène, puis de passer la zone alentour au peigne fin.

Travis tira Chris à part.

— Allons parler à la fille, dit-il.

Chris soupçonnait que Willow les avait observés tout

du long. Quand ils furent près d'elle, elle leur adressa son habituel regard direct.

— Eh bien ? lança-t-elle.

— De quelle humeur était votre père quand il a quitté la maison ce matin ? demanda Travis.

— J'ai déjà dit à votre adjoint que je n'étais pas levée quand papa est parti, mais j'imagine que son humeur était bonne, répondit-elle. Elle l'est toujours.

— Il n'avait pas de soucis ces derniers temps ? De santé ou d'argent ?

— Non. Pourquoi me demandez-vous ça ?

— Votre père possédait-il un fusil de chasse ?

— Oui.

— Savez-vous où il est maintenant ?

— Non. Pourquoi me posez-vous la question ?

Sans attendre la réponse, elle ouvrit sa portière, descendit et leur fit face.

— Comment mon père est-il mort ?

— Il a reçu une décharge de fusil de chasse dans la poitrine, répondit Travis.

Il était impossible d'amortir un coup comme celui-là. Chris la vit se recroqueviller sur elle-même, comme si elle venait de recevoir un coup de poing. Mais elle se redressa rapidement et, prenant une profonde inspiration, elle demanda :

— Qui a tiré sur lui ?

— Vous connaissez quelqu'un qui aurait pu vouloir faire ça ? questionna Travis. Votre père avait-il des ennemis ?

— Papa vivait dans le comté depuis presque soixante-dix ans, répliqua-t-elle. Il peut y avoir des gens qui ne l'aiment pas, mais je n'ai jamais entendu parler de quelqu'un qui le détestait.

— Voyez-vous une raison pour laquelle votre père aurait voulu s'ôter la vie ? continua Travis.

Cela la fit pâlir, mais elle releva le menton et soutint le regard du shérif.

— Non. Mon père ne se serait jamais tué. Quelqu'un l'a fait, et vous feriez mieux de découvrir qui.

2

Willow refusa que la shérif adjointe Douglas la raccompagne, comme elle avait refusé qu'on appelle quelqu'un pour lui tenir compagnie.

— Je préfère être seule. Je dois réfléchir.

— Nous aurons peut-être d'autres questions pour vous après le rapport du médecin, dit le shérif.

Elle se rappelait Travis Walker au lycée – un grand et bel athlète, pour qui toutes les filles avaient le béguin. Sa réserve même le rendait encore plus désirable à leurs yeux. Willow n'était plus aussi impressionnable aujourd'hui. La beauté n'était pas tout, et elle avait eu sa dose des hommes qui ne desserraient pas les dents.

— Je veux savoir ce que le légiste a à dire, répondit-elle.

Pas question de tourner autour du pot en qualifiant le légiste de *médecin*.

— Mais mon père ne s'est pas tué.

Elle grimpa dans son pick-up et mit le contact. Ils reculèrent pour la laisser passer.

Willow se rejouait encore les événements de la matinée lorsqu'elle franchit le portail du ranch. Un mouvement près du hangar aux machines attira son regard. Von King, l'ouvrier du ranch, en émergea, une pelle dans une main et un seau dans l'autre. Il la regarda quand elle descendit du pick-up, et elle sentit le poids de ce regard.

Elle n'aimait pas Von : ni la manière dont il la regardait quand son père n'était pas là, ni ses réponses maussades lorsqu'elle tentait d'engager la conversation. Elle avait fait part de cette opinion à son père qui, comme d'habitude, avait haussé les épaules. « Von est normal, » avait-il dit. « C'est un bon ouvrier. » Dans sa bouche, c'était l'ultime compliment.

Elle eut envie de rentrer directement, mais la mort de son père – son meurtre, était-elle persuadée – passait avant tout. Elle n'était pas certaine que le shérif Walker et ses adjoints se mettent en quatre pour découvrir ce qui lui était arrivé, et elle devrait le faire elle-même.

En la voyant approcher, Von leva les yeux avec une expression indéchiffrable. Puis il sourit. Ce sourire la déstabilisa, tant il était différent de son air renfrogné.

— Willow…

Pas de salutation, juste son prénom, qu'il avait fait rouler sur sa langue comme pour en goûter chaque lettre.

— Vous avez vu mon père ce matin ? demanda-t-elle.

— Non.

— Il n'est pas dans la maison, et je ne l'ai trouvé nulle part.

— Il est sans doute allé vérifier une clôture ou un truc du genre.

Il posa son seau, dont elle voyait maintenant qu'il contenait un mélange de sable et de pétrole. Il plongea sa pelle dedans, la faisant monter et descendre.

— Il aime bien faire ça.

— Il rentre toujours à 8 heures pour le petit déjeuner, objecta-t-elle.

— Avant, il restait toute la journée dehors. Peut-être qu'il a décidé de faire ça aujourd'hui. Il rentrera quand il aura envie.

— Ça m'inquiète qu'il puisse lui être arrivé quelque chose.

— Ça fait des années qu'il s'occupe de lui.

— Eh bien, je pense que vous devriez le chercher.

Cela ôterait Von de sa vue un petit moment.

— Peux pas.

Il souleva la pelle et inspecta la lame, désormais propre.

— Votre père veut que je nettoie et j'aiguise tous les outils aujourd'hui, et c'est le patron.

Les mots « Pas vous » restèrent suspendus en l'air entre eux. Willow tourna les talons et s'en fut vers la maison, consciente de son regard qui lui brûlait le dos.

À l'intérieur, elle ralluma la cafetière électrique et contempla la cuisine encombrée. Le petit déjeuner non mangé sur la table, la vaisselle sale dans l'évier.

Une paire de bottes boueuses appartenant à son père était près de la porte et une pile de courrier s'entassait au bout du comptoir.

Le téléphone sonna, ce qui la fit sursauter. Fixé au mur, il avait une sonnerie bruyante et un long cordon qui, lorsqu'elle était adolescente, lui permettait d'emporter le récepteur jusque dans la salle de bains, où elle s'enfermait jusqu'à ce que son père décide qu'elle avait parlé assez longtemps. À ce moment-là, il débranchait simplement le téléphone. Si elle protestait, il disait : « La prochaine fois, tu parleras moins longtemps. » Mais la fois suivante la même scène se reproduisait.

Elle se secoua et se précipita sur le récepteur.

— Allô ?

— Willow, passe-moi Sam.

Darla Russell – l'ex Mme Samuel Russell – ne perdait pas de temps en salutations.

— Papa n'est pas là, mentit Willow.

Elle préférait que le shérif annonce la nouvelle à sa belle-mère. Willow s'était fait une règle d'en dire le moins possible à Darla, et elle ne voyait aucune raison d'en changer.

— Eh bien, où est-il ? demanda Darla.

— Je ne sais pas.

Ça, au moins, c'était la vérité.

— Quand tu le verras, dis-lui de m'appeler. Tout de suite.

— D'accord.

— N'oublie pas, hein ? C'est important.

— Bien sûr. Au revoir.

Willow raccrocha et considéra le récepteur en plastique blanc jauni. Elle pouvait essayer d'appeler des gens et leur demander ce que son père avait prévu de faire ce jour-là. Elle aurait pu appeler une amie pour lui tenir compagnie.

Mais elle n'avait plus d'amis à Eagle Mountain. Elle connaissait la plupart des voisins, bien sûr. Elle avait grandi avec eux et leurs enfants. Mais elle ne leur avait pas parlé depuis des années et n'avait tissé aucun lien avec eux.

Lorsqu'elle en croisait un en ville, ils étaient polis et même amicaux, mais elle sentait les questions derrière leurs salutations : *Qu'est-ce qui t'amène ici après tant de temps ? Que t'est-il arrivé dans cette ville de l'Est ?* Quelques-uns étaient plus directs : « Pour sûr, on a été surpris d'entendre dire que t'étais revenue », lui avait dit Shayla Wayne au supermarché, la semaine précédente.

« J'étais certaine qu'une fois partie tu ne reviendrais jamais. »

Willow l'avait cru aussi. Il n'y avait plus rien pour elle à Eagle Mountain. Elle n'était revenue que parce qu'elle n'avait nulle part où aller.

Chris avait encore le visage de Willow Russell à l'esprit en retournant en ville : un beau visage, plein de fierté et de douleur. Le chagrin se lisait dans ses yeux, mais elle luttait, déterminée à rester forte.

Après l'arrivée de l'ambulance, le shérif avait renvoyé Chris.

— Tu as des choses à faire, avait-il dit, ne me laisse pas t'en détourner.

Chris aurait voulu souligner qu'il était pleinement habilité pour effectuer un travail de police criminelle. Travis avait dû lire ses sentiments sur son visage.

— Selon ce que découvre Butch, j'aurai besoin de toi pour l'enquête, dit-il. Dans l'intervalle, garde les oreilles grandes ouvertes quand tu rends visite aux ranchers. L'un d'eux pourrait avoir vu ou entendu quelque chose.

Néanmoins, Chris n'était pas en route vers un ranch mais vers une résidence de luxe bâtie à l'ombre de Dakota Ridge. Un rancher de la région avait récemment signalé une baisse d'eau, et l'employée des canaux avait remarqué la même chose. Après avoir vérifié qu'il n'y avait pas de fuite ni d'obstacle, elle avait contacté Chris.

— Je pense que le propriétaire d'une de ces nouvelles villas a besoin de mieux connaître les lois de l'eau dans le Colorado, lui avait dit Shirley Jacobson. Mieux vaut que ça vienne de vous que de moi.

Ce n'était pas la première fois. Les règles fixant le droit

à l'eau dataient de la Grande Ruée vers l'or et n'avaient pas grand sens pour qui n'avait pas passé des années à les étudier.

Il suivit la rivière sur plusieurs kilomètres, puis tourna sous un grand panneau en granit annonçant « Bienvenue aux Idlewilde Estates ». En roulant lentement, il dépassa de grandes villas en stuc et des maisons en bardeaux en retrait de la route, parmi les bosquets de peupliers d'Amérique plantés sur les berges du canal. Le canal Daimler faisait partie autrefois d'un réseau de canaux, dont certains avaient cent ans et qui amenaient l'eau de la rivière Ute et des torrents Centennial et Skyrocket jusqu'aux aires cultivées des fermes et des ranchs.

Il repéra ce qu'il cherchait à la sixième maison le long du canal : une rangée de tournesols au fond du jardin, avec une jungle de fleurs multicolores devant. Il se gara dans l'allée et fit le tour du jardin pour avoir une meilleure vue. Des tuyaux de goutte à goutte serpentaient entre les plantes et il entendit le *teuf-teuf* d'une pompe.

Sous une balancelle, un petit chien blanc se mit à aboyer furieusement. Une femme avec de longues boucles grises émergea de la maison et le fixa.

— Qui êtes-vous ? demanda-t-elle d'un ton apeuré.

— Shérif adjoint Chris Delray, du comté de Rayford.

Il lui tendit son badge.

— Je dois vous poser quelques questions, madame... ?

— Howell. Melissa Howell.

Elle sortit sous le porche pour aller à sa rencontre.

— J'ai remarqué l'installation d'arrosage que vous avez.

— Oui. Qu'est-ce qu'il y a ?

— J'aimerais l'examiner de plus près, dit-il en se dirigeant vers le bruit de la pompe.

Elle le suivit, le chien à ses côtés.

— Il y a quelque chose qui ne va pas, shérif adjoint ?

Il marcha jusqu'au bord du canal et vit que le tuyau était branché sur une pompe immergée dans l'eau. Il tendit le bras et tourna la manette, faisant taire la pompe.

— Pourquoi avez-vous fait ça ? demanda-t-elle.

— Vous n'avez pas le droit de prendre de l'eau dans ce canal, madame, dit Chris. L'eau appartient au rancher qui vit plus bas.

— Mais le canal traverse ma propriété, rétorqua-t-elle. Et il y a beaucoup d'eau. Je ne vois pas en quoi ça lui nuirait que j'en utilise un peu.

Pour elle, c'était logique. Mais les lois de l'eau du Colorado n'étaient pas toujours dictées par la logique.

— Le canal appartient au district d'irrigation, et une de ses branches passe sur votre propriété. Mais vous n'avez pas le droit d'utiliser cette eau, et si vous continuez de le faire, vous aurez à payer une amende de sept cent cinquante dollars par jour. Vous pourriez même être condamnée à une peine de prison.

Elle le fixa, bouche bée.

— Vous comprenez, madame ? insista Chris. Vous ne pouvez pas vous servir de cette eau. Du tout.

— Mais si je n'arrose pas mes fleurs, elles vont mourir !

— J'en suis désolé pour vous, madame. Je peux vous fournir le nom d'une entreprise qui livre de l'eau. Installez un réservoir et elle vous le remplira. Vous pourrez arroser vos fleurs avec ça.

Il prit une carte de visite dans sa poche et la lui tendit.

Elle fronça les sourcils.

— Ça a l'air d'être cher.

— Pas si cher que ça.

Il considéra la pompe.

— Vous devez la débrancher tout de suite. Je reviendrai, et si je le trouve branchée, je devrai vous mettre une amende.

— C'est ridicule, lança-t-elle, la colère remplaçant le choc. Je n'ai jamais rien entendu de pareil.

— D'où êtes-vous ? demanda-t-il.

— De Floride.

— Je sais qu'en Floride on a de l'eau à ne plus savoir qu'en faire, mais ici c'est différent. Les lois sont différentes.

— Je vais contacter mon avocat à ce sujet, dit-elle.

— Faites donc.

Chris prit son carnet de contraventions et se mit à écrire.

— Peut-être pourra-t-il vous aider à comprendre la situation.

— Que faites-vous ? demanda-t-elle.

— J'établis une contravention. Elle dit que vous devez cesser immédiatement de prendre de l'eau dans ce canal, faute de quoi vous devrez payer une amende.

Il déchira la feuille et la lui fourra dans la main.

— Il faut que j'attende que mon mari rentre, dit-elle. Je ne peux soulever cette pompe toute seule.

— Je vais le faire pour vous.

Cela ne faisait pas partie de son travail, mais il doutait que le mari de la femme soit beaucoup plus jeune qu'elle, et la pompe était lourde. Il se pencha, s'accroupit et se prépara à hisser la pompe hors de l'eau, quand un éclair lumineux attira son regard. Du métal doré, qui brillait dans l'eau claire.

Ignorant la pompe, il s'agenouilla et plongea le bras dans l'eau étonnamment froide. La manche de sa chemise d'uniforme était trempée quand il referma finalement les doigts sur l'objet. Il le laissa tomber sur la rive.

La montre en or, aussi grosse qu'une prune, était polie par l'usage, son décor tellement effacé que Chris ne pouvait dire ce que c'était. Il la retourna d'un coup d'ongle et fixa les initiales gravées au dos. *SRR*. Samuel Russell ?

Il fit un bref calcul. Cette portion du canal était à environ trois kilomètres de l'endroit où l'on avait trouvé Russell. Comment la montre n'avait-elle pas été retenue par une vanne ? Il sortit son téléphone. Le signal était bon et il composa le numéro direct du shérif.

— Qu'est-ce que tu as, Chris ? demanda Travis.

— Je suis en déplacement aux Idlewilde Estates.

Il donna l'adresse.

— J'ai trouvé quelque chose dans le canal Daimler. Il faudrait que vous voyiez ce que c'est.

Il raccrocha et fixa la montre, qui étincelait au soleil. *Comment es-tu venue jusqu'ici ?* songea-t-il.

3

Willow fixa la montre en or, qui brillait dans la paume de Delray.

— Oui, c'est la montre de mon père.

Elle releva les yeux et croisa les siens, bruns et attentifs.

— Où l'avez-vous trouvée ?

Il déposa la montre dans un sachet en plastique transparent, qu'il posa sur le comptoir entre eux.

— D'abord où étiez-vous ce matin entre 5 heures et 7 heures et demie du matin ?

— J'étais ici… endormie.

— Quelqu'un peut-il le confirmer ?

— Qu'est-ce que vous dites ? Vous pensez que j'ai tué mon père ?

Les larmes lui montèrent aux yeux, tant de colère que de chagrin.

— Y a-t-il quelqu'un qui peut affirmer que vous étiez à la maison tout ce temps ? répéta-t-il.

— Je dors seule, shérif adjoint, lança-t-elle.

Quelque chose vacilla dans ces yeux sérieux : de l'embarras ? De l'amusement ? Elle s'en fichait.

— Où avez-vous trouvé cette montre ? insista-t-elle.

— Derrière une villa des Idlewilde Estates, dans le canal d'irrigation.

Elle avait une vague idée de l'emplacement de cette résidence de luxe, située sur ce qui était autrefois des terres arables.

— Comment est-elle arrivée là ?

— Votre père avait-il une montre quand il a quitté la maison ce matin ? demanda Delray.

— S'il était debout et habillé, il portait cette montre.

Elle détourna les yeux, luttant à nouveau contre l'émotion.

— C'est ma mère qui la lui avait offerte.

— Avez-vous une idée de la raison pour laquelle votre père se serait rendu aux Idlewilde States ce matin ?

— Non.

Elle l'observa, essayant de décider si cela valait la peine de lui faire comprendre. Il la dévisageait aussi, comme s'il attendait qu'elle en dise plus. Parfait. Elle allait lui donner une chance.

— Mon père a travaillé toute sa vie au ranch, dit-elle. C'était l'œuvre de sa vie. Et cela représente beaucoup de travail. Il avait une routine. Il se levait tôt, prenait une tasse de café et sortait travailler. Il jetait un coup d'œil au bétail, aux clôtures ou aux canaux d'irrigation. Il revenait à la maison à 8 heures pour le petit déjeuner, puis il repartait. Certains jours, il travaillait jusqu'à la nuit. D'autres jours, il restait à la maison durant les heures les plus chaudes et se reposait. Parfois, il allait faire des courses en ville l'après-midi. Il n'avait aucune raison d'aller ailleurs aussi tôt dans la journée. Et je ne vois pas ce qui aurait pu l'amener dans cette résidence. Quelle est la maison où la montre a été trouvée ?

— Celle de Melissa et Doug Howell. Votre père les connaissait-il ?

— Je ne crois pas. Je ne l'ai jamais entendu parler d'eux.

Il détacha les yeux d'elle pour survoler le salon, qui ne ressemblait pas du tout à ce qu'il était quand elle était enfant. Darla avait redécoré la maison après son installation, et bien que Sam et elle aient divorcé depuis trois ans son père ne s'était pas donné la peine de changer quoi que ce soit. Les canapés en cuir blanc, les chaises en tissu rouge et les tables chromées étaient donc restés, au milieu de piles de catalogues agricoles et de morceaux de vieux harnais.

— Votre père a-t-il laissé un mot quand il est parti ce matin ? demanda le shérif adjoint.

— Non. Il n'éprouvait pas le besoin de me dire où il allait ni ce qu'il faisait.

Elle lui avait demandé de la tenir au courant, mais il s'était rebiffé contre cette idée, aussi avait-elle laissé tomber.

Le regard du shérif adjoint croisa à nouveau le sien, cette fois plus doux.

— Vous avez regardé dans son bureau ou sa chambre ?

Cela lui fit l'effet d'un coup de poing, et elle recula d'un pas.

— Vous voulez dire une lettre de suicide ?

Il acquiesça.

— Vous devriez regarder. Ou je peux le faire, si vous préférez.

— Depuis combien de temps vivez-vous dans le comté de Rayford ? demanda-t-elle.

Elle ne se souvenait pas de l'avoir vu quand elle vivait à Eagle Mountain. Elle se serait rappelée de lui : c'était un bel homme, musclé et soigné, plus sophistiqué que les garçons avec lesquels elle avait grandi. Le genre d'homme que les femmes remarquaient.

— Quelques mois.

— Alors vous ne connaissiez pas mon père. Vous ne savez pas quel genre d'homme il est – était.

Elle déglutit.

— Il ne se serait jamais tué. Il n'avait aucune raison de le faire. Ça n'a aucun sens.

— Alors pas de problèmes financiers ? Pas de soucis de santé ?

— Non. Le ranch se porte bien. Et je l'ai obligé à faire un bilan il y a quelques mois. Le médecin l'a trouvé en meilleure forme que bien des hommes de vingt ans plus jeunes. Il n'a jamais rien pris de plus fort que de l'aspirine.

— Et des problèmes avec les gens ?

Il regarda à nouveau autour de lui.

— Vous avez mentionné votre mère. Elle n'est plus ici ?

— Ma mère est morte quand j'avais treize ans. Mon père s'est remarié quand j'ai quitté l'université, mais ils ne sont restés ensemble que six ans. Depuis, il n'avait pas de relation à ma connaissance.

— Avez-vous une idée de qui aurait voulu le tuer ?

— Non !

Elle serra les poings de frustration.

— Je ne dis pas que c'était un saint ni que tout le monde l'adorait, mais pourquoi aurait-on voulu l'assassiner ?

— Qui va hériter du ranch ?

— Moi, je suppose. Il faudra que j'aille voir son avocat.

L'idée l'épuisa. Qu'allait-elle faire de cet endroit sans son père ?

— Vous ne le savez pas avec certitude ?

— Pourquoi le devrais-je ? Vous connaissez les termes du testament de vos parents ?

Il eut l'air mal à l'aise.

— Non.

— J'étais sa seule enfant et je ne l'ai jamais entendu

parler de laisser le ranch à quelqu'un d'autre, mais il était libre de ses décisions.

— Quel genre de travail faites-vous ? demanda-t-il.

Le changement de sujet la déstabilisa. Elle rougit.

— Je suis au chômage pour l'instant.

— Que pensait votre père du fait que vous soyez revenue vivre ici ?

— Il était content de m'avoir avec lui.

Ce qui était en partie vrai. Son père n'aimait pas sa tendance à le couver.

« Si tu restes ici, il faudra te trouver autre chose à faire que t'occuper que moi », lui avait-il lancé la veille encore.

— Je ne me suis pas réinstallée définitivement, dit-elle. C'est temporaire, en attendant de trouver un nouvel emploi.

— Que faites-vous ?

— J'enseignais l'anthropologie culturelle à l'université Hemphill, dans le Connecticut.

Son père, bien que fier de son parcours académique, pensait qu'elle avait choisi une carrière inutile. Il aurait préféré qu'elle étudie les affaires ou la médecine vétérinaire, quelque chose qui aurait servi au ranch.

— Qu'allez-vous faire maintenant que votre père est décédé ? demanda le shérif adjoint. Vous allez continuer à faire tourner le ranch ?

— Je ne sais pas. Je n'ai pas eu le temps d'y réfléchir.

Le ranch était le bien le plus précieux de son père, pas le sien – mais il représentait aussi une grande part de sa vie. Son héritage. Elle n'imaginait pas l'abandonner.

— C'est une très grande propriété, remarqua-t-il. J'imagine que vous aurez besoin d'aide.

— Mon père a des employés. Ils se chargent des tâches les plus dures, bien que papa ait détesté l'admettre.

L'adjoint Delray prit son téléphone.

— Quels sont leurs noms ? Il faudra peut-être que je leur parle.

— Von King est le seul ouvrier à plein temps. Il y a d'autres hommes qui font les foins ou déplacent le bétail, mais ils ne sont pas employés en ce moment.

— Que fait Von King ?

— Tout ce qui doit être fait. Il nettoyait et aiguisait les outils tout à l'heure.

Delray rangea son téléphone.

— Je vais peut-être m'arrêter lui parler en repartant.

— Je ne lui ai pas encore dit que papa est… mort.

Prononcer ce mot était plus dur qu'elle ne s'y était attendue.

— Pourquoi ?

— J'étais bouleversée.

Elle ne voulait pas non plus en parler avec lui, mais elle n'avait pas le choix.

— Je peux le lui annoncer, si c'est plus facile pour vous.

La gentillesse de son ton la prit au dépourvu. Jusque-là, il avait paru strictement professionnel et même accusateur.

— C'est à moi de le faire.

— Vous n'y êtes pas obligée.

— Je vais lui annoncer, et vous pourrez lui parler.

L'avoir avec elle ajouterait de l'autorité à ses paroles et serait utile. Elle craignait que, sachant son père disparu, Von ne la voie comme vulnérable. Elle ne l'était pas, mais elle ne voulait pas avoir à le lui faire comprendre.

Ils se dirigèrent ensemble vers le hangar aux machines. Elle était consciente de sa présence à ses côtés, de la manière dont il freinait le pas pour s'accorder au sien, de son corps vigoureux, ainsi que du calme qui émanait de lui.

Von aiguisait une pioche sur l'affûteuse et ne les vit pas tout de suite. Delray fit un pas de côté, projetant une ombre sur l'établi, et Von leva les yeux. Il revint à son travail et une minute entière se passa avant qu'il éteigne l'affûteuse et se tourne vers eux.

— Qu'est-ce que c'est ? demanda-t-il.

— Voici le shérif adjoint Delray, dit Willow. J'ai peur que mon père…

Quoi ? Ait eu un accident ? Ait été tué ?

Elle s'efforça d'articuler les mots et n'y réussit pas.

— Samuel Russell est mort tôt ce matin, dit Delray. Son corps a été découvert dans un canal d'irrigation.

Le visage de Von ne montra aucune émotion.

— Pas de bol, laissa-t-il tomber.

— Avez-vous vu M. Russell ce matin ? questionna Delray.

Von secoua la tête.

— Non. La seule personne que j'aie vue, c'est elle.

Il pointa la pioche vers Willow.

— Elle est partie de bon matin dans le pick-up de Sam.

Willow se figea. Von l'accusait-il ? Elle ne regarda pas le shérif adjoint, de crainte de ce qu'elle lirait sur son visage.

— Quand avez-vous vu M. Russell pour la dernière fois ? reprit Delray.

— Hier, avant souper, répondit Von. Il m'a dit qu'il voulait que je nettoie et que j'affûte les outils aujourd'hui.

Il étudia la pointe de la pioche.

— Quel était son état d'esprit ?

Von haussa les épaules.

— Il avait l'air normal.

— Il n'était pas préoccupé ou soucieux ?

— C'était un vieux râleur, de toute façon, dit Von.

Son regard vola vers Willow, et elle se demanda s'il avait eu l'intention de la blesser.

— Où étiez-vous ce matin entre 5 heures et 7 heures et demie ? demanda Delray.

— Je me suis levé à 6 heures, j'ai pris le petit déjeuner et je suis venu travailler.

— Où vivez-vous ?

Von se tourna vers Willow.

— Elle peut vous le dire.

Elle refusait de participer à ce petit jeu, mais le shérif adjoint la regardait, attendant.

— Il vit dans un chalet à quelques kilomètres, dit-elle. Vous êtes passé devant en venant.

— Y a-t-il quelqu'un qui peut confirmer votre alibi ? demanda Delray.

Von ricana.

— Je suis accusé de quelque chose ?

— Y a-t-il quelqu'un qui peut confirmer où vous étiez ce matin ? répéta Delray.

— Non.

Delray se tourna pour partir, et Willow pressa le pas pour le rattraper. Ils n'avaient fait que quelques pas quand Von leur cria :

— Comment il est mort ?

— On attend toujours le rapport du légiste, dit Delray.

Von grogna.

Avant qu'ils franchissent la porte, Willow entendit l'affûteuse se remettre en route.

— C'est quoi son histoire ? demanda Delray. Depuis combien de temps travaille-t-il ici ?

— Il est là depuis environ neuf mois, je crois, répondit-elle. L'homme qui travaillait pour papa est retourné au Nouveau-Mexique, reprendre le ranch familial. Je ne sais pas comment papa a trouvé Von.

— Que faisait-il avant ? Vous le savez ?

— Papa m'a dit qu'il avait fait de la prison.

Le regard de Delray prit de l'acuité.

— Ça ne lui posait pas de problème ?

— Il disait que tout le monde mérite une seconde chance, que Von était un bon ouvrier.

— Et vous, ça ne vous dérange pas de l'avoir sur le ranch ?

Sa gentillesse la toucha, mais elle ne voulait pas le montrer.

— Tout ira bien. Je sais m'occuper de moi.

Il prit une carte de visite dans sa poche et la lui tendit.

— S'il y a un problème quelconque, appelez-moi.

Elle hocha la tête et le suivit sur le perron pour le regarder monter en voiture. Elle ne savait pas quoi penser d'un shérif adjoint qui l'avait pratiquement accusée d'avoir une raison de tuer son père et, en même temps, avait traité l'échange avec Von avec sensibilité. Il lui avait dit de l'appeler si elle avait des problèmes, mais elle n'avait eu que des problèmes depuis quelques mois. Elle avait espéré que ce retour à la maison lui donnerait l'occasion de se recentrer, de remettre sa vie sur les rails. Ce n'était pas le cas. Sans son père, elle se sentait plus perdue que jamais.

— Il a été abattu avec son propre fusil, à bout portant.

Le docteur Butch Collins pointa la blessure à l'aide d'un feutre. Le shérif avait invité Chris à l'accompagner chez le légiste, au sous-sol de l'hôpital. On était mercredi, et Chris essayait de se concentrer. Examiner cette blessure, c'était autre chose que de regarder l'homme à la fille duquel il avait parlé seulement quelques heures auparavant. Il avait déjà vu la mort, mais jamais aussi nue et clinique. Ce n'était pas une part habituelle de son travail.

— Comment savez-vous que c'était son fusil ?

— Son nom est gravé dessus, répondit Butch. Et j'allais chasser le faisan avec Sam. Je connais cette arme.

— Alors c'est un suicide ? reprit Chris.

Butch regarda le shérif, qui se tenait de l'autre côté du corps.

— Qu'est-ce que vous en pensez, Travis ?

— J'attends que vous me le disiez, répondit l'interpellé.

— Alors regardez ça.

Butch alla se placer à la tête de la table d'examen et inclina la tête de Russell d'un côté.

— Vous voyez cet hématome ? Là, sous les cheveux.

Chris se força à regarder. La chair était noircie sous les épais cheveux blancs de Russell.

— Qu'est-ce que c'est ? demanda-t-il.

— Quelqu'un l'a frappé avec un objet lourd et plat – une planche, un gros caillou, je ne sais pas.

— Assez fort pour le faire tomber ? questionna Travis.

— Assez fort pour l'assommer, dit Butch. L'hématome n'est pas seulement externe, il y a une hémorragie cérébrale dessous.

— Est-ce que ça aurait pu se passer après qu'il a reçu la décharge ? demanda Chris. Il est tombé à la renverse et s'est cogné la tête sur un rocher ou autre chose ?

Butch secoua la tête.

— On l'a trouvé couché sur le ventre dans le fossé, n'est-ce pas ? Et j'ai inspecté la scène, il n'y avait aucun rocher de ce genre. Autre chose…

Il déplaça les mains de Russell. Les techniciens de scène de crime les avaient enveloppées de sachets en plastique, mais elles étaient désormais nues.

— Il n'y a aucune trace de poudre sur ses mains. Seulement de la terre et des écorchures du genre auquel on s'attendrait s'il avait essayé de se rattraper avant de perdre conscience.

— Donc, quelqu'un l'a frappé à la tête et pendant qu'il était évanoui a pris son fusil et l'a abattu ? demanda Chris.

— Puis a arrangé son corps dans le fossé, avec le fusil sous lui, pour nous faire croire à un suicide, dit Butch.

— Autre chose ? questionna Travis.

— Le tireur se tenait tout près de lui, ajouta Butch. S'il n'a pas reçu de sang sur lui au moment du tir, il a dû être difficile de l'éviter quand il a déplacé le corps pour le mettre dans le fossé.

— J'imagine que sa fille a raison quand elle affirme que son père ne se serait pas tué, intervint Chris.

— Beaucoup de gens disent ça, dit le shérif. La plupart du temps, ils se trompent.

Il contempla le corps de Russell.

— Peut-être que cette fois c'est vrai.

— Sam Russell ne s'est pas ôté la vie, affirma Butch. Vous avez un meurtre sur les bras.

Ces paroles résonnaient encore aux oreilles de Chris quand il sortit de l'hôpital avec Travis.

— Tu veux participer à l'enquête ? demanda le shérif quand ils atteignirent le parking. Techniquement, tu as été engagé pour t'occuper des problèmes d'eau et venir en renfort sur d'autres affaires. Mais ton expérience avec les ranchers pourrait nous être utile.

— Je peux gérer à la fois mon boulot et cette enquête.

Il ne manquait pas de travail, mais celui-ci n'était pas excessivement exigeant.

— J'ai l'impression que j'y suis déjà plongé jusqu'au cou.

Le shérif acquiesça.

— Tu as davantage vu Willow Russell que nous tous. Quelle est ton impression ? Avait-elle un mobile ?

— Elle est au chômage et elle est revenue récemment chez son père. Elle dit qu'elle ne connaît pas les termes du testament, mais elle est fille unique, alors il est raisonnable de penser qu'elle va hériter d'au moins une partie du ranch. Elle dit qu'elle était seule à la maison ce matin, mais personne ne peut le confirmer.

Il se frotta la nuque.

— D'un autre côté, elle affirme que son père ne s'est pas suicidé et elle nous presse de chercher son meurtrier.

— Sam atournait le dos à celui qui l'a frappé, alors il le connaissait probablement et lui faisait confiance. Ou au moins il ne le soupçonnait pas d'intentions malveillantes, dit Travis. Mais Willow n'est pas grande, et il faut de la force pour assommer un homme. Sam était âgé, mais je ne dirais pas qu'il était frêle.

— Elle n'est pas ma suspecte principale, répondit Chris.

— Qui est-ce alors ?

— Sam avait un ouvrier, un ex-taulard nommé Von King. Je l'ai trouvé plutôt déplaisant. Il n'a personne pour confirmer son alibi non plus. Je ne suis pas sûr de ce qu'il aurait eu à gagner à tuer son patron, malgré tout. Néanmoins, il a dit que Russell était « un vieux râleur ».

— Vérifie son profil. Tu devras aussi interroger Trey Allerton. Il loue une partie du ranch Russell et vit dans une caravane avec une femme nommée Courtney et sa petite fille.

— Je me souviens de lui. Il était lié au meurtrier de Talia Larrivee, non ?

Chris n'avait pas participé à cette enquête, mais il en avait beaucoup entendu parler.

— L'assassin de Talia, Tom Chico, et Allerton étaient associés sur le bail avec Russell, et Allerton a pour projet de bâtir un camp d'été – un genre de ranch pour les jeunes défavorisés, dit Travis. Mais je n'ai pas vu beaucoup de progrès de ce côté-là.

— Pourquoi aurait-il voulu tuer Russell ?

— C'est ce que je veux que tu découvres, répondit Travis. Prends Shane avec toi. Il a travaillé sur le meurtre Larrivee et connaît Allerton. Il te mettra au courant.

Chris revint en voiture avec Travis au commissariat, prenant mentalement note de tout ce qu'il devait faire. Il prévoyait de se procurer le casier judiciaire de Von King. Mais, avant qu'il puisse arriver à son bureau, la secrétaire du commissariat, Adelaide Kinkaid, les héla, le shérif et lui.

— Il y a quelqu'un qui veut vous voir, shérif.

Adelaide, une vraie boule d'énergie aux cheveux blancs, toujours vêtue de vêtements et de bijoux excentriques, faisait tourner le commissariat d'une main de fer. Elle connaissait tout et tout le monde en ville et, en tant que veuve de policier, avait une idée très nette de la manière dont les forces de police étaient censées opérer.

Chris fit mine de s'éloigner, mais Adelaide l'attrapa par le bras.

— Elle veut vous parler aussi. De Sam Russell.

Il suivit donc Travis en direction de l'accueil. Une femme d'un certain âge, bien conservée, avec des cheveux noirs bouffants et de profondes rides de chaque côté de la bouche se leva en les voyant arriver.

— Je m'appelle Darla Russell, dit-elle, et je veux savoir ce qui est arrivé à mon mari.

4

— Je n'ai pas grande opinion de la police locale. Ils n'ont rien voulu me dire sur la mort de Sam, bien que je sois sa veuve.

Darla Russell fit cette annonce environ deux minutes après avoir laissé tomber ses valises au milieu du salon du ranch, le mercredi après-midi. Elle et son fils Emmet étaient arrivés moins d'un jour après que la culpabilité avait poussé Willow à appeler son ex-belle-mère pour l'informer du décès de Sam.

— Vous étiez son ex-femme, pas sa veuve.

Willow était sur le seuil de la pièce, souhaitant n'avoir jamais ouvert à ces deux-là. Darla se redressa de toute sa taille, augmentée de plusieurs centimètres de cheveux crêpés.

— Ni Sam ni moi ne nous sommes remariés, dit-elle. Cela me donne le droit de me considérer comme sa veuve.

Ça ne valait pas la peine d'en discuter.

— Que faites-vous ici tous les deux ? questionna Willow.

Elle jeta un coup d'œil à Emmet, qui s'était déjà laissé tomber sur le sofa, ses longues jambes allongées devant lui. Âgé de vingt-neuf ans, pâle et boudeur, le peu de cheveux qui lui restait mal rabattu sur son crâne, Emmet était perpétuellement « entre deux boulots » et vivait avec sa mère à Albuquerque.

— Quelqu'un doit bien aller au fond de cette histoire, dit Darla. La police ne dit jamais rien à la famille. En outre, Sam aurait voulu que je te soutienne.

— Merci, mais je suis très bien toute seule.

— Ne sois pas ridicule !

Darla se laissa tomber dans un fauteuil – celui de Sam. Willow aurait voulu lui dire de s'asseoir ailleurs, mais n'avait pas l'énergie pour la dispute qui ne manquerait pas de suivre.

— La première chose que tu dois faire, c'est contacter ce beau gosse de shérif adjoint et lui dire que tu l'autorises à me faire part des détails de l'affaire. Ils t'ont enregistrée comme étant une proche parente de Sam.

Parce que je suis sa parente la plus proche, pensa Willow, mais elle ne gaspilla pas sa salive à le souligner.

— Vous n'avez pas besoin de vous inquiéter de cela, dit-elle à la place. Vous devriez rentrer chez vous, et je vous promets que je vous tiendrai au courant s'il se passe quelque chose qui puisse vous affecter.

— Tu crois que la mort de Sam ne m'affecte pas ?

Sa voix avait pris une note suraiguë, et Willow se recroquevilla intérieurement.

— Sam était l'amour de ma vie et je le pleurerai toujours. Je ne sais pas comment tu peux être si froide ! J'ai fait de mon mieux pour être une mère pour toi, et c'est comme ça que tu me remercies !

Elle prit un mouchoir en papier dans son sac et s'en tamponna les yeux.

Willow avait vingt ans et était à l'université lorsque Sam avait épousé Darla. Elle n'avait côtoyé Darla et son fils que lors de brèves visites chez elle. Elle n'avait pas été convaincue par ce qu'elle avait vu, mais elle s'était dit que si cette femme rendait son père heureux ce n'étaient pas ses affaires. Lorsque Sam et Darla avaient divorcé, Willow avait été soulagée, bien qu'un peu triste pour son père. Elle ne voulait pas de Darla et Emmet dans la maison.

— C'était très gentil à vous de faire tout ce trajet pour m'aider. Mais il n'y a rien que vous puissiez faire. Nous ne pouvons même pas planifier les obsèques avant que le bureau du shérif ait achevé l'enquête.

— Nous étions dans la région, déclara Darla. Quand j'ai appelé hier, c'était pour dire à Sam que nous venions lui rendre visite.

Elle plissa les yeux.

— Tu savais à ce moment-là qu'il était mort ? Et tu ne m'as rien dit ?

— Je venais de l'apprendre, répondit Willow. J'étais encore sous le choc.

Darla sembla méditer cela, puis tapota les coussins du canapé à côté d'elle.

— Assieds-toi et raconte-moi ce qu'il s'est passé.

Willow s'assit à contrecœur au bout du canapé.

— Je vous ai dit au téléphone que l'employé des canaux a trouvé papa dans le canal d'irrigation près des parcs à bestiaux.

— Tu disais qu'il a été abattu d'un coup de feu. Mais qui a tiré sur lui ?

— Je ne sais pas.

Willow secoua la tête.

— C'est ce que le shérif essaie de découvrir.

— Et combien de temps cela va-t-il prendre ?

— Je ne sais pas, répéta Willow. J'ignore qui a pu vouloir tuer papa.

Elle ne parla pas de suicide. Peu importe ce qu'avait dit Delray, elle ne pouvait croire que son père s'était ôté la vie.

— Ils peuvent établir un certificat de décès sans savoir qui l'a tué ? demanda Darla.

Willow fronça les sourcils.

— Je n'en sais rien. Pourquoi ?

— Il faut un certificat de décès pour que le testament soit homologué, expliqua Emmet.

Willow le fixa avec de grands yeux. Il haussa les épaules.

— Ce que j'en dis…

— Tu as déjà regardé son testament ? demanda Darla.

— Non. Ça ne fait que vingt-quatre heures qu'il est mort.

— Il n'y a rien à gagner à remettre à plus tard. Je suppose que tu as déjà cherché l'argent qu'il rangeait ici ?

Elle survola le salon des yeux.

— Quel argent ? demanda Willow.

Darla reposa les yeux sur elle.

— Sam gardait toujours de l'argent à portée de main. En cas d'urgence.

— Je suis sûr qu'il avait un peu d'argent dans son portefeuille. Mais ce doit être le shérif qui l'a.

Elle devrait penser à poser la question.

— Je ne parle pas de quelques billets, reprit Darla. Je parle des centaines, probablement des milliers de dollars que Sam gardait ici.

— Vous voulez dire au coffre ?

Willow ne se souvenait pas que son père y mettait de l'argent, mais peut-être avait-il commencé à le faire. Elle n'avait pas pensé à regarder.

— Pas dans le coffre, dit Darla. Il le cachait.

— Où ça ? C'est la première fois que j'entends parler de ça.

— Tu ne savais pas ?

Darla écarquilla les yeux.

— Je pensais que tout le monde savait. Sam avait la réputation d'être un vrai grippe-sou.

Willow n'en croyait pas ses oreilles. Oui, son père était frugal, mais elle ne l'avait jamais considéré comme avare.

— Vous l'avez vu cacher de l'argent ? demanda-t-elle.

Darla serra ses lèvres minces, creusant les rides qui encadraient sa bouche.

— Non, je ne l'ai pas vu faire. Mais d'autres gens m'en ont parlé.

— Qui ça ?

— Oh ! juste des gens.

Darla agita la main.

— Ma coiffeuse, et l'un des ouvriers du ranch. J'ai interrogé Sam à ce sujet et bien sûr il a nié. Mais il en était capable, n'est-ce pas ? Je veux dire que le but de cacher de l'argent, c'est d'empêcher les autres de le trouver.

— Je ne pense pas que papa ait caché de l'argent ici, dit Willow. Je n'ai jamais rien trouvé. En outre, qu'est-ce que cela change pour vous ?

Elle était lasse de se montrer polie avec cette femme irritante.

— Ne sois pas méchante avec moi, répliqua Darla. Pour ta gouverne, Sam avait promis à Emmet une part du ranch quand il mourrait. Et je pense que cela comprend tout l'argent liquide qu'on y trouve.

Cette idée était si délirante que Willow cessa de respirer quelques secondes.

— Pourquoi mon père aurait-il laissé une part du ranch à Emmet ?

— Nous l'avons négocié au moment du divorce. Je n'ai pas demandé de pension alimentaire en contrepartie du fait qu'il laisse la moitié du Double R à Emmet.

Willow n'arrivait pas à croire que son père ait fait une chose pareille, mais elle ne comprenait pas non plus ce que Sam avait aimé chez Darla.

— Pourquoi Emmet voudrait-il la moitié du ranch ?

— Tout ce terrain doit valoir beaucoup d'argent, dit Emmet. Je pourrais le vendre.

Willow réprima une vague de nausée. Son père aurait été horrifié par cette idée.

— Il faudra que j'en parle à l'avocat de papa.

— Je peux l'appeler.

Darla prit son téléphone.

— Quel est son nom ? Et son numéro ?

Willow allait refuser, quand son propre téléphone bourdonna. Elle le sortit de sa poche et ne reconnut pas le numéro.

— Allô ?

Se levant, elle quitta la pièce, le téléphone étroitement pressé sur son oreille.

— Allô, Willow ? C'est Chris Delray.

Elle entra dans la cuisine et referma la porte derrière elle.

— Shérif adjoint. Que puis-je faire pour vous ?

— Le médecin légiste a fait son rapport, et je voulais vous l'annoncer avant que nous en parlions à la presse.

La peur remonta dans sa gorge.

— Qu'a-t-il dit ?

— Je suis désolé de vous dire que votre père a été assassiné.

Entendre le mot prononcé à voix haute lui donna un choc plus grand qu'elle n'aurait cru possible. Elle agrippa une chaise de cuisine et se laissa tomber dessus, une main plaquée sur sa bouche, essayant de retenir un sanglot.

— Je suis désolé, continua Delray. Perdre un proche est assez dur comme ça. Le perdre à cause d'un meurtre est encore pire. Nous ferons tout notre possible pour retrouver le meurtrier. J'aurai sans doute d'autres questions pour vous.

— Merci, réussit-elle à dire à travers le nœud de sa gorge.

— Est-ce que ça va aller ? Y a-t-il quelqu'un que je peux appeler pour lui demander de vous tenir compagnie ?

— Ça ira.

Elle fit effort pour se reprendre.

— L'ex-femme de mon père est ici. Son fils et elle viennent d'arriver il y a quelques minutes.

— Ils sont passés au commissariat. Elle n'était pas contente quand le shérif lui a dit qu'il ne pouvait lui donner aucune information.

— C'est ce qu'elle a dit.

— Eh bien, ça vaut mieux que vous ne soyez pas seule.

— Je préférerais être seule. Je pense qu'elle n'est venue que parce qu'elle s'est persuadée que mon père a laissé la moitié du ranch à son fils.

— Je suis désolé que vous ayez à vous occuper de ça en plus de votre chagrin et de nos questions. Si vous voulez, je peux venir les interroger, elle et son fils. Je pourrais les irriter assez pour qu'ils partent.

Elle faillit sourire en l'imaginant faire cela.

— Merci, mais je peux les affronter. C'est une bonne distraction.

— Je vous recontacterai bientôt. Appelez-moi si vous avez besoin de quoi que ce soit.

C'était ce qu'on disait aux endeuillés, mais elle songea que le shérif adjoint Delray le pensait vraiment. Peut-être.

Elle fourra son téléphone dans sa poche et alla à l'évier remplir un verre d'eau. Tandis qu'elle buvait, elle vit par la fenêtre Darla, suivie d'Emmet, traverser la cour et se diriger vers Von King, qui venait juste de sortir du hangar aux machines. Willow n'entendit pas la conversation, mais leur langage corporel lui permit de comprendre ce qui se disait. Darla écartait les bras, Von fronçait les sourcils et secouait la tête. Les mains sur les hanches, Darla déversa un flot de paroles. Von haussa les épaules et tourna les talons avec colère.

Quelques minutes plus tard, Darla, sans Emmet, fit irruption dans la cuisine.

— Tu dois renvoyer cet insolent ! Il vient de m'insulter grossièrement !

— Que lui avez-vous dit pour le mettre en colère ? demanda Willow.

— Je lui ai dit que je voulais qu'il nous fasse faire le tour du propriétaire et il a refusé.

— Il a du travail, rétorqua Willow. Ce n'est pas un guide.

— Il n'avait pas besoin d'être grossier, dit Darla.

— Je suppose que papa ne l'a pas embauché pour ses manières.

Darla croisa les bras sur sa poitrine.

— Alors toi, tu peux me montrer le ranch. Je veux voir ce que Sam a fait depuis que je suis partie.

Willow posa le verre vide dans l'évier et se retourna pour faire face à Darla.

— J'ai autre chose à faire.

Elle devait appeler l'avocat de son père et prendre

quelque chose contre la migraine qui lui martelait le crâne. Elle contourna son ex-belle-mère pour gagner la porte.

— Je ne comprends pas pourquoi tu es aussi hostile, dit Darla. Ton père aurait dû se remarier plus vite après la mort de ta mère. Une femme t'aurait appris que le charme est l'arme féminine la plus puissante. Pas étonnant que tu n'aies pas réussi à attirer un homme.

— Je suppose que c'est aussi le manque de charme qui explique qu'Emmet soit célibataire, répliqua Willow.

Elle s'éloigna avant que Darla puisse riposter. Elle ne laisserait pas cette femme se mettre en travers de son chemin. Elle devait déjà se battre pour garder le ranch et aider à trouver le meurtrier de son père. Elle ne pouvait pas laisser une paire de prétendus parents la distraire.

Le shérif adjoint Shane Ellis était un ancien lanceur de base-ball qui avait renoncé à sa carrière après une blessure et s'était engagé dans les services du shérif. C'était tout ce que Chris savait de son collègue, en dehors du fait que Shane avait été mêlé à la chasse au meurtrier de Talia Larrivee, le mois précédent, tandis que lui, Chris, s'était concentré sur les ranchs pendant la saison estivale, toujours très agitée.

— Qu'est-ce que le shérif t'a dit de Trey Allerton ? demanda Shane tandis qu'ils roulaient vers le ranch.

— Qu'Allerton loue une partie du ranch Russell et qu'il a l'intention de bâtir une sorte de camp d'été pour les gosses.

— J'en ai appris davantage sur lui quand ma fiancée, Lauren, m'a demandé de l'aider à retrouver son ancienne belle-sœur, Courtney Baker, et sa fille Ashlyn. D'après ce qu'ils disent, Allerton et Courtney veulent construire un camp où les enfants qui ont vécu des traumatismes pourront venir se ressourcer, dit Shane. Faire du cheval, randonner, être suivis par des psychothérapeutes, ce genre de chose. Sam Russell avait accepté de leur louer une partie de la section nord du Double R.

— Allerton et Sam ont-ils eu un désaccord sur le bail ou quelque chose du genre ? demanda Chris.

— Pas à ma connaissance, répondit Shane. Mais nous allons leur poser la question.

— Quel est le lien d'Allerton avec le meurtre de Talia ?

Chris aurait dû prêter davantage attention à l'affaire, mais il n'avait pas mémorisé les détails.

— Allerton était apparemment associé avec Tom Chico, l'homme qui a avoué avoir tué Talia. Chico et Talia ont fréquenté Allerton et Courtney pendant quelques semaines avant la disparation de Talia. Tom Chico est suspect dans le meurtre d'une autre jeune femme, à Colorado Springs, à l'époque où Allerton y résidait. Nous pensons que les deux hommes ont dû se rencontrer quand ils y vivaient tous deux, mais nous n'avons pas trouvé de preuve de cela.

— Donc Allerton a peut-être, ou peut-être pas, un passé problématique.

— Exactement. Il n'avait pas de casier judiciaire à notre connaissance, mais il nous fait l'effet d'un intrigant. Il a de grands projets pour ce ranch, mais jusqu'ici il a surtout convaincu d'autres gens de lui donner de l'argent.

— Certains appellent ça les affaires.

— Oui, c'est ce qu'on dit. Et Allerton ne semblait pas déranger Sam du moment qu'il payait son loyer, ce qu'il faisait. Mais ça vaut la peine de l'interroger, ne serait-ce que parce que Courtney et lui sont ceux qui vivent le plus près du ranch.

Ils franchirent l'entrée du ranch. Chris ne voyait pas bien la maison depuis la route, car elle était très en amont. Il se demanda comment Willow se débrouillait avec sa belle-mère, qui s'était montrée bruyante et exigeante au commissariat, tout le contraire d'elle.

Mais parler doucement ne signifiait pas être faible. Jusque-là, Willow irradiait la force et la détermination. Dans un concours pour déterminer laquelle des deux femmes était la plus volontaire, Chris aurait parié sur la fille de Sam.

Quelques kilomètres plus loin, Shane s'engagea dans un deuxième chemin, celui-là entrecoupé de nids-de-poule. Il arrêta la voiture de patrouille devant une vieille caravane turquoise, avec des marches affaissées.

— On ne dirait pas qu'ils ont fait quoi que ce soit depuis que je suis venu, remarqua Shane.

Chris et lui descendirent de voiture et s'approchèrent de la porte. Celle-ci grinça sur ses gonds lorsque Shane frappa, et quelques instants plus tard des pas lourds se firent entendre à l'intérieur. La porte s'ouvrit et un homme de grande taille, aux épaules larges et aux cheveux châtains, les considéra.

— Bonjour, dit-il d'une voix sans inflexion.

— Bonjour, Trey, répondit Shane. Voici le shérif adjoint Delray. Nous voudrions vous poser quelques questions, à Courtney et à vous.

— Courtney n'est pas là. De quoi s'agit-il ?

— Pouvons-nous entrer ? Cela ne prendra pas longtemps.

Allerton hésita, puis ouvrit la porte plus largement.

— Bien sûr.

L'intérieur de la caravane était propre, mais très usé. Le sofa était affaissé, et le seul autre siège était une chaise pliante. Allerton ramassa une couverture devant le sofa.

— Je faisais une sieste, dit-il en se laissant tomber dessus.

Shane se percha à l'autre bout du sofa, et Chris prit la chaise.

— Saviez-vous que Sam Russell est mort hier matin ? commença Shane.

— Von est passé hier et nous l'a dit.

Allerton se pencha en avant, les mains nouées sur un genou.

— Il nous a dit que le vieux s'était tué.

— Il ne s'est pas tué, dit Chris. Il a été assassiné.

Allerton se redressa.

— Vraiment ? Qui a fait ça ?

— Nous essayons de le découvrir. Avez-vous entendu parler d'un désaccord entre Sam Russell et quelqu'un d'autre ?

Allerton secoua la tête.

— Je ne le connaissais pas si bien que ça.

— Mais vous lui louiez ce terrain, dit Chris.

— Oui, mais c'était juste du business. Ce n'est pas comme si nous étions amis.

— Êtes-vous l'ami de Von King ? interrogea Shane.

— Il a fait des travaux pour nous, c'est tout.

— Comment le connaissez-vous ? questionna Chris.

— J'ai dit à M. Russell que je cherchais quelqu'un pour faire un peu de nettoyage et de réparations et il m'a dit que je pouvais engager Von, aussi c'est ce que j'ai fait.

— Où étiez-vous entre 5 heures et 7 heures et demie du matin hier ? demanda Chris.

Allerton ne parut pas surpris ou irrité par la question.

— J'étais ici. Au lit.

— Quelqu'un peut-il le confirmer ?

— Courtney le fera. Elle était avec moi.

— Où est Courtney ? s'enquit Shane.

— Elle a emporté du linge en ville et elle avait l'intention de faire des courses au supermarché.

— Lauren aimerait la voir, dit Shane.

— C'est à Courtney de décider.

Allerton se leva.

— Désolé si je ne peux pas vous aider. Je suis trop occupé pour prêter attention à ce qui se passe chez les autres.

Chris et Shane le suivirent à la porte.

— Comment se présente le camp pour la jeunesse ? demanda Shane. Vous avez commencé à bâtir ?

— C'est un processus lent, répondit Allerton. Mais je courtise un investisseur, et cela devrait nous donner bientôt l'argent dont nous avons besoin. Ce sera formidable, vous verrez.

Aucun des deux policiers ne dit rien jusqu'à ce qu'ils se réengagent sur la route.

— Courtney était mariée au frère de Lauren, Mike, expliqua Shane. Il a été tué en Afghanistan, et les deux femmes étaient très proches jusqu'à ce que Courtney commence à fréquenter Allerton et s'installe ici. Allerton dit qu'il était le meilleur ami de Mike dans l'armée, mais Lauren ne l'a jamais entendu mentionner Trey.

— Je vais demander à la fille de Sam ce qu'elle sait de la relation de son père avec Allerton.

Chris n'avait pas l'impression qu'Allerton était du genre à faire sortir de terre un gros projet, mais cela ne faisait pas de lui un meurtrier.

— Je trouve suspect qu'Allerton soit devenu copain avec Chico, un meurtrier et un violeur, dit Shane. Et maintenant, il fréquente Von King, un autre ex-taulard.

— Sam Russell a dit à Willow que Von a fait de

la prison. Mais je n'ai pas réussi à trouver son casier judiciaire.

— Ce n'est pas le genre de chose qu'on raconte à son employeur pour l'impressionner, remarqua Shane.

— Peut-être que King a entendu dire que Sam avait un faible pour les ex-taulards, suggéra Chris. Il en a apparemment engagé d'autres avant.

— Ou peut-être que Von King n'est pas son vrai nom.

— Bon, il va falloir aller lui parler à nouveau. Je veux aussi interroger l'ex-femme de Sam et son fils. Willow m'a dit qu'ils sont arrivés en posant des questions sur le testament. Ils disent que Sam a promis la moitié du ranch au fils.

— Des gens tuent pour moins que ça, repartit Shane. Arrêtons-nous au ranch et voyons ce qu'ils ont à dire.

5

— J'ai été navré d'apprendre la mort de votre père. Sam était un homme formidable, et il sera grandement regretté dans notre ville.

Ted Delray, avocat au barreau, avait pris le ton grave qui convenait pour répondre à l'appel de Willow. Elle s'était préparée à lui annoncer la nouvelle mais, apparemment, le bouche-à-oreille avait déjà fonctionné.

— Comment l'avez-vous appris ?

— C'est sur le site web du journal, répondit Ted. Un meurtre est une nouvelle importante dans une ville aussi petite. Encore plus choquante quand elle suit le meurtre de cette jeune femme le mois dernier. Et votre père avait très bonne réputation, il était vraiment respecté.

— Oui, c'est choquant.

— Le shérif a-t-il une idée de qui a pu faire ça ?

Elle entendit une sorte d'avidité dans la question et comprit que c'était la première d'innombrables questions du même genre qu'on allait lui poser. Le meurtre exerce une sorte de fascination et attise le désir d'être plus proche du mystère. À moins que Ted n'ait une autre raison de poser la question ?

— Êtes-vous apparenté à Chris Delray ? demanda-t-elle.

— C'est mon fils, répondit Ted. Il s'occupe de l'enquête ?

— Oui.

Elle se demanda pourquoi Ted l'ignorait. Mais peut-être Chris ne parlait-il pas de son travail à son père.

— Vous a-t-il dit quelque chose sur celui qui aurait pu tuer votre père ?

— Personne ne semble rien savoir, répondit-elle. Je ne peux pas imaginer qu'on ait voulu lui faire du mal, moins encore le tuer. Et vous ?

— Moi non plus. Mais on n'arrive pas à soixante-dix ans sans se faire quelques ennemis.

— Qui étaient les ennemis de papa ?

— Le mot ennemi est peut-être trop fort. Mais vous savez que votre père n'était pas content quand les Carstairs ont vendu le ranch au promoteur des Idlewilde Estates. Bud Carstairs et lui étaient bons amis depuis des années, mais ils ne se sont plus jamais parlé après ça.

— J'ai entendu dire que Bud avait vendu pour payer les soins de Mary Ann dans cette institution spécialisée dans la maladie d'Alzheimer, à Junction.

— En effet. Mais votre père était intransigeant pour des choses comme ça.

— Bud Carstairs n'a pas assassiné mon père.

Elle se représenta le rancher tel qu'elle l'avait vu pour la dernière fois – mince, avec une masse de cheveux blancs et un sourire chaleureux. Quand elle était petite, il lui glissait les chewing-gums à la cannelle qu'il avait toujours sur lui depuis qu'il avait arrêté de fumer.

— J'en suis certain, dit Ted. Je vous donne seulement un exemple de la manière dont Sam avait des disputes qui donnaient lieu à du ressentiment. Peut-être qu'il y a quelque chose comme ça que nous ignorons.

— Peut-être.

Willow savait que son père n'était pas un saint, mais

avait-il fait quelque chose qui avait rendu quelqu'un si fou de rage qu'il avait décidé de le tuer ?

— Ce n'est pas vraiment pour ça que j'appelais, dit-elle. Je dois savoir ce qu'il y a dans le testament de papa.

— Bien sûr. Eh bien, j'aurai besoin d'une copie du certificat de décès. Nous irons devant un juge pour lui demander d'établir les lettres d'homologation qui vous déclareront exécutrice testamentaire, ce qui vous donnera le pouvoir d'agir au nom du bien. Le testament doit être homologué, mais je peux m'occuper de ça pour vous.

Cela paraissait insurmontable à Willow, mais des gens s'occupaient de cela tous les jours, aussi le ferait-elle.

— Vous pouvez me révéler les termes du testament ?

Ted fit une pause, si longue qu'elle se demanda si la communication avait été interrompue.

— Vous ne les connaissez pas ? demanda-t-il finalement.

— Non.

Son estomac se noua. Cela ne présageait rien de bon.

— J'ai conseillé à Sam de vous en parler, mais comme nous l'avons déjà dit, il avait des opinions très arrêtées sur la manière de faire les choses, et personne ne pouvait le convaincre du contraire.

— Quelles dispositions a-t-il prises ? demanda-t-elle, en se préparant au pire.

— Il y a plusieurs années – à peu près à l'époque où on a bâti les Idlewilde – votre père a placé la totalité du ranch sous servitude environnementale.

— Qu'est-ce que ça veut dire ?

— Que vous êtes libre de vivre sur le ranch, de continuer à l'exploiter et d'en tirer des ressources, mais qu'il ne peut pas être divisé ou vendu dans un autre but que l'élevage.

— Est-ce qu'une partie du ranch va à Emmet Caspar ?

— Qui est Emmet Caspar ?

— Le fils de Darla Caspar Russell, issu du premier mariage de celle-ci, dit Willow. Darla était la seconde épouse de papa.

— Je sais qui est Darla, répliqua Ted. Et son fils et elle ne sont pas mentionnés dans le testament. Il y a une petite donation au musée de l'élevage du comté, et c'est tout. Tout le reste vous revient.

Willow s'affaissa sur sa chaise, soulagée.

— Darla est ici en ce moment, expliqua-t-elle. Elle m'a dit que mon père avait promis de laisser la moitié du ranch à Emmet si elle n'exigeait pas de pension alimentaire.

— C'est moi qui me suis occupé du divorce de votre père, et il n'y avait aucune clause de ce type. Il lui a versé une généreuse indemnité au moment du divorce, comme prévu dans le contrat prénuptial.

— Papa et Darla avaient signé un contrat prénuptial ?

Elle ignorait pourquoi cette idée la surprenait autant, sauf que son père – qui n'avait jamais possédé d'ordinateur ni même de smartphone – semblait fermement ancré dans le passé, où les contrats prénuptiaux n'existaient pas.

— Votre père était un homme avisé.

— Je suis soulagée de l'entendre. Et je suis ravie de cette servitude environnementale.

— Tout le monde ne l'est pas, dit Ted. J'ai eu affaire à des héritiers qui étaient absolument furieux de ne pouvoir vendre les biens de leurs parents. Donc vous avez l'intention de rester et d'exploiter le ranch vous-même ?

— Je n'en sais rien.

— Si vous découvrez que l'exploitation d'un ranch n'est pas pour vous, je peux vous mettre en contact avec des gens qui vous aideront à trouver un gérant. Ou vous pouvez vendre le ranch à quelqu'un qui continuera à l'exploiter. Il sera toujours lié par les termes de la servitude environnementale, mais il y a des gens qui recherchent ce genre de chose.

— Il faut que j'y réfléchisse.

Elle ne s'était jamais vraiment intéressée à l'élevage, mais pouvait-elle vendre l'héritage de son père à un autre rancher ?

— Il n'y a pas d'urgence. En fait, je vous conseillerais de ne pas prendre de décision hâtive. Dans l'intervalle, faites-moi savoir quand vous aurez le certificat de décès, et j'entamerai la procédure d'homologation.

— Merci, Ted.

Elle raccrocha, se sentant beaucoup plus légère. Elle avait hâte de trouver Darla pour lui annoncer la bonne nouvelle.

Chris et Shane localisèrent Von King aux parcs à bestiaux, à proximité de là où on avait trouvé le corps de Sam. Attachés à la clôture, des rubans de scène de crime voletaient dans le vent. Shane gara le SUV au bord du chemin, derrière le pick-up de Von, et ils se glissèrent sous les fils barbelés.

— Hier soir, j'ai vu que quelqu'un avait coupé la clôture, dit Von quand ils furent près de lui.

Il enfonça une agrafe à coups de marteau dans le piquet.

— Un de vos gars de scène de crime, j'imagine.

— Le fil était-il coupé hier ? demanda Shane à Chris.

Celui-ci secoua la tête.

— Je pense que Von a raison, et que l'équipe scientifique l'a coupé pour faire entrer du matériel. Vous pourrez déposer plainte au commissariat et demander le remboursement des dégâts, dit-il à Von.

— C'est qu'un fil et quelques agrafes.

Von tira le fil de fer, qui brillait à côté des fils rouillés.

— Qu'est-ce que vous voulez ?

— Nous avons vu Allerton, dit Shane. Il nous a dit que vous aviez fait des travaux pour lui.

— C'est vrai.

Von se redressa et leur fit face.

— Et alors ?

— Quel genre de travaux ? demanda Chris.

— Du sale boulot. Déplacer des rochers, retourner de la terre, relever des clôtures…

— Vous connaissiez Tom Chico ? interrogea Shane.

— Jamais rencontré.

— Allerton et lui étaient associés.

— Trey est le seul à qui j'ai eu affaire. Connais pas l'autre gars.

Il se déplaça le long de la clôture, tirant le fil à chaque piquet. Être interrogé par des policiers en uniforme perturbait la plupart des gens, mais pas Von, peut-être parce qu'il en avait l'habitude.

— Nous savons que votre vrai nom n'est pas Von King, lança Chris.

Von fixa sur lui un regard dur.

— Je m'appelle Von King. Je peux vous montrer mon permis de conduire, si vous voulez.

— Il n'y a aucune loi contre le fait de changer de nom, intervint Shane. Nous aimerions seulement savoir quel était votre nom avant.

— Von King, répéta-t-il, et il se déplaça le long de la clôture.

Chris et Shane échangèrent un regard, reconnaissant que cette manière de procéder ne menait nulle part.

— Comment vont les choses au ranch, aujourd'hui ? demanda Chris.

— L'ex-femme et son garçon sont arrivés hier, comme des vautours.

— Vous la connaissiez quand elle était mariée à Sam ? questionna Shane.

— J'étais pas là, à l'époque. Mais il a fallu qu'elle me dise qu'ils avaient été mariés.

— Quand est-elle arrivée au ranch ?

— Vers midi. Ils sont entrés avec leurs valises, et elle a commencé à donner des ordres.

— Était-elle venue au ranch avant ça ? interrogea Chris. Je veux dire, depuis que vous travailliez pour Sam ?

— Non.

Il se déplaça encore, et ils le suivirent.

— Sam a-t-il mentionné qu'il avait eu un désaccord avec quelqu'un ? Quelqu'un contre qui il était en colère ?

— C'était mon patron, pas mon pote. On parlait du travail qu'il voulait que je fasse et quand il voulait que je le fasse. On n'était pas là pour ouvrir nos cœurs.

— Donc vous ne connaissez personne avec qui il se serait disputé ? insista Chris.

Von s'immobilisa, une main sur le piquet de clôture, et se tourna vers lui.

— Willow et lui se disputaient beaucoup.

— À propos de quoi ?

— Je ne sais pas. Mais je les ai entendus crier dans la maison. Ils hurlaient tous les deux.

— Quand était-ce ? demanda Shane.

— Avant-hier soir. À la tombée de la nuit. J'allais ranger les outils que j'avais pris pour remplacer des piquets cassés, et je les ai entendus commencer à se disputer.

— Ça vous a alarmé ? s'enquit Chris. De les entendre se disputer ?

— C'était pas la première fois. Et c'était pas non plus mes affaires.

Il se détourna.

— J'ai du travail. Je pense que vous aussi.

Il n'attendit pas de réponse et s'éloigna simplement à grandes enjambées, piétinant les buissons de sauge.

— On ferait mieux de demander à Willow quel était l'objet de la dispute, dit Shane en retournant à la voiture.

— Si Von nous a dit la vérité, remarqua Chris.

— Il faut vérifier. S'ils se disputaient et que le matin suivant Sam a été tué, on ne peut pas ne pas en tenir compte.

— Bien sûr que non.

Jusque-là, c'était la première fois qu'ils entendaient dire que Sam Russell s'était disputé avec quelqu'un. Cela ne voulait pas dire que Willow avait assassiné son père. Juste qu'elle n'avait pas été entièrement sincère avec eux, et cela troublait Chris.

En émergeant de sa chambre après sa conversation avec Ted Delray, Willow trouva Darla et Emmet dans le salon, prêts à partir.

— Nous allons manger en ville, puisque tu ne nous as rien offert, dit Darla.

— Faites comme bon vous semble.

— Tu n'as pas besoin d'être aussi grossière ! s'offusqua Darla.

Le peu de patience qu'avait Willow la déserta soudain.

— C'est vous qui êtes grossière de venir ici sans y avoir été invitée !

— Nous avons le droit d'être ici.

— Je ne pense pas. Je viens de parler à l'avocat de papa.

— Ah ?

Darla croisa les bras sur sa poitrine et regarda Willow d'un air d'attente.

— Qu'avait-il à dire ?

— Nous avons discuté des termes du testament de papa.

— Et ? Ne sois pas embarrassée, Willow. Tu es trop vieille pour faire des manières.

— Tout le ranch me revient et il est sous servitude environnementale, si bien qu'il ne peut être vendu ou divisé.

Elle s'était attendue à ce que Darla s'irrite, voire se mette en rage. Au lieu de cela, elle décroisa les bras et sourit.

— Il y a un autre testament, dit-elle.

— Non, il n'y en a pas, répliqua Willow.

— Si.

Emmet, qui rôdait derrière sa mère, prit la parole.

— Maman a une copie.

— Je peux te la montrer, si tu veux, dit Darla. Quand nous reviendrons après dîner.

— Quand vous reviendrez, vous pourrez faire vos bagages, dit Willow. Mon avocat vous contactera.

— Tu ne peux pas nous jeter dehors.

Le vernis de calme de Darla se craquelait.

— Je peux et je vais le faire. C'est ma maison, pas la vôtre.

— Ton père aurait été atterré de te voir nous traiter comme ça ! s'exclama Darla.

— Votre ex-mari ne vous aurait jamais laissée franchir la porte pour commencer.

— Je ne peux pas y croire.

Darla se leva et fit face à Willow, qui prit conscience qu'elle faisait quinze centimètres et probablement vingt kilos de plus qu'elle.

— Je suis venue ici pour t'aider !

La voix de Darla montait.

— Et c'est comme ça que tu me remercies ?

Emmet se leva aussi.

— Tu as bouleversé maman, dit-il d'un ton de reproche.

Willow leur jeta un regard noir. Elle avait envie de leur dire ce qu'elle pensait d'eux, mais cela ne servirait qu'à aggraver la situation. Elle prit donc une profonde inspiration et sortit son téléphone.

— Il y a un motel à Eagle Mountain. Vous pouvez y prendre des chambres ou retourner à Albuquerque. Mais vous devez partir. Si vous ne partez pas, j'appelle le shérif.

Elle s'attendait à ce que Darla émette encore des objections.

— Nous en parlerons demain matin ! Viens, Emmet ! aboya-t-elle en passant devant son fils.

Willow fixa la porte fermée et écouta la voiture de Darla démarrer. Elle allait devoir les supporter une nuit de plus, mais, au matin, elle les mettrait à la porte même si elle devait contacter le commissariat pour cela. Qu'allaient-ils penser de ce nouveau drame familial ? se demanda-t-elle.

Elle alla dans la cuisine et mit de l'eau à bouillir pour faire du thé. Elle aurait probablement dû manger quelque chose, mais elle ne savait pas quoi. Elle se sentait vide, comme si la mort de son père avait laissé un espace béant. Tout ce qu'elle voulait, c'était se fourrer au lit, tirer les couvertures sur sa tête et s'apercevoir au réveil que tout cela était un horrible cauchemar.

Elle fixait le réfrigérateur sans le voir quand un coup à la porte de derrière la fit sursauter.

— Nous vous avons vue par la fenêtre, alors nous avons fait le tour, dit le shérif adjoint Delray quand elle eut ouvert.

Un autre policier se tenait à ses côtés, un bel homme aux yeux bleus.

— Entrez donc. Vous tombez bien.

Tous deux passèrent devant elle, faisant tout à coup paraître la cuisine plus petite.

— Voici le shérif adjoint Ellis.

L'autre policier lui fit un signe de tête.

— Pourquoi avez-vous besoin de nous ? continua Delray.

— Je viens de dire à l'ex de mon père et à son fils qu'ils doivent partir. Ils ont dit qu'on en reparlerait quand ils reviendront d'Eagle Mountain, où ils sont allés déjeuner. Je suppose que je vais être coincée avec eux une nuit de plus, mais je vais encore essayer demain. Puis-je vous appeler s'ils me font des problèmes ? Je veux dire, si je ne veux pas qu'ils soient là, c'est une violation de propriété, non ?

— Qu'ont-il fait pour vous irriter autant ? demanda Delray.

— Je ne veux pas d'eux ici. Ce n'est pas suffisant ?

Il hocha la tête, l'observant de ses chaleureux yeux bruns. Elle sentit son regard, comme s'il essayait de percer son apparence.

— Ont-ils fait quelque chose qui vous a particulièrement mise en colère ? demanda-t-il au bout d'un instant.

— J'ai parlé à l'avocat de papa, Ted Delray. Je crois que vous le connaissez ?

Le shérif adjoint rougit.

— C'est mon père.

— Il s'occupe des affaires juridiques de papa depuis des années, reprit-elle. Je l'ai interrogé sur le testament et il m'a dit qu'il y a plusieurs années papa a placé le ranch sous servitude environnementale. Vous savez ce que c'est ?

— Oui. Cela veut dire que le bien ne peut être ni divisé ni vendu.

— Exactement. Papa m'a tout laissé, en dehors d'un petit don au musée d'histoire, et je suis libre de continuer à exploiter le ranch, d'engager quelqu'un pour le gérer à ma place ou de le vendre à quelqu'un qui en fera aussi un élevage. Il n'y a rien dans le testament à propos de Darla ou son fils. Je l'ai dit à Darla, et elle m'a assurée qu'il y a un autre testament – un testament qui lègue la moitié du ranch à Emmet.

— Elle vous l'a montré ? demanda Ellis.

— Non. Et je ne veux pas le voir. Je ne crois pas qu'il existe. Je lui ai dit de le remettre à Ted.

— Est-il possible qu'elle ait raison, qu'il y ait un autre testament ? questionna Delray.

— Pourquoi papa aurait-il rédigé un autre testament dont Ted ignorerait l'existence ? Papa faisait appel à lui pour tout. Il s'est même occupé de son divorce avec Darla.

Elle secoua la tête.

— Elle bluffait.

— Nous ne pouvons pas vous donner de conseil juridique, dit Delray. Mais nous sommes là si vos visiteurs inopportuns ne veulent pas s'en aller. Bien que nous aurions aimé les interroger avant que vous les mettiez dehors.

— Bien sûr. Est-ce pour ça que vous êtes venus ?

Elle écarta ses soucis pour se concentrer sur lui.

— Ou avez-vous du nouveau ?

Chris Delray fit un geste de dénégation.

— Rien de nouveau. Mais nous voulions vous parler aussi.

Il s'approcha de la table de cuisine et tira une chaise.

— Pourquoi ne pas nous asseoir quelques minutes ?

Elle prit place, et ils s'assirent face à elle.

— Comment allez-vous ? questionna Delray avec un intérêt sincère.

— Je suis toujours sous le choc, dit-elle. Tant de choses sont arrivées. Pour l'instant, j'essaie seulement d'avancer. Je n'arrive pas encore à croire que papa est parti.

— Vous n'êtes pas obligée de tout faire par vous-même. Demandez à vos amis de vous aider.

Elle serra les lèvres, tentant de se maîtriser.

— Je n'ai pas beaucoup d'amis, ici. Je suis partie depuis longtemps.

— Depuis combien de temps êtes-vous revenue au ranch ?

— Un mois.

— Et comment ça se passait entre votre père et vous, après avoir vécu si longtemps chacun de votre côté ? demanda Delray. Vous viviez bien seule ?

— Papa et moi, nous nous entendions bien. Pendant des années, après la mort de ma mère, nous avons été seulement tous les deux, alors nous étions proches.

— Vous ne vous disputiez pas ? questionna Ellis.

Elle changea de position et s'ordonna de ne pas gigoter comme une enfant coupable.

— Nous faisions en sorte que ça marche.

— Nous avons un témoin qui dit vous avoir entendus, votre père et vous, vous disputer, dit Delray. La veille du jour où il a été tué.

Elle frissonna.

— Nous ne nous disputions pas. Pas vraiment.

— Le témoin dit que vous hurliez, remarqua Ellis.

Elle détourna le regard, réprimant ses larmes.

— Papa et moi avions tous deux notre caractère. Mais ce n'était rien, vraiment.

— À propos de quoi était la dispute ?

— Papa pensait que je gâchais ma vie en m'occupant de lui. Il m'a reproché de fuir la réalité.

Les paroles de son père lui avaient fait mal, peut-être parce qu'elles étaient en partie vraies.

— Quelle réalité ? demanda Delray.

— J'ai été licenciée de mon poste d'enseignement à l'université de Hemphill. Au début, je pensais que je ne resterais avec papa qu'une ou deux semaines, mais un mois s'est écoulé.

— Je suis sûr que votre licenciement a été douloureux, dit Delray.

Il avait un ton plus sympathique qu'accusateur. Jouait-il au « bon flic » ou était-il sincèrement touché ?

— Me crier dessus, c'était sa manière de me pousser à reprendre ma vie en main.

— Mais vous vous êtes disputés, persista Ellis.

Elle acquiesça.

— Oui. Mais ce n'était pas une vraie colère. C'était le genre de désaccord qu'ont les personnes qui s'aiment : ils ne sont pas d'accord et ils se préoccupent l'un de l'autre. Je pensais que papa avait besoin de moi, et il croyait que je gaspillais mes talents en me terrant ici.

Elle se força à croiser son regard.

— J'aimais mon père. Je ne peux même pas imaginer ce qu'il aurait pu faire ou dire pour que j'aie envie de lui faire du mal. Je n'aurais…

Elle secoua la tête.

— Ça ne serait jamais arrivé. C'était mon père. Le seul parent que j'ai eu pendant des années.

Incapable de retenir ses larmes plus longtemps, elle se mit à sangloter.

— À quelle heure avez-vous quitté la maison hier matin ? demanda Ellis au bout d'un instant.

Elle renifla et essaya de réfléchir.

— À 8 h 45 environ. Papa est en général là pour le petit déjeuner à 8 heures, alors en ne le voyant pas arriver, je me suis inquiétée. J'ai essayé de l'appeler sur son portable, mais ça ne répondait pas.

Elle fronça les sourcils.

— Ce n'était pas si inhabituel, car il y a beaucoup d'endroits par ici où il n'y a pas de réseau. Mais j'étais tellement inquiète que j'ai décidé de sortir le chercher. Quand j'ai vu qu'il n'avait pas pris son pick-up, j'ai eu encore plus peur.

— Pourquoi ça ? demanda Delray.

— S'il avait pris un cheval ou un 4x4, il aurait pu être jeté à bas ou blessé. Papa aimait dire qu'il était à l'épreuve des balles, mais il avait presque soixante-dix ans et il n'était pas aussi costaud qu'avant. Je croyais qu'en revenant vivre ici je pourrais veiller sur lui, mais c'était difficile.

Elle eut une ombre de sourire.

— Papa était très têtu, moi aussi. C'est pourquoi nous nous disputions de temps en temps.

— Où êtes-vous allée le chercher ?

— Je suis d'abord allée à l'écurie. La jument qu'il monte d'habitude était dans sa stalle, alors j'ai pensé qu'il avait pris un 4x4. Je savais qu'il ne serait pas parti à pied.

Aucun d'eux n'émit d'objection. Ils avaient probablement passé assez de temps avec des ranchers pour savoir que c'était vrai.

— Et ensuite ? s'enquit Ellis.

— J'ai roulé jusque chez Von King, pour lui demander s'il avait vu papa. Mais il n'était pas là, alors je me suis dit que papa et lui avaient dû aller quelque part dans le pick-up de Von. Ça m'a un peu rassurée, et j'ai pris le chemin du retour. Mais j'ai vu alors une voiture de police près des parcs à bestiaux, et je suis allée voir.

— Qu'avez-vous pensé quand vous avez vu ce véhicule ?

— Que papa avait eu un accident, dit-elle. J'ai eu peur.

— Vous avez mentionné le caractère de votre père, dit Delray. Savez-vous s'il s'était disputé avec quelqu'un d'autre récemment ?

— Non. J'ai aussi posé la question à Ted, et tout ce qu'il m'a dit, c'est qu'on ne vit pas soixante-dix ans sans se faire des ennemis. Je ne sais pas si je suis d'accord avec ça, mais quelqu'un détestait assez mon père pour le tuer, n'est-ce pas ?

L'adjoint Delray regarda l'adjoint Ellis.

— Tu as d'autres questions pour Mlle Russell ?

— Non.

Ellis se leva et rangea sa chaise.

— Je dois passer quelques appels, je te retrouve dehors.

Il quitta la pièce. Le silence tomba entre Willow et Chris.

— Ce n'est pas par plaisir que nous sommes durs avec vous, dit ce dernier après un long moment. Nous devons rassembler autant d'informations que possible afin de trouver qui a tué votre père.

— Je sais.

Elle agrippa le bord de la table.

— C'est juste difficile de voir des étrangers juger

toute ma vie. Je ne suis pas fière de m'être disputée avec mon père, mais je n'en ai pas honte non plus. Lui et moi étions très semblables, et cela signifie que nous nous disputions, pas que nous ne nous aimions pas.

Elle se tourna vers lui.

— J'aurais aimé que vous le connaissiez, shérif adjoint. Il pouvait être entêté et rigide dans ses manières, mais il était aussi le premier à aider quelqu'un dans le besoin. Comme Von King… Je ne l'aurais pas engagé, mais mon père voulait lui donner une deuxième chance. Et s'il y avait une collecte quelconque en ville, tout le monde savait qu'il ferait un don généreux.

— Vous pouvez m'appeler Chris ? demanda-t-il. C'est ainsi qu'on m'appelle dans le comté. J'ai découvert que la plupart des gens n'apprécient pas les manières formelles.

— D'accord, Chris.

L'appeler par son nom de famille la faisait toujours penser à son père, de toute façon.

— Et vous pouvez m'appeler Willow.

Il acquiesça, un sourire au coin des lèvres.

— J'ai rencontré votre père quelques fois dans l'exercice de mon métier, dit-il. Il n'a jamais transgressé les lois de l'eau, alors nous bavardions simplement Il m'a bien accueilli et m'a souhaité bonne chance. Je n'ai jamais entendu aucun de ses voisins dire du mal de lui.

Elle hocha la tête.

— C'est encore plus difficile de comprendre qui a pu l'abattre. Je ne comprends même pas comment quelqu'un aurait pu lui prendre son fusil et s'en servir pour le tuer. Pas sans une vraie lutte.

— Le médecin légiste dit qu'on l'a frappé à l'arrière du crâne, ce qui a dû l'assommer.

— Donc quelqu'un s'est faufilé derrière lui.

— Ou c'était quelqu'un en qui il avait assez confiance pour lui tourner le dos.

— Ça me rend encore plus triste.

Elle leva les yeux au plafond, ordonnant à ses larmes de ne pas couler. Elle avait mal à la tête d'avoir autant pleuré.

— Mais pourquoi serait-ce plus facile de penser qu'il a été tué par quelqu'un qui le haïssait plutôt que par quelqu'un qui l'aimait ? Je veux dire, il est mort de toute façon.

— Je suis désolé, dit Chris.

— Ça m'aide un peu. De savoir que d'autres gens détestent ce qui s'est passé et qu'il manquera à certains d'entre nous.

Chris se leva.

— Je ferais mieux d'y aller. Mais rappelez-vous… Nous sommes du même côté, vous et moi. Nous voulons tous deux découvrir la vérité sur ce qui est arrivé à votre père.

Elle hocha la tête.

— Trouver qui a fait ça ne le ramènera pas, mais ne pas savoir ajoute à la perte. Ça vous paraît logique ?

— Tout à fait.

Il posa une main sur son épaule. Le contact fut bref mais rassurant. Elle sentit sa chaleur un long moment après qu'il eut quitté la cuisine.

6

Chacune de ses rencontres avec Willow déstabilisait Chris. Il savait comment faire son travail, mais la confiance lui manquait quand il se retrouvait face à elle. Il était essentiel de mettre les sentiments de côté pour se concentrer sur les faits et faire justice au meurtrier de Sam Russell. Cela signifiait considérer tous ceux qui avaient été en contact avec lui comme suspects. Willow Russell était probablement plus proche de son père que quiconque, elle n'avait pas d'alibi pour l'heure de sa mort, elle avait avoué que son père et elle s'étaient disputés, et qu'en tant que seule héritière elle hériterait de beaucoup d'argent, et de terres qui en valaient encore plus. Il devait l'étudier avec attention et continuer à creuser. Mais quand il était avec elle il avait du mal à croire qu'elle ait frappé son père à la tête et l'ait abattu à bout portant avec un fusil de chasse.

Cela prouvait peut-être que Chris ne possédait pas les qualités nécessaires pour enquêter sur un crime. Il en savait plus que quiconque sur le droit de l'eau dans l'État, et n'avait jamais hésité à imposer ce droit, même face à des ranchers en colère ou des propriétaires irrités. Mais le meurtre était tout autre chose. L'enjeu était bien plus important, autant pour la victime que pour l'accusé.

Willow l'avait pris au dépourvu en faisant allusion à son père. Bien sûr, Ted Delray avait vécu et pratiqué le droit dans ce comté bien avant que Chris entre au service du shérif. Chris avait pensé que se rapprocher de ses parents serait une bonne idée, mais il n'en était plus très sûr. Son père et lui voyaient rarement les choses du même œil lorsqu'il s'agissait de son avenir. Ted Delray lui avait fait clairement savoir qu'il pensait qu'il perdait son temps dans la police.

Ce n'était pas si éloigné des propres disputes de Willow avec son père, songea-t-il. Chris et son père avaient certainement eu leur part de disputes animées sur le sujet, mais cela ne voulait pas dire qu'ils ne s'aimaient pas. Au contraire, cet amour rendait le désaccord encore plus aigu. Il croyait Willow quand elle disait qu'elle n'avait jamais été assez en colère contre son père pour lui faire du mal.

Mais *quelqu'un* avait été en colère contre Sam Russell, et Chris voulait faire sa part pour identifier cette personne. Parce que c'était son travail et qu'il voulait prouver qu'il avait les qualités requises pour le faire. Et peut-être, s'avouait-il à lui-même, parce qu'il voulait être celui qui réconforterait un peu Willow Russell.

Lorsque Chris et Shane retournèrent au ranch tôt le mardi matin, ils trouvèrent Willow assise dans le salon avec Darla et Emmet.

— Voici les adjoints Delray et Ellis, annonça Willow. Darla et Emmet ont accepté d'attendre jusqu'à ce que vous puissiez leur parler, puis ils s'en iront.

— Nous nous installons dans un bed & breakfast

en ville, dit Darla. Beaucoup plus agréable et mieux situé qu'ici.

Willow adressa un hochement de tête aux deux hommes et quitta la pièce. Darla et son fils étaient debout l'un près de l'autre, les bras de Darla étroitement croisés sur sa poitrine. Elle leur adressa un froncement de sourcils.

— Nous vous sommes reconnaissants de nous avoir attendus pour nous parler, dit Chris, espérant la mettre à l'aise.

— Avez-vous des informations sur ce pauvre Sam ? demanda-t-elle. Quand nous rendrez-vous le corps, afin que nous organisions des obsèques convenables ? Savez-vous quand le certificat de décès sera émis ? Avez-vous trouvé la personne qui a fait ça ?

Elle le mitraillait de ses questions, comme si elle craignait de perdre la possibilité de parler.

— Asseyez-vous, madame Russell.

Shane désigna le sofa.

— Nous ferons de notre mieux pour répondre à vos questions, et vous pourrez nous donner des informations sur M. Russell.

L'autorité et le charme de Shane firent beaucoup pour calmer l'agitation de Darla.

— Merci, shérif adjoint. C'est agréable d'avoir affaire à quelqu'un qui comprend à quel point je suis plongée dans la détresse, dit-elle en dardant un regard noir à Chris. Même si Sam et moi n'étions plus mariés, nous étions toujours proches. Je veux me rendre utile.

Shane déplaça une chaise et la plaça près d'elle. Chris s'assit dans un fauteuil un peu plus loin, se contentant d'observer et laissant Shane conduire l'entretien.

— Commençons par écarter quelques éléments de

base. Où étiez-vous entre 5 heures et 7 heures et demie-mardi matin ?

— Oh ! mon Dieu…

Elle posa une main sur sa joue.

— Je suis sûre que je dormais. J'ai besoin de dormir pour garder ma beauté, vous savez.

Elle eut un battement de cils quasiment imperceptible.

— Et où dormiez-vous ? demanda Shane.

Elle rit.

— Où croyez-vous, shérif adjoint ? J'étais chez moi, dans mon lit.

— Et où se trouve votre maison ?

— À Albuquerque.

Elle ânonna l'adresse. Shane regarda Emmet.

— Et vous ? Où étiez-vous mardi matin ?

— J'étais à la maison.

Emmet regarda sa mère, comme pour qu'elle confirme ses dires.

— Emmet vit avec moi. Il m'est d'une grande aide.

— Quel genre de travail avez-vous, monsieur Caspar ? demanda Shane.

— Eh bien, je…

— Emmet est entre deux emplois en ce moment. C'est une chose que Willow et lui ont en commun.

— Quand avez-vous parlé pour la dernière fois à Sam, madame Russell ? s'enquit Shane.

— Vous pouvez m'appeler Darla.

— Quand avez-vous parlé pour la dernière fois à Sam ?

Elle prit un air pensif.

— Je n'en suis pas absolument sûre, mais je dirais il y a une semaine.

Elle hocha la tête.

— Oui, c'est ça. Nous avons parlé de notre visite, à Emmet et à moi.

— Était-ce quelque chose que vous aviez fait auparavant ? questionna Shane.

— Oh oui. Sam et moi étions bons amis, et je pense toujours à lui comme au père d'Emmet.

L'expression chagrine d'Emmet semblait indiquer qu'il ne partageait pas ce sentiment, se dit Chris.

— Quand vous avez parlé à Sam, semblait-il préoccupé ou irrité par quelque chose ?

— Il s'inquiétait pour Willow. Elle était rentrée à la maison et ne donnait aucun signe de vouloir s'en aller. Comme si elle s'attendait à ce que Sam l'entretienne le reste de sa vie.

Chris bougea sur son siège. Il était tenté de souligner qu'elle semblait elle-même entretenir son fils, mais Shane, probablement avec sagesse, ne releva pas.

— Y avait-il autre chose qui l'ennuyait ? demanda Shane. Avait-il des ennemis à votre connaissance ?

— Non. Sam était un homme merveilleux. Il était travailleur et généreux. Tout le monde avait une haute opinion de lui. Nous ne pouvions aller nulle part sans que les gens viennent nous parler ou nous offrent un verre.

Elle rit encore, un gloussement aigu, tellement incohérent avec son attitude que cela fit sursauter Chris.

— C'était comme d'être mariée à une célébrité !

Depuis sa prise de poste, Chris avait entendu beaucoup de ranchers se plaindre de leurs voisins. Untel était cupide, Unetelle était radine. Untel lésinait sur tout, Unetelle se croyait supérieure. Mais il n'avait rien entendu d'autre que de l'admiration vis-à-vis de Sam, que l'on décrivait la plupart du temps comme travailleur, juste et honnête.

— Chris, tu as d'autres questions pour Mme Russell ou son fils ? demanda Shane.

— Quand avez-vous appris la mort de Sam ? questionna celui-ci.

— Willow m'a appelée mardi soir, dit-elle. J'étais bouleversée qu'elle ait attendu si longtemps. Le pauvre Sam était mort depuis toute une journée, et je n'en savais rien.

Elle détourna le regard en cillant rapidement.

— Et à quelle heure êtes-vous arrivée à Eagle Mountain hier ? reprit Chris.

— Je suis allée directement au commissariat, dit-elle. Donc… Juste avant le déjeuner ?

— Vous avez conduit depuis Albuquerque ? s'étonna Shane.

— C'est ça. Je ne pouvais pas dormir, alors nous sommes partis tôt.

— Pourquoi avez-vous décidé de venir ? reprit Chris.

— Je ne pouvais pas laisser Willow affronter ça toute seule, répondit-elle. Non qu'elle me soit reconnaissante de mes efforts. En fait, elle nous a demandé de partir.

— Pourquoi a-t-elle fait ça ? demanda Shane.

— Je pense qu'elle veut me cacher la vérité.

— Pourquoi ? Que pensez-vous qu'elle cache ?

— La vérité sur ce qui est arrivé à Sam. Je crois qu'elle en sait plus qu'elle ne veut bien le dire.

— Pourquoi voudrait-elle vous cacher cela ? questionna Chris.

— Elle a toujours été jalouse de moi, shérif adjoint. Elle ne pouvait accepter que son père aime une autre femme. Je lui reproche d'avoir détruit notre mariage. Sa jalousie et son ressentiment mettaient Sam dans une position très difficile.

— Je pensais que Willow vivait déjà seule, dans un autre État, quand Sam et vous vous êtes mariés, remarqua Chris.

— Elle appelait régulièrement son père et disait des choses affreuses sur moi. Et quand elle venait en visite, elle était très grossière. Au bout d'un moment, c'était trop dur pour Sam. Mais je sais qu'il m'aimait toujours.

— Pourquoi croyez-vous que Willow sait des choses sur la mort de son père qu'elle ne vous dit pas ? demanda Shane.

— Elle était seule ici le matin où il est mort, n'est-ce pas ? Elle est tellement pressée de nous mettre dehors qu'elle doit cacher quelque chose. Et elle a déjà téléphoné à l'avocat de Sam à propos du testament, comme si elle ne pouvait pas attendre de mettre la main sur le ranch. Je pense que c'est suspect, ne trouvez-vous pas ?

— Comment savez-vous qu'elle a parlé à l'avocat ?

— Elle me l'a dit !

Darla se redressa de toute sa taille.

— Si j'étais vous, j'enquêterais de plus près sur elle.

— Autre chose ?

Shane regarda Chris, qui secoua la tête. Il n'avait rien de plus à dire à cette femme.

Darla se leva, et Emmet l'imita.

— Nous séjournerons à Eagle Mountain, si vous avez besoin de nous voir, dit-elle. Quelqu'un doit bien garder un œil sur Willow.

Ils quittèrent la pièce.

— J'ai le sentiment qu'il n'y a pas d'excès d'amour entre Willow et sa belle-mère, dit Shane. Quand je vous ai laissés seuls, t'a-t-elle dit pourquoi elle voulait que Darla et Emmet s'en aillent ?

— Je pense que ça se résume au fait qu'elle ne les aime pas et qu'elle ne veut pas partager sa maison avec eux.

Shane hocha la tête.

— Mme Russell semble croire que Willow avait des raisons d'assassiner son père.

— Si ne pas s'entendre avec ses parents était une raison de les assassiner, il y aurait de quoi s'étonner que tant de parents arrivent à l'âge de la retraite.

Shane haussa un sourcil, mais ne fit pas de commentaire.

— Nous devrions essayer de vérifier si Darla et son fils étaient vraiment à Albuquerque au moment où ils le disent, déclara-t-il. S'ils croient qu'Emmet va hériter de la moitié du ranch, ce pourrait être un mobile de meurtre. Surtout s'ils ont des problèmes d'argent. Elle a dit qu'Emmet était au chômage.

Chris acquiesça.

— On va faire ça.

— En parlant de chômage, quel genre de travail faisait Willow ?

— Elle était professeure d'anthropologie culturelle.

— Hmm. Il n'y a sans doute pas beaucoup de débouchés à Eagle Mountain. Donc, elle doit aussi manquer d'argent.

— Elle n'a jamais insinué que Sam ne voulait pas lui donner d'argent si elle en avait besoin. Et cela ne ressemble pas à une raison de tuer quelqu'un.

— Je pense que tu serais surpris de voir à quel point il en faut peu pour pousser quelqu'un à bout, mais nous devons voir qui d'autre avait un mobile. Willow avait-elle une idée de cela ?

— Non, dit Chris. Nous n'avons pas grand-chose jusqu'ici.

Shane et lui sortaient du SUV quand le téléphone de Chris bourdonna. L'appel venait du shérif.

— Où êtes-vous maintenant ? demanda Travis sans préambule.

— Nous venons juste de quitter le ranch Russell.

— Allez tout de suite à Carstairs Park.

— Oui, monsieur. Où est-ce ?

— C'est comme ça qu'ils appellent l'espace vert à l'extrémité nord des Idlewilde Estates. Il y a un parc avec quelques sentiers et un petit étang. Un pêcheur a remarqué quelque chose dans l'eau ce matin. C'est un quad. Je pense qu'il pourrait appartenir à Sam Russell. Shane et toi, allez-y, et je vous rejoindrai dès que j'aurai réussi à m'échapper de la réunion à la mairie.

— Oui, monsieur.

Chris raccrocha et regarda Shane, qui attendait près du SUV.

— Il faut que nous allions aux Idlewilde Estates. À Carstairs Park.

— Qu'est-ce qu'il se passe ?

Shane ouvrit la portière du SUV.

— Quelqu'un a trouvé un quad dans l'étang.

Chris sortit ses clés.

— Travis pense qu'il pourrait appartenir à Sam Russell.

— Pourquoi pense-t-il ça ?

— Il ne l'a pas dit.

Chris s'installa au volant et attacha sa ceinture de sécurité.

— Mais si c'est celui de Sam, comment est-il arrivé à Carstairs Park ?

— Peut-être de la même manière que sa montre a atterri à plus d'un kilomètre du lieu où il est mort, dit Shane. Peut-être que c'est le meurtrier qui l'y a mis.

Par la fenêtre du salon Willow regarda Darla et Emmet s'éloigner en voiture. Elle s'était attendue à ressentir du soulagement, mais elle demeurait tendue. Pas besoin d'en chercher la raison très loin : les questions de Chris la perturbaient encore. Croyait-il vraiment qu'elle avait tué son père ? Et si lui et les autres adjoints croyaient cela, allaient-ils cesser de chercher le vrai meurtrier ?

Chris avait demandé si son père avait des ennemis. Elle n'en voyait aucun, mais elle avait été absente des années. Peut-être était-ce quelqu'un qu'elle ne connaissait pas.

Elle se dirigea vers la chambre d'amis que son père avait transformée en bureau. En ouvrant la porte, elle s'immobilisa un instant, submergée par la tristesse. Cette pièce, plus que toute autre, était le domaine de son père. L'odeur de son après-rasage s'attardait, mélangée à la fumée des cigares dont il croyait qu'elle ignorait l'existence. Une tasse de café vide était posée au coin du bureau, décorée d'une scène de Frederic Remington. Elle la lui avait offerte pour son anniversaire. La pensée qu'il avait bu dedans peu de temps avant de mourir la fit presque défaillir.

Repoussant le chagrin, elle se concentra sur la tâche qui l'attendait. Pourquoi Chris n'avait-il pas demandé à voir le bureau pour en apprendre davantage sur Sam et peut-être sur son meurtrier ? Ce serait à elle de fouiller en quête d'un indice sur celui qui haïssait assez son père pour le tuer. Mais par où commencer ?

Les commentaires de Darla sur le prétendu penchant de Sam à cacher de l'argent lui revinrent, et elle alla au placard au fond duquel se trouvait un petit coffre-fort ignifugé. Elle trouva la combinaison là où elle s'en souvenait : notée sur un morceau de papier scotché sous le bureau.

À l'intérieur du coffre, elle découvrit les papiers du pick-up de son père et de plusieurs véhicules du ranch, des factures de vente de bétail, les titres de propriété du ranch et d'autres papiers qu'elle examinerait plus tard. Un pistolet ancien dans une boîte en bois, un sac de velours à moitié plein de pièces de dix cents en argent. Pas d'argent liquide.

Elle referma la porte du coffre-fort et s'assit sur ses talons. Darla avait-elle raison en disant que Sam cachait des billets ailleurs ? Mais où pouvaient-ils être ? Et, plus important, pourquoi aurait-il fait cela ? Bien que son père ait toujours été prudent avec l'argent, il n'avait jamais été avare. Et pourquoi aurait-il voulu cacher des fonds au lieu de les investir ou les garder à la banque ?

Toujours perplexe, elle s'assit au bureau, faisant grincer le fauteuil en cuir. La surface du bureau était presque entièrement recouverte de magazines d'élevage, de prospectus de ventes aux enchères, de vieux numéros de journaux, et de nombreux reçus et factures qui constituaient l'ordinaire d'un ranch prospère. Malgré ses tentatives pour le persuader de se servir d'un ordinateur, Sam faisait encore tout sur papier.

Elle ouvrit le tiroir de droite et découvrit un tas de petits calepins, de ceux qui tenaient dans une poche de chemise, où l'on pouvait inscrire quelle vache avait vêlé et une brève description de veau nouveau-né. Une manière simple de suivre le troupeau durant l'une les périodes les plus occupées de l'année. Les carnets dataient de dix ans au moins et portaient les nombres – et parfois les noms – d'une génération de vaches et de veaux qui avaient fait du Double R ce qu'il était.

Le tiroir suivant contenait des dossiers : marquage et

vaccination, registres de boucles d'oreilles d'identification, factures de vétérinaire et rapports d'élevage.

Le premier tiroir de gauche révéla un épais registre vert. Elle lui fit une place sur le bureau et l'ouvrit. Les pages étaient annotées de la main de son père, sans doute possible. Il avait une écriture digne d'un dessinateur. Lorsqu'elle lui en avait fait la remarque, il lui avait dit que c'était parce que sa mère était institutrice.

Elle survola les colonnes de chiffres et les intitulés : vingt-huit dollars pour des blocs de sel, huit cents dollars pour un chargement de foin, deux mille quatre cents dollars pour une remorque, huit mille dollars pour un cheval de *cuting*, mille dollars pour une selle. Elle ne pouvait calculer combien d'argent était passé par le ranch au fil des ans, mais elle savait depuis longtemps que son père était un homme riche, bien qu'il donne plus de valeur à la terre et au bétail qu'aux comptes en banque ou aux objets luxueux.

Finalement, dans le dernier tiroir de gauche, elle trouva un agenda à couverture noire, identique à ceux que son père utilisait depuis des décennies. Il en achetait un chaque année au magasin de fournitures de bureau.

Elle feuilleta les pages précédentes, où Sam avait noté un rendez-vous chez le coiffeur, des réunions à l'association des éleveurs locaux et des déjeuners avec des amis. Elle atteignit la dernière semaine. Il n'y avait aucune note pour le mardi, le jour où il était mort. En fait, le seul rendez-vous noté était pour le jour même : une rencontre avec *A.* à 16 heures.

Qui était *A.* ?

Elle referma l'agenda et contempla le fatras. Toute la vie de son père se trouvait dans ces papiers, si quelqu'un prenait la peine de les étudier.

Elle dirigea son attention vers une pile rangée dans une boîte à chaussures, au coin du bureau. Ce devait être la corbeille d'arrivée de son père, les choses auxquelles il devait répondre. Il y avait quelques factures qu'elle devrait payer, un numéro de magazine qu'il avait sans doute l'intention de lire et des correspondances – une demande de recommandation d'un cow-boy qui avait travaillé pour lui, une requête de dons pour une campagne politique locale et des remerciements d'un membre d'une association de jeunesse, dont son père avait acheté la vache à une vente aux enchères.

Au fond de la boîte, il y avait une enveloppe marron. Elle contenait une série de lettres – tapées à l'ordinateur ou écrites à la main. Willow sentit son estomac se nouer quand elle les parcourut. C'étaient des échanges entre Adam Treadwell et son père. Elle ne connaissait pas Treadwell, mais les lettres l'identifiaient comme le président de l'association des copropriétaires des Idlewilde Estates. Sam avait écrit des missives de plus en plus véhémentes, accusant les résidents des Idlewilde de polluer le canal d'irrigation. Au début, il se contentait d'insister pour qu'on les informe sur le réseau d'irrigation et qu'on interdise l'usage de fertilisants et d'engrais – car ceux-ci nuisaient aux récoltes et rendaient malade le bétail. De son côté, Treadwell niait le problème, puis prétendait ne pas avoir l'autorité nécessaire pour faire quoi que ce soit, et finissait par menacer Sam de poursuites s'il ne cessait pas de le harceler.

La dernière lettre était écrite à la main, d'une grosse écriture penchée, littéralement gravée dans le papier. Elle n'était pas signée, mais le message était assez clair :

« Occupez-vous de vous affaires ou vous le regretterez. »

7

Chris, Shane et Travis regardaient la dépanneuse tirer l'engin de l'étang. L'eau ruisselait sur la peinture vert foncé et les sièges en vinyle. De la boue engluait les pneus et laissa une traînée quand la dépanneuse tira le véhicule sur un replat herbeux puis sur le gravier du parking.

— Je ne comprends pas comment il a pu tomber là-dedans. À moins qu'on l'ait délibérément poussé, remarqua Shane, lorsque le quad se posa enfin devant eux.

— On va passer le quartier au peigne fin, répondit Travis. Peut-être qu'un joggeur matinal ou un promeneur de chien a vu quelque chose.

— Il y a huit kilomètres par la route depuis l'endroit où on a trouvé le corps de Russell, dit Shane.

— Mais cinq seulement si on suit le canal, objecta Chris. Et il y a assez d'espace pour faire passer un quad. C'est ce que les employés des canaux utilisent.

Il désigna l'étang.

— En fait, c'est un réservoir du réseau.

— À combien sommes-nous de l'endroit où tu as trouvé la montre de Sam ? demanda Travis.

— Moins de deux kilomètres.

Un pick-up Toyota bleu s'arrêta sur le parking. Un homme

brun, aux tempes argentées et au corps de footballeur sur le retour, en descendit et les rejoignit d'un pas vif.

— Que faites-vous ici ? demanda-t-il.

— Qui êtes-vous ? questionna Travis.

— Adam Treadwell. Le président de l'association des copropriétaires des Idlewilde Estates.

Il regarda autour de lui, comme un enfant curieux.

— Que s'est-il passé ?

— Que savez-vous de cet engin ? demanda Travis en désignant le quad ruisselant d'eau. Nous venons de le tirer de l'étang.

Treadwell le fixa.

— Ce sont des gamins qui l'ont poussé dedans ou quoi ?

— Vous connaissiez Sam Russell ? poursuivit le shérif.

Treadwell fronça les sourcils.

— Oui, je le connaissais. J'ai entendu dire qu'il est mort. C'est vrai qu'on l'a abattu d'un coup de feu ?

— Vous avez vu Sam par ici récemment ?

Des rides se creusèrent sur le visage charnu de Treadwell.

— Sam venait beaucoup ici ces derniers temps.

— Ah bon ?

Travis attendit, laissant flotter les derniers mots. Treadwell se frotta la nuque.

— C'est pas pour dire du mal d'un mort, mais c'était un vrai emmerdeur.

— Comment ça ?

— Il ne voulait pas de nous ici. Il pensait que ça aurait dû rester des champs ou des prairies. De toute façon, il s'était mis dans la tête que les gens d'ici empoisonnent le canal d'irrigation avec des désherbants et des engrais. Il n'arrêtait pas d'écrire des lettres et menaçait de nous poursuivre. J'ai essayé de lui dire que je n'avais aucune autorité pour dire aux gens ce qu'ils pouvaient faire ou non dans leurs jardins, mais il ne me croyait pas.

— Vous n'avez pas de règlement intérieur dans la copropriété ? demanda Chris. Des règles sur la taille et la couleur des maisons ?

Treadwell se tourna vers lui.

— Bien sûr que si. Mais il n'y a rien qui concerne les produits d'entretien des pelouses. Et on ne peut ajouter des règles au petit bonheur la chance. C'est un long processus. J'ai tenté de l'expliquer à Sam, mais il n'écoutait pas. C'est assez difficile de faire comprendre aux gens qu'ils ne peuvent pas arroser leurs jardins avec l'eau qui passe sur leurs propriétés.

— Les lois sur l'eau n'ont pas toujours de sens pour ceux qui n'en sont pas familiers. Si vous voulez, je peux venir en parler à une réunion de copropriétaires un jour.

Il tendit une carte à Treadwell. Une grande partie de son travail consistait à informer les gens, et cela semblait être une bonne opportunité.

— Merci.

Treadwell fourra la carte dans la poche de son polo.

— La dernière fois que j'ai vu Sam, c'était la semaine dernière. Il était au parc, recueillant des échantillons d'eau. Je suis allé le voir, mais il ne voulait pas me parler.

— Où vivez-vous, monsieur Treadwell ? demanda Travis.

— Juste là, en face du parc.

Il désigna une maison de l'autre côté de la rue.

— Avez-vous remarqué quelqu'un dans le parc mardi matin ? reprit Travis.

Il secoua la tête.

— J'ai dû aller à Junction de bonne heure, alors

j'étais absent toute la journée. Je me suis arrêté à Eagle Mountain pour dîner, et quelqu'un m'a parlé de Sam.

Il se frotta à nouveau la nuque.

— Je veux dire, je n'aimais pas le vieux, mais je suis navré qu'il soit mort.

Il se tourna pour regarder le quad.

— Vous pensez qu'il appartenait à Sam ?

— Nous n'en savons rien encore, répondit Travis. Nous allons enquêter dans le voisinage.

— C'est vraiment nécessaire ? Je suis sûr que vous n'apprendrez rien d'utile, et les gens d'ici aiment leur tranquillité.

— C'est nécessaire, répliqua Travis.

Treadwell haussa les épaules.

— C'était probablement le vieux Russell. Ça lui ressemble tout à fait de pousser ce truc dans notre étang. C'était une vraie tête de mule. Je veux dire, une fois qu'il s'était convaincu de quelque chose, il n'y avait pas moyen de le faire changer d'avis. Vous avez une idée de qui l'a tué ?

— Nous sommes en train d'enquêter.

— Vous me tiendrez au courant quand vous saurez ce qui s'est passé ici ?

Treadwell désignait l'étang et le quad.

— Nous reprendrons contact, dit Travis.

Le shérif tourna les talons, Shane et Chris le suivirent. Le téléphone de Chris avait vibré pendant qu'ils parlaient, aussi, avant de monter en voiture, le prit-il pour vérifier ses messages.

> C'est Willow Russell. J'ai regardé les papiers de mon père et j'ai trouvé quelque chose. Je ne sais pas si ça a de l'importance, mais je pense que vous devriez le voir.

— C'était Willow Russell, dit Chris au shérif. Elle dit qu'elle a trouvé quelque chose dans les papiers de son père et que nous devrions le voir.

— Qu'est-ce que c'est ? demanda Shane.

— Elle ne le dit pas.

— Passes-y, dit Travis en jetant un coup d'œil à sa montre. Shane, reviens au bureau avec moi. Nous nous réunirons à 16 heures pour examiner ce que nous avons sur l'affaire jusqu'ici.

— Oui, monsieur.

Chris se dirigea vers sa voiture de patrouille.

— Chris ? cria Travis.

— Oui, monsieur ?

— Demande à Willow s'il leur manque un quad.

— Oui, monsieur.

Peut-être serait-ce l'occasion de montrer à Willow qu'ils pouvaient collaborer. Chris ne voulait pas être son ennemi, même s'il valait mieux qu'il ne pense pas trop à cela. Cette belle brune figurait trop souvent dans ses pensées.

Willow respira un peu mieux quand elle vit que Chris était seul. Il lui était plus facile de parler avec lui qu'avec le shérif ou les autres adjoints. Peut-être la croyait-il aussi capable de meurtre, mais au moins il semblait l'écouter.

Elle vint l'accueillir sur le pas de la porte.

— Allons dans le bureau de papa, proposa-t-elle.

Chris s'arrêta sur le seuil pour survoler la pièce. Willow essaya de la voir à travers ses yeux : le vieux bureau couvert de papiers et de magazines, les grandes étagères pleines de livres, le crâne de bœuf au mur, un vieux chapeau pendu à une des cornes. C'était une pièce fonctionnelle, vivante, un reflet de l'homme qui avait travaillé là.

— Nous aurions dû examiner ça plus tôt, dit-il.

— Si papa avait un ennemi, je pensais pouvoir le trouver là-dedans.

Elle s'assit dans le fauteuil.

— Il rangeait tout ce qui a à voir avec le ranch dans cette pièce, et le ranch représentait toute sa vie.

Chris s'approcha.

— Que vouliez-vous me montrer ?

— Ça.

Elle lui tendit une liasse de papiers posée au centre du buvard.

— C'est la correspondance entre mon père et un homme nommé Adam Treadwell.

— Le président de l'association des copropriétaires des Idlewilde Estates, dit Chris.

— Oh. Vous êtes déjà au courant ?

— Nous sommes allés voir M. Treadwell cet après-midi. Il nous a dit que votre père se plaignait de ce que les résidents des Idlewilde polluent le canal d'irrigation.

— Papa a gardé des copies de toute sa correspondance avec lui.

Elle se leva, contourna le bureau et regarda par-dessus son épaule pendant qu'il feuilletait les lettres.

— Les réponses de Treadwell sont là. Vous verrez que papa n'était pas le seul à avoir du tempérament.

Chris s'immobilisa et lut la dernière note à voix haute.

« Occupez-vous de vos affaires ou vous le regretterez. »

Il retourna la feuille mais il n'y avait rien d'écrit au dos.

— Est-ce Treadwell qui a écrit ceci, ou votre père ?

— Je ne pense pas que ce soit l'écriture de papa.

Elle effleura le bord de la feuille.

— Ça ressemble à une menace pour moi.

— Treadwell parlait peut-être de poursuites en justice.

— Peut-être. Mais vous ne pensez pas que ça vaut la peine de creuser ?

— Oui.

Il fourra les papiers dans l'enveloppe.

— Je vais devoir emporter ceci, mais je vais vous faire un reçu. Y a-t-il autre chose qui vous a frappée comme étant bizarre ou significatif ?

— Papa avait une note sur son agenda aujourd'hui, « rencontre avec *A* ». Mais je ne sais pas qui est ce *A*. Est-ce que ça pourrait être Adam Treadwell ?

— Et mardi ? Une réunion ou un rendez-vous prévu ce jour-là, surtout le matin ?

— Il n'y a rien de noté.

Elle lui tendit l'agenda.

— Vous pouvez vérifier par vous-même.

— Votre père avait-il un inventaire de ses biens ? demanda-t-il. Nous essayons de déterminer si l'un des quads manque. Je pense que c'est probablement ainsi que Sam est allé aux parcs à bestiaux mardi matin.

— Oui.

Elle retourna au bureau et ouvrit le tiroir des dossiers. Elle trouva un dossier étiqueté Véhicules et le lui tendit.

— Tous les papiers des véhicules du ranch, y compris les quads, doivent être là-dedans. Et les titres de propriété sont dans le coffre-fort, bien que je ne les aie pas regardés.

— Merci. Ça pourrait nous être utile.

Il posa les deux dossiers sur le coin du bureau et sortit un carnet de reçus.

— Il y a autre chose ?

— Juste une chose. Peut-être n'est-ce rien, mais…

— Même un détail pourrait être important, dit Chris pour l'encourager.

— Darla m'a dit que mon père avait la réputation de cacher de l'argent. Des milliers de dollars, selon elle. Elle dit que tout le monde savait ça, que sa coiffeuse lui en avait parlé. J'ai regardé dans le coffre et dans le bureau mais je n'ai rien trouvé. Et je n'avais jamais entendu dire ça avant. Mais peut-être que Darla n'était pas la seule personne à avoir entendu cette rumeur. Peut-être que quelqu'un d'autre en a entendu parler et a tué mon père pour ça.

— C'est quelque chose auquel il faudra penser. Nous demanderons à quelqu'un de passer en revue la comptabilité de votre père.

Elle leva les mains pour indiquer le bureau.

— Je sais que tout ça a l'air en désordre, mais papa tenait des registres clairs, et ils remontent à des décennies.

Elle baissa les yeux sur le tiroir ouvert.

— Quelque part là-dedans, il y a probablement la facture de la voiture qu'il m'a achetée pour mes dix-huit ans.

— Vous en avez eu de la chance, dit-il. Moi j'ai eu un plumier et deux nouveaux jeans.

— C'était une Viber orange, avec une aile d'une autre couleur. Pas vraiment le véhicule de mes rêves.

— Vous vous êtes plainte ?

Elle rit.

— Je n'aurais pas osé. J'ai conduit cette voiture jusqu'à ce que j'entre à l'université.

Il rit aussi. Leurs yeux se croisèrent, et elle sentit un éclair d'attirance. Elle s'ordonna de détourner les yeux mais n'y parvint pas. Le sourire s'évanouit dans les yeux de Chris, mais il continua de la regarder.

— Comment allez-vous, pour de vrai ? demanda-t-il.

— C'est dur. Mais je suis plus forte que j'en ai l'air. J'y arriverai.

— Je veux vous aider. Je sais que c'est… compliqué parfois. Mais ne laissez pas mon badge vous intimider. Le métier que je fais consiste essentiellement à aider les gens, même si ça n'en a pas l'air.

Elle put enfin détourner le regard.

— Merci, dit-elle.

Il posa une main sur son épaule, une pression brève et rassurante.

— Nous irons au fond de cette histoire, lui assura-t-il. Nous rendrons justice à votre père.

Elle savait que toutes les affaires n'étaient pas résolues et que tous les criminels n'étaient pas arrêtés. Mais elle voulait croire Chris. Savoir qu'il travaillait dans l'intérêt de son père rendait cette horrible situation un peu plus facile à supporter.

— Commençons par la chronologie, dit Travis, quand la réunion du personnel commença le jeudi après-midi.

Dans une unité de police aussi réduite que celle du comté de Rayford, il n'y avait pas de département des homicides. Tous les policiers travaillaient à résoudre le crime, avec l'assistance, si nécessaire, de l'antenne du FBI au Colorado.

Le sergent Gage Walker, le frère du shérif, se tenait au tableau et commenta la chronologie qu'il avait notée.

— Le médecin légiste a établi que Sam Russell est mort entre 5 heures et 7 heures et demie du matin, mardi matin, dit-il. Willow Russell et Von King disent tous deux que Sam quittait la maison entre 6 heures et 6 heures et demie tous les matins.

Gage indiqua le point suivant.

— Willow affirme qu'elle est descendue de sa chambre à 7 heures et demie. Son père n'était pas là, mais cela n'avait rien d'inhabituel. Sam revenait généralement à la maison pour petit déjeuner vers 8 heures. En voyant qu'il n'était pas revenu à 8 h 45 et qu'elle ne parvenait pas à le joindre, elle est allée le chercher.

— Pendant ce temps, Perry webber, l'employé des canaux, a trouvé le corps de Sam dans le canal d'irrigation près des parcs à bestiaux aux environs de 7 h 10, continua Gage. Il a roulé jusqu'au point où il avait un signal téléphonique et il a contacté Chris.

Gage désigna celui-ci.

— À toi.

Chris consulta ses notes, bien que les faits soient gravés dans sa mémoire.

— J'ai rejoint Perry aux parcs à bestiaux à 7 h 45. Je l'ai envoyé appeler le shérif. À 9 h 15, Willow Russell est arrivée et m'a expliqué qu'elle cherchait son père. Elle a identifié le corps et est retournée au ranch. Plus tard, ce matin-là, j'ai eu un appel pour une violation du droit de l'eau aux Idlewilde Estates. J'y suis allé en voiture pour parler aux propriétaires. J'ai trouvé une montre en or dans le canal, que Willow a identifiée comme appartenant à son père.

— Cet après-midi, nous avons reçu un signalement comme quoi un quad se trouvait dans l'étang de Carstairs Park, aux Idlewilde Estates, intervint à son tour le shérif. Nous l'avons identifié depuis comme appartenant à Sam, grâce aux papiers fournis par Willow Russell.

— Alors qu'est-ce qui est arrivé ? interrogea Gage. Comment la montre et le quad de Sam ont-ils atterri aussi loin de son corps ?

Chris avait passé beaucoup de temps à réfléchir à cette question.

— Sam a rencontré son meurtrier aux parcs à bestiaux. Quand Sam lui a tourné le dos, il l'a frappé par-derrière avec un objet plat et lourd, puis il lui a tiré dessus avec son propre fusil – dont Willow et Von ont tous deux dit qu'il l'emportait habituellement avec lui. Le meurtrier a ensuite pris la montre de Sam et conduit le quad sur le chemin qui court le long du canal Daimler. Il a perdu la montre derrière le jardin des Howell aux Idlewilde Estates. Peut-être qu'il a roulé sur une bosse ou qu'il l'a jetée exprès.

— Il s'est peut-être rendu compte que prendre quelque chose à un homme qu'on vient de tuer n'est pas très intelligent, remarqua Dwight Prentice.

— Peut-être, dit Chris. En tout cas, le meurtrier a pris le quad et l'a flanqué dans l'étang de Carstairs Park.

— Et ensuite ? demanda Landry. Comment est-il rentré chez lui ? Et le véhicule qu'il a utilisé pour aller aux parcs à bestiaux ? Ce n'est pas une petite promenade.

— Peut-être qu'il a eu de l'aide, suggéra Jamie Douglas. Quelqu'un a pu le conduire de Carstairs Park aux parcs à bestiaux, ou conduire sa voiture des parcs à bestiaux au parc et le rejoindre là-bas.

— Les voisins n'ont signalé personne sur un quad dans le quartier mardi matin, dit Travis. Il y a quelques personnes que nous n'avons pas vues, alors il faudra faire le suivi.

— J'ai eu un appel des Idlewilde Estates à propos d'un voyeur ce matin-là, lança Jamie.

— À quelle heure ? demanda Travis.

— Juste après que j'arrive. À 7 heures et demie.

Jamie consulta ses notes.

— La femme – Julie Breck, sur Ash Drive – n'a pas parlé d'un quad. Elle a dit que son voyeur était un homme habillé de noir, à pied. Il s'est tenu devant la fenêtre de sa chambre plusieurs minutes, puis il est parti. Elle était seule à la maison, et le temps qu'elle mette des vêtements et nous appelle, il était parti. J'ai parlé à ses voisins, mais personne n'a rien vu. Et certainement pas un quad.

— Va de nouveau les interroger, dit Travis. Quelqu'un peut avoir vu quelque chose et ne pas avoir fait le lien.

— Nous devrions aussi interroger les auto-stoppeurs sur la route 361. Quelqu'un a pu reconduire le meurtrier à sa voiture. Il a pu la garer quelque part entre le parc et le ranch et aller à pied à son rendez-vous avec Sam ce matin-là. Nous ne savons pas si c'était une rencontre arrangée. Peut-être que le meurtrier savait que Sam serait aux parcs à bestiaux et lui a posé un piège là-bas.

— Nous émettrons un appel au public, dit Travis. Quoi d'autre ?

— Pourquoi ne pas se débarrasser pour de bon du quad ? questionna Dwight.

Personne n'avait de réponse à cela.

— Parlons du mobile, reprit Gage. Qui avait à gagner de la mort de Sam ?

— Willow Russell hérite du ranch, dit Shane. Il vaut beaucoup d'argent, et elle est actuellement au chômage.

Shane ne faisait qu'énoncer des faits, mais Chris dut serrer les dents pour s'empêcher de défendre Willow.

— L'ex-femme de Sam, Darla Russell, prétend que son fils va hériter de la moitié des biens. Bien que cela ne soit peut-être pas vrai. J'attends que l'avocat de Sam me rappelle à propos du testament.

— Von King et Darla Russell ont tous deux dit que Willow s'était récemment disputée avec son père, reprit Shane. Peut-être que l'une de ces disputes a mal tourné ?

— Pourquoi aux parcs à bestiaux, si tôt le matin ? intervint Jamie. S'ils ont eu un différend domestique, ça se serait plutôt passé au ranch.

— Le médecin légiste affirme que Sam est mort là où on a trouvé son corps, dit Travis. Mais Willow aurait pu suivre son père aux parcs à bestiaux ce matin-là.

— De même que Von King, ajouta Chris. Ou Darla, ou Emmet. Aucun d'eux n'a d'alibi.

— Quelqu'un d'autre qui avait un mobile pour tuer Sam ? lança Gage.

— Sam s'était querellé avec son ancien voisin, Bud Carstairs, qui avait vendu les terres qui sont devenues les Idlewilde Estates, dit Shane. Ils étaient amis, et ils ne se sont pas parlé pendant trois ans autant qu'on le sache.

— Plus récemment, Sam a eu un conflit avec Adam Treadwell, le président de l'association des copropriétaires des Idlewilde, dit Chris. À en juger par la correspondance que Sam a gardée, les échanges étaient tendus.

— Sam était en colère parce qu'il pensait que les copropriétaires des Idlewilde Estates polluaient le canal d'irrigation, expliqua Travis. Peut-être que le plongeon du quad dans l'étang – qui est un bassin d'évacuation du système d'irrigation – est lié à cela.

— Des empreintes ou d'autres indices sur le quad ? demanda Jamie.

— Il y a partout les empreintes de Sam, mais ce n'est pas étonnant, répondit Travis. Rien d'autre. Le tueur portait probablement des gants.

— Darla Russell dit qu'une rumeur courait en ville sur le fait que Sam avait caché beaucoup d'argent au ranch, dit Chris. Quelqu'un a pu entendre cette rumeur et tuer Sam pour lui prendre cet argent.

— J'ai entendu parler de cette rumeur, répondit Travis. Pas récemment, mais il y a des années, quand j'étais encore au lycée. Je suis surpris qu'elle circule toujours, mais nous l'ajouterons sur la liste des mobiles possibles.

Il baissa les yeux sur ses notes.

— L'employé des canaux n'a vu personne d'autre ce matin-là, si ?

— Non, dit Chris. Et nous devrions étudier les livres de Sam au ranch. D'après ce que m'a montré Willow, il enregistrait chaque centime qu'il dépensait et chaque rendez-vous qu'il avait. Nous pourrions découvrir quelque chose là-dedans.

— J'ai demandé au bureau fédéral du Colorado de nous envoyer de l'aide, annonça Travis. Mais l'État a gelé les embauches, et ils sont à court de bras. Il peut se passer des semaines avant qu'ils nous prêtent un enquêteur. J'aimerais résoudre cette affaire avant.

— Quelqu'un a forcément vu quelque chose, dit Gage. Il y a trop de gens dehors à cette heure-là.

— Espérons qu'on trouvera cette personne.

Travis regarda tour à tour tous les adjoints.

— Ce meurtre a jeté une ombre sur notre ville. Nous devons trouver le meurtrier pour effacer cette ombre.

Chris pensa à Willow et à l'ombre que le deuil avait jetée sur sa vie. Il ne pouvait effacer cette ombre, mais il ferait tout ce qu'il pourrait pour l'alléger.

Willow ne reconnut pas l'homme qui lui rendit visite le vendredi matin. Lorsqu'elle ouvrit la porte, elle le découvrit avec une expression de profonde préoccupation.

— Willow, je suis tellement, tellement navré pour votre deuil. Je suis sous le choc depuis que j'ai appris la nouvelle.

Il tendit la main, mais elle recula d'un pas.

— Nous nous connaissons ? demanda-t-elle.

C'était un bel homme à peu près de son âge, grand et large d'épaules, avec d'épais cheveux châtains.

— Je m'appelle Trey Allerton. Je loue deux hectares et demi à l'extrémité nord de votre ranch. Nous nous sommes rencontrés lorsque je suis passé parler à votre père.

Embarrassée d'avoir oublié Allerton et agacée qu'il s'imagine qu'elle se souviendrait de lui après une rencontre d'une minute, elle rougit.

— Que puis-je faire pour vous, monsieur Allerton ?

— Je vous en prie, appelez-moi Trey.

Il lui décocha un sourire éclatant. C'était un sourire fait pour amadouer, et il était efficace.

— Puis-je entrer ? demanda-t-il.

— Bien sûr.

Elle s'effaça pour le laisser entrer. Il se tint une fraction de seconde trop près d'elle et l'étudia avec intensité.

— Sam était un homme formidable. Le perdre est une tragédie pour tous ceux qui le connaissaient. Ma vie ne sera plus la même sans lui.

La manière familière dont il parlait de son père l'irrita. Allerton avait loué ce terrain moins de deux mois auparavant, et son père n'avait pas reparlé de lui depuis. Comment cet homme pouvait-il prétendre qu'ils étaient proches ?

— Merci pour vos condoléances. Y a-t-il autre chose dont vous vouliez me parler ?

Peut-être y avait-il un problème sur le terrain qu'il louait. Elle devrait gérer ces questions à l'avenir, ou engager quelqu'un qui s'en occuperait à sa place.

— Nous devons discuter des termes du bail. Je ne veux pas perturber votre deuil, mais maintenant que Sam a disparu, les termes ont changé.

— Que voulez-vous dire, les termes ont changé ?

— Asseyons-nous et je vais vous expliquer.

Il fit un geste en direction du sofa. Elle avait envie de résister, de lui annoncer qu'elle resterait debout. Mais elle reconnut la mesquinerie de ce sentiment et le suivit donc. Il s'installa à côté d'elle, sans la toucher mais trop près pour qu'elle soit à l'aise.

— Vous vous souvenez sans doute que j'ai loué un morceau du ranch pour le camp de jeunesse que je développe. Un endroit où de jeunes défavorisés pourront venir se détendre et se ressourcer.

Elle hocha la tête, sans se donner la peine de préciser que son père avait qualifié cela de chimère.

— Votre père était l'un de nos plus fervents soutiens, continua Allerton. Ses encouragements et son enthousiasme signifiaient beaucoup pour moi.

— Mon père n'était pas du genre à s'enthousiasmer.

Elle le regarda dans le blanc de l'œil, le défiant de la contredire. Sam Russell venait d'une famille qui pensait que les démonstrations d'émotion excessives étaient inutiles.

— Eh bien, il n'était pas démonstratif, mais il était incontestablement encourageant. Il croyait à notre mission et avait promis de faire tout son possible pour nous aider.

La lumière se fit jour dans l'esprit de Willow. Allerton

devait parler d'argent. Maintenant que Sam était parti, il espérait une « donation » sous forme de bien immobilier.

— Vous disiez que les termes de votre bail ont changé maintenant que mon père est… décédé.

— Oui.

Il la regarda de haut en bas.

— Vous ressemblez à votre père, n'est-ce pas ? Vous allez droit au but.

— Et votre but est ?

Le numéro de charme s'arrêta net, remplacé par une expression plus dure.

— Selon les termes du bail que j'ai signé avec votre père, sa durée passe de cinq ans à quarante ans pour un montant d'un dollar par an, dans l'éventualité de sa mort.

Elle ne put retenir un hoquet de stupeur.

— Un dollar par an ? Mon père était plus rationnel que cela !

— Je suis sûr que Sam était un homme d'affaires avisé, mais c'était sa manière de montrer son soutien à mon projet. Et, naturellement, il ne s'attendait pas à mourir si vite.

Elle le fixa, confondue.

— Je dois parler de ceci à l'avocat de mon père.

Pourquoi Ted n'en avait-il pas parlé ?

— Bien sûr.

Allerton se leva.

— Je voulais seulement vous tenir au courant, au cas où vous attendriez le prochain loyer.

Tandis qu'elle le raccompagnait, il ajouta quelques phrases sur la générosité et la merveilleuse gentillesse de Sam, mais elle les entendit à peine. L'esprit en ébullition, elle essayait de réconcilier l'image de Sam que Trey lui avait donnée avec l'homme futé, strict et parfois grognon qui l'avait élevée.

Tandis que le pick-up d'Allerton s'éloignait, elle composa le numéro de Ted Delray.

— Je suis Willow Russell, dit-elle à la femme qui prit le téléphone. Je dois parler à Me Delray. Tout de suite.

Ted ne la fit pas attendre.

— Willow ? Quelque chose ne va pas ?

Tout, pensa-t-elle.

— Je viens juste de voir Trey Allerton. Il prétend que le bail qu'il a signé s'est transformé en bail de quarante ans pour un dollar par an du fait de la mort de papa.

Silence à l'autre bout de la ligne.

— Ted ?

Il soupira.

— J'ai dit à Sam que c'était la chose la plus idiote qu'il avait jamais faite, mais vous savez comment il était – quand il avait décidé quelque chose, il le faisait, qu'importe ce qu'en pensaient les autres.

— Donc vous me dites que c'est vrai ?

— Oui. À la décharge de Sam, je crois qu'il l'a fait en manière de plaisanterie. C'était une façon de taquiner Allerton. Sam ne s'attendait pas à mourir. Il se vantait que son père avait vécu jusqu'à quatre-vingt-dix-huit ans. Et vous savez aussi bien que moi qu'il était aussi en forme que s'il avait eu vingt ans de moins.

— Oui, c'est vrai.

Et Sam ne se serait jamais vu comme une possible victime de meurtre. Mais alors qui l'avait tué ? L'explication de Ted était sensée. Son père avait vu clair dans le charme d'Allerton et décidé de l'appâter un peu. Il avait conclu avec lui un marché avantageux, convaincu que le ranch pour la jeunesse ferait chou blanc longtemps avant qu'il n'ait quitté ce monde.

— Vous avez parlé de cela à la police ? demanda-t-elle.

— Non. Pourquoi le devrais-je ?

— Ted ! Quelqu'un a tué mon père. Peut-être qu'Allerton l'a fait parce qu'il ne voulait plus payer de loyer.

— Je leur dirai. Je suis censé appeler Chris aujourd'hui, de toute façon.

Elle se demanda ce que Chris penserait de Trey Allerton. Ils étaient tous deux beaux, bien que Chris n'ait pas du tout le charme lisse et le bagout d'Allerton. Pour sa part elle préférait de beaucoup le calme posé du shérif adjoint.

— Faites-moi savoir ce qu'il en dit.

— Il y a autre chose que vous devez savoir, ajouta Ted.

La réticence qui suintait de ces mots lui noua l'estomac.

— Quoi donc ? demanda-t-elle.

— Darla Russell et son fils sont venus me voir. En fait, ils venaient juste de partir quand vous m'avez appelé.

— Et ?

— Elle a apporté une copie du testament qui laisse la moitié des biens à son fils et l'autre moitié à vous.

— C'est un testament légal ?

— C'est ce dont nous devons nous assurer. Il est daté postérieurement au testament que j'ai rédigé pour Sam, mais je dois creuser cette affaire.

La pensée qu'elle doive partager le Double R avec Emmet *et* Trey Allerton la fit frémir de tout son long.

— Mais à quoi pensait papa ? dit-elle tout haut.

— Je ne crois pas qu'il pensait, Willow, répondit Ted.

Il n'avait pas pensé à elle, en tout cas. Cette idée lui

faisait mal et la mettait en colère. Si son père avait été là, ils auraient eu un concours de hurlements qui auraient fait passer leurs disputes précédentes pour d'aimables conversations.

8

Adelaide Kinkaid, autorité en chef des commérages et mère poule du commissariat, avait décidé de prendre Chris sous son aile.

— Je sais que vous avez un beau diplôme de droit et que vous êtes passé par l'académie de police – avec les honneurs, ai-je entendu dire – mais ça ne veut pas dire que vous savez tout sur la police dans une petite ville, lui dit-elle lorsqu'il arriva au travail le vendredi matin.

— Quelqu'un s'est plaint de moi ?

Il fouilla dans sa mémoire. Mme Howell avait-elle protesté parce qu'il avait coupé l'eau dans son jardin ? Il avait incontestablement la loi de son côté dans cette affaire.

— Personne ne s'est plaint, précisa Adelaide. Je veux juste que vous ayez les outils nécessaires pour réussir.

— C'est-à-dire ?

Allait-elle lui dire qu'il devait adhérer à l'ordre des Élans ou assister aux matchs de foot du lycée ?

— Effacez ce rictus de votre figure, shérif adjoint. J'ai peut-être l'air d'une vieille dame à vos yeux, mais j'ai été mariée quarante ans à un inspecteur de police. Je sais une chose ou deux sur la résolution de crimes.

Chris reprit son sérieux.

— Oui, madame. Qu'ai-je besoin de savoir selon vous ?

— Entre autres que ce travail demande beaucoup d'heures, et que même quand vous n'êtes pas au travail vous l'emportez partout avec vous. Vous comprenez ?

— Je crois. Quand les gens me voient, ils voient d'abord le shérif adjoint.

— Exactement. Ce qui rend difficile d'avoir une vie personnelle. Le personnel et le professionnel se mélangent.

Elle agita la main.

— Mais que ça ne vous stresse pas.

— Non ?

Il ne l'avait jamais été.

— Par exemple, vous pouvez rencontrer quelqu'un qui vous attire au cours d'une enquête.

— Quand je suis au travail, je fais passer le travail avant tout, répondit-il. Je dois rester professionnel.

— Bien sûr. Je suis certaine que vous avez assez d'intelligence et de classe pour ne pas draguer un témoin ou une victime. Je dis juste que c'est normal d'être humain et d'avoir des sentiments. Ça peut marcher.

— Est-ce ainsi que vous avez rencontré votre mari ? demanda-t-il. Vous étiez une victime ? Ou une suspecte ?

Elle sourit jusqu'aux oreilles.

— Je ne vous le dirai pas. Mais oui, nous nous sommes rencontrés au cours d'une enquête. Ça arrive tout le temps. En fait, presque tous les adjoints ici ont rencontré leurs moitiés en effectuant une enquête. C'est comme si c'était dans l'air.

— Comment cela va-t-il m'aider à être un meilleur flic ?

— Ça vous rappellera que tout le monde est lié ici d'une certaine manière, vous compris. Vous pouvez essayer de rester froid et distant, mais ça ne marchera pas. Les gens doivent pouvoir vous faire confiance, et pour ça, il faut que vous soyez l'un d'eux.

Il acquiesça.

— D'accord. Mais je ne me trouve pas froid et distant.

— Je n'ai pas dit ça. Mais ne pensez pas que vous devez l'être.

— Adelaide, d'où vient cette préoccupation soudaine ?

Elle serra les lèvres, et il attendit en silence. Puis elle croisa les bras et le regarda en fronçant les sourcils.

— Je sais que vous êtes formé à chercher les indices et à élaborer un récit logique, c'est très bien. Mais vous devez aussi considérer les gens qui sont impliqués dans cette affaire.

Il hocha la tête.

— Y a-t-il une personne en particulier à laquelle vous pensez que je dois examiner de plus près ?

— Willow Russell.

Il ne s'attendait pas à cela.

— Qu'a donc Willow ?

— Si vous apprenez à la connaître, vous vous apercevrez que c'est une femme très intelligente. Elle était major de sa promotion, et elle est allée à l'université avec une bourse complète. Certains lui reprochent d'être partie en laissant Sam tout seul, mais elle aurait perdu son temps au ranch. Sam n'aurait sans doute pas accepté son aide, de toute façon.

— Oui, je pense que Willow est très intelligente.

— Donc elle est bien trop futée pour tuer quelqu'un en le frappant et en tirant sur lui avec un fusil de chasse.

Adelaide frémit.

— Son propre père ? Si elle avait voulu qu'il meure, elle aurait glissé du poison dans sa nourriture ou aurait mis en scène un accident de chasse. Je vais vous dire quelque chose : la violence qu'on a exercée sur Sam était exagérée et brutale. Maladroite, même. Il faut chercher quelqu'un avec ces caractéristiques. Apprenez à connaître les gens qui sont impliqués dans l'affaire.

— Voilà un bon conseil. Je vais le garder à l'esprit.

Elle hocha la tête et le laissa seul. Chris alluma son ordinateur et essaya de se concentrer sur un rapport pour le conseil d'administration de l'eau, mais les paroles d'Adelaide ne cessaient de lui revenir à l'esprit. Son jugement sur Willow – qu'elle était intelligente et pas du genre à assommer son père et à lui tirer dans la poitrine – rejoignait ses propres conclusions. Mais avoir entendu confirmer son sentiment le soulageait. Il s'était inquiété que son attirance manifeste pour Willow l'ait rendu aveugle à quelque chose qui aurait pointé dans le sens de sa culpabilité.

Elle devait rester sur la liste des suspects, car c'était elle qui gagnait le plus, financièrement parlant, à la mort de Sam et elle n'avait pas d'alibi pour le matin où il était mort. Mais il suivrait le conseil d'Adelaide et chercherait quelqu'un avec une propension à la brutalité ou des antécédents de violence, de même qu'un mobile pour tuer Sam.

— Shérif adjoint ?

Adelaide s'encadrait à nouveau dans l'ouverture de son bureau. Avait-elle une autre parole sage à lui communiquer ?

— Oui ?

— Il y a une femme qui veut vous voir. En fait, elle voulait voir Shane, mais il n'est pas là, et tout le monde est occupé, alors c'est pour vous.

— Qu'est-ce qu'elle veut ?

— Vous parler. Et elle est très jolie, alors considérez-vous comme chanceux.

Elle lui fit un clin d'œil et s'en fut avant qu'il puisse dire autre chose.

La femme qu'Adelaide escorta jusqu'à son bureau était effectivement jolie : des cheveux blond platine, des yeux bleu clair et une silhouette harmonieuse. Mais son beau visage était troublé.

— Je voulais parler au shérif adjoint Ellis, dit-elle en regardant autour d'elle les bureaux vides.

Chris se leva.

— Il n'est pas là pour l'instant. Je suis le shérif adjoint Chris Delray. Puis-je vous aider, mademoiselle ?

— Je m'appelle Courtney Baker.

Elle se percha au bord d'une chaise, un sac à main en cuir usé sur les genoux.

— Qu'est-ce qui vous trouble, mademoiselle Baker ?

— Ce n'est pas moi, en réalité, c'est mon… euh, l'homme avec lequel je vis. Trey Allerton. Je pense que quelqu'un essaie de le tuer.

Cette affirmation eut deux effets sur Chris : cela lui rafraîchit la mémoire quant à l'endroit où il avait déjà entendu son nom et le fit regarder derrière elle, dans le couloir.

— Où est M. Allerton ? demanda-t-il.

— Il avait un rendez-vous d'affaires. Il ne sait pas que je suis ici. Il n'arrête pas de dire que ce qui s'est passé n'est pas grave, mais je ne le crois pas.

Chris s'empara d'un bloc de papier et prit un stylo.

— Racontez-moi.

Elle prit une profonde inspiration pour se calmer.

— Hier matin, quand Trey est sorti de la caravane où nous vivons, quelqu'un a tiré sur lui à plusieurs reprises.

J'étais debout sur le perron, et les balles ont sifflé autour de sa tête. J'ai crié et Trey s'est jeté au sol. Il m'a hurlé de rentrer, ce que j'ai fait. Quelques minutes plus tard, il est rentré à son tour et m'a dit que tout allait bien. Je lui ai dit qu'il devait le signaler au shérif, mais il m'a dit que c'était seulement des tirs de chasseurs et que nous serions idiots d'en faire toute une histoire.

Chris prenait des notes sur son bloc.

— Et vous vivez sur le ranch Russell avec M. Allerton ?

— Oui. Pour l'instant, nous habitons dans ce mobile home, en attendant de commencer la construction d'un camp pour la jeunesse.

— Quand se sont produits ces coups de feu, exactement ?

— Hier matin, vers 9 heures et demie.

— Est-ce que cela aurait pu être des balles perdues tirées par des chasseurs ?

Elle secoua la tête.

— Ça n'est jamais arrivé, et je n'ai pas entendu de coups de feu depuis. Je pense que le tireur visait Trey. C'était terrifiant.

Elle se pencha en avant et posa une main sur le bureau.

— J'ai une petite fille, elle n'a que trois ans. Elle est avec sa tante en ce moment, mais j'ai peur de la laisser jouer dehors. Et si le tireur revenait ?

— Vous pourriez me dire d'où venaient les coups de feu ?

Elle secoua la tête.

— Je peux passer chez vous et inspecter les parages, mais je doute de trouver quoi que ce soit, dit-il.

— Sans doute que non. J'ai regardé après le départ de Trey, et lui l'a fait avant de partir, et aucun de nous n'a rien vu. J'étais prête à le considérer comme un accident, mais ce matin, il s'est passé autre chose.

— Quoi donc ?

— Trey a pris son pick-up pour aller au travail, et quand il a ouvert la portière il y avait un serpent lové sur le siège avant. Un gros serpent à sonnette. Il l'a tué avec une clé à molette. Je l'ai entendu crier et je suis sortie.

— Le serpent s'est peut-être faufilé par une vitre ouverte ? suggéra Chris.

Elle fit un geste de dénégation.

— Les vitres étaient fermées. Quelqu'un l'a mis là. Trey le pensait aussi, bien qu'il m'ait dit ce que vous venez de dire – que le serpent s'était faufilé dans la voiture. Peut-être qu'il ne voulait pas m'effrayer, mais je suis effrayée.

— Vous avez une idée de qui voudrait du mal à M. Allerton ? questionna Chris.

— Je ne sais pas. Et Trey dit qu'il ne sait pas non plus.

— Je peux lui parler, si vous pensez que ce serait utile, proposa Chris.

— Non. Je voulais juste que vous le sachiez. Au cas où il arriverait autre chose.

Elle se leva.

— Ne dites pas à Trey que je suis venue vous voir. Il ne serait pas content.

— Je vais prendre note de votre signalement. Tenez-moi au courant s'il arrive autre chose, ou si M. Allerton change d'avis pour la plainte.

Elle hocha la tête, mais ne bougea pas.

— Il y a autre chose ? demanda-t-il.

— J'ai entendu parler de la mort de M. Russell. Je ne le connaissais pas bien, mais les quelques fois où je l'ai vu, il s'est montré très gentil. Je ne peux imaginer qu'on ait pu vouloir lui faire du mal.

Elle croisa son regard avec des yeux écarquillés par la peur.

— Vous ne pensez pas que les menaces contre Trey pourraient venir de la personne qui l'a tué ?

— Vous pensez que le meurtrier de Sam Russell menace M. Allerton ?

— Je ne sais pas.

Elle serra son sac contre elle.

— Ça me semble juste étrange que M. Russell ait été tué et que deux jours plus tard quelqu'un essaie de tuer Trey. Nous vivons sur le même ranch. Il me semble que les deux choses pourraient être liées.

— Nous ne manquerons pas d'étudier cela.

Elle avait raison : cette coïncidence était suspecte.

— Merci, dit-elle.

Elle s'en alla en croisant le shérif.

— Que voulait Courtney Baker ? demanda Travis à Chris.

— Signaler qu'on a tiré sur Allerton hier matin, et qu'aujourd'hui il y avait un serpent à sonnette sur le siège avant de son pick-up.

— Hmmph.

— Elle se demande si ces incidents ne sont pas liés à la mort de Sam. Peut-être que le meurtrier s'en prend à Allerton maintenant.

— Parce que ça ne lui plaisait pas que Sam loue une partie du ranch à Allerton ? demanda Travis.

— Je n'ai entendu personne s'en plaindre jusqu'ici.

— Qu'en dit Willow ?

— Elle ne m'a rien dit à ce sujet.

— Tu devrais peut-être lui poser la question.

— Je le ferai. Mais vous avez dit que vous connaissez Willow depuis l'école. Vous pensez qu'elle est du genre à tirer sur les gens ou à mettre des serpents à sonnette dans leur voiture ?

— Non. Mais pose-lui quand même la question. Elle connaît peut-être quelqu'un que ce bail fait enrager.

— Je n'y manquerai pas.

Et il l'avertirait d'être prudente. Si le meurtrier avait décidé de cibler d'autres gens, combien de temps se passerait-il avant qu'il ne tourne son attention vers la fille de Sam ?

Willow avait cessé de répondre au téléphone le lendemain de la mort de son père, lasse des appels de condoléances qui se terminaient inévitablement par des questions inopportunes. Elle consultait son smartphone quand il sonnait, espérant qu'il s'agisse d'un appel de Ted. Quand elle reconnut le numéro de Chris Delray, elle se demanda s'il fallait répondre. Mais elle savait qu'elle devait lui parler de la visite d'Allerton. Et peut-être que le bel adjoint aurait de bonnes nouvelles cette fois.

— Bonjour, shérif adjoint.

— Bonjour, Willow.

Sa voix grave, teintée d'un soupçon d'accent traînant, fit battre son cœur.

— Comment allez-vous ?

Combien de fois avait-elle répondu à cette question au cours des derniers jours ? Et avait-elle été vraiment honnête ?

— C'est très dur. Mais j'essaie de ne pas m'écrouler.

— C'est beaucoup pour une seule personne. Y a-t-il quelque chose que je peux faire ?

— Trouver le meurtrier de mon père.

— J'y travaille. Puis-je passer en fin d'après-midi ?

Elle aurait aimé qu'il pose la question parce qu'il avait envie de la voir, sans pour autant se faire d'illusions.

— Encore des questions ?

— Je sais que c'est lassant, mais vous étiez plus proche que quiconque de votre père.

— Les questions ne me dérangent pas si elles sont utiles.

— Je peux passer vers 17 h 30 ?

— Je serai là.

Elle raccrocha et s'assit sur le sofa, remarquant la poussière sur les meubles et les magazines en désordre. Elle aurait dû faire le ménage, mais elle n'en avait pas l'énergie. Elle avait essayé, sans succès, de persuader son père d'engager quelqu'un qui s'occuperait de la maison, mais il avait répliqué que le désordre ne le dérangeait pas.

Soupirant, elle passa dans la salle à manger, où était son ordinateur. Elle se connecta à sa boîte mail et vérifia si elle avait des réponses à la demi-douzaine de candidatures envoyées à différentes universités. Il n'y en avait qu'une. Elle sut que c'était un refus avant même de l'ouvrir : si on avait voulu lui proposer un entretien, on l'aurait appelée.

Le refus venait de l'université de Mount Prince. Son amie Cecilia l'avait recommandée pour ce poste, et elle avait nourri de grands espoirs. Elle transféra le mail à Cecilia avec un émoji triste, puis rangea un peu la pièce.

Elle était en haut en train de se changer quand le téléphone sonna. Le doux accent mexicain de Cecilia était masqué par une note aiguë d'indignation.

— Je leur ai dit que tu étais la meilleure pour ce poste, qu'ils auraient vraiment de la chance de t'avoir !

Mais quelqu'un a entendu parler de ce qui s'est passé à Hemphill, et ils ont eu la frousse. J'ai dit au chef du département que ne pas t'engager à cause de ça donne l'impression qu'ils ont quelque chose à cacher. Il a eu le culot de me dire que je ne comprenais pas ce que c'est qu'être ciblé.

— Ça va, Cece, ce n'est pas ta faute. Je te remercie sincèrement d'avoir dit un mot en ma faveur.

— Quelqu'un va t'engager. Tu es si bonne professeure, ils seraient fous de ne pas le faire.

— Sauf que j'ai eu l'audace de poursuivre mon ex-employeur pour harcèlement sexuel. Et que j'ai perdu.

— Tu n'as pas perdu, protesta Cece. Rich Abrams a démissionné et l'université t'a payé des dommages et intérêts.

— Il est toujours professeur émérite, il donne toujours des conférences, et mon poste a été supprimé. Ils ont dit que c'était une restructuration, mais nous savons tous qu'ils se sont débarrassés de moi.

Elle prit une profonde inspiration, repoussant l'amertume.

— Ce n'est pas juste, dit Cece. Je continue d'espérer que tu trouves un poste où tu jouiras du respect que tu mérites.

— Je me demande si c'est possible.

— Tu ne peux pas renoncer.

— Désolée. Je suis à court d'optimisme en ce moment.

— Tu traverses une épreuve terrible, bien sûr. Comment ça va ? Tu dois avoir beaucoup de choses à gérer, entre les affaires de ton père et le reste.

— Je suis coincée jusqu'à ce que le commissariat découvre qui l'a tué ou décide de classer l'enquête. On ne peut même pas prévoir les obsèques. Et il semble qu'il y ait un autre testament qui ajoute encore à la boue.

— Oh ! chérie, c'est terrible !

Cece changea de ton :

— Je suppose qu'il y a de grands et beaux cow-boys au ranch qui pourraient te faire oublier tes soucis ?

L'image de Chris lui traversa l'esprit. Ce n'était pas un cow-boy, mais il portait un stetson et une arme, et il avait des épaules assez larges pour supporter n'importe quel fardeau.

— Le seul cow-boy au ranch est un ex-taulard d'une quarantaine d'années à l'hygiène discutable.

Cece se mit à rire, comme Willow l'avait prévu.

— Alors j'imagine que tu vas devoir sortir davantage.

Elle reprit son sérieux.

— Mais je suis vraiment navrée pour ton père. S'il y a quoi que ce soit que je peux faire, ne serait-ce que te prêter une oreille quand tu as besoin de vider ton sac, appelle-moi. N'importe quand. Et je reste à l'affût de toute ouverture de poste.

— Merci. Je te suis très reconnaissante.

Mettant fin à la communication, elle se retournait pour finir d'appliquer son maquillage quand la sonnette retentit. Elle jeta un coup d'œil au réveil – 16 h 30. Avait-elle mal compris Chris ? Ou était-il sorti plus tôt du travail ?

9

Ce n'était pas Chris, mais Von King. Il ne se donna pas la peine de dire bonjour.

— Qu'est-ce que vous allez faire du champ de foin ? demanda-t-il.

Willow le fixa, perplexe.

— Il devrait déjà être coupé.

— Alors coupez-le.

— Je coupe pas le foin. Il faut engager quelqu'un.

Son ton querelleur l'agaçait, mais elle ravala une réponse cinglante.

— À qui papa faisait-il appel ?

— À vous de le trouver.

— Je vous le demande à vous.

Il ne répondit pas, se contentant de détourner le regard, les dents serrées. Elle avait envie de lui dire de partir, de quitter le pas de sa porte et même le ranch. Mais, sans personne pour nourrir les chevaux et surveiller les clôtures, elle serait coincée. C'était deux des choses dont il s'occupait parce qu'elle l'avait vu les faire la veille. Prenant une grande inspiration, elle se rappela que caresser dans le sens du poil pouvait faire merveille.

— Maintenant que papa est parti, je compte sur vous pour m'aider. Vous en savez évidemment plus que moi sur le ranch. Bien sûr, je vous paierai pour les heures supplémentaires.

— Ouais, comme vous voulez. Mais engagez quelqu'un pour récolter le foin avant qu'il soit gâté.

Sans attendre de réponse, il tourna les talons. Willow crut l'entendre marmonner qu'il devait tout faire lui-même.

Elle referma la porte et la verrouilla. Bien que Von ne l'ait jamais menacée, il la mettait mal à l'aise. Mieux valait prendre des précautions. Elle alla dans le bureau de son père et s'assit. Dans son brouillard de chagrin, elle avait oublié que le ranch ne s'arrêtait jamais. Il y avait toujours des animaux à nourrir, de l'eau et du foin à gérer. L'heure était venue d'un cours intensif sur la gestion d'un ranch.

Une heure plus tard, elle était toujours plongée dans les livres de son père, quand la sonnette retentit. Cette fois, son visiteur était Chris. Elle le fit entrer et lui indiqua qu'elle travaillait dans le bureau.

— Von King m'a rappelé cet après-midi qu'il y a beaucoup de choses à faire, alors j'essaie de me faire une idée de tout ça. Je suis reconnaissante à papa d'avoir tenu des livres aussi clairs.

— C'est utile, dit Chris en la suivant.

— Il organisait son travail selon un calendrier et notait tout. Grâce à lui, j'ai pu engager une équipe pour couper le foin après-demain, et je sais qu'il est temps d'appeler le maréchal-ferrant pour les chevaux.

— On dirait que vous avez bien travaillé.

— Je travaille…

Elle se laissa tomber dans le fauteuil.

— Je ne sais pas si c'est bien.

Mais la nécessité de réagir l'avait sortie de son marasme. C'était bon d'accomplir quelque chose.

— Vous pensez que vous allez rester ici ? demanda Chris.

— Pour diriger le ranch ?

Elle secoua la tête.

— Il vaudrait mieux que je trouve quelqu'un qui ait de l'expérience. Ou je pourrais le louer à un autre rancher.

— Comme votre père a loué du terrain à Allerton ?

— Je parle d'un vrai rancher, pas d'un beau parleur qui, pour autant que je sache, n'a rien fait du tout.

Elle se frotta l'arête de son nez.

— Allerton est venu me voir ce matin.

— Que voulait-il ?

— Asseyez-vous. Mieux vaut vous mettre à l'aise.

— C'est une longue histoire ? demanda-t-il en s'asseyant.

— Seulement compliquée. La version courte, c'est que le bail qu'Allerton a persuadé mon père de signer avait une clause suspensive en cas de décès. Maintenant il est de quarante ans, pour un dollar par an.

Chris parut confondu, comme elle l'avait été.

— C'est un arrangement inhabituel…

— J'en ai eu la confirmation auprès de votre père. Il pense que papa l'avait voulu comme une sorte de plaisanterie, étant donné que le bail originel était de cinq ans et qu'il ne s'attendait pas à mourir. Allerton, lui, dit que mon père l'a fait parce qu'il croyait à son projet.

— Mais vous n'y croyez pas.

— Papa était convaincu que le ranch d'Allerton n'hébergerait jamais un seul enfant. Il a même inclus une clause disant que toute amélioration apportée par Allerton deviendrait sa propriété une fois le bail à échéance.

— Donc Allerton est venu vous rappeler ce changement ?

— Oui.

Elle le regarda droit dans les yeux.

— Vous pensez qu'Allerton aurait pu le tuer ? Pour ne plus avoir à payer de loyer ?

— Je vais certainement étudier la question.

Il changea de position, faisant craquer le fauteuil.

— En fait, je suis venu vous interroger sur Allerton ou plutôt sur le bail. Est-ce que quelqu'un était contrarié par cet arrangement ?

Elle secoua la tête.

— Papa ne m'a jamais parlé de ça.

— Qu'en pensiez-vous vous-même ? demanda-t-il.

Elle haussa les épaules.

— J'avais laissé les rênes du ranch à papa. S'il voulait en louer une partie, peu m'importait. Le connaissant, je dirais qu'il a vu une opportunité de faire de l'argent avec un terrain inutilisé, même si le bail n'était pas entièrement à son avantage. Pourquoi me posez-vous la question ?

— La petite amie de Trey Allerton dit que quelqu'un l'a menacé deux fois ces derniers jours. Elle se demande si c'est lié à la mort de votre père.

— Vous pensez que ça l'est ?

— Ça a l'air d'une coïncidence un peu trop grosse : votre père est assassiné et deux jours plus tard quelqu'un tire sur un homme qui loue une partie de son ranch. Je cherche le lien.

Il se pencha vers elle, l'air grave.

— Vous n'avez pas été menacée, n'est-ce pas ?

Elle reprit son souffle.

— Non ! Pourquoi ? Vous pensez que je suis en danger ?

— Non, non. Juste… promettez-moi d'être prudente.

Elle s'ordonna de rester calme.

— Tout ira bien pour moi.

— Avez-vous trouvé autre chose d'intéressant dans les papiers de votre père ? demanda-t-il.

— Vous voulez dire qui indiquerait son meurtrier ?

Elle secoua la tête.

— Je crains que non. Juste des notes sur le transfert des vaches et des veaux dans un nouveau pâturage, sur la vente des bouvillons, les salles d'enchères et les compagnies de transport pour les expédier.

Elle soupira.

— Lui et moi ne parlions jamais du ranch. Ça ne m'intéressait pas de prendre sa suite, alors je n'ai jamais posé de questions. Mais maintenant, c'est comme s'il regardait par-dessus mon épaule pour me dire ce que je dois faire.

Sa voix se fêla sur les derniers mots.

— C'est réconfortant de penser qu'il veille toujours sur vous, remarqua Chris en se levant. Je ferais mieux d'y aller.

— Vous retournez au commissariat ?

— Non, j'ai fini ma journée.

Soudain, elle n'eut pas envie de rester seule avec son chagrin.

— Voudriez-vous rester dîner ?

Une vague de chaleur lui monta au visage dès qu'elle eut prononcé ces mots. Allait-il mal interpréter son invitation ?

— Ce serait formidable, dit-il en souriant. Manger seul, ce n'est pas bien agréable.

Elle lui retourna son sourire et se leva.

— Allons dans la cuisine voir ce qu'il y a.

— Vous n'avez pas besoin de cuisiner. Un sandwich ou des œufs, ce sera parfait pour moi.

— Une chose que vous devez savoir sur un ranch, dit-elle, c'est que nous avons toujours du bœuf.

Elle ouvrit le freezer et tria les paquets enveloppés de papier blanc.

— Biftecks d'aloyau, faux-filets, châteaubriands...

Il se mit à rire.

— N'importe, ce sera très bien.

Elle sortit deux faux-filets qu'elle lui mit dans les mains.

— Vous êtes responsable du gril. Il est là, dehors.

Elle désignait la terrasse de derrière.

— Mais il faut les décongeler d'abord.

Il soupesa les steaks.

— Je pense que je peux gérer.

Pendant qu'il les décongelait sous l'eau courante, elle prépara une salade, éplucha et trancha des pommes de terre et les fit sauter. Il assaisonna les steaks avec ce qu'il trouva dans les placards, et lorsqu'elle eut tout mis sur la table il alla chercher la viande sur le gril. Quelques minutes plus tard, le dîner était prêt.

— Ça sent délicieusement bon, dit-il en s'asseyant face à elle à la table de cuisine.

— Qu'auriez-vous mangé si vous étiez rentré chez vous ?

Il coupa son steak.

— Mes spécialités sont les sandwichs aux œufs, le chili en conserve et les burritos congelés. Et puis les plats à emporter.

— Vos pauvres artères...

— Ne me dites pas que vous mangez comme ça tous les jours.

Elle se mit à rire.

— Je mange beaucoup de salades, de poulet grillé et de soupe en boîte.

— Alors je suis ravi de vous avoir donné un prétexte pour sortir ces steaks.

— Oh ! j'ai mangé beaucoup de steaks depuis mon retour. Pour papa, s'il n'y avait pas de bœuf au menu, ce n'était pas un vrai repas.

— J'imagine que vous avez dû vous réadapter à la vie avec votre père, après avoir vécu toute seule.

— Oui, dit-elle. Ça ne ressemblait à rien de ce que j'avais imaginé.

— Pourquoi êtes-vous revenue ?

Était-ce le policier qui posait la question ou l'homme avec qui elle dînait ?

— Je voulais mettre autant de distance que possible entre moi et mon ancien poste dans le Connecticut.

— Que s'est-il passé ?

Il but du thé glacé en l'observant et ajouta :

— Vous n'êtes pas obligée de me répondre si vous n'en avez pas envie.

— J'ai porté plainte contre le directeur du département pour harcèlement sexuel.

Aujourd'hui ces mots sortaient facilement, mais à l'époque elle avait eu du mal à les trouver pour qualifier ce qui s'était passé.

— Il faut du cran pour faire ça.

Cette affirmation lui fit plaisir.

— Les gens qui n'ont pas été dans cette situation sont souvent prompts à juger. Mais il y a tant d'émotions impliquées dans le harcèlement. La première fois qu'il s'est jeté sur moi, j'étais sous le choc. Je me suis dit que j'avais dû mal interpréter la situation. Ça ne pouvait pas m'arriver à moi. Mais la fois suivante il m'a menacée. Il m'a dit que ma carrière serait finie si j'en parlais, et que personne ne me croirait. Je me sentais impuissante.

Il m'a fallu très longtemps pour me mettre en colère. Rétrospectivement, ça me surprend.

Elle prit une gorgée d'eau.

— Que s'est-il passé quand vous avez porté plainte ? demanda-t-il.

— L'université n'a pas eu d'autre choix que de m'écouter. J'ai soutenu mes accusations avec des dates, des heures et des situations. Je refusais de reculer.

Elle s'était sentie triomphante alors, non plus impuissante. Mais cet état d'esprit n'avait pas duré.

— J'ai fini par obtenir un règlement à l'amiable avec dommages et intérêts, mais l'université a supprimé mon poste par la suite. Ils ont dit que c'était dû à une baisse de la fréquentation du programme d'anthropologie, mais j'étais la seule à être licenciée.

— Qu'est-il arrivé au professeur ?

— Il a accepté de prendre sa retraite, mais avec les honneurs tout de même.

Elle n'essaya pas de dissimuler son amertume.

— Il a gardé son titre et sa pension, et tout le monde a fait comme s'il ne s'était rien passé, même si je suis sûre que je n'étais pas la seule qu'il harcelait. J'étais seulement la première à avoir protesté publiquement. On a fini par me désigner comme la faiseuse d'histoires.

Chris avait posé son couteau et sa fourchette et cessé de manger.

— C'est enrageant.

— Oui. Mais ça m'a aussi dégoûtée de me battre. J'adore mon métier. J'aime enseigner. Mais je n'aime pas les intrigues dans ce milieu. Et ça ne s'est pas arrêté quand j'ai quitté Hemphill. J'ai du mal à trouver un autre poste. Le monde universitaire est petit, et la plupart des gens savent ce qui s'est passé. Beaucoup me voient encore comme une emmerdeuse qui a écourté la carrière d'un des plus grands spécialistes de l'anthropologie.

— Je suis désolé.

— Merci.

Elle coupa un morceau de son steak.

— Je pensais qu'être dans un milieu totalement différent m'aiderait à faire la part des choses, alors je suis revenue à la maison.

— Votre père savait-il ce qui vous était arrivé ?

Elle secoua la tête en finissant de mâcher.

— Je craignais que si je lui disais il se mette tellement en colère qu'il appelle le professeur et le menace. Ou alors qu'il me dise que c'était ma faute.

— Il n'aurait pas fait ça, dit Chris.

— Papa avait une vision très démodée des femmes. De toute façon, je lui ai seulement dit que mon poste avait été supprimé et que je devais rester ici jusqu'à ce que je trouve un autre emploi.

— Il était sans doute heureux de vous avoir avec lui.

— Oui. Mais il s'inquiétait pour moi. J'imagine qu'il sentait que quelque chose n'allait pas, même s'il ne savait pas quoi.

Elle secoua la tête.

— Maintenant, je me demande si je n'étais pas tellement absorbée par mes problèmes que j'ai négligé ce qui n'allait pas dans sa vie à lui – un indice quelconque montrant que quelque chose, ou quelqu'un, n'était pas ce qu'il aurait dû être.

— Il est possible que votre père ait totalement ignoré qu'on lui voulait du mal. Nous n'avons rien trouvé jusqu'ici qui montre qu'il avait un ennemi particulier. Pas au point de conduire à un meurtre.

Elle l'observa de l'autre côté de la table. Il avait remonté les manches de sa chemise et décroché la radio qu'il portait à l'épaule. La brise avait ébouriffé ses cheveux et un début de barbe ombrait sa mâchoire. Il avait l'air détendu et à l'aise dans sa cuisine – et incroyablement sexy.

Elle changea de position, déstabilisée par son attirance envers lui. Elle le connaissait à peine, après tout. Et elle se demandait s'il la considérait toujours suspecte dans le meurtre de son père. Elle n'allait cependant pas lui poser la question parce qu'elle était lasse d'en parler.

— Comment êtes-vous devenu shérif adjoint à Eagle Mountain ? demanda-t-elle à la place.

— J'ai étudié le droit, puis j'ai découvert que je détestais presque tout dans la profession d'avocat.

— C'est le genre de révélation qui coûte cher.

— C'est plus courant que vous ne le pensez. En tout cas, mon domaine était le droit de l'eau au Colorado. Un jour, j'ai rencontré un policier qui appliquait les lois de l'eau dans un autre comté, et j'ai eu envie de faire ça. J'ai fait des recherches, je suis allé à l'académie de police, et ensuite j'ai posé ma candidature dans plusieurs juridictions.

— Avez-vous choisi ce poste parce que vos parents habitent ici ?

Une expression chagrine passa sur son visage.

— C'est formidable d'être plus près de mes parents, mais…

— Mais c'est dur de l'être au point qu'ils surveillent chacun de vos mouvements, finit-elle. Croyez-moi, je comprends.

— Ils se sont installés ici après que j'ai fini mes études, donc je n'ai jamais vécu à Eagle Mountain. Mais je leur rendais visite et je savais que c'était une ville formidable. C'était une occasion trop bonne pour la laisser passer, même si j'aurais préféré prendre un emploi un peu plus loin d'eux.

— Mais en quoi consiste votre travail, exactement ?

— Le droit de l'eau au Colorado – qui a le droit d'utiliser l'eau qui coule en surface ou sous le sol – est compliqué. Ce n'est pas parce qu'un canal coule à travers votre terrain que vous avez le droit d'en utiliser l'eau. Mon travail est d'instruire les gens sur la loi et d'appliquer cette dernière quand c'est nécessaire. Je veille à ce que ceux qui ont droit à l'eau – qui ont payé pour ça – aient l'eau dont ils ont besoin pour leurs champs, leur bétail ou autre chose.

— Mais maintenant, vous enquêtez sur un meurtre.

Il acquiesça.

— Votre père a été trouvé dans un canal d'irrigation. J'étais le premier policier sur la scène. Et j'ai suivi une formation de police, donc même si le droit de l'eau est ma spécialité ce n'est pas la seule chose que je fais. En outre, ce n'est pas comme si j'enquêtais seul. Dans un commissariat comme le nôtre, tout le monde travaille sur une affaire comme celle-ci. Et nous bénéficions de l'aide du FBI du Colorado. Ne pensez pas que nous ne la prenons pas au sérieux ou que nous n'y mettons pas toutes nos ressources.

— Ce n'est pas ce que je pense.

Leurs regards se croisèrent, et elle sentit une attraction si forte qu'elle eut envie de se coller à lui. Ce fut lui qui reporta le premier son attention sur son assiette. Ils restèrent silencieux le reste du repas, mais l'atmosphère était chargée d'électricité. Il en était certainement conscient lui aussi.

Lorsqu'ils eurent terminé, il insista pour l'aider à ranger. Dans l'espace réduit entre l'évier et le lave-vaisselle, il lui passa les assiettes préalablement récurées qu'elle mit dans la machine. Derrière le parfum du produit à vaisselle, Willow captait son odeur, chaude et masculine. Elle avait aussi conscience du bras musclé qui effleurait le sien.

— Merci de m'avoir invité ce soir, dit-il quand le dernier plat fut dans la machine et qu'elle se sécha les mains sur un torchon. C'était vraiment agréable.

— Oui, ça l'était.

Elle se tourna vers lui, et leurs yeux se croisèrent à nouveau. Cette fois, elle s'approcha. Un baiser allait-il tout gâcher ? se demanda-t-elle.

Avant qu'elle réponde à cette question, un reflet sur la fenêtre opposée la fit sursauter.

— Qu'est-ce que c'est que ça ?

Chris se retourna et jura à mi-voix.

— Qu'est-ce que c'est ? répéta-t-elle.

Il avait déjà fait demi-tour et se dirigeait vers la porte.

— Appelez le 911, dit-il. Je crois que c'est un incendie.

10

Chris sentit la chaleur de l'incendie alors qu'ils étaient encore à une certaine distance. Orange contre le ciel obscur, les flammes engloutissaient les piliers à l'entrée du ranch. Des étincelles avaient mis le feu à un grand pin, qui se réduisait rapidement à l'état de squelette. Il chercha un tuyau des yeux. Le temps que les pompiers arrivent, les flammes allaient progresser – et le vent soufflait vers la maison.

— Il faut jeter de l'eau, cria-t-il à Willow qui remontait le chemin en hâte.

— Par ici !

Tournant les talons, elle courut vers le hangar aux machines. Il la rattrapa à temps pour l'aider à pousser les grandes portes.

— Nous avons un quad avec un réservoir et une pompe sur batterie pour les petits incendies de forêt, dit-elle.

Elle alluma la lumière et se dirigea vers le fond du hangar.

— Il y a des pelles contre le mur et des sacs de fourrage qu'on peut mouiller, ajouta-t-elle par-dessus son épaule.

Il alla chercher les pelles et rassembla une brassée de sacs.

— Le quad a disparu ! s'exclama soudain Willow. Je vais voir si je peux joindre Von chez lui.

Chris survola le hangar du regard. Un tracteur partageait l'espace avec un motoculteur et d'autres équipements, dont une brouette et une bétonnière. Mais pas de quad. Tandis que Willow retournait en hâte à la maison, Chris courut vers l'incendie et se mit en devoir d'étouffer les étincelles qui s'échappaient du foyer principal.

Willow revint rapidement.

— Von ne répond pas. Aidez-moi à remplir des seaux, on va les transporter avec le pick-up.

Il rassembla une dizaine de seaux et commença à les remplir avec le tuyau, mais elle lui cria :

— On n'a pas le temps pour ça. On va prendre l'eau dans l'abreuvoir des chevaux.

Quelques chevaux s'approchèrent quand Willow et lui plongèrent les seaux dans l'abreuvoir. Willow transporta un seau jusqu'au pick-up tandis que Chris suivait avec deux autres. Quand ils eurent chargé six seaux, Willow sauta sur le siège conducteur et passa une vitesse.

Bien qu'il se soit écoulé moins de dix minutes, le feu s'était étendu, consumant la plus grande partie des piliers et de l'arche au-dessus. Willow trempa les sacs de fourrage dans l'eau et se mit à battre les braises en bordure du feu, tandis que Chris jetait des seaux d'eau sur les flammes les plus hautes. Il s'empara ensuite d'une pelle et se mit à pelleter de la terre sur les autres parties de l'incendie. Durant la demi-heure suivante, tous deux travaillèrent furieusement sans parler. Une fois l'arche consumée et les arbres environnant éteints, le feu mourut. Ils battirent ou étouffèrent le reste des braises puis s'immobilisèrent, reprenant leur souffle et surveillant la zone noircie de chaque côté du chemin.

— C’était délibéré, dit Willow. J’ai senti l’odeur du diesel quand nous sommes arrivés.

— Moi aussi.

Chris prit son téléphone.

— Je vais le signaler.

— Ça ne servira à rien. L’incendiaire est parti depuis longtemps et je n’ai pas de voisins. Vous et moi étions tout proches, et nous n’avons vu personne.

— Je vais quand même le signaler. Ensuite je prendrai quelques photos et j’examinerai le départ de feu.

— D’accord.

Elle contempla ce qui restait de l’arche.

— Mon père a construit ça quand j’étais petite. À l’époque, il y avait un homme qui gravait des panneaux de bois à la sableuse, et papa lui en avait commandé un.

Elle semblait calme, mais il pensait à ce qu’elle devait ressentir : elle était rentrée chez elle parce que c’était un lieu familier, et tout s’effondrait autour d’elle.

— Ça ira pendant que je passe cet appel ? demanda-t-il.

— Oui.

Elle ne le regardait pas, elle contemplait les dégâts. À l’intérieur, il appela le dispatcheur pour signaler l’incendie. Il allait ressortir, quand le téléphone fixe sonna. Il décrocha et Travis lui dit :

— J’ai entendu ton appel. Qu’est-ce qui se passe ?

— Quelqu’un a mis le feu à l’arche en bois du ranch Russell. J’ai aidé Willow à éteindre l’incendie. C’était délibéré, aucun doute, on a senti l’odeur du diesel.

— Elle a reçu des menaces ? demanda Travis.

— Elle dit que non.

— Ça pourrait être des jeunes – ou pire. Je vais venir jeter un coup d’œil.

Chris rejoignit Willow juste au moment où le premier

de deux camions de pompiers arrivait. Le chef des pompiers, un homme d'une soixantaine d'années avec de courts cheveux gris, se dirigea vers eux tout en observant la zone noircie autour du portail.

— Que s'est-il passé ? demanda-t-il.

— Quelqu'un a mis le feu au portail, dit-elle. Nous avons senti l'odeur du diesel.

— Nous avons vu les flammes vers 19 heures, ajouta Chris. Je ne pense pas que ça brûlait depuis longtemps quand nous sommes arrivés.

Le chef hocha la tête.

— On va nettoyer, s'assurer qu'il n'y a plus de braises et collecter les indices d'incendie volontaire.

Il regarda Chris, remarquant son uniforme.

— Vous travaillez au commissariat ?

— Shérif adjoint Chris Delray.

Chris lui serra la main.

— C'est moi qui ai signalé l'incendie.

— Tom Reynolds. Je vous tiens au courant de ce qu'on trouvera.

Il rejoignit son équipe. Les pompiers étaient déjà à l'œuvre quand un pick-up vert cabossé tourna dans le chemin. Von King s'arrêta près d'eux et baissa sa vitre.

— Que s'est-il passé ? demanda-t-il.

— Où étiez-vous ? répliqua Willow. Pourquoi n'avez-vous pas répondu à mon appel ?

— J'étais pas chez moi.

Il jeta un coup d'œil aux restes noircis de l'arche.

— J'ai dit à Sam qu'il fallait qu'il remplace ça par une arche en fer, mais il voulait pas. Du fer aurait pas brûlé comme ça.

— Où étiez-vous ? interrogea Chris.

— Dehors.

Von croisa le regard de Chris dans une attitude de défi.

— Vous avez vu quelqu'un rôder par ici dernièrement ?

— Non.

— Vous avez croisé quelqu'un sur le chemin ?

— Non.

— Où est le quad avec le réservoir et le matériel contre les incendies ? lui demanda Willow.

— Dans le hangar, comme d'habitude.

— Non, il n'y est pas.

Von la regarda enfin.

— Vous êtes sûre ?

— Oui, j'en suis sûre.

Son regard glissa à nouveau ailleurs.

— Alors je sais pas quoi vous dire.

Willow se tourna vers Chris.

— Vous avez appelé le commissariat ?

— Oui. Ils vont envoyer quelqu'un.

— Je vais y aller, dit Von.

Sans attendre de réponse, il remonta sa vitre et recula.

— Vous connaissez un cow-boy avec de l'expérience qui cherche du travail ? demanda Willow tandis qu'ils regardaient Von s'éloigner.

— Non, mais je vais me renseigner.

— Oui, faites-le. Parce que je ne sais pas combien de temps je vais pouvoir le supporter. Il est l'incarnation même de l'inutilité.

— J'ai parlé au shérif, dit Chris. Il va venir examiner tout ça.

— Il n'y a rien à voir. Je pense que c'était une mauvaise plaisanterie. Peut-être des jeunes qui avaient envie de s'amuser, sachant qu'ils ne se feraient pas prendre.

— Peut-être. Mais on ne voit pas beaucoup de choses de ce genre par ici.

— Il y a toujours une première.

Elle baissa les yeux sur ses mains noircies.

— Je vais me laver à l'intérieur. Ça ne vous ennuie pas ?

— Allez-y, je vais guetter l'arrivée du shérif.

En attendant, il parcourut plusieurs dizaines de mètres de chaque côté, mais ne vit rien de suspect. Il retourna au hangar aux machines, et trouva des ornières là où le quad avait été garé, mais aucun signe de ce qu'était devenu l'engin. Il se lava les mains à un robinet derrière l'écurie et remplit l'abreuvoir des chevaux, qui le regardaient.

Travis arriva dans son SUV, son frère Gage sur le siège passager. Ce dernier jeta un coup d'œil là où se dressait auparavant l'arche et siffla.

— Je me souviens que Sam a fait construire ça il y a vingt-cinq ans à peu près. C'était une grosse pièce de chêne massif. Pas le genre de choses qui brûle facilement.

— Je pense qu'on a arrosé les piliers avec du diesel avant d'y mettre le feu, expliqua Chris. Le premier était déjà brûlant et sur le point de s'écrouler quand nous sommes arrivés.

— Vous avez de la chance que ça ne se soit pas étendu, remarqua Travis. On a eu du vent ces derniers jours.

Tom Reynolds se joignit à eux.

— Bonsoir, shérif. Gage…

Il se tourna vers Chris.

— Vous aviez raison, l'incendie est volontaire. D'habitude nous faisons appel à un enquêteur privé, à Junction, mais il n'est pas bon marché, et comme l'incendie ne s'est pas étendu…

— Je ne pense pas qu'un enquêteur en fera beaucoup plus que nous, dit Travis. Merci, Tom.

— On a fait de notre mieux pour que le feu ne

reprenne pas, mais vous devriez surveiller les endroits les plus chauds.

Il regarda le ciel.

— C'est censé être une nuit calme, alors je ne pense pas que vous aurez des ennuis.

Ils se dirent au revoir, et les pompiers s'en furent. Travis se tourna vers Chris.

— Qu'est-ce que tu en penses ?

Il se frotta la nuque.

— Je ne sais pas. Ça pourrait être une bêtise de jeunes. Mais Willow dit que son père avait un quad équipé pour la lutte contre les incendies et qu'il a disparu. Nous avons dû transporter des seaux d'eau et battre les flammes avec des pelles.

— L'incendiaire serait-il le même que le voleur du quad ? interrogea Gage.

— Willow et moi étions dans la cuisine, à l'arrière de la maison. Je pense que nous aurions entendu si quelqu'un était entré dans le hangar, surtout s'il avait démarré le quad ou l'avait hissé sur une remorque.

— Alors peut-être qu'on l'a pris à un autre moment, dit Gage. Ou peut-être qu'il n'y a aucun lien entre le vol du quad et l'incendie.

— Peut-être que Sam a vendu le quad sans en parler à Willow.

— Si Sam l'avait vendu, il en aurait eu un autre, un mieux, répondit Travis. Il n'était pas du genre à laisser ces choses au hasard.

Ils arpentèrent le chemin que Chris avait parcouru plus tôt, examinant le sol en quête d'indices. Mais ils ne trouvèrent rien d'autre que de la terre et des herbes roussies.

— Y avait-il quelqu'un d'autre au ranch quand c'est

arrivé ? questionna Travis quand ils furent à nouveau sous l'arche défunte.

— Von King vit dans un chalet non loin des parcs à bestiaux, indiqua Chris. Lorsque Willow l'a appelé, il n'a pas répondu. Il est arrivé après que le feu eut été éteint et a demandé ce qui s'était passé. Quand nous lui avons dit que vous étiez en chemin, il est parti.

— J'ai fait des recherches, dit Gage. Von King s'appelle en réalité Leroy Paige, natif de l'Oklahoma. Il a un casier pour vols à main armée, vols de voitures et autres délits. Mais il s'est tenu à carreau depuis qu'il est sorti de prison, autant qu'on sache.

— Je ne vois pas pourquoi il ferait un truc comme ça, dit Travis. C'est mesquin.

— Vous pensez qu'il s'agissait d'une menace ? s'enquit Chris. Pour effrayer Willow ?

— Elle est effrayée ?

— Elle est difficile à déchiffrer.

Willow lui avait paru plus irritée qu'inquiète, mais elle semblait garder ses émotions pour elle.

— Quelqu'un a tué Sam, dit Travis. Et selon Courtney, on a menacé Allerton, qui vit sur une autre partie du ranch. Et maintenant ça.

— Peut-être que ce n'est pas une personne qu'on cible, mais le ranch lui-même, suggéra Gage. Peut-être que le meurtrier essaie de faire fuir tout le monde.

— Mais pourquoi ? interrogea Chris. Le ranch n'est pas à vendre, ce n'est pas comme si on mettait des bâtons dans les roues à quiconque. Il est sous servitude environnementale, et se débarrasser des propriétaires ne suffirait pas à le mettre sur le marché.

— Peut-être que celui qui a fait ça ne le savait pas, dit Travis.

— Qui en tirerait profit si Willow et Allerton s'en allaient ? questionna Gage.

— Le fils de Darla Russell, Emmet Caspar, a un testament qui lui lègue la moitié du ranch, répondit Chris. Il pense peut-être que s'il fait peur à Willow il pourra acquérir l'autre moitié pour pas cher.

— On va examiner ces deux-là d'un peu plus près, conclut Travis.

Willow émergea de la maison. Elle avait troqué son jean et son T-shirt contre une longue robe en coton aux manches bouffantes. Elle s'était aussi fait une natte, qui retombait sur son épaule. Lorsqu'elle s'approcha de Chris, il sentit le parfum fleuri de son savon.

— Vous avez trouvé quelque chose ? demanda-t-elle sans s'adresser à personne en particulier.

— Rien de significatif, répondit Travis. Vous avez vu quelqu'un par ici ces derniers temps ?

— Personne en dehors de quelques voisins qui sont venus me présenter leurs condoléances. Et je connais la plupart d'entre eux. Ils n'auraient aucune raison de faire quelque chose comme ça.

— Où sont votre belle-mère et son fils maintenant ? questionna Gage.

— Je n'en sais rien. Ils ont dit qu'ils allaient séjourner en ville, mais ils sont peut-être retournés à Albuquerque. Pourquoi ? Vous pensez qu'ils auraient pu faire ça ?

— Je me sentirais mieux si je savais où ils étaient, dit Chris.

Elle secoua la tête.

— C'est assez stupide pour qu'Emmet l'ait inventé. Mon père disait toujours qu'il était bête et paresseux. C'est pour ça que je n'arrive pas comprendre comment il aurait pu lui laisser même une partie du ranch.

— Vous pensez que le testament de Darla est un faux ? demanda Chris.

— Forcément. Mais le prouver sera difficile.

Travis et Gage prirent des photos et des mesures, tandis que Chris s'attardait.

— Je m'inquiète pour vous, toute seule ici, dit-il à Willow.

— Tout ira bien.

Elle désigna la zone incendiée.

— C'est juste mesquin. Je ne peux pas le considérer sérieusement comme une menace.

— Pourtant, après ce qui est arrivé à votre père… Je n'essaie pas de vous effrayer, mais vous devriez faire attention.

— Je vous promets d'être prudente. Et je vous appellerai s'il se passe autre chose.

— Oui, faites-le. Et appelez aussi le 911.

— Je le ferai.

Elle posa une main sur son bras.

— Ne vous inquiétez pas pour moi. J'ai l'habitude de résister à ceux qui me menacent. Je ne fuis pas.

Il savait que Willow ne manquait pas de courage. Mais tenir tête au directeur de son département lui avait coûté son emploi. Et si tenir tête à son ennemi actuel lui coûtait la vie ?

11

Après une nuit agitée, Willow s'éveilla déterminée à se concentrer sur ses tâches. Elle commença par aller voir les dégâts au bout du chemin. L'odeur âcre du bois brûlé s'attardait dans l'air et le sol était couvert de cendres. Lorsque Von engagea son pick-up sur le chemin d'accès, elle lui fit signe de s'arrêter.

— Il faut que vous nettoyiez ici ce matin, dit-elle. Les piliers doivent être remplacés, et les arbres brûlés coupés.

Elle s'attendait à ce qu'il la contredise, mais il resta muet. Aussi poursuivit-elle :

— Le maréchal-ferrant vient à 13 heures pour voir les chevaux, et l'équipe du foin commence demain matin.

S'il fut impressionné, il ne le montra pas.

Elle retourna à la maison et passa le reste de la matinée à examiner l'agenda de son père, prenant note des tâches à venir. Elle se demanda si l'un des ranchers du voisinage serait prêt à l'aider à évaluer le bétail pour la vente. Il faudrait qu'elle y réfléchisse. Après la mort de son père, plusieurs voisins avaient offert de lui donner un coup de main, mais fallait-il les prendre au mot ?

Elle finissait de déjeuner quand elle entendit un crissement de pneus sur le gravier. S'attendant à la visite du maréchal-ferrant, elle jeta un coup d'œil par la fenêtre, mais vit une berline familiale blanche. La voiture s'arrêta, et Darla et Emmet en descendirent. Willow se rua dehors pour les stopper.

— Que faites-vous ici ?

— Nous sommes allés voir l'avocat et lui avons montré le testament, dit Darla. La moitié du ranch appartiendra à Emmet, alors nous réemménageons ici.

— Tu ne peux pas nous forcer à partir, dit Emmet, en sortant une grosse valise du coffre.

Willow rentra dans la maison, s'étranglant de colère. Elle composa le numéro de Chris.

— Willow, comment allez-vous ?

— Darla et Emmet viennent d'arriver. Ils se réinstallent ici. Darla dit que puisque la moitié du ranch appartient à Emmet je ne peux pas les obliger à partir. Ça ne peut pas être vrai, n'est-ce pas ?

— Ma spécialité est le droit de l'eau, pas le droit successoral. Vous devriez appeler mon père.

— Mais c'est à vous que je pose la question.

Ted l'avait irritée en lui cachant trop de choses.

— Tant que le testament n'a pas été homologué, je crois que vous pouvez déposer plainte pour violation de propriété. Mais ça rendra les choses plus difficiles plus tard, si le testament se révèle légitime.

— Je ne peux pas les supporter. Vous devriez peut-être venir les interroger sur l'incendie d'hier soir.

— C'est ce que je vais faire. Il faut d'abord que je m'occupe de plusieurs choses. Ça ira pour vous jusqu'à ce que j'arrive ?

— Tout ira bien, affirma-t-elle.

Elle se sentait déjà idiote de l'avoir appelé aussi impulsivement.

— Ce n'est pas comme si ces deux-là allaient me faire du mal.

— Je vous promets de venir aussi vite que je pourrai.

Elle retourna au bureau de son père et tenta d'ignorer les mouvements de Darla et Emmet dans la maison. Mais elle ne put plus feindre quand Darla frappa à la porte du bureau et appela :

— Willow ! Il y a un homme très beau qui veut te voir.

Son cœur fit un bond. Chris avait dû pouvoir s'échapper plus vite que prévu. Elle lissa ses cheveux et se hâta d'aller l'accueillir. Mais ce fut sur le sourire de Trey Allerton qu'elle tomba.

— Willow !

Il la salua comme un vieil ami en l'attirant dans ses bras. Elle le repoussa et recula d'un pas.

— Que voulez-vous, monsieur Allerton ?

— Trey me disait justement qu'il construit un ranch pour les jeunes, intervint Darla.

Elle était plantée à côté de lui, lui offrant son plus beau sourire.

— C'est admirable !

— C'est le moins que je puisse faire, dit-il. Il y a tant d'enfants dans le besoin

Il se tourna vers Willow.

— Mais pour l'instant j'ai seulement besoin d'emprunter un tracteur. Juste quelques heures.

— Non, je ne peux pas vous prêter de tracteur.

— Pourquoi pas ? lança Darla. Tu ne sais même pas pourquoi il en a besoin.

Peu importait la raison, elle ne voulait rien lui prêter. Allerton sourit à Darla, qui devint toute rose et minauda.

— Quelqu'un a laissé un quad accidenté sur mon chemin d'accès. J'en ai besoin pour le sortir de là.

— Sortez-le avec votre pick-up, répliqua Willow. Je peux vous prêter une chaîne, si vous en avez besoin.

— Ce serait plus facile avec un tracteur.

— D'où vient ce quad ? demanda-t-elle. Qui l'a laissé là ?

— Je ne sais pas.

— Quand est-ce arrivé ?

— Hier soir. Il était là quand nous nous sommes réveillés ce matin. J'ai dû démonter en partie la clôture puis rouler dans le fossé pour pouvoir sortir.

— Quel genre de quad est-ce ? demanda-t-elle, prise d'une appréhension grandissante.

— Un gros. Avec un réservoir d'eau en remorque.

— Vous l'avez signalé au shérif ?

— Ça ne me paraissait pas indispensable.

— Je crois que c'est l'un des quads du ranch. Il en manque un dans le hangar aux machines.

— Ah bon. À propos de ce tracteur…

— Je ne vous le prête pas.

— Bien sûr que vous pouvez emprunter le tracteur, intervint Darla.

Elle se tourna vers Willow.

— La moitié du tracteur appartient à Emmet, et je sais que ça ne le dérangera pas que Trey l'emprunte quelques heures.

— Jusqu'à ce que le testament de mon père soit homologué, en tant qu'exécutrice testamentaire, j'ai le dernier mot sur ce qu'il se passe ici, répliqua Willow.

Elle n'était pas certaine que ce soit entièrement vrai, mais cela sonnait bien. Et Darla n'avait pas de diplôme en droit, de toute façon.

Darla fit la grimace et protesta, mais Trey la coupa :

— Où est Von ? Puis-je au moins lui demander de venir m'aider ?

— Il est censé nettoyer près de l'entrée. Vous ne l'avez pas vu en venant ?

— Non, dit Trey. J'ai remarqué que l'arche avait disparu. Que s'est-il passé ?

— Oui, que s'est-il passé ? renchérit Darla. Ne me dis pas que tu fais déjà des changements sur le ranch. Ça ne peut pas être légal, exécutrice ou non.

— Quelqu'un a mis le feu hier soir, dit Willow. L'un de vous sait-il quelque chose là-dessus ?

Trey secoua la tête.

— Je vais voir si je trouve Von.

— Je dois te parler de là où nous allons dormir, dit Darla quand Allerton fut parti. Je veux m'installer dans une meilleure pièce.

— Quelle pièce ?

— La chambre principale est vide, et après tout c'était la mienne avant.

— Vous ne vous installerez pas dans la chambre de papa.

— Je ne vois pas pourquoi. Je…

En ce qui concernait Willow, ce n'était pas négociable. Elle secoua la tête et la dépassa, se dirigeant vers la porte.

— Où vas-tu ? cria Darla derrière elle.

— Je m'en vais.

Elle en avait assez d'eux tous. Elle devait sortir de là avant de dire ou de faire quelque chose de regrettable.

— Et s'il y a quelque chose à faire ? poursuivit Darla.

— Faites-le, dit Willow.

En sortant du Cake Walk Café après un déjeuner tardif, Chris fut surpris de voir Willow venir dans sa direction à grandes enjambées. Malgré sa petite taille, elle attirait les regards, avec sa longue natte noire et sa silhouette aux formes harmonieuses. Il se hâta d'aller à sa rencontre.

— J'allais justement passer au ranch, dit-il.

— Inutile de vous presser, répondit-elle. Darla s'incruste et je ne pense pas qu'elle ait l'intention de partir de sitôt. Et où elle va, Emmet la suit.

Il accorda son pas au sien, tandis qu'elle continuait à avancer sur le trottoir.

— Qu'est-ce qui vous amène en ville ?

— Je suis venue acheter des cadenas pour le bureau de mon père et ma chambre. Je suis sûr que Darla et Emmet vont fouiner dès que j'aurai le dos tourné. Ils sont probablement en train de le faire en ce moment même.

— Je peux leur demander de partir. Leur dire que vous avez le droit de porter plainte.

— Non, ne faites pas ça. Il vaut mieux que je les garde là où je peux les surveiller. Vous connaissez le dicton : garder ses amis près de soi, et ses ennemis plus près encore.

Il aurait ri si elle n'avait pas eu l'air bouleversée.

— Quelque chose s'est passé ce matin pour que vous soyez si en colère ? demanda-t-il.

— Tout va mal. En plus du retour de Darla et Emmet, Von a disparu. Quand il est arrivé ce matin, je lui ai demandé de nettoyer les cendres, de remplacer les piquets de clôture et de couper les arbres brûlés, mais il est parti sans rien faire. Ensuite Allerton est venu me dire qu'il voulait m'emprunter un tracteur. Comme j'ai refusé, il a demandé s'il pouvait avoir Von pour l'aider.

Elle s'arrêta et fit face à Chris.

— Allerton dit que quelqu'un a abandonné un quad accidenté sur son chemin hier soir. Il a dû renverser la clôture et rouler dans le fossé pour sortir. Il dit que c'est un grand quad avec un réservoir d'eau à l'arrière.

— Comme le vôtre.

— Oui. Je parie que c'est celui du ranch et que c'est l'incendiaire qui l'a mis là. Mais je ne sais pas pourquoi. Ça ne ressemble même pas à une menace, c'est juste irritant.

Elle se remit à marcher.

— De toute façon, j'allais au journal pour passer une petite annonce. Je veux engager quelqu'un et renvoyer Von. Je ne sais pas pourquoi mon père l'aimait bien, mais je ne veux plus jamais le voir.

— C'est normal. Pourquoi ne vous suivrais-je pas jusqu'au ranch ?

— D'accord.

Elle prit une profonde inspiration et ses épaules se détendirent.

— Qu'est-ce que vous avez fait ce matin ?

— C'est ridicule, vraiment, dit-il. J'ai dû séparer deux ranchers qui en sont venus aux mains parce qu'ils n'arrivaient pas à se mettre d'accord sur qui devait tirer de l'eau du canal qui coule entre leurs terrains.

— J'imagine que les gens perdent leur calme pour des choses comme ça.

— Et il n'y a pas loin de la colère à la rage, approuva-t-il. La plupart du temps, il suffit de les raisonner pour résoudre le conflit, mais je dois parfois sortir les menottes.

— Je ne pense pas qu'il faudra aller aussi loin avec Darla et Emmet, mais qui sait ? J'ai renoncé à essayer de comprendre les gens.

— Vous avez jeté un coup d'œil au quad chez Trey, pour voir si c'était le vôtre ?

— Non, je n'en ai pas eu le courage. Mais on peut y aller en voiture quand vous aurez fini d'interroger Darla. Il ne bougera pas, de toute façon.

Ils entrèrent dans les bureaux du journal où la réceptionniste donna un formulaire à remplir à Willow. Elle s'acquitta de cette tâche, paya l'annonce, et Chris et elle s'en allèrent.

— Il faut que je m'arrête au bureau pour prendre ma voiture, dit Chris. Ensuite, je vous reconduirai à la vôtre.

Mais quand ils pénétrèrent dans le bureau Adelaide l'interpella.

— Je vous cherchais, dit-elle. Tous les deux, en fait.

— Que se passe-t-il ? demanda Chris.

— Il faut que vous retourniez au ranch. Darla Russell vient d'appeler. Elle était hystérique. Elle a parlé d'une bagarre.

12

Chris gara son patrouilleur derrière un SUV du commissariat. Willow le dépassa pour s'arrêter devant le garage. Comme ils descendaient de leurs véhicules, Darla Russell accourut.

— Ils sont dans le hangar aux machines ! dit-elle. Vous devez les arrêter avant qu'ils ne s'entre-tuent !

Chris, de même que Gage et Dwight Prentice, se dirigèrent vers le hangar. Willow resta en arrière avec Darla, tandis qu'Emmet accueillait les adjoints.

— Qu'est-ce qu'il se passe ? demanda Gage.

— Juste une bagarre. Maman n'avait pas besoin de vous appeler.

Chris et Dwight le dépassèrent d'un pas vif et se dirigèrent vers la stalle où Trey Allerton et Von King s'empoignaient. Von avait coincé la tête de Trey au creux de son bras et lui assenait des coups répétés sur la tempe. Mais, au moment où les adjoints les rejoignaient, Trey se dégagea et lui décocha un solide coup de poing dans l'estomac qui le fit se plier en deux.

— Ça suffit, vous deux !

Dwight saisit les bras de Trey et le tint fermement, tandis que Chris entraînait Von dans la direction opposée.

— Qu'est-ce que c'était que ça ? demanda Chris.

Von se redressa et s'essuya le nez du dos de la main, puis tira un bandana de sa poche et tamponna sa lèvre ensanglantée.

— Quand je fais un boulot, je m'attends à être payé !

— T'auras ton fric quand t'auras fini le boulot ! hurla Trey.

Dwight l'avait lâché et il s'appuyait contre le mur.

— Qui a donné le premier coup de poing ? demanda Gage.

— C'est lui ! crièrent-ils en même temps.

Willow et Darla les rejoignirent.

— J'ai entendu crier, Emmet et moi sommes sortis et nous avons vu ces deux-là essayer de s'entre-tuer, expliqua Darla.

— Si j'avais voulu le tuer, il serait pas debout, dit Von.

— On n'a pas fini, riposta Trey.

— Taisez-vous, tous les deux, dit Gage. Et restez à distance l'un de l'autre ou je vous embarque pour agression.

Les deux hommes prirent un air maussade, mais ne dirent mot.

— Rentrez chez vous et calmez-vous, continua Gage. Tous les deux.

Von fut le premier à s'éloigner. Il darda un regard venimeux à Trey et se dirigea vers la sortie du hangar. Au moment où il passait devant Willow, elle l'appela.

— Von, attendez !

Il s'arrêta et la regarda d'un air morose.

— Rassemblez vos affaires et partez.

— Quoi ?

— Vous êtes viré.

Il se redressa de toute sa taille.

— Vous ne pouvez pas faire ça.

— Je peux et je le fais. Prenez vos affaires et allez-vous-en. Si vous me laissez une adresse, je vous enverrai votre chèque dans quelques jours.

— Sans moi, tout va s'écrouler ici.

— J'en doute.

— Vous le regretterez.

À cet instant, Chris se dressa derrière lui.

— Si vous causez le moindre ennui à Mlle Russell, je vous arrêterai. Si vous l'ennuyez d'une manière ou d'une autre, vous atterrirez en prison. C'est clair ?

Von s'éloigna en grognant.

— Je vais veiller à ce qu'il parte sans faire de problèmes.

Gage avait rejoint Chris et Willow.

— Vous n'allez pas les arrêter ? lança Darla.

— Aucun d'eux ne veut porter plainte, déclara Gage. Ils ne sont pas gravement blessés et je ne vois pas de dégâts à la propriété. Quel qu'ait été l'objet de la dispute, espérons qu'ils vont l'oublier.

Il se tourna vers Willow.

— Vous avez une idée de ce dont il s'agissait ?

Elle secoua la tête.

— Je sais que Trey a embauché Von pour faire des travaux chez lui. Peut-être que ça a un rapport avec ça.

— Assure-toi que Trey rentre chez lui et y reste, dit Gage à Chris.

Gage et Dwight suivirent Von, et Chris se rapprocha de Willow.

— Ça ira pour vous ? demanda-t-il. Vous allez pouvoir gérer en attendant d'engager quelqu'un ?

— Oui.

Elle se tourna vers Darla et Emmet.

— Vous deux, vous allez devoir me prêter main-forte pour le bétail et le ranch, annonça-t-elle.

Darla eut l'air stupéfaite.

— Nous ne connaissons rien à l'élevage.

— Alors vous allez apprendre. Tant que vous logez ici, vous feriez aussi bien de gagner votre pitance.

Elle tourna les talons et se dirigea vers la maison, sa longue natte se balançant derrière elle. Chris sourit. Certaines personnes se seraient effondrées sous la pression qu'endurait Willow, mais l'adversité semblait la rendre plus forte.

Allerton s'avança en boitant vers lui.

— Ça va ? demanda Chris.

Trey plaqua une main sur son flanc.

— J'ai les côtes un peu endolories, mais ça ira. Je suis sûr que Von a au moins aussi mal que moi.

— Je vais vous suivre jusque chez vous, dit Chris.

Trey ne fit pas mine de protester. Chris attendit qu'il grimpe dans son pick-up et démarre, puis monta à son tour en voiture et le suivit sur le court chemin d'accès à la caravane.

La première chose qu'il vit en approchant fut le quad accidenté au milieu du chemin, de même qu'une portion de clôture gisant dans le fossé. Ils contournèrent l'engin, puis roulèrent dans le fossé jusqu'à la zone de terre nue devant la caravane. Chris se gara et marcha jusqu'au quad.

— Il manque un engin avec un réservoir comme celui-là chez Willow Russell, dit-il.

— Alors je serais ravi qu'elle le reprenne, dit Trey. Il me bloque le chemin.

— Comment est-il arrivé ici ? demanda Chris.

— Quelqu'un l'y a laissé.

— Vous avez une idée de qui ?

Trey fourra les mains dans les poches de son jean.

— J'ai des idées, mais pas de preuves.

— Dites-moi, et nous nous occuperons des preuves.

Trey agita la main en direction de l'engin.

— Faites-le juste enlever, c'est tout ce qui m'importe.

— Vous pensez que c'est Von qui a fait ça ?

— Je me fiche de savoir si c'est lui ou non.

Trey semblait maussade, toute tentative de charme avait disparu.

— Dites-moi pourquoi Von et vous vous battiez.

— Je l'ai embauché pour une tâche et il n'en a fait que la moitié. Je lui ai dit que je ne le payerais pas tant qu'il n'aurait pas fini et il a piqué sa crise.

— Quelle était cette tâche ?

Trey regarda autour de lui.

— Juste de petits travaux. Vous voyez bien que cet endroit a besoin de travaux.

Il désigna l'arrière de la caravane.

— Il faut défricher tout ça, pour que nous puissions bâtir des chalets et un lodge pour les campeurs. Nous avons besoin de nouvelles clôtures et d'un portail, de parcs à bestiaux, d'étables, de tout ça.

Autant que Chris puisse voir, personne n'avait entamé aucun de ces projets.

— Il me semble que vous aurez besoin de toute une équipe pour bâtir tout ça.

— En effet. Mais ça demande de l'argent. Je passe mes journées à persuader des gens d'investir dans le projet. J'ai fait des progrès, même si vous ne les voyez pas.

— Vous pensez que c'est Von King qui vous a tiré dessus ?

— Comment savez-vous cela ?

— Nous avons eu un signalement.

Trey se rembrunit.

— J'ai dit à Courtney de ne pas vous en parler.

— Vous pensez que c'est lui qui a tiré ces coups de feu ?

— C'étaient seulement des chasseurs.

— Et le serpent ?

Trey lui adressa un regard vide.

— Quel serpent ?

— Votre petite amie nous a dit que quelqu'un avait mis un serpent dans votre pick-up.

— Je ne sais pas de quoi vous parlez.

Chris jeta un coup d'œil à la caravane.

— Puis-je entrer pour lui poser la question ?

— Elle n'est pas là.

— Où est-elle ?

Trey haussa les épaules.

— Elle rend visite à sa belle-sœur ? Elle fait des courses ? Je n'en sais rien.

— Je crois comprendre que la mort de Sam Russell vous a laissé dans une meilleure position financière, reprit Chris.

— Vous voulez parler de ne plus verser de loyer, je suppose, dit Trey. Ce sera de l'argent que nous pourrons utiliser au profit des gosses. J'étais touché que Sam fasse une chose pareille.

— Vous connaissiez cette clause. Cela ne vous a pas surpris.

— Non. Mais j'étais tout de même navré que Sam ait été tué.

— Vous ne savez rien de son meurtre, n'est-ce pas ?

Un autre regard froid.

— Je n'ai pas tué Sam Russell. Mais j'espère que vous trouverez qui l'a fait. Et maintenant, je dois rentrer me changer. J'ai une réunion cet après-midi.

Chris se retourna pour contempler le quad.

— J'ai besoin d'utiliser votre téléphone pour m'occuper de ça.

— Je n'en ai pas. Quand je veux parler à quelqu'un, je me déplace en personne.

— Ce n'est pas très pratique, remarqua Chris.

— Ça a ses avantages. Et ses inconvénients. Si j'avais appelé Von au lieu d'aller lui parler, peut-être que nous ne nous serions pas battus.

— Il y a eu un incendie hier soir au ranch. Quelqu'un a mis le feu à l'arche de l'entrée. Vous savez quelque chose là-dessus ?

Trey secoua la tête.

— J'étais ici hier soir. Avec Courtney et sa fille.

Il toucha l'écorchure qu'il avait au coin de l'œil.

— Mais c'est drôle que vous me demandiez ça.

— Pourquoi ? demanda Chris.

— Quand je suis entré dans le hangar aux machines, je n'ai pas trouvé Von. Mais Emmet, le fils de Darla, y était.

— Qu'est-ce qu'il faisait ?

— Il était penché à l'intérieur d'un grand bac métallique où on range les chaînes et les cordes. Quand je lui ai demandé s'il avait vu Von, il s'est relevé si vite qu'il s'est cogné la tête. Je lui ai demandé ce qu'il cherchait, il est devenu tout rouge et il a juré. De bien vilains mots pour un gringalet comme lui. Puis Von est entré et lui a dit de ficher le camp. J'imagine qu'il s'est réfugié auprès de maman, parce que, le temps que Von et moi commencions à nous battre, elle est arrivée en courant et s'est mise à nous crier dessus.

— Qu'est-ce que vous pensez qu'il cherchait ?

— Je n'en ai aucune idée. Vous devriez lui demander.

— C'est ce que je vais faire.

Trey se dirigea vers la maison, et Chris retourna au quad. Il devait vérifier le numéro d'identification sur la liste que Willow lui avait donnée, mais il était sûr qu'il appartenait au ranch Russell. Une fois en ville, il demanderait à ce qu'on le remorque. Peut-être y trouveraient-ils des indices, bien qu'il n'ait guère d'espoir à ce sujet.

Il allait remonter en voiture quand il s'immobilisa pour jeter un coup d'œil à la caravane. Les rideaux bougèrent à une fenêtre. Une fraction de seconde, il vit quelqu'un le regarder, puis le rideau retomba. Trey avait prétendu que Courtney n'était pas là, mais Chris aurait pu jurer que c'était elle. La fenêtre était à nouveau vide, le rideau immobile. Trey lui avait-il délibérément menti ou s'était-il trompé ? Chris demanderait à Shane si sa fiancée, la belle-sœur de Courtney, avait vu récemment cette dernière.

Dans l'intervalle, le travail s'accumulait sur son bureau, et il n'avait pas l'impression d'avoir aidé Willow ou d'avoir progressé dans la découverte du meurtrier de Sam.

Willow accompagna Darla et Emmet aux écuries et leur montra comment nourrir et abreuver les chevaux.

— Quand vous aurez fini ça, il faudra nettoyer les stalles, dit-elle.

— Qu'est-ce que tu vas faire ? demanda Emmet.

— Je vais commander du fourrage et payer des factures.

— Je pourrais faire ça, dit Darla. Payer les factures, je veux dire. Je m'y entends en paperasse.

Willow n'avait nulle intention de laisser Darla fouiner dans les finances du ranch. Même si Emmet finissait par hériter de la moitié du ranch, les détails de la succession de son père ne regardaient pas Darla.

— Je m'occuperai des factures. Si vous voulez faire quelque chose d'utile, nettoyez autour de l'entrée. Von était censé racler les cendres et couper les arbres morts, mais il ne l'a pas fait.

— Je ne suis pas un ouvrier auquel tu peux donner des ordres, dit Darla.

— Mon père avait une maxime, répliqua Willow. « Si tu ne travailles pas, tu ne manges pas. » Jusqu'à ce que je trouve quelqu'un pour remplacer Von, il va falloir que nous travaillions tous les trois pour faire tourner le ranch. Si vous n'êtes pas d'accord, vous pouvez partir.

Elle fixa Darla, déterminée à lui faire baisser les yeux.

— Allez, maman…

Emmet s'empara d'un seau.

— On peut le faire.

Willow les quitta et retourna à la maison. Il faudrait qu'elle vérifie leur travail plus tard. Et elle croisait les doigts dans l'espoir que quelqu'un réponde à son annonce.

Elle décida de s'occuper des factures avant de quitter la maison, en partie pour surveiller Darla et Emmet, en partie parce qu'elle devrait peut-être passer à la banque pour effectuer des virements.

Elle s'assit derrière le bureau, dans le vieux fauteuil accueillant de son père. Une odeur de cuir et d'après-rasage s'attardait dans l'air, comme si son fantôme rôdait dans la pièce où il avait passé tant de temps de son vivant. Elle prit le livre de comptes dans le tiroir et en feuilleta les pages. Les postes de dépense étaient nettement répartis : fourrage, soins vétérinaires, fournitures, réparations et ainsi de suite. La dernière section était intitulée « Main d'œuvre » et indiquait ligne après ligne les salaires payés aux ouvriers, dont King.

Elle étudia les chiffres de plus près. Son père avait payé à Von une somme fixe chaque semaine, en retenant les cotisations. Elle devait simplement calculer le prorata de cette somme pour la semaine écourtée durant laquelle Von avait travaillé.

Elle sortit le carnet de chèques correspondant au compte du ranch, et tourna une page pour inscrire le paiement, mais s'immobilisa en voyant une note de son père en haut de la page. Elle datait du samedi précédant sa mort : « Terminé ». En dessous, un paiement et l'inscription : « Solde de tous comptes ».

13

Le lundi matin trouva Chris penché sur un tableau des tirants d'eau dans le réseau d'irrigation. Le directeur du réseau lui envoyait ces rapports chaque semaine, et Chris les lisait toujours, cherchant des baisses ou des hausses inhabituelles indiquant un vol ou un usage excessif. Mais il ne découvrait jamais rien, et lire ces rapports lui rappelait un peu trop l'époque où il travaillait dans un cabinet juridique.

En outre, il était trop distrait par Willow ces derniers temps. La veille, il avait plus d'une fois composé son numéro pour lui demander des nouvelles, mais il ne voulait pas paraître trop insistant. Willow lui avait promis de l'appeler si elle avait besoin de son aide, et même s'il savait qu'elle n'aimait pas particulièrement Darla et Emmet, leur alibi avait été vérifié, et il ne pensait pas qu'ils feraient grand-chose d'autre que l'irriter. En outre, leur présence pouvait dissuader le véritable meurtrier de s'approcher d'elle.

— Hé, Chris, tu as une minute ?

Il repoussa son ordinateur et leva les yeux sur Jamie Douglas.

— Bien sûr. Que puis-je faire pour toi ?

Elle tira une chaise et s'assit.

— Ce matin, j'ai fini d'interroger les voisins de Carstairs Park. Seul l'un d'eux avait quelque chose d'intéressant à dire.

— Il a vu quelqu'un dans le parc le matin où Sam Russell a été tué ?

— Adam Treadwell. Il était sûr que c'était lui, parce qu'ils jouent parfois au golf. Mais il était surpris de le voir dehors si tôt.

— Quelle heure était-il ?

— 7 heures et demie. M. Geary – Mick – avait une opération du genou prévue, et il se préparait à partir pour l'hôpital.

— Que faisait Treadwell ?

— M. Geary dit qu'il courait, comme s'il fuyait quelque chose. Il n'était pas en tenue de jogging et il n'était pas sur la piste cyclable. Il coupait à travers l'herbe, venant de l'étang, en courant très vite. Geary s'est demandé ce qu'il se passait, mais il devait partir pour l'hôpital, et après l'opération il a oublié l'incident jusqu'à ce que je le questionne.

— Tu as posé la question à Treadwell ?

— Je suis passée chez lui, mais sa femme m'a dit qu'il n'était pas là. Je lui ai demandé de lui dire de m'appeler, mais jusqu'ici il ne l'a pas fait.

— Génial.

Jamie se leva, au moment où Shane passait par là.

— Hé, Shane ! l'interpella Chris.

Shane s'arrêta et s'approcha de son bureau.

— Qu'y a-t-il ?

— Lauren a-t-elle vu Courtney récemment ? lui demanda Chris. Ces deux derniers jours ?

— Je ne sais pas. Pourquoi ?

— Tu pourrais le lui demander ?

Shane prit son téléphone et tapa un texto.

— Que se passe-t-il ? demanda-t-il à Chris après l'avoir envoyé.

— Ce n'est peut-être rien, expliqua Chris, mais quand j'étais chez eux, samedi, Allerton m'a dit que je ne pouvais pas parler à Courtney parce qu'elle n'était pas là. Mais en partant j'aurais pu jurer l'avoir vue à la fenêtre.

— Sa voiture était-elle là ? Une Toyota 4 Runner blanc.

— Je ne l'ai pas vue, mais elle pouvait être garée à l'arrière. Peut-être qu'Allerton ne savait pas qu'elle était rentrée.

Le téléphone de Shane bourdonna et il répondit.

— Hé… Non, rien de grave. On retrace juste les mouvements d'Allerton.

Il écouta un moment.

— D'accord. Pas de problème. Merci.

Il raccrocha et regarda Chris et Jamie.

— Lauren dit que ça fait plusieurs jours qu'elle n'a pas vu Courtney. Elle était occupée à la clinique. Pourquoi voulais-tu parler à Courtney ?

— J'ai demandé à Allerton si c'était Von King qui lui avait tiré dessus. Il m'a redit que c'étaient des tirs de chasseurs et que Courtney n'aurait pas dû nous en parler. Ensuite je l'ai questionné sur le serpent dans la voiture, et il a feint l'étonnement. Je voulais entendre la version de Courtney, et c'est à ce moment-là qu'il m'a dit qu'elle n'était pas là.

— Allerton m'a toujours paru fuyant, dit Jamie. Bien que sa plus grosse erreur semble de s'être associé avec des personnages douteux – d'abord Tom Chico, puis Von King.

— Courtney semble heureuse avec lui, objecta Shane. Et il faut de tout pour faire un monde.

— Il me frappe comme quelqu'un qui s'écoute parler et qui fait très peu, dit Chris. Il parle sans cesse des travaux qui vont être faits sur son prétendu ranch, mais je ne le vois jamais rien faire.

— Je pense que Trey se voit comme un homme d'idées, répondit Shane. Ce sont aux autres de faire les efforts. Nous pensons qu'il a reçu beaucoup d'argent de Courtney, mais où est passé cet argent ? Mystère.

Il glissa son téléphone dans sa poche.

— Laurent et moi allons bientôt passer voir Courtney.

— Vois ce que tu peux découvrir sur la querelle entre Allerton et King.

Chris se leva.

— Peut-être que Courtney sait quelque chose qu'Allerton ne nous a pas dit.

— Où vas-tu ? demanda Shane.

— Essayer de trouver Adam Treadwell. Je veux savoir ce qu'il faisait à Carstairs Park mardi matin – et pourquoi il a négligé de nous dire qu'il était là.

Chris trouva Treadwell sur le terrain de golf des Idlewilde Estates. Treadwell leva les yeux à son approche.

— Bonjour, shérif adjoint.

Treadwell avait un large sourire dénué de malaise.

— Vous avez trouvé qui a poussé le quad dans notre étang ?

Chris se retint de souligner que l'étang appartenait en fait au comté.

— Pas encore. Mais je voudrais vous poser d'autres questions sur ce matin-là.

— Bien sûr.

Il se redressa et rangea son club dans son sac de golf.

— Pourquoi ne pas nous asseoir ici, à l'ombre ?

Il se dirigea vers une table de pique-nique abritée et se glissa sur un banc. Chris prit place sur l'autre.

— Dites-moi encore où vous étiez mardi matin ?

— J'étais chez moi.

— Seul ?

— Oui. Ma femme était à Denver. Pourquoi ?

Treadwell se mit à rire.

— Vous ne pensez pas que c'est moi qui ai poussé le quad dans l'étang, n'est-ce pas ?

— Nous avons un témoin crédible qui vous a identifié dans le parc vers 7 heures et demie mardi matin.

Treadwell pâlit un peu, sans cesser de sourire pour autant.

— Qui vous a dit ça ?

— Notre témoin était catégorique. Pourquoi ne me dites-vous pas ce que vous faisiez au parc à cette heure-là ?

Treadwell détourna le regard et pianota sur la table.

— Je me le rappelle maintenant, dit-il au bout d'un instant. Ma femme me tannait pour que je fasse plus d'exercice, alors je me suis levé tôt pour aller marcher. Malheureusement, je n'ai pas réussi à en prendre l'habitude.

Il secoua la tête.

— J'imagine que j'ai confondu les jours quand vous m'avez posé la question l'autre jour.

— Avez-vous vu quelqu'un quand vous étiez dehors ?

— Non. Mais apparemment on m'a vu.

— Notre témoin dit que vous couriez.

Le rire de Treadwell était forcé.

— C'est vrai. À un moment donné, je me suis dit que j'allais faire un jogging. Ça n'a pas duré. J'imagine que le golf me convient mieux.

— Le témoin dit que vous aviez l'air de fuir.

Soudain, Treadwell cessa de feindre la décontraction.

— Vous m'accusez de quelque chose ? Ce n'est pas interdit d'être au parc à 7 heures et demie du matin.

— Russell et vous avez échangé des paroles plutôt dures au sujet de la pollution du canal par les résidents.

— Une pollution alléguée, rectifia Treadwell. L'eau n'a jamais été analysée.

— Pourtant, vous avez tous deux perdu votre calme.

Treadwell baissa la tête et resta silencieux un long moment. Chris l'observait, attendant. Lorsque Treadwell releva les yeux, son regard était clair.

— Écoutez, je n'aimais pas Sam. Je trouvais que c'était un vieux réac. Nous n'allions jamais nous entendre sur la question de l'eau. Mais je ne l'ai pas tué. Je ne ferais jamais ça. Je ne suis pas quelqu'un de violent.

Chris songea que n'importe qui pouvait devenir violent, mais Adam Treadwell n'avait pas de casier judiciaire. Il n'avait même jamais eu d'amende pour excès de vitesse. Mais l'heure à laquelle on l'avait aperçu était troublante. Si Sam avait été tué à la limite de la tranche horaire estimée par le médecin légiste, un homme conduisant le quad à toute allure le long du canal Daimler aurait pu arriver au parc à 7 heures et demie, même si c'était un peu tiré par les cheveux.

— Nous examinons toujours le quad pour voir s'il y a des empreintes ou d'autres indices, dit-il en se levant. Je vous tiendrai au courant si nous trouvons quelque chose.

Treadwell acquiesça. Il avait l'air soulagé.

— J'espère que vous trouverez le coupable. Je n'ai jamais aimé Sam, mais je ne souhaite à personne d'être assassiné.

Willow ne parvint pas à retourner en ville ce week-end-là. Peu après sa découverte, le maréchal-ferrant arriva, et elle dut l'accompagner dans sa visite des chevaux. Le lendemain commença la récolte du foin. Ce ne fut pas avant le lundi après-midi qu'elle put s'échapper. Mais, au lieu d'aller à Eagle Mountain, elle prit la direction du chalet où avait vécu Von King.

Elle prit le pick-up de son père car sa petite voiture cahotait trop sur les chemins gravillonnés. En outre, elle aimait conduire ce puissant véhicule et contempler les grandes étendues à travers le pare-brise. Comme dans le bureau de son père flottait une odeur de cuir, d'après-rasage et des cigares que sa mère avait toujours bannis de la maison.

Comme les autres ouvriers, Von avait été logé dans un chalet en rondins construit dans les années 1900 au milieu d'un bosquet de peupliers d'Amérique, sur la berge du canal Daimler. Le bâtiment était un rectangle de cinq mètres par dix, avec trois chambres et une minuscule salle de bains ajoutée quelque part dans les années 1950. Une petite écurie à l'arrière pouvait contenir un cheval ou deux, bien que ce soit un quad qui y stationne la plupart du temps. Un cheval était une trop grosse dépense pour les ouvriers. S'ils en avaient besoin, ils empruntaient une monture au ranch.

Willow se gara à l'ombre des peupliers et observa la maison. Elle avait l'air vide. Il n'y avait pas trace du vieux pick-up de Von. Elle ouvrit sa portière et descendit de voiture. Bien qu'elle soit venue des centaines de fois, elle n'était jamais entrée dans le chalet. Les hommes qui travaillaient pour son père étaient généralement solitaires, plus âgés qu'elle, sans femme ou enfants avec qui elle aurait pu jouer ou tisser des liens. Certains ouvriers s'étaient montrés amicaux, mais la plupart l'avaient ignorée.

Von, lui, ne l'avait pas ignorée. Il semblait l'avoir prise en grippe dès son retour. Elle avait cru que c'était parce qu'elle était une femme, mais elle se demandait maintenant s'il n'y avait pas une autre raison. L'avait-il vue comme une intruse ou une mauvaise influence sur son père ? Une autre paire d'yeux à même de repérer la préparation d'un mauvais coup ?

Se redressant, elle gravit les marches du perron. La porte était déverrouillée et elle l'ouvrit. Elle ignorait à quoi s'attendre, mais le désordre était pire que ce qu'elle avait craint. Il lui fallut un moment pour comprendre que ce fouillis n'était pas dû à de mauvaises habitudes, mais à une destruction délibérée. Elle se fraya un passage entre les chaises brisées, les assiettes cassées et les ordures éparpillées. Von avait piqué une grosse crise. Elle sortit son téléphone, prit quelques photos et passa dans la pièce suivante, résolue à achever son inspection.

C'était la chambre : un lit défait et une commode dont les tiroirs avaient été renversés. Elle ouvrit le placard et contempla le fatras : une botte au talon cassé, sa partenaire gisant au fond du placard, une perceuse électrique, une thermos cabossée. Avec un sursaut, elle se rendit compte que ces objets avaient appartenu à son père. Elle lui avait offert les bottes à Noël plusieurs années auparavant, et en retournant la thermos elle vit les initiales de son père.

Elle se redressa, fixant cette triste collection. Son père avait-il donné ces objets à Von ? Elle secoua la tête. Il n'était pas du genre à refiler de vieilles affaires. Von les avait-il volées ? Cela paraissait probable et aurait expliqué pourquoi Sam l'avait renvoyé.

Mais pourquoi Von avait-il décidé de rester après la

mort de son père ? Avec son air perpétuellement maussade, il ne donnait pas l'impression d'aimer travailler.

Cependant les emplois étaient difficiles à trouver pour les ex-taulards. Von s'était-il cramponné à celui-ci ?

Avec assez de désespoir pour tuer ?

14

Le lundi après-midi, Chris retourna au ranch Russell. Il frappa à la porte de la maison, mais n'obtint pas de réponse. Il fit le tour de la terrasse et survola la cour des yeux. Aucun mouvement. Il se rendit au hangar aux machines, vide lui aussi.

En revenant à son véhicule, il crut entendre de la musique. En suivant le son, il trouva Emmet aux écuries, en train de nettoyer une stalle. Le jeune homme portait un short cargo, un T-shirt avec un personnage de dessin animé et des tennis, un accoutrement inhabituel dans ce décor.

Emmet interrompit sa tâche et s'appuya sur sa pelle.

— Vous voulez quelque chose, shérif adjoint ?

— Je cherche Willow.

— Elle est partie en voiture il y a un petit moment.

— Où est votre mère ?

— Je ne sais pas. Je ne pense pas qu'elle veuille me parler pour l'instant, ce qui me va très bien.

— Pourquoi ne veut-elle pas vous parler ?

— Je lui ai dit que je voulais rentrer à Albuquerque. Mais elle veut rester ici, alors je suppose que je suis coincé.

— J'ai entendu dire que vous pourriez hériter de la moitié du ranch, dit Chris. Vous le saviez avant la mort de Sam ?

— Je ne savais rien avant que maman me le dise, quand nous sommes venus ici.

— Vous étiez surpris ?

— Eh bien oui. Je veux dire, j'ai toujours su que Sam avait des tonnes d'argent, mais il n'aimait pas s'en séparer. Il ne faisait même pas confiance aux banques.

Chris se souvint que Darla avait dit quelque chose de semblable à Willow.

— Vous voulez dire que Sam gardait son argent au coffre ?

— J'ai entendu dire qu'il le cachait ailleurs. Il avait tellement d'argent qu'il ne savait sans doute pas combien.

Emmet haussa les épaules.

— Mais je n'en ai jamais vu la couleur.

— Est-ce ce que vous faisiez l'autre jour dans le hangar aux machines ? demanda Chris. Vous cherchiez l'argent ?

Emmet rougit.

— Peut-être. Il n'y a aucune loi qui l'interdit, n'est-ce pas ? Et la moitié de cet argent est à moi maintenant.

— Avez-vous vu le testament ?

— Non. Ce jargon juridique ne veut rien dire pour moi, de toute façon.

— Pourquoi Sam vous aurait-il laissé de l'argent ?

— Maman dit que je suis le fils que Sam a toujours voulu, mais je pense qu'elle l'a persuadé de le faire. Ce n'est pas comme s'il m'avait jamais aimé. Ou peut-être qu'il était en colère contre Willow et qu'il voulait se venger d'elle.

Chris trouva cela bizarre.

— Pourquoi aurait-il été en colère contre Willow ?

Emmet se gratta la nuque.

— Eh bien, vous savez qu'elle a la langue bien pendue.

Quand elle n'aime pas quelque chose, elle ne se gêne pas pour vous le dire en face.

— Et Sam n'aimait pas ça ?

— Quel homme aimerait ça ? Moi, je préfère les femmes avec qui il est facile de s'entendre. Willow est assez jolie, mais quand elle ouvre la bouche pour vous faire la leçon, ça gâche tout l'effet.

Ces mots irritèrent Chris, mais il réprima son humeur. Il n'aurait jamais voulu d'une femme qui ne dise pas ce qu'elle pensait ou ressentait. Pourquoi cette honnêteté était-elle vue comme un trait de caractère négatif par des hommes comme Emmet ?

— Vous avez fini avec vos questions ?

Emmet se redressa et reprit la pelle.

— Parce que j'ai du boulot. Willow va piquer une crise si je n'ai pas fini avant qu'elle revienne. Pas que j'aie peur d'elle, mais c'est plus facile de pelleter que de l'écouter me donner la sérénade.

Chris le laissa travailler. Il remontait dans sa voiture quand il vit un véhicule venant vers lui. Il reconnut le pick-up du ranch, avec Willow au volant.

— Je suis contente que vous soyez là, dit-elle quand il la rejoignit.

Il sentit son cœur s'emballer à ces mots. Puis il prit conscience que la phrase de Willow ne signifiait pas qu'elle se réjouissait de le voir.

— Que se passe-t-il ?

— J'ai trouvé quelque chose. Il faut que vous voyiez ça.

Elle le conduisit au bureau de Sam. Tous deux s'arrêtèrent net quand la porte de la pièce s'ouvrit sur Darla. Elle eut un hoquet et plaqua une main sur sa poitrine.

— Mon Dieu ! Vous m'avez fait peur !

— Que faisiez-vous dans le bureau de papa ? demanda Willow.

— Je cherchais un timbre.

— Cette pièce est privée. Vous ne devez pas y entrer.

Willow fit un pas en avant. Darla la contourna, mais s'arrêta un mètre plus loin et se redressa de toute sa taille.

— J'irai où je veux dans cette maison, déclara-t-elle.

Willow lui jeta un regard noir et pénétra dans le bureau. Chris la suivit et referma la porte derrière eux.

— Je pensais que vous aviez acheté un verrou, dit-il.

— Je l'ai fait. Mais je n'ai pas eu le temps de l'installer.

Elle contempla le bureau, qui croulait sous les livres de comptes et les papiers.

— Je suis sûre qu'elle furetait, mais c'est dans un tel désordre que j'aurais du mal à dire si elle a dérangé quelque chose.

Elle passa derrière le bureau, ouvrit le tiroir inférieur et prit un livre de comptes.

— C'est l'une des choses que je voulais vous montrer.

Ouvrant le livre, elle en feuilleta les pages et le lui tendit.

— Regardez ça.

Il étudia la page, qui indiquait les payes de Von King.

— Tournez la page.

Il s'exécuta et cilla devant l'annotation « Terminé », suivie de « Solde de tous comptes ».

— Il a renvoyé Von.

— C'est daté du samedi avant sa mort.

— Vous ne le saviez pas ?

Elle secoua la tête.

— Papa ne me disait jamais rien. Je n'aime pas Von, alors je l'évitais. Et il avait des jours de congé. Ça ne m'a pas fait tiquer de ne pas le voir le lundi. Mais il travaillait dans le hangar aux machines mardi matin, comme si de rien n'était.

— Est-il possible qu'il ait arrangé les choses avec votre père ? Qu'il l'ait persuadé de le reprendre ?

— Si oui, papa l'aurait noté, j'en suis sûre.

Elle prit son téléphone.

— Il y a autre chose. Ce matin, je suis allée au chalet où vivait Von.

Elle tendit l'appareil à Chris, qui contempla les meubles cassés et le désordre général.

— Il a vandalisé la maison.

— Regardez la dernière photo.

Il les fit défiler et aperçut une paire de bottes, une perceuse et une thermos.

— Ce sont des affaires qui appartenaient à mon père. Elles étaient dans le placard de la chambre.

— Peut-être que Sam les a données à Von.

— Je ne pense pas, dit-elle. Je crois que Von les a volées. Il a sans doute pris d'autres choses. Je pense que c'est pour ça que papa l'a renvoyé. Peut-être même qu'il l'a menacé de le dénoncer au shérif. S'il a déjà été condamné, cela n'aurait pas été bon pour lui, n'est-ce pas ?

Chris approuva.

— Vous savez où est Von maintenant ?

Elle secoua la tête, en se frottant les bras de bas en haut.

— Mais plus vite vous le retrouverez, mieux je me sentirai.

Elle croisa son regard.

— S'il a tué mon père pour l'avoir renvoyé, que va-t-il me faire maintenant que j'ai fait la même chose ?

Chris était inquiet de laisser Willow seule au ranch. Mais elle l'avait assuré qu'elle appellerait immédiatement le 911 si elle apercevait Von King. Et elle avait souligné que, même si Darla et Emmet ne lui plaisaient pas, leur présence lui offrait une sorte de protection.

Au commissariat, il alla directement voir Travis dans son bureau.

— Je pense qu'on devrait arrêter King pour l'interroger, dit-il. Willow a découvert que son père l'avait renvoyé le samedi précédant sa mort. Apparemment, King avait volé des objets au ranch et Sam l'avait découvert. Après sa mort, il a fait semblant d'avoir toujours son boulot et n'a rien dit à personne.

Travis acquiesça.

— D'accord. Va l'arrêter.

— Il faut d'abord le trouver.

Chris fourragea dans ses cheveux.

— Willow l'a renvoyé samedi avant de découvrir que son père l'avait déjà fait. King est parti, mais il a vandalisé le chalet où il vivait. Il n'a pas laissé de contact non plus. Maintenant elle se dit que s'il a tué son père il pourrait aussi s'en prendre à elle.

— Elle est seule au ranch ?

— Son ex-belle-mère et son fils sont là, et elle a l'intention d'engager quelqu'un pour remplacer King.

Il hésita.

— Et j'ai prévu de passer autant de temps que possible avec elle.

Il n'en avait pas vraiment discuté avec Willow, mais il avait pris sa décision en revenant en ville. Travis acquiesça.

— On va lancer un avis de recherche. On peut l'arrêter pour vol et le retenir sur cette base.

Chris sentit une partie de sa tension le quitter.

— Merci.

— On a remorqué le quad à la fourrière, lui dit Travis. Tu penses que c'est aussi Von qui a fait ça ?

— Oui, je crois. Je pense que le laisser sur le chemin d'Allerton faisait partie de sa querelle avec lui – mais nous n'en avons pas la preuve.

— Ce sera une chose de plus à lui demander. Quels sont tes plans pour cet après-midi ?

— Perry webber m'a laissé un message. Il veut que j'aille inspecter ce qui ressemble à un détournement d'eau aux Idlewilde Estates.

Travis hocha la tête.

— Comment ça s'est passé avec Adam Treadwell ? demanda-t-il. Jamie m'a dit que tu étais allé l'interroger sur ses activités mardi matin.

Chris secoua la tête.

— Il m'a raconté qu'il était allé marcher. Puis qu'il faisait un jogging. Ensuite, il s'est mis sur la défensive.

— Il aurait difficilement pu commettre le meurtre avec ce timing, remarqua Travis.

— À moins que nous nous trompions sur l'heure de la mort. Je pense qu'il aurait pu le faire s'il avait roulé avec le quad le long du canal. Il abandonne le quad dans le parc, et ensuite il court chez lui.

— On va continuer à creuser. Quand tu en auras l'occasion, demande à Willow de faire la liste de ce que Von a volé à son père ou au ranch.

— Oui, monsieur.

Sur le trajet vers les Idlewilde Estates, son téléphone sonna. L'écran lui indiqua qu'il s'agissait de son père. Il hésita avant de répondre. Mais si son père soupçonnait qu'il l'évitait, cela ne ferait qu'accroître la tension entre eux.

— Bonjour, répondit-il.

— Bonjour, Chris. Ta mère et moi aimerions que tu viennes dîner mercredi soir.

— Je travaille sur une enquête en ce moment. Je ne sais pas si je peux prendre une soirée.

— Tu peux bien trouver le temps de dîner. Il y a quelqu'un que j'aimerais que tu rencontres.

Chris sentit son estomac se nouer. Ces paroles ne présageaient rien de bon : la dernière fois, c'était la fille d'un collègue avec qui il aurait dû sortir, et avant cela une affaire « en or » qui s'était révélée une escroquerie.

— Qui est-ce ? demanda-t-il.

— David Vandermeyer travaille au bureau du procureur général. Ils cherchent quelqu'un qui connaît le droit de l'eau dans le Colorado. Je lui ai dit que tu serais parfait pour ce poste. Il aimerait beaucoup te rencontrer.

— Papa, j'ai déjà un emploi.

— Vandermeyer est impressionné par ton expérience de terrain. C'est une chance formidable, qui pourrait déboucher sur des perspectives encore meilleures. Et je peux te garantir que ça paye mieux que tout ce que tu gagnes au comté.

Comme d'habitude, son père ne se souciait pas de ses désirs.

— Ça ne m'intéresse pas.

— Comment le sais-tu avant de parler à cet homme ? Il ne s'agit pas de tâches subalternes comme tu le faisais avant. Écoute au moins ce qu'il a à dire.

— Je verrai si je peux me libérer.

— Tu veux que j'en parle au shérif ?

— Non. Ne fais pas ça. Je m'en occupe.

— Bon. Viens à 18 h 30. Nous dînerons à 19 heures.

Ted mit fin à l'appel et Chris freina brutalement pour éviter une biche sur la route. Il respira un bon coup, s'ordonnant de se calmer. Son père l'aimait et voulait ce qu'il y avait de meilleur pour lui, même s'il ne l'écoutait jamais.

Parfait. Il irait dîner chez eux, écouterait l'avocat, le remercierait poliment de cette opportunité et passerait à autre chose. Vandermeyer ne comprendrait sans doute pas. La plupart des gens ne comprenaient pas. Mais passer ses journées au volant d'une voiture de patrouille, parler à des gens de toutes classes sociales, tout faire pour résoudre une dispute entre ranchers, donner une amende pour excès de vitesse ou enquêter sur un meurtre – tout cela lui donnait envie de se lever le matin et le rendait heureux. L'argent et le prestige attachés à un poste public ne lui donneraient jamais la même satisfaction.

Il trouva l'adresse donnée par l'employé des canaux, une maison basse et grise, entourée d'une grille en fer forgé. Chris avait fait à peine quelques pas le long de la grille qu'un doberman se précipita vers lui, aboyant furieusement. Un homme mince d'environ soixante-dix ans suivit le chien.

— Je peux vous aider shérif adjoint ? cria-t-il par-dessus les aboiements.

Chris s'approcha, un œil fixé sur le chien.

— Vous pouvez le faire rentrer pour que nous puissions parler ?

L'homme acquiesça et entraîna l'animal déchaîné vers la maison. Il revint une minute plus tard.

— Faites le tour par le portail, dit-il en désignant l'avant de la maison.

Au portail, Chris lui montra sa carte. L'homme se présenta comme Gerald Pierce.

— On nous a signalé un détournement illégal de l'eau de ce canal, dit Chris.

Pierce fronça les sourcils.

— Je ne comprends pas.

— Je dois inspecter le canal d'irrigation qui traverse votre terrain.

Le plissement de son front s'accentua.

— Il n'y a pas de dégâts au canal.

— Il faut que je l'inspecte, insista Chris d'une voix ferme.

À contrecœur, Pierce le conduisit à l'arrière de la maison. Ce que Chris y découvrit l'impressionna. Il s'était attendu à une tranchée grossière. Mais Pierce – ou un artisan – avait bâti un canal en béton, avec une série d'écluses miniatures pour amener l'eau dans une partie clôturée du jardin. Le grillage était doublé d'un brise-vue synthétique vert foncé. Chris étudia la structure.

— Ça a dû vous prendre du temps de construire ça.

Pierce se redressa.

— J'étais ingénieur avant de prendre ma retraite. Ce genre de projet me plaît.

Chris désigna l'enclos du menton.

— Que cultivez-vous ? demanda-t-il, bien qu'il en ait déjà une idée.

— C'est parfaitement légal, déclara Pierce.

Chris s'approcha de la clôture, qui ne faisait qu'un mètre cinquante de hauteur. Le lopin était planté d'une petite forêt de plants de cannabis. Chris cessa de compter à vingt.

— Ce n'est pas illégal de faire pousser du cannabis pour son usage personnel dans cet État.

— Non, monsieur, mais il y a une limite de six plants par personne et de douze par foyer.

— Mon fils et sa femme vivent avec nous, et nous avons des attestations médicales qui nous permettent d'en cultiver davantage. Vous voyez que le lopin est clôturé, invisible depuis la rue, et que le portail est cadenassé.

Chris hocha la tête. Il avait suivi les cours obligatoires sur le droit des stupéfiants au Colorado, et c'était cohérent avec ce dont il se souvenait. Il regarda Pierce.

— Pourquoi avez-vous besoin de tant de cannabis ?

— Ma femme et moi l'utilisons à des fins médicales.

— Il y en a assez pour que vous puissiez en vendre.

— Je ne le fais pas. Il m'arrive d'en faire cadeau à un ami, mais nous n'en vendons jamais. Ce serait contre la loi.

Cela valait peut-être la peine de s'intéresser de plus près à Pierce, mais ce n'était pas pour sa récolte de cannabis que Chris était là, du moins pas directement.

— Il va falloir trouver un autre moyen d'arroser votre plantation. Les plants ne sont peut-être pas illégaux, mais les arroser avec l'eau du canal l'est.

Il prononça son discours habituel sur les raisons pour lesquelles Pierce n'avait pas le droit d'utiliser l'eau qui coulait près de sa maison. Pierce écoutait, morose.

— Il est possible d'acheter une part des droits de l'eau ? demanda-t-il.

— Je crains que non. La plupart des droits sont transmis de père en fils. De temps en temps, une part est mise en vente, mais c'est rare.

Pierce contempla son système d'écluses et soupira.

— J'étais vraiment content du système d'arrosage.

— Vous allez devoir le démanteler. Tout de suite. Je reviendrai vérifier demain, et s'il est toujours opérationnel, vous aurez une amende de sept cent cinquante dollars par jour.

Pierce hocha la tête.

— Je comprends.

Chris lui remit sa carte et franchit le portail. Il marchait vers sa voiture de patrouille quand son téléphone sonna.

— Vous êtes toujours aux Idlewilde ? demanda Adelaide.

— Oui.

— Une autre femme vient de nous signaler un voyeur.

Adelaide lui donna l'adresse.

— Elle dit que ça s'est passé tôt ce matin, et que son mari a fini par la convaincre de nous appeler. Il faut que vous alliez prendre sa déposition.

15

La villa des Clements n'était qu'à quelques rues de celle des Pierce. Audrey Clements et son mari, Bruce, accueillirent Chris à la porte de leur maison en adobe. C'était un couple svelte, avec des cheveux gris et le bronzage accentué de gens qui passent leur vie dehors.

— Je me sens coupable de vous avoir fait faire tout ce chemin pour quelque chose d'aussi insignifiant, dit Audrey en le conduisant au salon.

— Ce n'est pas insignifiant.

Bruce posa une main sur l'épaule de sa femme et s'adressa à Chris.

— Audrey n'est pas du genre à imaginer des choses. Elle m'a dit qu'elle avait vu un homme qui regardait par la fenêtre pendant qu'elle se déshabillait ce matin et je la crois.

— Bruce est sorti tout de suite, mais il n'a vu personne, reprit Audrey. Et il était très tôt, il faisait encore noir. Alors peut-être que c'était un daim ou un autre animal.

— Certaines des amies d'Audrey parlent d'un voyeur dans le quartier, dit Bruce.

— Sally Coe disait qu'elle a entendu parler d'un homme qui regarde par les fenêtres. Mais je ne pouvais pas y croire… J'ai soixante ans. Quel plaisir peut-on retirer à me regarder ? acheva-t-elle en ouvrant les bras.

— Asseyons-nous et vous allez me raconter ce que vous avez vu, suggéra Chris en désignant le sofa.

Les Clements s'assirent côte à côte, son bras à lui sur son épaule à elle.

— Je venais de retirer ma chemise de nuit pour prendre une douche, commença Audrey. J'ai jeté un coup d'œil à la fenêtre. Le temps est si doux que nous dormons la fenêtre ouverte. Et là, il était là, comme une ombre. J'ai hoqueté, je me suis couverte de ma chemise de nuit, et il s'est enfui.

— Vous avez vu son visage ?

Elle secoua la tête.

— Il avait vraiment l'air d'une ombre. Je pense qu'il devait être tout en noir.

— De quelle taille était-il ?

Elle regarda son mari.

— Pas grand. Peut-être de la taille de Bruce.

— Je fais un mètre soixante-seize, précisa Bruce.

— Était-il gros ou mince ?

— Juste moyen.

Elle haussa les épaules.

— Je suis désolée, mais je l'ai à peine aperçu.

— Dans quelle direction est-il parti quand il s'est enfui ?

— Vers l'ouest. Vers le jardin de derrière.

Elle eut l'air perplexe.

— J'aurais cru qu'il repartirait par la rue.

— Vous avez eu d'autres signalements comme celui-ci ? demanda Bruce.

— Nous en avons eu au moins un, dit Chris.

Il se leva.

— Si vous pensez à autre chose, appelez-moi.

Il tendit sa carte à Audrey.

— Et si l'homme revient, appelez le 911.

— Merci. Je me suis sentie idiote de vous appeler, mais c'est perturbant.

— Je suis content que vous l'ayez fait. Plus nous aurons d'informations, plus nous serons en mesure d'attraper ce personnage.

Il retourna à son véhicule, mais ne démarra pas immédiatement. Il étudia la maison des Clements, puis afficha un plan des Idlewilde Estates sur l'ordinateur de bord. Les Clements vivaient sur Lodgepole Lane. La femme qui avait fait l'autre signalement, sur Ash Drive. Le parc était entouré d'Ash Drive et de Cedar Court. Aspen Lane se trouvait entre Ash et Cedar.

Et Adam Treadwell vivait sur Aspen Lane. Adam Treadwell, qu'on avait vu courir dans le parc – allant dans la direction de Cedar – mardi matin. Le jour où la femme avait appelé pour se plaindre d'un voyeur.

Chris démarra. Il était temps d'avoir une autre conversation avec Adam Treadwell.

Bras croisés, Willow regardait le serrurier finir d'installer le verrou. Il inséra la clé, la tourna, essaya la porte, la rouvrit et retira la clé.

— Ça devrait aller, dit-il en tendant celle-ci à Willow.

— Merci.

Willow empocha la clé et prit la facture qu'il lui tendait. Elle le paya et il partit.

Darla entra au moment où il s'en allait.

— Qui était-ce ? demanda-t-elle.

— Un serrurier. Je lui ai fait installer des verrous à la porte de ma chambre et du bureau de mon père.

— Pourquoi as-tu fait ça ?

— Pour empêcher les gens qui n'ont rien à y faire d'y entrer.

Darla renifla.

— J'espère que tu ne t'attends pas à continuer à vivre ici quand le testament de Sam sera homologué.

— Pourquoi pas ?

— Parce que la moitié du ranch appartiendra à Emmet et qu'il a l'intention de vendre. Il faudra que tu vendes aussi. Ce n'est pas comme si tu avais jamais eu envie de diriger le ranch, de toute façon. Ton père le savait. C'est l'une des raisons pour lesquelles il l'a légué en partie à Emmet.

— Le ranch est sous servitude environnementale.

Darla écarta cela d'un geste de la main.

— Tu peux quand même le vendre. Celui qui l'achètera devra simplement en faire aussi un ranch. Cet endroit rapporte gros, alors ce ne sera pas difficile de trouver un acheteur.

— D'abord, il faudra prouver que votre testament est authentique.

— Tu m'accuses de mentir ?

— J'imagine que c'est le tribunal qui en décidera.

— Ton père aurait été très déçu par ton attitude, riposta Darla. Mais tu l'as souvent déçu, de toute façon. Tu aurais pu être d'une telle aide pour lui ! Au lieu de quoi, tu es partie et tu n'es revenue que parce que tu avais besoin de lui.

Elle soupira en secouant la tête.

— Quel dommage.

Elle quitta la pièce, laissant Willow fixer le vide, des

larmes de colère au coin des yeux. Une part de son esprit savait que Darla faisait exprès de la mettre en colère. Elle n'aurait pas dû mordre à l'hameçon. Mais il y avait suffisamment de vérité dans ces paroles pour lui faire mal. Willow avait déçu son père – non parce qu'elle voulait le blesser, mais parce qu'elle n'avait jamais réussi à être la personne qu'il voulait qu'elle soit. Savoir qu'il n'avait jamais pu la comprendre faisait mal et, maintenant qu'il était parti, ils n'auraient plus jamais l'occasion de guérir cette blessure.

Adam Treadwell n'était visiblement pas content de revoir Chris.

— Que voulez-vous, shérif adjoint ? lança-t-il en ouvrant la porte.

— Je dois vous poser quelques questions, répondit Chris.

— Je suis occupé.

Treadwell commença à refermer la porte, mais Chris la bloqua.

— Si vous ne me répondez pas maintenant, il faudra venir au commissariat.

Treadwell hésita, puis recula.

— Entrez, alors. Mais je n'ai pas beaucoup de temps à vous accorder.

Ils pénétrèrent dans le salon – lambris en tremble, home cinéma et chaîne hi-fi, étagères avec des trophées de golf.

— Votre femme est à la maison ? questionna Chris.

— Elle est en haut. Inutile de la déranger. De quoi s'agit-il ?

— On nous a signalé un voyeur dans le quartier.

Treadwell se raidit.

— Qu'est-ce que cela a à voir avec moi ?

— Je pensais qu'en tant que président de l'association des copropriétaires vous voudriez le savoir.

— Je ne peux rien y faire, répliqua Treadwell. C'est sans doute un ado qui joue des tours.

— Je ne pense pas que ce soit un jeune.

— Peu m'importe ce que vous pensez. Je dois y aller. Je vais être en retard à mon rendez-vous.

Il se dirigea vers la porte.

— Que faisiez-vous en réalité au parc, mardi matin ?

La question figea Treadwell. Il se retourna pour faire face à Chris.

— Je vous l'ai déjà dit, je marchais.

— Vous marchiez devant la maison des Breck sur Ash Drive ?

Le visage de Treadwell pâlit.

— Je ne sais pas de quoi vous parlez.

— Et la maison des Clements, sur Lodgepole Lane ? La grande bâtisse en adobe ? Vous marchiez par là aussi ? Vous vous êtes arrêté et vous avez regardé par la fenêtre ?

— Je n'aime pas vos insinuations, répondit Treadwell. Vous devriez partir maintenant.

— Adam ? Que se passe-t-il ?

Une femme mince et blonde apparut sur le seuil de la pièce, l'air inquiète.

— Ce n'est rien, Dot. Retourne là-haut.

Elle se tourna vers Chris.

— De quoi s'agit-il, shérif adjoint ?

Son visage était pâle, mais son regard ne cillait pas.

— Ce n'est rien, répéta Treadwell, avec plus de force.

— Vous êtes madame Treadwell ? demanda Chris.

— Oui.

— Étiez-vous au courant des signalements de voyeurisme dans le voisinage ?

Elle se tourna vers son mari avec une expression choquée.

— Adam, tu avais promis ! Tu avais dit que ça ne se reproduirait pas.

— Dot, je…

Il tendit la main vers sa femme, mais elle se détourna de lui.

— Madame Treadwell, est-ce que ce genre de chose s'est déjà produit ?

Elle hocha la tête.

— Dans l'Ohio, là où nous vivions. La police a promis de ne pas mettre Adam en accusation s'il suivait une thérapie. Et il l'a fait. Je pensais qu'il avait mis tout ça derrière lui.

— Je n'ai rien fait de mal ! protesta Treadwell. J'étais juste en train de faire une promenade. Ce n'est pas ma faute si les gens ne baissent pas leurs stores.

— Monsieur Treadwell, je vais devoir vous emmener pour vous interroger.

— Je vais contacter notre avocat, annonça Dot, et elle quitta la pièce sans un regard pour son mari.

— Il fallait absolument que vous fassiez ça ? lança Adam, en la regardant s'éloigner.

— Une meilleure question serait : deviez-*vous* faire ça ?

— Je connais votre père, dit Treadwell.

— C'est le cas de beaucoup de gens.

— Que penserait-il de vous, s'il savait que vous harcelez un citoyen respectable ?

— Je ne pense pas qu'épier par les fenêtres soit très respectable.

Treadwell jura grossièrement. Chris s'écarta pour

appeler des renforts. Ils avaient un suspect de moins dans l'enquête de meurtre, mais il ne pouvait pas dire qu'il se sentait mieux.

— Ce shérif adjoint est revenu.

Le mardi après-midi, Darla regardait par la fenêtre, les sourcils froncés.

— Pourquoi est-ce qu'il rôde toujours par ici ?

— Il essaie de trouver le meurtrier de mon père.

Willow lissa ses cheveux et tenta d'ignorer les papillons dans son ventre à l'idée de revoir Chris.

— Il n'a rien trouvé pour l'instant. Et c'est irritant de l'avoir tout le temps dans les jambes.

— Alors allez-vous-en, lança froidement Willow.

— Il faut qu'on retourne à Albuquerque, annonça Emmet. Je n'ai plus rien à me mettre.

— Chut, fit Darla. Tu peux t'acheter des vêtements en ville.

Emmet leva les yeux au ciel.

— Comme si Eagle Mountain avait des boutiques à la mode.

Il y eut un coup à la porte et Willow se hâta d'aller ouvrir.

— Bonjour, shérif adjoint, dit-elle en souriant. Qu'est-ce qui vous amène ?

— J'aimerais pouvoir dire que c'est parce que j'avais envie de vous voir – ce qui est vrai –, mais je suis venu en mission officielle.

Son sourire s'évanouit et elle recula d'un pas.

— Vous avez arrêté quelqu'un ? Vous avez trouvé Von ?

— Pas encore.

Il jeta un coup d'œil au salon, où Darla et Emmet les observaient depuis le sofa.

— Nous devrions peut-être en parler dans le bureau.

— Ne faites pas de secrets, shérif adjoint, dit Darla.

— Allez donc en ville vous acheter des vêtements, lança Willow.

Elle conduisit Chris au bureau de son père et ferma la porte.

— Vous avez réussi à trouver quelqu'un à engager ?

— Oui. Un voisin, Darrell Williams, me prête un de ses cow-boys aussi longtemps que j'en aurai besoin.

— C'est gentil de sa part.

— Oui.

Elle se laissa tomber dans le fauteuil.

— Et c'est un bon rappel du fait que mon père avait plus d'amis que d'ennemis.

— J'ai rencontré Bud Carstairs. Il vit à Junction, maintenant, mais il m'a dit qu'il n'avait aucun ressentiment contre votre père, et je le crois.

Elle hocha la tête.

— Bud a toujours été un type bien. Il avait déjà du mal à faire fonctionner le ranch quand sa femme est tombée malade. Papa a détesté qu'il vende le ranch à des promoteurs, mais la vente a donné à Bud l'argent dont il avait besoin pour s'occuper de sa femme avant qu'elle meure.

Elle croisa son regard.

— Assez de bavardages. Pourquoi êtes-vous ici ?

Il ouvrit la fermeture Éclair de sa sacoche et lui tendit une feuille de papier pliée en quatre.

— C'est un mandat autorisant les hommes du shérif à fouiller les papiers de votre père et tout ce qui se trouve dans son bureau. Nous attendions qu'un agent du FBI du Colorado nous aide, mais ils traînent les pieds, alors le shérif m'a chargé de le faire.

— Oh…

Elle déplia le papier et le fixa sans vraiment le lire. Elle n'était pas surprise de cette requête, seulement de l'énormité de la tâche.

— Il y a des tonnes de documents ici. Ça va prendre une éternité de les examiner.

— J'espérais que vous m'aideriez. Vous savez mieux que quiconque ce qui se trouve ici, et c'est vous qui avez permis toutes les percées que nous avons faites jusqu'ici. Vous avez découvert la querelle de Treadwell avec votre père et découvert qu'il avait renvoyé Von.

— Je ne sais pas bien si ce sont des percées ou si ça ne fait qu'embrouiller les choses, répondit-elle.

— Vous allez m'aider quand même ?

— Bien sûr.

Elle regarda autour d'elle.

— Par où voulez-vous commencer ?

— Vous avez la copie du testament de votre père ? Vous m'en avez parlé, mais j'aimerais le voir.

— Vous auriez pu le demander à votre père.

— C'est plus facile comme ça.

— D'accord.

Elle ouvrit le premier tiroir à gauche et en sortit une enveloppe de format légal, qu'elle lui tendit.

— C'est la copie du testament que votre père a rédigé pour le mien. Je n'ai pas de copie du testament que Darla a présenté.

— Vous en savez davantage là-dessus ?

Il sortit la liasse de papiers de l'enveloppe et la survola.

— Ted dit qu'il l'a envoyé à un expert spécialisé dans les documents contestés.

— Hmm.

Chris tournait les pages, étudiant brièvement chacune d'elles. Au bout de quelques instants, il les reposa.

— En dehors de vous, je ne vois pas qui d'autre pourrait bénéficier de ce testament.

— Papa n'a pas nécessairement été tué à cause de son argent. Peut-être que quelqu'un était en colère contre lui. Von était en colère parce que papa l'avait renvoyé. Adam Treadwell et lui se sont disputés au sujet du canal d'irrigation.

— Nous ne pensons pas que Treadwell a tué votre père.

— Pourquoi ? Ou bien vous ne pouvez pas me le dire ?

— L'histoire sera probablement dans le journal. À l'heure où votre père a été tué, Treadwell traînait dans les rues près de chez lui, espionnant les femmes qui s'habillaient.

Elle le fixa, bouche bée.

— C'est un voyeur ?

Chris hocha la tête.

— Il a avoué. Il a déjà eu des ennuis, là où il vivait avant. Donc c'est un suspect de moins sur la liste.

— Et Von ? demanda-t-elle.

— Nous avons alerté toutes les forces de police de l'État, et nous interrogeons tous ceux qui ont eu des contacts avec lui, mais nous n'avons rien pour l'instant.

— Qui est d'autre est sur votre liste de suspects ?

— Elle est longue. En dehors de Treadwell, nous n'avons écarté personne jusqu'ici.

Ces mots la firent frissonner.

— Pas même moi ?

— Vous étiez la personne la plus proche de votre père et vous allez hériter de lui, alors oui, vous êtes encore sur la liste. Mais il y a beaucoup de gens avant vous.

Ce n'était pas exactement une profession de foi, mais pour l'instant cela devrait suffire. Elle regarda le bureau jonché de papiers.

— Par où commençons-nous ?

— Les relevés bancaires et les livres de comptes. Voyons si Sam avait fait des paiements inhabituels les semaines précédant sa mort.

— Vous pensez qu'on le faisait chanter ?

— Je ne fais pas de suppositions. Je veux juste examiner s'il y a des choses qui sortent de l'ordinaire.

Durant les heures suivantes, lui assis d'un côté du bureau et elle de l'autre, ils se passèrent et se repassèrent des papiers, discutant de ce qu'ils lisaient.

— Je ne vois rien de bizarre, financièrement parlant.

Willow s'adossa à sa chaise et s'étira.

— Seulement des reçus et des règlements ordinaires.

Chris posa le registre qu'il feuilletait.

— Emmet a dit hier que votre père n'aimait pas les banques et qu'il gardait la plus grande partie de son argent au ranch.

— On peut faire confiance à Emmet pour se jeter sur cette vieille rumeur, dit-elle en riant. Mais comme vous voyez, papa avait plusieurs comptes en banque.

— Emmet fouinait dans le hangar aux machines, l'autre jour. Il a reconnu qu'il cherchait de l'argent caché.

— Vous pensez que c'est significatif ?

Il haussa les épaules.

— Ce serait un mobile pour tuer Sam : quelqu'un aura entendu qu'il avait caché de l'argent et décidé de le voler.

— Ce serait horrible si c'était le cas. C'est déjà terrible d'être assassiné, mais à cause d'un mensonge…

Elle fixa le vide, battant des paupières pour retenir ses

larmes. La lassitude pesait sur ses épaules. La chaise de Chris grinça lorsqu'il se leva.

— J'ai besoin d'air, dit-il. Et vous ?

Elle hocha la tête et le suivit, prenant soin de refermer le verrou derrière elle. Le couloir et le salon étaient vides, bien qu'ils entendent la voix étouffée de Darla à l'arrière de la maison.

— Allons dehors avant qu'elle nous voie, dit Willow.

— Vous voulez aller marcher ? demanda Chris.

— J'ai une meilleure idée. Vous savez monter ?

— Je ne suis pas un expert, mais je sais me tenir en selle.

— Alors, allons chevaucher. Ça vous permettra de voir le ranch.

Et ce serait l'occasion de faire ensemble quelque chose qui n'ait rien à voir avec la traque d'un meurtrier.

16

Chris se débrouilla pour seller et monter le cheval que Willow avait choisi pour lui – un hongre bai nommé Paco – sans se couvrir de ridicule. Son expérience des chevaux se limitait à quelques semaines en camp d'été lorsqu'il était adolescent. Willow, sur un pinto du nom de Pete, avait fière allure en selle.

— Je suppose que vous avez grandi avec des chevaux, dit Chris tandis qu'elle les conduisait vers la colline.

— Oui. L'équitation m'a beaucoup manqué quand je suis partie.

Ils suivirent la crête et tournèrent sur un sentier coupant à travers un champ de chaume.

— J'ai embauché une équipe pour couper le foin pendant le week-end, dit-elle.

— Alors vous vous débrouillez pour gérer le ranch toute seule ?

— Je ne me serais pas souvenue du foin si Von ne l'avait pas mentionné. Mais je commence à avoir en tête ce qui doit être fait.

— Vous pensez toujours engager quelqu'un pour gérer le ranch ?

— Si Emmet hérite de la moitié du ranch, il le vendra. Je n'ai pas l'argent pour lui racheter sa part, alors il faudra que je vende aussi. Ce qui est sans doute mieux. Malgré les efforts de mon père pour m'instiller l'amour de la terre, ça n'a pas pris. Je vois la beauté de cet endroit, mais ce n'est pas comme ça que je veux passer ma vie.

— Comment voulez-vous passer votre vie ?

Cela ressemblait à une question en l'air, mais il prit conscience que la réponse lui importait. Allait-elle lui dire qu'elle avait hâte de repartir, de s'éloigner de ce lieu – et de lui ?

— J'adore enseigner, répondit-elle. J'ai choisi l'anthropologie culturelle parce que je voulais faire de la recherche, mais j'ai découvert que ce que j'aimais vraiment c'était transmettre mes connaissances à des étudiants et interagir avec eux.

— Vous pourriez enseigner autre chose ? Si vous ne retrouvez pas un poste en anthropologie ?

— Bien sûr. Je suis un peu surqualifiée pour la plupart des postes d'enseignement, mais je vais chercher dans cette direction si on continue à me refuser dans les universités où j'ai posé ma candidature. Peut-être en institut universitaire, ou même en lycée…

Elle haussa les épaules.

— Je me dis que je n'ai pas besoin de m'en inquiéter avant que le testament soit homologué. Ted dit que ça peut prendre des mois.

— Comme si vous n'étiez pas déjà assez stressée, remarqua Chris.

— C'est comme ça que je combats le stress, dit-elle en poussant un peu son cheval.

Paco emboîta le pas à Pete, et durant les dix minutes suivantes Chris s'efforça de suivre Willow. Il se délectait de la vue de sa silhouette épanouie, de sa longue natte qui flottait derrière elle. Il se sentait libre de l'admirer sans qu'elle l'accuse de la fixer.

Ils s'arrêtèrent devant un chalet de rondins, dont le toit était à moitié écroulé. La structure était adossée à un affleurement rocheux, à proximité d'un réservoir d'eau où un moulin à vent grinçait dans la brise.

— On va abreuver les chevaux, dit Willow en descendant de sa monture.

— Quel est cet endroit ? demanda Chris en menant Paco au réservoir.

— Je crois que mon grand-oncle Ralph a vécu ici, le plus jeune frère de ma grand-mère. Après sa mort, mon père l'utilisait parfois pour rassembler le bétail. Puis le toit s'est écroulé, et maintenant ce n'est qu'une ruine de plus. Il y en a plusieurs – pour la plupart bâtis par mon arrière-grand-père, qui a été le premier à s'installer ici.

Elle se retourna pour observer le chalet pendant que les chevaux buvaient.

— Ils sont trop primitifs pour qu'on y vive : des fenêtres brisées, des interstices entre les rondins et des sols de terre battue. Mais ils font partie de l'histoire de ce lieu.

— Je vois des endroits comme ça parfois, quand je randonne dans les montagnes.

Chris se rapprocha d'elle, leurs épaules s'effleurant presque. Le vent faisait voleter les petites mèches échappées de sa longue natte, et il saisit l'odeur de son shampoing, fleuri et féminin.

— Des endroits très reculés où des gens vivaient, autrefois.

— C'était une vie différente. Mon arrière-grand-mère disait qu'elle allait seulement en ville tous les six mois. Après leur mariage, mon arrière-grand-père et elle se sont installés ici, et elle n'a pas revu sa mère pendant dix ans.

— Ce devait être dur.

— Oui. Mais quand papa et moi n'arrivions pas à nous mettre d'accord, je me disais que quelques années de séparation auraient pu améliorer les choses.

Elle lui lança un coup d'œil.

— Vous savez que je plaisante, n'est-ce pas ? Surtout maintenant qu'il est parti. Maintenant, je donnerais n'importe quoi pour pouvoir me disputer avec lui.

Elle détourna les yeux, mais pas avant qu'il voie les larmes scintiller dans ses yeux.

— Je sais ce que vous voulez dire. Parfois, je ressens la même chose à propos de mon père.

— Je n'arrête pas d'oublier que Ted est votre père. Vous ne vous ressemblez pas beaucoup tous les deux.

— C'est vrai.

Il se retourna pour regarder les chevaux, qui broutaient près du réservoir.

— Je suis allé à la faculté de droit en grande partie parce que je savais que c'était ce qu'il voulait. Mais quand j'ai découvert combien je détestais ça, il n'a même pas essayé de me comprendre. Il pensait et il pense toujours que je gâche ma vie.

— Mon père aussi avait une version de cela.

La main de Willow se posa dans son dos, chaude et rassurante. Intime.

— Il insiste pour que je vienne dîner mercredi soir. Il a invité quelqu'un qui travaille au bureau du procureur général. Papa espère que je lui ferai bonne impression et qu'il m'engagera. C'est comme s'il n'avait pas entendu les dizaines de fois où je lui ai dit que ça ne m'intéressait pas.

— Mon père m'arrangeait des rendez-vous avec les fils de ses amis ranchers, dit Willow. J'étais censée en épouser un et fonder une dynastie. Il me reprochait d'être snob parce que je n'ai pas réussi à tomber amoureuse de l'un d'eux.

Il se tourna vers elle.

— Vous gagnez. Être obligée de rencontrer des époux potentiels est pire que de devoir subir un entretien d'embauche pour un emploi dont on ne veut pas.

Elle se mit à rire.

— C'étaient de jeunes hommes très gentils, mais ils me voyaient comme mon père : la femme de rancher typique. L'épouse loyale, sans aucune ambition personnelle. Cela dit, les femmes de ranchers que je connais ne sont pas comme ça. Mais mon père et ces jeunes hommes le pensaient. Et ça ne me ressemblait pas.

— Je comprends. Vous voulez quelqu'un qui vous voit et vous accepte telle que vous êtes.

Il repensa à Emmet et à ce qu'il avait dit de Willow.

— Venez dîner avec moi mercredi. Ça m'aidera à ne pas dire à mon père les choses qu'il n'a pas envie d'entendre.

Elle rit derechef.

— En voilà une invitation alléchante !

Il rit aussi.

— D'accord, ce n'est pas l'invitation la plus charmante, mais vous viendrez quand même ? Si vous ne trouvez pas trop bizarre de dîner avec l'avocat de votre père…

— J'adorerais dîner avec vous. Et avec votre père.

— Vous me rendez si heureux que je pourrais vous embrasser.

Ses yeux croisèrent les siens, sombres et d'une beauté hypnotique.

— Alors pourquoi ne le faites-vous pas ?

Il n'allait pas repousser une invite comme celle-là, aussi l'attira-t-il à lui et l'embrassa-t-il, gentiment au début puis, quand elle posa une main sur sa nuque et se cambra contre lui, avec plus d'intensité. Il avait attendu cela depuis leur première rencontre, se retenant toujours, incertain de ses sentiments à elle.

Mais apparemment elle le désirait aussi. Elle l'embrassait avec l'ardeur d'une amante, son plaisir ajoutant au sien. Il savoura le contact de son corps contre le sien, le goût de sa bouche et la sensation satinée de ses lèvres. Quand ils s'écartèrent enfin, un peu hors d'haleine, elle sourit.

— C'était agréable, dit-elle.

C'était bien plus qu'agréable, mais tout ce qu'il parvint à dire fut un « oui » ébloui.

Elle laissa traîner sa main sur son bras et entremêla ses doigts aux siens.

— On devrait rentrer. Darla et Emmet sont sans doute en train d'essayer de trafiquer le verrou du bureau ou de grimper par la fenêtre.

— Ou de démonter les planchers pour trouver la cachette de Sam.

Il plaisantait, mais son esprit était en partie fixé sur ce qu'il aurait aimé faire s'ils avaient eu la maison pour eux.

— Je ne vous l'ai pas dit, mais j'ai surpris Emmet dans la grange, dit-elle. Il était en train de soulever une planche. Je parie qu'il cherchait l'argent de papa, même si ça ne m'est pas venu à l'esprit sur le moment.

Chris jeta un coup d'œil au chalet délabré.

— J'imagine que si vous vouliez abattre celui-là il suffirait de prétendre que l'argent y est caché, et il le démonterait pour vous.

— Ce serait trop de travail pour Emmet. Il ne fait rien si Darla ne l'aiguillonne pas. Je ne serais pas surprise qu'elle soit aussi derrière cette chasse au trésor.

— Elle n'a pas d'emploi ? demanda Chris.

— Quand papa et elle se sont rencontrés, elle était réceptionniste chez un concessionnaire de poids lourds à Junction. Je ne sais pas ce qu'elle a fait depuis, mais je pense qu'elle projette de vivre du produit de la vente du ranch.

Elle se remit en selle et fit pivoter son cheval pour faire face à Chris.

— J'imagine que ça lui donne un mobile pour tuer papa, mais honnêtement je ne la vois pas faire ça. Darla est geignarde et égoïste, mais elle n'est pas brutale… Et ce qui est arrivé à papa était brutal.

— Oui.

Chris enfourcha son cheval et le manœuvra pour être dans le même sens qu'elle. Avait-il vraiment pensé que le meurtre ne ferait pas irruption dans ce moment d'intimité ?

— Je veux trouver le meurtrier de Sam, dit-il. Parce que c'est la chose à faire, mais aussi parce que je veux que vous ayez enfin la paix.

— Je ne vous aurais pas embrassé si je l'ignorais.

Puis elle fit faire demi-tour à son cheval et s'éloigna au trot, tandis qu'il tentait de la suivre.

Willow dut réprimer l'envie de galoper jusqu'à la maison ; pour une fois, elle n'avait pas tout saboté avec des arrière-pensées et elle avait été honnête quant à ce qu'elle voulait. Cela lui avait fait du bien.

Ce sentiment de satisfaction perdura tandis qu'ils descendaient de cheval, pansaient et nourrissaient leurs montures. Mais son euphorie s'évanouit quand ils approchèrent de la maison.

— La voiture de Darla n'est plus là, dit-elle, et elle se précipita à l'intérieur.

Chris la rattrapa dans le couloir.

— Il y a quelque chose qui ne va pas ? demanda-t-il.

Elle ne répondit pas tout de suite, ayant aperçu une note sur la porte du bureau.

Nous sommes retournés quelques jours à Albuquerque régler des affaires.Nous reviendrons bientôt.

Le message était rédigé de l'écriture pointue de Darla.

— Vous n'avez pas l'air très contente, remarqua Chris, qui avait lu par-dessus son épaule.

— Oh ! je suis ravie qu'ils soient partis.

Elle le contourna pour entrer dans le salon.

— Mais je me souviens de ce qui s'est passé quand mon père et elle se sont séparés.

— Que s'est-il passé ?

— J'étais en visite à l'époque. Je savais que les choses étaient tendues, mais un matin j'ai trouvé mon père tout seul. Il m'a dit que Darla et Emmet étaient partis. J'ai pensé que ça valait mieux. Bien sûr, je ne l'ai pas dit. Mais j'ai remarqué alors que la coupe à fruits de ma mère avait disparu.

Elle se tourna vers Chris, pleine de chagrin.

— C'était une coupe en terre peinte à la main, que ma mère avait achetée lors de leur voyage de noces à San Francisco. Elle y mettait des fruits, et Darla l'avait toujours admirée. Et elle n'était plus là.

— Vous pensez qu'elle l'a prise ?

— Je suis sûre qu'elle l'a prise. En même temps qu'un oiseau en verre soufflé qui était sur le rebord de la fenêtre et une horloge en cristal et en or qui appartenait à ma grand-mère. Les plus beaux bibelots de ma mère avaient disparu. Mon père disait que ça ne faisait rien, mais à moi, ça me faisait quelque chose.

Elle eut la sensation d'être de retour à ce moment, trois ans auparavant. La douleur de savoir que ces souvenirs chéris s'étaient envolés était toujours aussi vive.

Chris lui pressa l'épaule.

— Je suis désolé que vous ayez dû vivre ça.

Elle hocha la tête mais poursuivit l'inventaire de la pièce.

— Il y a quelque chose qui manque ? demanda Chris.

À cet instant, elle remarqua un espace vide sur la petite table, à côté du fauteuil de son père.

— Il y avait un globe terrestre ici. Il était de la taille d'une pastèque et tous les pays étaient incrustés de pierres semi-précieuses. Je l'avais offert à mon père l'année dernière, pour la fête des Pères. Il l'aimait beaucoup.

— Je me souviens de l'avoir vu. Vous pensez que c'est Darla qui l'a pris ?

— Oh ! je sais qu'elle l'a fait. C'est sa manière d'affirmer ses prétentions.

— Elle va le rapporter ?

— Non, mais ça ne fait rien.

Elle haussa les épaules.

— Le globe était à mon père, mais je ne l'associe pas à lui de la même manière que d'autres objets qu'elle a pris et qui représentaient ma mère. Ce n'est pas comme si elle avait pris sa montre ou sa ceinture de rodéo. Ceux-là sont à l'abri, parce qu'ils sont dans ma chambre.

— Vous pourriez porter plainte pour vol.

— Non. Je vais attendre de voir ce qu'elle a à dire là-dessus quand elle reviendra.

— Vous croyez vraiment qu'ils vont revenir ?

— Du moment qu'elle croit avoir une chance d'obtenir la moitié du ranch, elle va revenir.

Il se déplaça pour être face à elle.

— Je ne pense pas que ce soit sûr pour vous de rester ici toute seule.

— Jusqu'à ce que vous ayez trouvé le meurtrier de papa, je ne suis pas non plus fan de cette idée. Mais je n'ai pas le choix. Un ranch n'est pas quelque chose qu'on peut abandonner au pied levé.

— Je pense que jusqu'à la fin de l'enquête je devrais rester ici avec vous.

Il se rapprocha encore, ce qui lui fit prendre conscience du volume de son corps, de la largeur rassurante de ses épaules, et de l'arme qu'il portait au côté. Chris lui donnait vraiment l'impression d'être en sécurité.

— Vous dites ça officiellement ? demanda-t-elle.

— Officieusement. Il faudrait que j'en parle au shérif. Mais il n'a rien objecté quand je lui ai soumis l'idée.

— Vous lui en avez vraiment parlé ?

Elle était partagée entre la gêne et l'euphorie.

— Je suis résolu à vous garder en sécurité.

Elle ouvrit la bouche pour lui dire qu'elle était forte et intelligente, capable de prendre soin d'elle, mais Chris n'avait jamais suggéré le contraire.

— Merci. Je me sentirais mieux avec vous ici.

— J'ai un sac de vêtements de rechange dans la voiture, dit-il. Montrez-moi juste où je peux le déposer.

Elle s'approcha de lui.

— Je pense que vous devriez le mettre dans ma chambre.

Puis elle l'embrassa, et la réaction de Chris lui apprit qu'il pensait que c'était une très bonne idée, en effet.

17

Chris suivit Willow dans sa chambre. Il se déplaçait à l'instinct, tous ses sens concentrés sur elle : la courbe de son postérieur, l'odeur de ses cheveux quand il se penchait vers elle, la douceur de sa main dans la sienne.

Elle ouvrit la porte et entra la première. Il regarda autour de lui : la chambre était celle d'une adolescente partie sans intention de revenir. Il y avait un lit blanc en fer avec un édredon bleu clair, une chaise près de la porte, un bureau d'étudiante et un tableau en liège, désormais vide.

Mais quand Willow referma la porte et se blottit dans ses bras le décor passa au second plan.

— Tu es toujours de service ? demanda-t-elle, une main posée en dessous de sa radio d'épaule.

— Non. Je ne le suis plus depuis une heure.

Il dégrafa la radio, puis détacha son ceinturon et les posa sur la chaise près de la porte.

— C'est un bon début.

Elle défit le bouton supérieur de sa chemise d'uniforme et effleura le gilet pare-balles en dessous.

— Tant de couches. C'est comme de déballer un cadeau.

Il resta immobile tandis qu'elle détachait les boutons un par un, puis repoussait la chemise sur ses épaules.

Alors, se mettant sur la pointe des pieds, elle embrassa son épaule et laissa traîner sa langue le long de sa clavicule, ce qui déclencha des ondes de choc en lui.

Puis elle pencha la tête en arrière et lui sourit, une lueur taquine dans les yeux. Incapable d'attendre plus longtemps, il arracha les attaches de son gilet et le jeta loin de lui.

— Oui, s'il te plaît, dit-elle, et elle glissa les mains sur sa poitrine.

Il l'attira à lui et l'embrassa avec passion, jusqu'à ce qu'ils soient tous deux hors d'haleine. Puis il la fit marcher à reculons jusqu'au lit, où ils se laissèrent tomber sur l'édredon. Du doigt, elle suivit les marques que le gilet avait laissées sur sa peau.

— Ça n'a pas l'air très confortable.

— On s'y habitue.

Il lui caressa la hanche.

— Et en parlant de protection… Tu en as ?

Elle se mit à rire.

— C'était une fameuse transition. Oui, j'en ai.

Cela soulevait un tas d'autres questions : en avait-elle fait provision à cause de lui, ou était-ce son habitude d'être prête ? Mais elle commença à déboutonner son corsage et toutes ces pensées s'envolèrent.

Ils ne dirent pas grand-chose après cela. Ils finirent de se déshabiller et se mirent à explorer mutuellement leurs corps avec un plaisir torturant. Elle lui faisait savoir ce qu'elle voulait d'un haussement de sourcils, d'un mouvement de hanche, d'un soupir, d'un gémissement ou d'un signe de tête. Il aimait qu'elle soit assez audacieuse pour cela.

Il réprima son impatience et la laissa mener la progression du désir. Quand enfin il enfila le préservatif et entra en elle, ils tremblaient tous deux de désir, et il ne leur fallut que quelques secondes pour trouver un rythme qui les satisfasse.

Elle ouvrit les yeux et soutint son regard pendant qu'ils bougeaient ensemble, et il se perdit dans ce regard, confondu dans un tourbillon de sensations physiques et émotionnelles. Il se sentait plus proche de Willow à cet instant qu'il ne l'avait jamais été d'une femme, vulnérable mais sans peur. Il la regarda jouir et s'abandonna lui-même au plaisir qui s'abattait sur lui, jusqu'à ce que finalement ils s'immobilisent, épuisés.

Elle se blottit contre lui, la tête nichée sur son épaule. Il sentit ses lèvres bouger contre lui.

— Tu souris ? demanda-t-il.

— Je souris. Pas toi ?

— Moi aussi.

Du moment qu'il était avec Willow, il n'arrêterait jamais de sourire, où que les mène cette enquête.

Willow s'éveilla dans la pâle lumière de l'aube et eut la sensation de n'être pas seule. En roulant sur elle-même, elle découvrit Chris endormi, allongé sur le dos, le drap repoussé jusqu'à la taille. Elle s'accorda le luxe de le contempler. C'était un homme magnifique et elle avait de la chance de l'avoir dans son lit.

Bien sûr, il avait de la chance aussi, et elle le croyait assez intelligent pour le savoir. D'autres hommes – ceux dont elle avait refusé les avances – l'avaient accusée d'être trop difficile. Mais Willow ne croyait pas à la nécessité de se caser. Elle voulait ce que la vie avait à offrir de meilleur, et Chris Delray était le meilleur homme qu'elle ait rencontré depuis longtemps – peut-être depuis toujours.

Il ouvrit les yeux, et une lueur d'amusement dans ses prunelles lui apprit qu'il était réveillé depuis un moment.

— Tu vas continuer à me mater ou te rapprocher un peu ?

Elle se rapprocha. En fait, elle s'assit à califourchon sur lui, sentant sa ferme érection entre ses cuisses.

— Voilà, c'est mieux.

Il enveloppa ses seins et en taquina les bouts des pouces, la faisant vibrer de haut en bas. Elle se pressa contre lui en se balançant doucement, incapable de rester immobile, quand sa bouche se referma sur un de ses tétons. Les yeux fermés, elle sentit la sensation se propager jusqu'aux bouts de ses orteils.

Puis il la renversa et la fit rouler sur le flanc comme s'ils luttaient. Elle rit quand il se dressa au-dessus d'elle.

— Tout va bien ? demanda-t-il.

Le simple fait qu'il ait posé la question rendait les choses encore plus parfaites.

— Tout va bien, répondit-elle en enroulant ses jambes autour de sa taille.

Il souffla un peu.

— Donne-moi une seconde.

Et il se pencha pour prendre un préservatif dans la table de chevet.

Elle ne pensait pas pouvoir se lasser de le regarder – le jeu des muscles sous sa peau, la fossette au coin de sa bouche quand il souriait, ses yeux brillants quand il était submergé de désir. Il était splendide et, mieux encore, il lui donnait la sensation d'être splendide elle aussi.

Ils prirent leur temps, s'attardant en baisers et en caresses. Le rire assaisonnait la passion, et la joie d'être ensemble aiguisait chaque sensation, jusqu'à ce qu'elle soit traversée par un orgasme qui la fit frémir et lui donna envie de crier de plaisir – ce qu'elle fit. Il la suivit dans un rugissement et ils s'abandonnèrent aux gloussements, étourdis de ravissement.

Après cela, ils restèrent allongés, parlant de se lever, mais sans bouger.

— Qu'est-ce que tu dois faire aujourd'hui ? demanda-t-elle après une n-ième déclaration d'intention.

— À moins qu'on ne m'appelle, je crois que nous devrions passer la journée sur les papiers de ton père.

— Quelle excitation…

— C'est ennuyeux mais nécessaire.

Il se souleva sur un coude pour la regarder.

— Tu es partante ?

Elle hocha la tête.

— Je veux trouver qui a fait ça, que ce soit Von ou quelqu'un d'autre.

— Moi aussi.

Il lui caressa la joue.

— Et ce soir, il y a le dîner chez mes parents. Tu es toujours d'accord ?

— Oui.

Elle aurait préféré rester au lit toute la journée et toute la nuit. Mais les relations n'étaient pas seulement faites de sexe – du moins, pas pour elle. Il l'embrassa.

— Merci, dit-il. Pour tout.

— Oh ! ne pense pas que je ne vais pas te faire payer.

Elle se blottit plus près de lui, savourant la sensation de leurs peaux l'une contre l'autre.

— Tu pourrais manquer beaucoup de sommeil les prochaines nuits.

— C'est une promesse ? demanda-t-il d'un air coquin.

Le cœur de Willow fit un petit bond, puis les lèvres et les mains de Chris furent à nouveau sur elle, et elle oublia tout à fait la question de savoir qui d'entre eux aurait la meilleure part.

Chris avait envoyé un texto à sa mère pour la prévenir qu'il amenait une amie à dîner, mais son plaisir évident, quand elle vit Willow, le fit se crisper intérieurement.

— Je suis si heureuse de vous rencontrer. Vous devez être très spéciale pour que Chris vous amène chez nous.

Qu'était-il censé répondre à cela ? Que Willow n'était pas spéciale ? Ou qu'il l'avait amenée essentiellement pour servir de tampon entre lui et son père ?

Heureusement, Willow répondit avec amabilité. Elle complimenta la maison, fit une remarque sur le temps et se débrouilla pour ne pas laisser trop de place aux questions personnelles.

La mère de Chris prit Willow par la main et l'emmena au salon, où le père de Chris se tenait avec un homme corpulent aux épais cheveux blancs. Une belle femme, avec des cheveux blonds coupés à la Jeanne d'Arc, était assise sur le canapé.

— Chris, viens que je te présente David Vandermeyer, lança son père.

Il se tourna vers l'homme qui se tenait près de lui.

— David, voici mon fils, Chris. Il était dans le tiers supérieur de sa promotion à la faculté de droit de Denver.

Chris serra la main de Vandermeyer.

— Je suis shérif adjoint au bureau du shérif du comté de Rayford, maintenant.

— Ce doit être intéressant, commenta Vandermeyer.

— Je trouve, en effet.

— Comme je vous le disais, la spécialité de Chris est le droit de l'eau dans le Colorado, précisa Ted. C'est pour cela que le bureau du shérif l'a engagé, et cela lui a donné le genre d'expérience de terrain qui lui sera précieuse quand il retournera au droit.

Il était temps de changer de sujet, pensa Chris.

— Qu'est-ce qui vous amène dans le comté de Rayford ? demanda-t-il à Vandermeyer.

Pendant quelques minutes, ils conversèrent plaisamment sur la maison secondaire des Vandermeyer aux Idlewilde Estates, puis la mère de Chris les invita à passer à table. Mme Vandermeyer – Marta – était assise à côté de Chris, tandis que son mari voisinait avec Willow.

— Je ne savais pas que Chris et vous vous connaissiez, remarqua Ted quand ils se furent tous servis du rôti de porc.

— Nous nous sommes rencontrés récemment, répondit Willow.

Un silence plana tandis que tout le monde méditait cette réponse. Chris eut la sensation qu'ils évitaient tous de mentionner le meurtre du père de Willow.

Vandermeyer dissipa l'embarras avec un sujet que Chris trouva encore plus gênant.

— Votre père me dit que vous aimeriez poser votre candidature pour le poste que nous ouvrons au bureau du procureur général du Colorado. Je serais heureux d'organiser un entretien.

— Merci, dit Chris. Mais mon père a dû mal me comprendre. Je suis parfaitement satisfait là où je suis.

— Je pense que tu te dois d'envisager cette nouvelle opportunité, riposta Ted.

Son ton était léger, mais les rides profondes autour de sa bouche trahissaient son agitation.

— Tu devrais faire meilleur usage de ton diplôme et de ta formation.

Chris ignora son père.

— J'espère que vous trouverez la bonne personne pour ce poste.

— Vous ai-je entendu dire que vous avez une maison aux Idlewilde Estates ? intervint Willow.

— Oui, répondit Vandermeyer, nous l'avons achetée il y a quatre mois.

— Nous sommes tombés amoureux de cette région, dit Marta. C'est exactement le genre de voisinage que nous recherchions.

— Je connais la famille qui possédait ce terrain, dit Willow. J'y jouais souvent quand j'étais enfant. Il y a des paysages magnifiques par là.

— C'est l'une des choses qui nous a convaincus d'acheter, renchérit Marta.

La conversation se poursuivit sur des sujets banals, et plus personne ne parla des perspectives professionnelles de Chris. Après le dessert et le café, les Vandermeyer prirent congé. David remit une carte de visite à Chris.

— Au cas où vous changeriez d'avis. On aurait bien besoin de quelqu'un comme vous.

Une fois les Vandermeyer partis, Ted se tourna vers Chris avec raideur.

— Ça ne t'aurait pas tué d'aller à cet entretien.

— Ce serait une perte de temps pour nous deux.

— Ce genre d'opportunité ne se présente pas tous les jours, déclara Ted.

— Je ne cherche pas d'opportunité.

— Tes études ne te servent à rien là où tu es.

— Je ne suis pas d'accord, riposta Chris, dont la colère montait.

— Je suis très déçu par ton attitude.

— Alors, il va falloir tirer les conséquences de cette déception. J'ai l'intention de rester dans la police.

Il avait conscience que Willow et sa mère observaient cet échange. Sa mère prit la parole.

— Peut-être que tu seras shérif, un jour ?

Pour lui, il ne s'agissait pas d'être shérif, d'avoir du pouvoir ou de gagner beaucoup d'argent. Mais s'il tentait de l'expliquer à ses parents, le croiraient-ils ? Pouvaient-ils concevoir une réussite qui n'avait rien à voir avec tout ça ?

— Je fais un travail qui me satisfait, que je trouve important et qui permet de changer l'ordre des choses, déclara-t-il. Je suis désolé si ce n'est pas assez pour vous.

La mâchoire de son père se crispa, comme s'il serrait les dents, mais il ne dit rien. Chris se tourna vers Willow.

— On ferait mieux d'y aller.

Elle remercia ses parents pour le dîner, et ils se dirent adieu. Chris et Willow reprirent le chemin du ranch en silence. La pleine lune baignait le paysage d'une lumière argentée. Quand Chris tourna sur la route menant au ranch, Willow prit la parole :

— Quand j'ai dit à mon père que je partais étudier l'anthropologie à l'université, il m'a dit que je perdais mon temps. Il n'était pas fan des études, mais il a dit que, si je devais absolument faire des études, mieux valait que j'étudie quelque chose de concret comme les affaires.

— Je suppose que les parents ont des idées arrêtées sur ce que devrait être la vie de leurs enfants, dit Chris. Et quand la réalité ne correspond pas à cette idée, ils se rebiffent.

— Papa n'a jamais cessé de lutter contre ça. Quand je suis revenue à la maison, il m'a proposé de m'apprendre à gérer le ranch. Je lui ai dit merci, que ça ne m'intéressait pas. Je sais que ça l'a blessé.

Elle soupira.

— Et maintenant il est mort, et je dois apprendre de toute façon.

— Mais ce n'est pas quelque chose que tu veux continuer à faire.

Son estomac s'était noué, car il savait que faire ce qu'elle voulait, ce pour quoi elle était formée, voulait dire s'en aller. Beaucoup de gens avaient des relations à distance, se dit-il, mais cette pensée ne le consolait guère.

— Je trouverai quelque chose qui me correspond. Comme tu l'as fait.

Elle lui prit la main. Ils roulèrent le reste du trajet ainsi, mains nouées, dans un silence chaleureux et confortable. *Je ne la laisserai pas partir*, pensa-t-il. Quoi qu'il se passe, il allait trouver le moyen de bâtir sur ce qui avait déjà commencé entre eux.

De retour au ranch, il alla voir les chevaux avec Willow, puis fit le tour de la maison pour s'assurer que portes et fenêtres étaient bien fermées.

— Dans mon enfance, nous ne fermions jamais les portes, dit-elle. Mais je suppose que les choses ont changé, même à la campagne.

— Je ne pense pas que quiconque essaiera de s'introduire dans la maison, surtout avec ma voiture devant. Mais il vaut mieux prévenir que guérir.

Elle se blottit dans ses bras et ils commençaient à s'embrasser quand des coups sonores à la porte les firent sursauter.

— Ouvrez ! cria une voix masculine. J'ai besoin d'aide !

18

Chris alluma la lumière du porche et regarda par le judas, les sourcils froncés.

— C'est Allerton.

La porte vibrait sous la force des coups.

— Ouvrez !

Chris déverrouilla la porte et l'entrouvrit. Willow se rapprocha pour jeter un coup d'œil. Elle se rappelait de Trey comme d'un bel homme sûr de lui, qui comptait sur son charme. Ce soir, de profonds cernes faisaient ressortir ses yeux, et son charme s'était évanoui, remplacé par la tension nerveuse.

— Où est Von ? demanda-t-il.

Willow s'avança aux côtés de Chris.

— Il est parti. Je l'ai renvoyé.

Trey secoua la tête.

— Il n'est pas allé loin. Il était chez moi il y a moins d'une demi-heure. Il m'a encore tiré dessus et, cette fois, il a failli m'avoir.

— Vous feriez mieux d'entrer, dit Chris en ouvrant la porte plus grand.

Trey se rua à l'intérieur et regarda autour de lui.

— Vous êtes sûr que Von n'est pas là ?

— Non, il n'est pas là.

Willow était un peu troublée par l'air stressé de Trey.

— Asseyez-vous et dites-moi ce qu'il s'est passé.

Chris conduisit Trey au canapé et le pressa de s'asseoir. Il prit place près de lui tandis que Willow s'asseyait dans le fauteuil en face.

— J'étais dans la caravane avec Courtney et Ashlyn, commença Trey. Nous venions de dîner quand nous avons entendu une voiture s'arrêter. J'ai regardé dehors et j'ai vu le pick-up de Von. J'ai dit à Courtney que je ne voulais pas lui parler et que nous allions l'ignorer. Puis il s'est mis à klaxonner. Il a hurlé qu'il savait que j'étais là et que si je ne sortais pas il allait mettre le feu. J'avais peur qu'il soit assez dingue pour le faire, alors je suis allé à la porte. J'avais mon téléphone en main, et je lui ai dit que j'allais appeler le shérif s'il ne partait pas. Von devait savoir que je n'ai pas de réseau, mais il l'avait oublié ou il s'en fichait. Il a sorti un pistolet et il m'aurait tué si je n'étais pas rentré immédiatement. Ensuite il est remonté dans son pick-up et il a filé. J'étais sûr qu'il venait ici.

— Qu'auriez-vous fait si vous l'aviez trouvé ?

Trey détourna le regard sans rien dire.

— Vous portez une arme ? insista Chris.

— J'ai le droit de me défendre.

— Von est parti il y a quatre jours. Si vous avez la moindre idée de l'endroit où il se trouve, vous devez nous le dire.

— Ce que vous devez savoir, c'est qu'il ne va pas bien dans sa tête. Je veux dire qu'il croit à des choses délirantes, des théories conspirationnistes. Et il ment sur tout. Sans parler du fait qu'il est méchant comme un serpent. Il m'a parlé de trucs qu'il a appris en prison – comment tuer des gens, etc. Je croyais qu'il essayait seulement de m'impressionner, mais peut-être qu'il voulait vraiment me faire peur.

— Alors où pensez-vous qu'il se cache ? demanda Chris. Il vous a parlé d'un endroit ?

Trey secoua la tête.

— Si je le savais, je vous le dirais. Mais je peux vous dire que quand vous le trouverez il vous mentira. Il vous dira probablement que j'ai tué Sam Russell.

Il ne regardait pas Willow et gardait les yeux fixés sur Chris.

— Pourquoi dirait-il ça ?

— Parce que je pense qu'il a tué Sam, et qu'il sait que si vous l'attrapez il ira en prison pour le restant de ses jours. Alors il veut me faire porter le chapeau.

— Avez-vous tué Sam ? Ou avez-vous aidé Von à le faire ?

— Non ! J'aimais bien Sam. Il m'aidait. Je ne l'aurais certainement pas tué.

— Pourquoi pensez-vous que Von l'a tué ?

— Il a dit que Sam avait beaucoup d'argent caché chez lui. Des centaines de milliers de dollars. Il voulait cet argent.

— Vous en auriez eu aussi l'usage, remarqua Chris.

— Qui ne l'aurait pas ? Mais je lui ai dit que c'était n'importe quoi. On ne bâtit pas une fortune comme celle de Sam en enterrant de l'argent dans le jardin.

— Von vous a dit qu'il allait tuer Sam ? demanda Chris.

— Non. Mais il a parlé de l'argent, et je pense que c'est le genre de chose qu'il ferait.

— Pourquoi pensez-vous que Von vous a tiré dessus ?

— Parce que c'est un psychopathe. Ou peut-être parce que je l'ai entendu dire qu'il voulait mettre la main sur l'argent de Sam.

Son regard voleta autour de lui, méfiant.

— Ce qui veut dire que je serai encore plus en danger s'il découvre que je vous ai parlé.

— Vous devez le signaler au shérif, dit Chris.

— Vous êtes shérif adjoint, et je vous le signale à vous.

— Je transmettrai, mais vous devez venir au commissariat faire une déposition formelle.

— C'est à vous que je le déclare. Je veux que vous le trouviez et que vous l'arrêtiez. Et souvenez-vous qu'il est dangereux et armé. C'est contre la loi, non ? Pour un criminel condamné, de posséder une arme à feu ?

— S'il en a bien une, oui.

— Je sais qu'il en a une. Il m'a tiré dessus.

Trey s'humecta les lèvres.

— Quand vous le trouverez, il faudra appeler une équipe du SWAT ou quelque chose du genre. Il faudra l'abattre avant qu'il ne vous abatte vous.

— Vous êtes sûr que vous ne savez pas où il se trouve ?

Willow avait parlé pour la première fois depuis l'arrivée de Trey.

— Il vous a peut-être parlé d'un ami dans la région ?

— Je ne sais rien, je le jure.

Trey se leva.

— Je ferais mieux d'y aller. Je n'aime pas laisser Courtney toute seule avec un dingue en liberté.

Tournant les talons, il sortit, se rua vers son pick-up et démarra en trombe.

Chris et Willow regardèrent par la fenêtre jusqu'à ce que le panache de poussière soit retombé.

— Je ne le comprends pas, dit Willow. Chaque fois qu'il venait ici parler à mon père, il se vantait de son service dans l'armée, comme s'il essayait de l'impressionner avec sa bravoure. Et maintenant, il est pratiquement hystérique au sujet de Von.

— Savoir qu'on essaie de les tuer effraie la plupart des gens.

— Oui, mais ça va au-delà de la peur. Il avait l'air presque aussi inquiet de ce que Von pourrait dire de lui que des coups de feu eux-mêmes.

— Parfois, ceux qui parlent le plus de leur bravoure sont les premiers à s'effondrer sous la pression.

— Tu as peut-être raison.

Elle se détourna de la fenêtre.

— Que vas-tu faire ?

— Il faut que je signale l'incident. Je pourrais me servir de la radio, mais j'aimerais mieux utiliser ton téléphone.

— Bien sûr.

Elle s'éloigna et il entra dans la cuisine pour composer le numéro de Travis.

Le shérif répondit à sa manière habituelle.

— Que se passe-t-il ?

— Je suis au ranch Russell. Trey Allerton est passé, complètement hystérique. Il prétend que Von King lui a tiré dessus et que, cette fois, il a failli le toucher.

Il lui narra tous les détails.

— Allerton pense que nous devrions faire venir une équipe de SWAT et arrêter Von avant qu'il ne tue l'un d'entre nous.

— Hum. Allerton a une idée d'où se trouve Von ?

— Il dit que non. Et il a refusé de venir faire une déclaration au commissariat.

— Aucune trace de Von autour du ranch ? insista Travis. Aucun ennui là-bas ?

— Non. Darla et Emmet sont retournés à Albuquerque, alors je reste le plus possible pour garder le ranch à l'œil.

— Mm-mm. Eh bien, prends soin de Willow.

Il raccrocha avant que Chris ait pu ajouter quelque chose. Il replaça le combiné sur son berceau. Le shérif était difficile à déchiffrer. Il dirigeait le commissariat d'une main de fer, dans un esprit de discipline et de formation. Mais il était aussi marié à une femme qu'il avait autrefois contribué à accuser de meurtre. L'idée que l'un de ses adjoints se lie avec une personne proche d'une enquête pour meurtre ne pouvait donc le surprendre.

Willow pénétra dans la cuisine.

— Qu'a dit le shérif ?

— C'est un homme de peu de mots. Je lui ai dit que je restais ici pour monter la garde, et il a semblé trouver que c'était une bonne idée.

Willow parut amusée.

— Eh bien, du moment qu'il est d'accord.

Elle remplit la bouilloire.

— Je vais faire une tasse de chocolat chaud. Ça te dit ?

Il vint se placer derrière elle et l'entoura de ses bras.

— Volontiers.

Il sortit des tasses pendant qu'elle faisait chauffer le lait et préparait le chocolat. Puis ils emportèrent leurs mugs dans le salon et se lovèrent sur le canapé. C'était une scène confortable, intime, qui le remplit de satisfaction, malgré sa crainte persistante concernant Trey.

— Je pense toujours à la visite de Trey et à Von, dit Willow, comme si elle avait lu ses pensées.

— Moi aussi, avoua Chris.

Elle pencha la tête en arrière pour le regarder.

— Pour quelle raison Von a-t-il fait de la prison ? Tu peux me le dire ?

— Cambriolages. Vols et agressions à main armée. Il a fait cinq ans sur une condamnation de sept ans.

— Peut-être que quelqu'un qui a ce genre d'antécédents pourrait tuer un homme pour s'emparer de son argent, s'il pensait qu'il en a caché. Et comme il ne l'a pas trouvé, va-t-il revenir pour faire une autre tentative ?

— Je croyais que tu avais dit qu'il n'y avait pas d'argent.

— Il n'y en a pas. Mais, apparemment, Von croit qu'il y en a. Et je ne peux pas me débarrasser de l'image de toutes ces affaires qu'il a prises à mon père et empilées dans son placard… des petits bouts de sa vie qu'il lui a volés. Peut-être que ce n'était pas assez pour lui. Peut-être qu'il voulait tout.

— Il pourrait revenir. À moins qu'il ne soit jamais parti.

Elle eut l'air stupéfaite.

— Que veux-tu dire ?

Il se pencha pour poser son mug à moitié vide sur la petite table.

— J'ai réfléchi à ces vieux chalets. Combien y en a-t-il en tout ?

— Il y a celui que je t'ai montré. Et deux autres.

— Y en a-t-il un d'habitable ?

Elle fronça les sourcils.

— Au sens de « pouvoir emménager et y passer quelques mois » ? Non. Mais comme cachette temporaire, peut-être. Tu as vu celui que je t'ai montré – c'est très délabré. Le deuxième est dans un état encore pire, c'est davantage une ruine qu'un chalet. Mais le troisième… il est presque intact. Sauf qu'il est vraiment loin. Je veux dire qu'on ne peut pas y accéder en voiture. Il faut y aller à pied ou à cheval.

— Je crois qu'il faut qu'on aille voir.

— Maintenant ? dit-elle d'un air alarmé.

— Pas maintenant. Et pas tout seuls. Il nous faut des renforts.

Il se leva et se dirigea vers le téléphone. Cette fois, il fallut au shérif plus longtemps pour répondre.

— Willow m'a parlé de trois chalets abandonnés sur le ranch. Deux sont en trop mauvais état, mais elle dit que le troisième est encore solide. Je pense que Von pourrait se cacher là. Ça vaut la peine de vérifier.

— Bonne idée, dit Travis. Où est-ce ?

— Willow dit que c'est assez loin, pas accessible en véhicule. Il nous faut des chevaux. Et des renforts.

— Ce n'est pas quelque chose à faire dans le noir. Nous irons demain matin. Je te rejoindrai à 5 heures et demie. Willow a des chevaux ou il faut que j'amène le mien ?

Chris regarda Willow.

— Tu as des chevaux que le shérif peut utiliser ?

— Bien sûr.

— À demain alors, dit Travis, et il raccrocha.

— Qu'est-ce qu'on fait maintenant ? demanda Willow.

Il l'attira dans ses bras et l'embrassa au creux du cou.

— Il faut juste trouver un moyen de passer le temps.

Elle lui jeta les bras autour du cou et arqua son corps contre le sien.

— On va trouver quelque chose, dit-elle.

Et elle l'embrassa, longuement. Il se dit qu'il n'aurait jamais imaginé que l'attente serait aussi facile.

Willow s'éveilla dans le noir complet, avec une odeur de fumée en arrière-fond. Elle sortit une main des couvertures et chercha à tâtons le réveil sur la table de chevet. Il était 4 h 20 du matin.

Elle s'assit doucement pour ne pas réveiller Chris, puis se leva et alla à la salle de bains sur la pointe des pieds. Quand elle revint, l'odeur de fumée la frappa à nouveau. Elle finit par percer son brouillard mental, et soudain la peur la poignarda. Elle se rua vers la fenêtre et regarda au-dehors. Au début, elle ne vit rien, puis une faible lueur au loin attira son attention.

— Chris ! cria-t-elle.

Il sortit du lit et la rejoignit plus vite qu'elle ne l'aurait cru possible. Il prit son bras.

— Qu'est-ce qu'il y a ?

Sa gorge se nouait sur ces mots terribles, mais elle se força à les prononcer.

— Je crois que l'écurie est en feu.

19

Willow enfila des vêtements à la hâte et sortit en courant de la chambre. Elle fit halte dans la cuisine pour appeler le 911, mais personne ne répondit. En réessayant, elle se rendit compte que la ligne était coupée.

La panique enfla dans sa poitrine et lui noua la gorge. Elle courut à la porte de service, où elle fourra les pieds dans des bottes en caoutchouc. Elle avait la main sur la poignée de la porte quand Chris la fit reculer.

— L'incendiaire pourrait être encore là, dit-il.

— Je ne laisserai pas les chevaux brûler, répliqua-t-elle en se dégageant.

— Passe par le garage. Si quelqu'un surveille la maison, il ne s'attendra pas à ça.

— Par « quelqu'un », tu veux dire Von ? Tu peux appeler à l'aide avec ta radio ?

Il manipulait déjà le micro.

— Dispatcheur, ici shérif adjoint Chris Delray. Incendie en cours au ranch Russell.

Il donna l'adresse. Une voix de femme répondit, mais elle était si déformée par les parasites que Willow ne put pas distinguer les mots.

— Dispatcheur, vous me recevez ?

Un autre accès de friture. Chris lâcha le micro.

— J'essaierai encore dans une minute. Je vais t'aider pour les chevaux.

Elle voulait tout de suite courir à l'écurie, mais Chris la fit attendre. Il vérifia d'abord qu'il n'y avait personne dans les parages, puis la persuada qu'elle devait se déplacer lentement et le plus possible dans l'ombre.

Mais quand ils atteignirent l'écurie, elle ne put se retenir. L'extrémité du bâtiment était déjà un brasier. Elle essaya de pousser la grande porte, en vain. À l'intérieur, l'un des chevaux hennissait, et un autre donnait des ruades dans la paroi.

Chris l'aida à tirer une petite porte latérale. Willow courut le long de l'allée centrale, ouvrant les stalles au fur et à mesure. La fumée tourbillonnait autour d'elle, l'empêchant de bien voir et même de respirer.

— Il faut ouvrir la grande porte ! cria-t-elle par-dessus son épaule.

Chris s'en approcha et la poussa fort, mais elle refusa de bouger, même quand Willow se jeta de tout son poids contre elle.

— Il faudra faire sortir les chevaux par la petite porte.

Willow contempla l'allée entre les stalles. Les animaux étaient déjà en train de paniquer, et ils allaient se battre pour gagner l'étroite entrée. Elle se précipita vers la première stalle et s'empara du licou de son occupant, Pete, pour le faire sortir. Les yeux fous, il la suivit jusqu'à la porte, où il regimba.

— Allez, Pete, supplia-t-elle.

Elle tendit le bras pour ouvrir la porte, qui s'était refermée derrière eux. La poignée tourna, mais la porte ne bougea pas. Lâchant le licou, elle se jeta contre le panneau, sans succès. Puis Chris fut à ses côtés, joignant ses forces aux siennes.

— Je pense qu'elle est barricadée de l'extérieur, dit-il.

Épuisés et haletants, ils s'appuyèrent contre la porte. La fumée lui piquait les yeux et le nez, et il était difficile de respirer. Certains des chevaux avaient quitté leurs stalles et tournaient, anxieux et gémissants, dans l'allée, tandis que les flammes crépitaient derrière eux.

— Nous sommes piégés ! s'exclama Willow.

Quelqu'un avait allumé cet incendie et les avait enfermés dans l'écurie.

Chris plissa les yeux. Il devait y avoir une autre sortie. Il essaya à nouveau sa radio, sans rien obtenir d'autre que de la friture. Il leva les yeux.

— Le grenier. Il y a une ouverture, là-haut ? On pourrait sauter.

Willow acquiesça et se dirigea d'un pas chancelant vers le grenier à foin. Il la suivit, mais avant d'y arriver ils virent qu'il était la proie des flammes. La chaleur et un nuage de fumée suffocante les firent reculer. Un des chevaux se mit à ruer sauvagement dans sa stalle.

— Ils sont terrifiés, dit Willow.

Des larmes sillonnaient son visage, mais Chris n'aurait su dire si elle pleurait de terreur ou larmoyait à cause de la fumée.

— Mouille des couvertures de selle.

La laine mouillée fournirait un peu de protection contre la chaleur et leur donnerait quelques précieuses minutes. Il se mit en quête d'outils et trouva une fourche et une pelle. Il les utilisa pour attaquer la grande porte, mais elle était faite de bois épais. Il essaya de l'enfoncer, mais elle résista, comme si quelque chose de lourd se trouvait derrière. Il longea le mur sur dix mètres et recommença à taper sur la porte latérale.

Willow se joignit à lui, tambourinant contre le bois avec la pelle. Le bruit de l'incendie augmentait, les flammes crépitaient, le bois éclatait, les chevaux hennissaient et les chevrons du toit grinçaient. Il était devenu très difficile de respirer désormais, et il lutta contre la panique à l'idée de brûler vif.

Puis le bois se fendit. Willow poussa un cri de triomphe et ils s'attaquèrent aux planches avec une fureur renouvelée. Enfin, elles cédèrent. L'air frais s'engouffra dans l'ouverture. Chris enjamba les planches tombées au sol, entraînant Willow avec lui. Elle se dirigea en trébuchant vers l'avant de l'écurie.

— Si on peut ouvrir la porte principale, on pourra sauver les chevaux, cria-t-elle.

Il repéra le problème dès qu'ils atteignirent la porte – une barre de fer coincée dans le rail de la porte coulissante.

— Willow, attends ! hurla-t-il.

Un coup de feu retentit. Willow hurla et tomba à genoux devant la porte.

La vue de Chris se brouilla et il plongea pour se mettre à l'abri, tentant de dégainer en même temps. Il cilla et se força à regarder non la silhouette affaissée de Willow mais la direction d'où venait le tir. Une ombre bougea derrière un tas de bois, face à l'écurie.

— Von ! hurla Chris en tirant en même temps.

— Vous inquiétez pas, vous serez le prochain !

Von leva sa carabine à hauteur d'épaule, une arme de bien plus grande portée que le pistolet de Chris. Chris tira quand même, et sa balle se ficha dans un tronc devant Von, faisant voler des éclats de bois. Ce fut cependant suffisant pour dévier le tir du malfrat. Sa balle frappa le flanc de l'écurie en feu sans faire de dégâts.

Chris risqua un coup d'œil en direction de Willow. Elle gisait immobile. Trop immobile.

Von leva à nouveau sa carabine.

— Pourquoi avez-vous fait ça ? cria Chris.

S'il pouvait le faire parler, il gagnerait du temps. Mais combien de temps faudrait-il avant que le shérif n'arrive ?

Von abaissa son arme.

— Qu'est-ce que vous croyez ? Pour l'argent.

— L'argent que Sam a caché, selon vous.

— Ouais. Et l'argent qu'Allerton m'a promis.

Trey avait donc raison en disant que Von essayait de lui faire porter le chapeau.

— Allerton vous a promis de l'argent ?

— De l'argent qu'il ne m'a jamais donné. Mais vous inquiétez pas, il sera le prochain.

— Von, nous pouvons parler de tout ça.

— Non ! La parlotte, c'est fini.

Willow gémit et les deux hommes se tournèrent pour la regarder. Elle tenta de s'asseoir et ses lèvres bougèrent, mais Chris ne comprit pas ce qu'elle disait. Tout ce qui comptait, c'était qu'elle soit vivante.

Von leva à nouveau sa carabine, visant non pas Chris mais Willow. Chris s'interposa, faisant de lui-même une cible.

— Von ! hurla-t-il en tirant dès que celui-ci tourna la tête vers lui.

Von lâcha son arme et tomba en avant.

— Ne tirez pas ! cria quelqu'un.

Travis sortit de l'ombre des rochers, un fusil dans les bras.

— Tu es bon tireur, dit-il à Chris, mais tu n'avais pas assez de portée avec ce pistolet.

Chris courut vers Willow. Elle essaya de se relever,

mais il la repoussa en arrière. Le sang coulait d'une blessure qu'elle avait à l'épaule.

— Les chevaux, dit-elle.

Gage les rejoignit au petit trot.

— L'ambulance et les pompiers sont en chemin.

Travis arriva à son tour.

— Enlève cette barre, dit-il en désignant la pièce en métal qui bloquait la porte. Il faut ouvrir ces portes. Chris, ôte Willow de là.

Chris souleva Willow dans ses bras et l'emporta à l'écart. Travis et Gage poussèrent les portes et commencèrent à faire sortir les chevaux en criant et en leur assenant des claques sur la croupe.

L'ambulance arriva, suivie de deux camions de pompiers. D'autres voitures surgirent – des voisins avec des remorques à chevaux – et enfin un vétérinaire, qui chargea deux animaux roussis par les flammes.

L'ambulance emporta Willow, et Chris alla retrouver Travis et Gage au milieu de la foule.

— Pourquoi êtes-vous venus si tôt ce matin ? leur demanda-t-il.

— Seulement une demi-heure plus tôt, dit Gage.

Il désigna Travis du pouce.

— Il voulait tout repasser en détail avant que nous allions arrêter Von.

— Je vous suis plus que reconnaissant d'être aussi consciencieux, dit Chris.

Travis hocha la tête et se tourna vers son frère.

— Il faut que tu prennes mon arme, lui dit-il, et il défit son ceinturon. Celle de Chris aussi. Dorénavant, nous sommes suspendus, pendant qu'on examine quel a été notre usage de la force. Je te donne la responsabilité du commissariat jusqu'à ce que je reprenne du service.

Gage prit leurs armes.

— Il faudra que vous veniez tous deux au commissariat faire vos dépositions. Mais avant ça, j'ai besoin de savoir où se trouve le chalet où vous pensez que Von se cachait. Je vais envoyer des adjoints collecter des indices.

À la fin de l'après-midi Chris arriva à l'hôpital.

Willow était sortie de salle d'opération. Elle était réveillée mais un peu groggy. Chris fut stupéfait de trouver son père assis sur une chaise près du lit. Ted se leva quand il entra dans la pièce.

— Willow m'a raconté ce qu'il s'est passé. Tu vas bien, fils ?

Le regard de son père le parcourut de haut en bas, et pour la première fois Chris se rendit compte que ses vêtements et ses mains étaient souillés de suie et qu'il sentait la fumée.

— Ça va. Qu'est-ce que tu fais ici, papa ?

— Je suis venu apporter une bonne nouvelle à Willow.

Il la regarda. Willow hocha la tête.

— Dites-lui.

Ted se tourna vers Chris.

— Un juge a décrété que le testament de Darla est nul. J'ai engagé un enquêteur à Albuquerque qui a retrouvé les témoins. Ils ont tous deux témoigné que le testament a été rédigé en 2016 et non en 2019. Darla avait modifié la date pour qu'il ait l'air d'avoir été établi après le testament que j'ai rédigé pour Sam.

— Ton père pense que l'un des témoins a appelé Darla mardi pour la mettre au courant de ce qui s'était passé, et que c'est pour ça qu'Emmet et elle sont partis si brusquement, compléta Willow.

— En voilà une bonne nouvelle !

Chris se déplaça de l'autre côté du lit.

— Comment te sens-tu ?

— Je vais m'en sortir, grâce à toi.

Elle lui pressa faiblement la main. Ted se levait pour partir, juste au moment où une infirmière entra.

— Je dois examiner la blessée, alors si vous pouvez nous laisser un moment, messieurs.

Ted et Chris sortirent dans le couloir. Ted regardait son fils comme s'il ne l'avait jamais vu.

— Willow m'a dit que tu lui avais sauvé la vie. Tu as tué Von King.

— C'est le shérif qui l'a tué. Je n'aurais jamais pu tirer assez loin avec mon pistolet.

— Tu n'aurais jamais affronté une situation telle que celle-là en travaillant pour l'État.

— Papa…

— Je ne suis pas en train de dire que ce n'est pas ce que tu dois faire. Je le croyais avant, mais j'ai beaucoup réfléchi à ce que tu as dit l'autre soir et à ce qui s'est passé aujourd'hui.

Il toucha le bras de Chris.

— Je ne comprends pas ce qui t'attire dans ce métier, mais je suis impressionné par ton dévouement. Je sais que tu m'en veux d'avoir tenté de diriger ta vie, et peut-être qu'une part de ce ressentiment est justifiée. Quand tu auras des enfants, tu comprendras cet instinct qui te pousse à les garder en sécurité. Alors j'espère que tu me pardonneras mes tentatives maladroites.

— Je ne suis plus un enfant, dit Chris.

— Tu seras toujours mon enfant, mais je comprends ce que tu dis. Et je ne t'ai pas éduqué à prendre des risques inutiles, alors il y a un certain réconfort là-dedans.

Il jeta un coup d'œil à la porte de la chambre de Willow.

— En outre, je crois que tu as maintenant une autre raison d'être prudent.

Chris hocha la tête sans rien dire.

— Je vais te laisser avec elle. Mais appelle-moi si tu as besoin de quoi que ce soit, d'accord ?

— D'accord, papa. Et… merci.

Merci d'avoir aidé Willow. D'avoir essayé de comprendre les choix de ton fils. De tant de choses que Chris n'arrivait pas à mettre en mots.

Ted lui assena une claque sur l'épaule et s'en fut. L'infirmière sortit de la chambre et s'éloigna dans le couloir. Chris alla alors retrouver la femme qui lui donnait effectivement envie d'être plus prudent. Et plus audacieux.

Épilogue

Deux mois après sa sortie de l'hôpital, Willow était dans le bureau de Ted, en train de signer un bail de location du Double R avec Micah Carstairs. Elle serra la main du jeune homme quand la paperasse fut réglée.

— Je sais que tu feras du super boulot dans cet endroit.

Micah hocha la tête ;

— Merci de me donner cette chance. Papa est très content de revoir le ranch. Il dit que ça fait bien trop longtemps.

Elle fredonnait toujours de bonheur lorsqu'elle rejoignit Chris pour le déjeuner.

— Comment ça s'est passé ? demanda-t-il en lui prenant le bras pour l'emmener dans un box au fond du café.

— Très bien. Papa aurait été content. Micah va faire un bien meilleur travail que je ne l'aurais fait.

— Alors je suis content pour toi.

Mais elle trouva que son sourire n'était pas aussi large que prévu.

— Quelque chose ne va pas ? demanda-t-elle. Qu'est-ce que tu as fait ce matin ?

— Le procureur a fait venir Courtney Baker pour

l'interroger. Elle maintient ses déclarations selon lesquelles Allerton était avec elle le matin où ton père a été tué.

— Alors Von est le seul responsable de son assassinat ?

— Nous ne saurons jamais exactement ce qu'il s'est passé, mais nous avons trouvé un des copains de beuverie de Von qui a confirmé qu'il parlait de s'emparer de la fortune de Sam. Après que ton père l'a renvoyé, il a dû décider qu'il allait prendre ce qu'il voulait une bonne fois pour toutes. Nous pensons qu'il a pris la montre de la même manière que les autres objets : il l'a vue, en a eu envie et l'a prise. Mais il l'a jetée après coup, parce qu'il a compris que ça le reliait au crime. La même chose avec le quad. Il l'a pris sur une impulsion, puis il s'est rendu compte qu'il ne pouvait pas le garder. Ou peut-être qu'il s'est dit qu'en l'abandonnant ça retarderait la découverte du corps de Sam et qu'il aurait le temps de se concocter un alibi.

— Je déteste avoir perdu papa de cette façon. Mais j'espère qu'il serait heureux de savoir que je vais louer le ranch à Micah. Bud Carstairs et lui ont longtemps été amis. C'est bon de savoir que nos familles sont à nouveau réunies.

Il prit sa main et entremêla leurs doigts.

— Tu peux me dire maintenant ce que tu as décidé de faire ?

Il lui avait déjà posé cette question. Elle lui avait répondu qu'elle avait des projets, mais qu'ils n'étaient pas assez solides pour qu'elle en parle. Elle admirait sa patience parce qu'elle l'avait fait attendre des semaines.

— Je serai heureuse de te le dire.

Elle laissa le silence s'installer, puis éclata de rire.

— Je suis la nouvelle professeure d'études sociales au lycée.

— Tu vas enseigner au lycée ?

— Oui, et j'ai hâte. Ça m'enthousiasme vraiment.

— C'est très différent d'enseigner dans une université. Ça ne les dérange pas que tu sois surqualifiée ?

— J'ai dû les convaincre que je ne voyais pas ça comme un retour en arrière. Mais je suis prête pour de la nouveauté. Et enseigner à des élèves de lycée sera un grand défi pour moi.

— Tu devras trouver une nouvelle maison où vivre.

— Oui. Et ça va être un problème. Apparemment, il y a pénurie de locations dans la région.

Il baissa les yeux, évitant son regard.

— J'ai une idée.

— Ah bon ?

Il sortit du box.

— Ce n'est pas ainsi que j'avais l'intention de faire ça.

— De faire quoi ?

Il plongea la main dans sa poche et en sortit un petit écrin.

— J'ai ceci avec moi depuis plusieurs semaines. Je voulais que ce soit une occasion spéciale.

— Oh ! Chris !

Elle recouvrit ses mains des siennes.

— Ce sera spécial parce que c'est toi.

Il posa un genou à terre.

— Willow Russell, veux-tu m'épouser ?

Elle était à peine consciente du murmure des conversations autour d'elle. Quelques personnes sortirent leur téléphone pour enregistrer la scène. Elle se força à les ignorer et dévisagea l'homme face à elle.

— Dis oui, s'il te plaît, murmura-t-il.

— Oui !

Elle lui jeta les bras autour du cou et le fit se lever.

La foule qui s'était rassemblée autour d'eux éclata en applaudissements. Il lui glissa la bague au doigt, et ils s'embrassèrent.

— Quand je pense que quand je suis revenue au ranch je me disais que c'était la pire chose qui pouvait m'arriver ! s'exclama Willow. Je n'aurais jamais cru que ce serait le contraire.

— Tu es la meilleure, dit-il et il l'embrassa encore.

Quoi qu'il leur arrive désormais, ils l'affronteraient ensemble et ils bâtiraient quelque chose de complètement nouveau.

Retrouvez prochainement, dans votre collection

BLACK ROSE

Le combat d'un père, de Colleen Thompson - N°727

DES PROTECTEURS À L'ÉPREUVE – 1/2

À l'âge de trois ans, Cristo et Sylvia ont perdu leur mère dans un accident en Amérique latine. Malgré les efforts désespérés de Mac, leur père, pour les récupérer, c'est leur grand-mère maternelle, une riche Argentine, qui les a élevés. Aujourd'hui, enfin, les deux enfants reviennent chez leur père. Pourtant, malgré la vigilance de Sara, la séduisante assistante sociale qui les accompagne, Mac sent le danger planer sur eux...

Pour retrouver Anya, de Barb Han

« Notre Anya est peut-être en vie... » Le cœur soulevé par une bouffée d'espoir, Riggs fixe Cheyenne tandis qu'elle lui révèle la découverte d'un trafic d'enfants destinés à l'adoption. Ainsi, contre toute attente, Cheyenne et lui vont peut-être retrouver leur petite fille. Et voir renaître leur amour, brisé par la disparition de leur enfant...

Sous le signe de l'angoisse, de Jennifer D. Bokal - N°728

Tandis que Luis, son coéquipier, protecteur et vigilant, lui montre le demi-billet de deux dollars qu'il vient de trouver sur un homme, mort dans des circonstances suspectes, Julia sent l'angoisse la submerger. Car elle connaît cette signature. C'est celle de Darcy Owens. Darcy, la tueuse en série qui croupit en prison. Darcy qui signe ses crimes à distance et qui, de toute évidence, vient de tuer par procuration...

Un protecteur au regard clair, de Beth Cornelison

Glacée d'effroi, Carrie sent sur elle le regard narquois de son mari violent. Ainsi, en dépit de tous ses efforts, Joseph l'a retrouvée... Pire encore, il s'est inscrit au raid de découverte auquel Luke, le rancher au regard clair chez qui elle s'est réfugiée, l'a convaincue de participer. Un raid durant lequel Joseph aura, sans nul doute, mille occasions de la piéger pour la forcer à le suivre...

Retrouvez prochainement, dans votre collection

BLACK ROSE

Les ombres d'autrefois, de Marie Ferrarella - N°729

En arrivant à Braxville, Gwen est bien décidée à comprendre ce qui est arrivé à sa mère, disparue depuis vingt-cinq ans. Pour l'aider dans son enquête, elle embauche Brooks, un « privé » très séduisant, au flair infaillible. Bientôt ils apprennent que deux corps viennent d'être retrouvés dans les murs d'un bâtiment en cours de démolition. Un « cold case » macabre qui donne un tour nouveau à leurs recherches…

Une femme en détresse, de Julie Anne Lindsey

À travers le miroir sans tain qui masque l'entrée de son agence de détective, Riggs observe, admiratif, la femme magnifique qui pénètre dans le hall. Mais bientôt l'inconnue entre dans son bureau, et un sentiment tout autre l'envahit : l'envie de la secourir, de la faire sourire, et d'effacer la détresse qui voile son regard tandis qu'elle garde la main sur son ventre, dans un geste protecteur qui ne laisse aucun doute sur son état…

Pour protéger son enfant, de Carla Cassidy - N°730

Fuir… Mettre le plus de distance possible entre elle et le père de son fils… Depuis des mois, Trisha et Cooper, son petit garçon de trois ans, vont de ville en ville pour échapper à Franck, l'ex-mari de Trisha, un homme possessif et violent. À Bitterroot, petite ville de l'Oklahoma où elle a posé ses bagages, Trisha fait la connaissance de Dusty, un séduisant rancher qui lui redonne le goût de vivre…

Cet inconnu dans la nuit, d'Angi Morgan

« Je ne vous kidnappe pas, Kenderly, je vous sauve la vie »… Au bord de la crise de panique, Kenderly Tyler se demande quelle mouche l'a piquée de monter ainsi sur la moto d'un inconnu. Certes, c'est grâce à lui qu'elle vient d'échapper à l'homme qui a tué sous ses yeux les deux clientes qu'elle était en train de coiffer, mais peut-elle réellement faire confiance à ce prétendu chevalier servant ?

Retrouvez prochainement,
dans votre collection

BLACK ROSE

Seule face aux menaces, de B.J. Daniels - N°731

Une propriété immense, une superbe demeure victorienne... Pourquoi Laura Beaumont a-t-elle légué son domaine à Dulcie alors qu'elles ne se connaissaient pas ? À Whitehorse où celle-ci est venue chercher des réponses à ses questions, elle n'est visiblement pas la bienvenue. En témoigne le silence dans lequel tous semblent s'être enfermés. Tous, sauf Russell Corbett, son plus proche voisin...

Étrange disparition, de Karen Whiddon

« Tu me manques, Zoe. J'ai vraiment besoin de toi. » Ces mots – les derniers qu'elle ait échangés au téléphone avec Shayna, sa meilleure amie –, tournent en boucle dans l'esprit de Zoe. Depuis, Shayna a disparu. Zoe décide de se lancer sur sa piste et revient dans leur ville natale. Cette ville qu'elle a quittée cinq ans plus tôt pour fuir Brock McCauley, son fiancé d'alors.